中华当代诗词研究

主办 ◎ 山东师范大学文学院　山东诗词学会

杨守森　主编

山东师范大学中国语言文学山东省高水平学科·优势特色学科建设经费资助

2024

第 二 辑

山东人民出版社·济南

国家一级出版社　全国百佳图书出版单位

图书在版编目（CIP）数据

中华当代诗词研究 . 第二辑 / 杨守森主编 . -- 济南：
山东人民出版社, 2024. 12. -- ISBN 978-7-209-15478-9

Ⅰ. I207.2

中国国家版本馆 CIP 数据核字第 2024TR3045 号

中华当代诗词研究　第二辑
ZHONGHUA DANGDAI SHICI YANJIU DI-ER JI

杨守森　主编

主管单位　山东出版传媒股份有限公司
出版发行　山东人民出版社
出 版 人　胡长青
社　　址　济南市市中区舜耕路517号
邮　　编　250003
电　　话　总编室（0531）82098914
　　　　　市场部（0531）82098027
网　　址　http://www.sd-book.com.cn
印　　装　山东华立印务有限公司
经　　销　新华书店

规　　格　16开（210mm×285mm）
印　　张　15.5
字　　数　300千字
版　　次　2024年12月第1版
印　　次　2024年12月第1次
ISBN 978-7-209-15478-9
定　　价　45.00元
　　　　　如有印装质量问题，请与出版社总编室联系调换。

目　录

诗人诗作评论

当代诗人创作谈

当代诗词学者研究

新诗话

诗界信息

守正容变：当代旧体诗词的美学伦理

——以林峰先生的创作为例

杨景龙

在当代旧体诗词界，林峰无疑是为数较少的能够真正体现"守正容变"路向的作者之一。从创作追求"新变"的角度看，林峰或许不是当代最前卫的旧体诗人；但是在诗词艺术古今发展的"通变"视野的观照下，他应该是在创作实践中能够成功地处理新旧之间，即传统与现代之间关系的当代旧体诗人。他的诗词作品，内容上属于风雅正声，然而不废颂体；形式上诸体兼备，技巧娴熟；风格上以刚美为主，兼及柔美；取径上继承古典诗词的主脉，而能适度变化，既不一味拟古，也不刻意趋新。对于传统与现代、正变与新旧之间的尺度和分寸，林峰把握到位，为当代旧体诗词的美学伦理建设，提供了若干可资借鉴的范本。

一、风雅正声，不废颂体

通观林峰的诗词创作，在题材内容的选择和处理上，表现出前后一致的鲜明倾向性。他写于不同时期的作品，从取材的角度可以大致分为记游纪行、写景咏物、咏史怀古、酬唱赠答、时政要闻等几大类。记游纪行类如《衢州烂柯山之一线天》《常山奇石》《河津龙门》《贺兰山》《黄河入海口大雾未见黄蓝分界》《水调歌头·张家界》《西江月·雁荡灵峰》《生查子·蟒山红叶》等；写景咏物类如《黄河壶口》《潍城十笏园》《老黑山火山口》《溧阳寒光亭》《白岩山》《阳信雨中赏梨花》《菩萨蛮·腾格里沙漠》《菩萨蛮·春夜》《水龙吟·雅丹国家地质公园》《沁园春·黄河石林》《满庭芳·癸巳恭王府海棠雅集》《生查子·梅岩精舍》等；咏史怀古类如《镇江多景楼》《西夏王陵》《燕州古城》《沛县歌风台》《山海关老龙头随想》《雨中谒鱼山曹植墓》《西江月·陈子昂读书台》《浣溪沙·杜甫草堂有怀》《水调歌头·东坡赤壁》《满江红·谒杭州岳王庙》等；以上三类作品内容上互有交叉重叠，无法截然分开，只能作一个大致的划分。这三类作品或纯粹写景，或写景抒情，或写景言理，或抒发历史感慨，作者将脚下的万里路与胸中的万卷书、眼前景与心中情融为一片，将怀古的幽绪与现实的思考连为一体，大景壮阔，小景清新，言情浓淡相宜，议理隐显有度，得江山之助，多书卷之气，最多佳作，最见功力。酬唱赠答类作品与记游赏景类作品一样，在林集中数量众多，不再一一列举，仅以《一三居存稿》为例，就多达七十余首，还不包括写于不同年份的十余首恭王府海棠雅集的题咏唱和之作。这一类作品是作者繁忙的社会活动、广阔的人际交游和他身处的繁荣安定的时代生活在创作中的真实反映。时政要闻类放在下文论述，这里暂不具体展开。总体来看，以上几大类作品均是正能量抒写，表现出中正平和、积极乐观、健康向上的思想情感状态，题旨上无疑属于风雅正声。

林峰诗词内涵上的中和取向，有时体现为对主观情感的控制。如《浣溪沙·杜甫草堂有怀》："风度柴门岁月长，露头夕照又昏黄。浣花往事有余芳。　巴蜀蓬高心勇健，湖湘舟老句铿锵。杯浮锦绣出明堂。"草堂时期的杜甫生活虽较安稳，但也有风破茅屋、出避兵乱的诸多不堪，作者对此能无感乎？"湖湘舟老"更是杜甫一生最为悲惨之时，作者控制自己的情绪，用"句铿锵"三字一笔带过，结以"锦绣明堂"，归旨于盛世熙和之音。再如《西夏王陵》："千年不复旧君王，惟见残丘冷夕阳。隐约车前弓抱月，依稀马首剑凝霜。风回大漠关河古，雁唳空山草木黄。许是贺兰多感慨，浮云野色两茫茫。"宋夏昔为敌国，今天看则是国内民族矛盾褒贬两难的境况，作者节制情感，着力描写，中二联写景出色，尾联虽寓感慨，但不做价值判断。又如乡思之作，林峰的《一三居存稿》中，大约只有一首《江城子·赠乡音乡情微信群》集中写乡思，但因科技发达，手指一按即可发送视图文字，相较于过去时代受交通、通信的限制而音信难通的浓重乡愁，这里则是"微群香暖意融融"的和乐气氛。林峰的乡思，更多附着在一些其他题材的作品中，如《海棠雅集兼咏乡思》里的"粉红深处有乡思"，《西安道上戏题》里的"诗心摇处是乡思"等，皆是一抹淡淡的愁绪的偶尔流露。凡此，应该都是作者有意控制情绪的结果。

中和取向有时体现在对象的选择方面，如《西江月·马致远故居》："门外小桥如带，楼前绿水轻摇。西风瘦损美人蕉，谁在浑茫古道。　影冷汉宫秋月，泪抛梦里春宵。清音一曲尽妖娆，中有相思多少。"在古今、虚实、情景的转换里，化入马致远的名作《天净沙》小令与《汉宫秋》杂剧的语词意象，但对马致远那首灏烂豪辣的名作《夜行船》套曲则完全避开，既十分切题，又有所去取。中和取向有时体现在新与旧的融合方面，如《国图紫竹院讲座分韵得"眬"字》："楼头待月景朦眬，休问蟾宫路几重。澄碧双渠金缕细，福荫紫竹桂华浓。高谈欲唤文津鹤，雅唱如敲古寺钟。撷取秋光清一片，今宵醉醒俱从容。"就韵敷景，切题得体，似有寄托，风雅从容，确是新发笔砚，又似锦囊旧物，而无当代旧体常见的浅滑俚俗。"诗虽新，似旧却佳"，新与旧在这首七律文本中的融合，已是臻于化境。

东汉郑玄把《诗经》中产生于周朝繁盛时期的作品称为"诗之正经"，把西周中衰以后的作品称之为"变风变雅"（《诗谱序》）。"正"与"变"相对而立，后人概称为"正变"。郑玄说孔子时已有"变风变雅"之称，但不见于先秦典籍记载，可能是汉儒说诗的依托之辞。《诗大序》曾称引《礼记·乐记》云："治世之音安以乐，其政和；乱世之音怨以怒，其政乖；亡国之音哀以思，其民困。"郑玄等汉儒的正风正雅与变风变雅的名称，大概就是从这几句话中引申出来的。风雅之"正"者，就是"治世之音"；风雅之"变"者，就是"衰世之音"或"乱世之音"。所以"正变"说指的是时代的推移变化与诗歌历史发展的依存关系。

明白了正变说与时代历史的关系，我们再来看林峰的诗词创作，对于他的作品多为"风雅正声"的创作现象就很容易理解了。林峰步入诗坛、开始创作的时代，正值国家实行改革开放，经济文化长足发展，人民的生活水平得到极大提高，整个社会逐渐迈进小康的太平盛世。"治世之音安以乐，其政和"，正是依托于政通人和、百业兴旺的改革开放时代，中华诗词事业实现了全面的复兴，国人也有了较为优渥的物质生活条件，居家可以安闲读书，出行可以游览观景，聚会可以诗酒酬唱，生活一片泰然熙乐，诗作中自然就多了闲雅和谐之音。林峰诗词和当代诗词一样，多半是山水形胜、感事抒怀之作，正是日常生活状态在创作中的具体反映。其间洋溢而出的愉悦情感状态，乃是生活在丰衣足食的盛世中的诗人的真实心理体验。

林峰的创作不仅多属风雅正声，而且不废颂体。这也符合事物发展和存在的理路和逻辑，符合作者的创作心理发生机制。润色鸿业的盛世元音，只需再进一步，就是颂体。《诗谱序》即认为《诗经》中的颂"本之由此风雅而来"。这里牵涉一个纷纭不已的古老诗学问题，即诗歌究竟该不该、能不能容留"颂"之一体的存在。应该说，在大多数情况下，人们确是不太容易认可颂体"歌德"的，因为颂体"歌德"容易流于粉饰，与多数人的生存感受可能并不一致。但是，在中国文学和诗歌的源头《诗经》里，作为"诗之体"的"风雅颂"是一种并列存在关系，颂乃《诗经》三体之一体，占有四十首的篇幅，是《诗经》不可或缺的组成部分，孔子删诗亦不废之。所以，从诗歌发生学的角度看，颂之一体在诗歌领域的存在权力，肯定是毋庸争议的。《毛诗序》则从理论上解决了当不当颂的诗歌美学伦理问题，"美刺比兴"的说法，"美"与"刺"作为诗歌表现功能的概念范畴，是相提并论的，并非只允许诗歌怨刺虐政，而不允许诗歌颂美德政。当然，这里牵扯到两个方面，一是事物存在的真实与情感态度的真诚。盛世德政若是一个真实的客观存在，诗人加以颂美就是正当的，并不违背诗歌的美学伦理秩序。如《诗谱序》所说的："文武之德，光熙前绪，……及成王、周公致大平，制礼作乐，而有颂声兴焉，盛之至也。"再如唐代开国之后的国力，一路走高至开元盛世，当时与后世诗人即多有美颂。富有批判精神的李白曾发出过"一百四十年，国容何赫然"的由衷赞叹，多写民生疾苦的杜甫也抑制不住"忆昔开元全盛日"的内心冲动。不管是《诗经》里对"文武之德"及"成王、周公致大平"的美颂，还是李白、杜甫对大唐盛世的美颂，都被人们视为正常。二是在具体写作美颂类作品时，尽量避免阿世谀人之嫌，杜甫的《遭田父泥饮美严中丞》就是处置得体的文本。严中丞即严武，是杜甫朋友严挺之的儿子，时任成都尹，对草堂时期的杜甫关照有加。杜甫心存感激，但没有直接出面，而是通过田父之口，对严武的惠政加以夸赞，自己的感激之意尽在其中。这是一种恰当的做法，效果要比直接出面歌颂赞美好得多。

回到林峰的一部分主旋律作品，如《沁园春·神九畅想》《水调歌头·钓鱼岛之思》《喀喇昆仑英雄赞》《改革开放赞》《水调歌头·青藏铁路开通》《鹧鸪天·喜贺十八大》等，在写法上都值得称道。这些作品不像一些作者的大量同类之作那样，通篇直赋其事，直接抒情议论，热烈赞美歌颂，套话成韵，图解概念，类同口号，诗味寡淡。林峰的美颂类时政新闻诗词，尽量少用赋笔，多采比兴，借助形象，展开想象，既达到了创作目的，又让人读之兴味盎然，艺术效果和社会效果均称良好。除了写大事伟人，林峰也不忘讴歌普通人物，像《消防勇士》《快递心语》《浣溪沙·感动中国人物张桂梅》等，拉近了正能量作品与广大人民群众的距离。林峰还有一些主旋律作品，像《浣溪沙·南泥湾》："风过泥湾曙色新，翠苗深浅草如茵。牛羊满地燕来频。　对酒长思龙虎旅，当歌已醉太平人。清香浓处满园春。"再如《破阵子·寿光巨淀湖红色旅游区》："帆自湖心西去，鹭从苇上徘徊。菡萏花浓摇绿堁，翡翠湾开接落晖。流光转瞬飞。风似潜龙举甲，月如织女凝眉。八卦玄机涵电火，神器千均响霹雷。心潮天际归。"全篇皆是出色的景物描写，题旨只在篇中微逗，全无说教之态，语言清新生动，赏心悦目，令人读之欣然。

林峰诗词多属风雅正声，盛世元音，体现出鲜明的中和思想情感取向，这与作者的身份有关。作为中华诗词学会的主要负责人之一，表现主旋律和正能量，是其职分所在。同时也与作者曾经的职业有关，医者仁心，何况是疏通经脉、燮理阴阳的国医，平和畅达正是作者修己济人的身心涵养。更兼身为江南才子，禀赋原是彬彬君子，性格温文尔雅，不躁不火，其立身处世的日常修为，也会在不知不觉间渗透到诗词创作之中。而在最深的层次，则是哲学思想与美学理想在起支配作用。操持旧体的诗人多服膺传统儒道学说，以及由哲学衍生出的美学原则，故而多着眼于人世的美好和谐；新诗人则多接受域外现代和后现代的哲学与美学观念，因此多关注世界的阴暗与分裂；其道不同，这正是新旧诗人和诗歌产生重大分野的根本原因所在。

这里还需要略为多说几句，林峰的《浣溪沙·贺迅甫先生〈农民工之歌〉付梓》是一首特别值得注意的作品："振臂长歌动上林，大音一曲价千金。怜农幽绪向谁吟。　泼墨原无回斗力，抛砖却有补天心。九州花暖赖春阴。"词作借寄人吐露心迹，也曾想振臂一呼，歌动上林，然而又觉补天有心，回天无力。"怜农幽绪向谁吟"一句，见出作者对创作实践中反映民瘼之难境，深有感触。即此可知，作者诗词中少写底层生活，人世苦难，当是有意避开可能敏感的题材。林峰诗词中有多首佛道理悟之作，如《临江仙·广佑寺》《临江仙·老子山》等，皆能探赜幽玄，俱耐咀味。写景咏物也多即景见理，即事见理，如《浣溪沙·黄河漂流》《衢州烂柯山之一线天》等。可知性情之外，林峰本是一个多思之人，于是就在诗词中和生活里，忽略心有戚戚，选择做一个簸扬正声、知命不忧的坦荡君子了。

二、刚柔兼擅，众体皆备

上文讨论了林峰诗词多属风雅正声的质性，总体上表现出平正中和的思想情感取向，但这只是从题材内容的角度所做的一个大致的概括，并不是说林峰的诗词仅是一种单一维度的存在。事实上，当我们进入林峰的各体各类诗词文本，就会发现，他是一位兼擅各种诗词体式的真正的当代名家，在万花生春、琳琅满目的丰富美感形态中，逐渐形成刚美为主、兼擅柔美的风格特色，显示出一种走向大家的宏阔气度与气象。

不妨先看林峰的绝句，佳者如《南京浦口水墨大埝》《攸县灵龟寺》《荔浦天河瀑布》《黄河入海口大雾未见黄蓝分界》《南京胜棋楼怀徐达》等。绝句是最能见出作者才情的诗体，但其形制短小，字句有限，预留的起承转合空间不大，需在完成规定动作的刹那间，显咫尺万里之势，含有余不尽之意，所以创作难度较高。元代杨载《诗法家数》说："绝句之法，要婉曲回环，删芜就简，句绝而意不绝，多以第三句为主，而第四句发之。有实接，有虚接，承接之间，开与合相关，反与正相依，顺与逆相应，一呼一吸，宫商自谐。大抵起承二句固难，然不过平直叙起为佳，从容承之为是。至如宛转变化工夫，全在第三句，若于此转变得好，则第四句如顺流之舟矣。"指出了绝句的句法、章法特点，好的绝句都是遵从这样的要求写出来的。看林峰一首《衢州烂柯山之一线天》："耳畔天音杂梵音，峰巅云树拂人襟。谁留一线神仙眼，来看红尘万古心。"首句从听觉叙起，二句以视觉承接，天音梵音醒人心神，云树拂衣清人襟怀，在叙述描写中为后二句铺垫蓄势。三句转折，将山崖一线裂隙比作俗世之上的神仙之眼，四句就势收煞，结出题旨，而又不加说破，所谓"句绝而意不绝"，留下有余不尽之意，耐人品味。此诗的超轶境界，与王国维词句"试上高峰窥皓月，偶开天眼觑红尘。可怜身是眼中人"略相仿佛。

林峰的律诗数量众多，成就更为可观。五律之佳者，如《溧水中山河》《常山奇石》《鹅尾山神石园》《河津真武庙》《澜沧江高峡百里长湖》《云龙湖》《赠海王子旧殿》《赴根宫佛国诗会途中》等。五律结体平稳，但林峰的五律每写壮景，开合动荡，颇富气势，如《鹅尾山神石园》："鹅生千万载，水国不知年。斧劈幽崖裂，戟飞灵洞悬。金山留我祖，苍海礼真仙。一日鱼龙起，清光在九天。"方之唐律，大类老杜《望岳》《房兵曹胡马》《画鹰》激情之作。《黔西秋晚》是一首颇有王孟山水田园风味的写景之作："东湖风日佳，十月秋难老。奇果岭头黄，野莺枝上闹。水同天浩荡，人与云缥缈。一点妙明心，古今皆在抱。"颔联写南国秋色，不可移易。颈联大笔勾勒，气度开张，"浩荡""缥缈"二语，将诗境推扩至无限辽远。

林峰写得更多更好的是七律一体，仅《一三居存稿》一集中，即多达数十首。在近体诗中，七律成熟最晚，创作难度也最高。胡应麟《诗薮》内编卷五说："近体莫难于七言律，五十六字之中，意若贯珠，言若合璧。其贯珠也，如夜光走盘而不失回旋曲折之妙。其合璧也，如玉匣有盖，而绝无参差扭捏之痕。綦组锦绣，相鲜以为色。宫商角徵，互合以成声。思欲深厚有余，而不可失之晦。情欲缠绵不迫，而不可失之流。肉不可使胜骨，而骨又不可太露。辞不可使胜气，而气又不可太扬。庄严则清庙明堂，沉着则万钧九鼎，高华则朗月繁星，大则泰山乔岳，圆则流水行云，变幻则凄风急雨，一篇之中，必数者兼备，乃称全美。故名流哲匠，自古难之。"胡氏之论，对七律一体的艺术特点的鉴析，可谓洞烛幽微，全面深刻。以之对照林峰七律，其佳者确如贯珠合璧，锦绣黼黻，八音克谐，五色相宜，骨肉匀停，思深情远，辞气互称，高华庄严，沉着壮大，风云变幻，萃集众美于一篇之内。

看他一首《雨中谒鱼山曹植墓》："九天风雨下东阿，万古青山气未磨。大梦迷离惊纸贵，孤坟寂寞恨才多。林深似见龙蛇起，溪涨如闻虎豹歌。谁共黄花参梵呗，不知秋色又婆娑。"首联即挟天风海雨之势，既是对曹植一生不幸遭遇的喻示，亦是对曹植千秋不朽名声的礼敬。中二联对仗工稳，而又动荡流走，虚实之间，慨惜大才遗恨，如见郁勃诗魂。诗中借用洛阳纸贵、化用才高八斗和鱼山梵呗典故，如盐在水，使人不觉。林峰诗词用典甚多，例子不胜枚举，都能恰切题旨，神明变化。作者才气过人，但他不是仅靠才气写诗，更不是像时下流行的那样抖小机灵。他的学养深厚，使其"胸中书卷繁富，又足以供其左旋右抽，无不如志"，大大增富了文本的内涵维度。再看他一首七律佳作《老黑山火山口》："百万霆雷动九天，地生烈焰是何年？崖浆迸处山争裂，石浪奔时海欲煎。龙起苍渊堪对酒，虎腾绝壑可谈玄。大千独有通灵手，赠我松涛太古前。"前二联展开想象，虚拟火山爆发之时岩浆喷薄山体崩塌、天雷地火焚石煮海的惊恐万状之场面，而摹虚如实。第三联转写眼前，看火山口积水成渊，如见龙腾之势；睹火山岩绝壁深壑，恍有猛虎跳涧。而实中有虚，作者还在放纵自己惊人的想象力。对酒谈玄云云，是说作者面对火山遗址，由心情极不平静到感悟沧桑变化。尾联就此生发，作者默会造化通灵之妙，聆听耳畔松涛犹作太古之音，见出自己身心震慑之情状，与自然奇观明心见性之功效。

林峰恢奇的想象，豪迈的辞气，磅礴的笔力，集中体现在他的七律与中调、慢词文本之中。司空图《二十四诗品·雄浑》云："反虚入浑，积健为雄。具备万物，横绝太空。荒荒油云，寥寥长风。"《豪放》云："天风浪浪，海山苍苍。真力弥满，万象在旁。前招三辰，后引凤凰。晓策六鳌，濯足扶桑。"姚鼐《复鲁絜非书》描摹"阳刚之美"云："其得于阳与刚之美者，则其文如霆，如电，如长风之出谷，如崇山峻崖，如决大川，如奔骐骥。其光也，如杲日，如火，如金镠铁；其于人也，如凭高视远，如君而朝万众，如鼓万勇士而战之。"司空图对"雄浑""豪放"的形容，姚鼐对"阳刚"的形容，均可移来形容林峰诗词尤其是他的七律和中调、长调词的主要风格特点。西方美学关于崇高美的体积之大、力量之强的说法，也适合于拿来辨析林峰诗词的美感风格。

　　林峰具有阳刚之美的中调词与长调慢词尤多，佳者如《鹧鸪天·衢州诗词学会成立二十周年》《南歌子·寿沈鹏老八旬华诞》《破阵子·芒砀山怀古》《鹧鸪天·迎春》《水调歌头·甘肃永泰龟城遗址》《水调歌头·钓鱼岛之思》《沁园春·牛角岭关城随想》《水调歌头·渤海魂》《水调歌头·东坡赤壁》《沁园春·神九随想》《水调歌头·青藏铁路开通》《水龙吟·宣汉马渡关》《沁园春·黄河石林》《满江红·谒杭州岳王庙》《水龙吟·雅丹国家地质公园》等。大西北的自然与人文地理地貌，尤能激发林峰胸中的万丈豪情。看一首《水龙吟·雅丹国家地质公园》："云边落照苍茫，倩谁西指瑶台路。黄蒿涌动，丹峰耸立，乱崖无数。戈壁残烟，空城清角，繁星棋布。借秦时明月，纤尘洗却，更谁舞，神仙斧。　　俯仰洪荒我主，道曾经，海翻雷怒。电光石火，霜飞骐骥，草奔狐兔。疏勒天清，祁连秋晓，斯人何处？正银驼万里，雄关百二，曲狂如鼓。"天边落日、戈壁荒烟、秦月汉关、万里银驼，西北边塞无边辽阔的地域，奇绝惊险的风景，厚重苍茫的历史，都让作者激情澎湃，狂兴难遏，发而为镗鞳砰訇的黄钟大吕般的豪放词篇。"男儿西北有神州"，即此可知，秀雅温情的林峰，在本质上是一个天纵豪情的热血沸腾之人。

　　林峰有着驾驭题材和体调的高超能力，不仅自然和历史在他笔下有出色的表现，现代科技在他笔下一样能挥写成奇姿壮采的篇章，如他的《沁园春·神九畅想》："烈焰蒸腾，电走雷鸣，气吐箭张。正河清海晏，穹窿净彻；峰低岳小，碧落苍茫。大野无声，乾坤有象，顿起瞳瞳万丈光。凝眸处，有火龙破雾，遁入玄黄。　　撕开八极洪荒，又谁主神宫拓宇疆。喜星垂银汉，炳辉猛士；月移金殿，波漾红妆。穿过天心，再旋天纽，更放天花唤旭阳。青冥上，看瑶姬舞动，白羽千双。"这首词有几点特别值得注意，一是不可企及的惊人想象力的展开，结撰成瑰玮壮丽的簇新慢词文本；二是许多人觉得难以处理的现代科技题材，完全可以入诗入词；三是主旋律正能量作品，也照样能够写得文采斐然，诗意盎然；四是从艺术手法上看，包括这首词在内的林峰慢词长调，既有耆卿慢词的铺叙描写，情景点染，又有美成慢词的转换角度，提顿勾勒，融两家之长，成自家面目，读来既不平直，亦不滞涩。张炎《词源》云："慢曲不过百余字，中间抑扬高下，丁抗掣拽，有大顿、小顿、大住、小住、打、拽等字，真所谓上如抗，下如坠，曲如折，止如槁木，倨中矩，句中钩，累累乎端如贯珠之语，斯为难矣。"由张炎对技术细节的逐项讲究，可知慢词创作难度之高，然而正如姜夔《白石道人诗说》所言："难处见作者。"林峰对于创作难度极高的七律和慢词二体的成功使用，再次证明他是一个腕力笔力非同寻常的当代旧体诗词作手。

　　当然，林峰诗词并非一味阳刚，他的一些绝句小诗，尤其是他的小令词，则是另一番旖旎可人的柔美风貌。佳者如《阳信雨中赏梨花》《菩萨蛮·酒仙湖》《浣溪沙·福建南安五里桥》《浣溪沙·海棠诗会》《浣溪沙·海棠雅集》《菩萨蛮·春夜》《菩萨蛮·又到红螺山》《浣溪沙·微山湖》《浣溪沙·岁末》《浪淘沙·昌邑绿博园》《生查子·梅岩精舍》《菩萨蛮·雁湖》《醉桃源·别友》《减字木兰花·寄远》《减字木兰花·月夜》《临江仙·凤凰城》等。这里赏读他的几首令词，《生查子·梅岩精舍》云："精舍入晴岚，风竹浓如秀。岩碧燕飞低，梅老云根瘦。 水共落霞红，心与清漪皱。最好是三春，花探柯山后。"《菩萨蛮·雁湖》云："青山远近湖天渺，芦花两岸曦光好。岭上碧云垂，滩前双燕飞。 带罗银浦小，珠吐檀心巧。何处觅诗痕，香浮秋满樽。"《醉桃源·别友》云："故人东去有谁知，花中有我思。窗前残柳影参差，长宵入梦迟。 星汉渺，淡烟低，霜鸿绕树啼。孤踪何处小楼西，归来月满衣。"皆是写景清新，言情婉美，蕴藉含蓄，韵味悠长，置之于花间词和北宋令词中，亦不遑多让。

字法、句法的讲求，也是林峰诗词的足多之处。他的《行香子·浙江义桥老街》云："幽静门墙，曲折回廊。依稀见，满院浓芳。千年河埠，百里烟光。对青街直、青霞老、共昏黄。 几多世味，几许柔肠。莫徘徊，负却流觞。桃花巷陌，渔父斜阳。想往来人，往来事，俱微茫。"这是一首滋味醇厚的怀旧之作，一段老街今昔循环，时空莫辨，不仅风景迷人，风情醉人，其前后节的句法安排，亦颇见构琢之巧思。《过瑞昌》有句"红飞花弄影，翠滴墨留痕"，用老杜字法。《深秋再访贵州大学》有句"书香已共秋香溢，诗梦常同春梦新"，用义山句法。《浣溪沙·云和仙宫湖》有句"秋阳一抹透帆红"，观察描写之细微入妙，可谓得夕阳帆影之神理。林峰诗词还工于发端，尤其是豪放之作，一起即能气势不凡，先声夺人，仿佛子建、明远、太白之惯用笔法。如果借用传统诗话词话的摘句批评方式，则林峰诗词几乎每一首都有佳句可摘，限于篇幅，这里不再罗列。

三、守正容变，破体互文

守正容变或曰求正容变，近年来逐渐成为当代旧体诗词界的口号与共识。何为正变？相关的理解基本上停留在形式的层面，即在恪守诗律词谱的前提下，可以适度地在字声、韵脚、句式等细微之处作出变通，灵活处理，或者在整体上用《中华新韵》代替《平水韵》《词林正韵》等旧韵。这样看待诗词的正变，当然有其道理，但在实际上却把正变的内涵大大地狭隘化了。

如前所论，"正变"二字是汉代《诗经》学者说诗时使用的概念。他们把文武、周公、成王时代的盛世诗乐称为"诗之正经"，包括风诗的《周南》《召南》，雅诗的《鹿鸣》《文王》之什，以及作为成王、周公制礼作乐产物的颂诗，皆是"治世之音"。把"懿王、夷王时诗，讫于陈灵公淫乱之事，谓之变风变雅"（《诗谱序》），诸如二南之外的风诗，二雅中的《十月之交》《民劳》《板》《荡》等诗，皆是"乱世之音"。他们看到了诗歌的发展变化与时代的紧密联系，时代的盛衰导致了诗歌从内容到情感再到风格的一系列深刻变化。后世论者，常以正变观念说诗谈词，如以曹植到李白的抒情言志的诗歌为正，以杜甫和中唐以后叙事写实的诗歌为变；以浑融玲珑的盛唐诗为正，以险怪浅俗的中唐诗为变；以主兴象意境的唐诗为正，以主议论说理的宋诗为变；以婉约之作为词体之正，以豪放之作为词体之变；如此等等。所以，正变的概念范畴，包含了内容、情感、体式、语言、手法、风格等方面，而非止格律一端。我们这里即是在广义的层面谈论正变的。

说到正变，就不能不谈及"通变"与"新变"问题。《周易·系辞下》云："穷则变，变则通，通则久。""变通者，趋时者也。"《文心雕龙·通变》据此立论，提出"通变"的文学创作主张："夫设文之体有常，变文之数无方，何以明其然耶？凡诗赋书记，名理相因，此有常之体也；文辞气力，通变则久，此无方之数也。名理有常，体必资于故实；通变无方，数必酌于新声。故能骋无穷之路，饮不竭之源。"又云："矫讹翻浅，还宗经诰。斯斟酌乎质文之间，而櫽栝乎雅俗之际，可与言通变矣。"《周易·系辞》指出人们必须随着时势而会通变化，方能使事物的发展不致于停滞不前，这是刘勰"通变"说的哲学思想基础。刘勰用"通变"的观点看待文学创作，指出文学应当继承传统，适时变化，创新发展。具体说来，就是"设文之体有常，变文之数无方"。有常之体，泛指各种文体的特点和基本要求，这种基本要求具有历史继承性。违背这种既定的要求，就会成为"谬体"或"讹体"。而辞句气力的文质，艺术风格的刚柔，则无一定程式，应当随着时代的发展和作家个人才性的不同，而随时变化，使之创新发展，以达到"通变则久"的目的。刘勰的"通变"说，把有常之体方面的继承性和文辞气力方面的创造性结合起来，以使文学创作源远流长，日新月异，永葆艺术的生命活力。

本文所说的"守正容变"，与刘勰的"通变"说意思相同。以之观照林峰的诗词作品，可以清楚地看到，他正是走在一条继承传统又创新变化的"通变"的创作道路上。如前所论，他的各类诗词作品都符合"有常之体"的艺术标准，没有出现过"谬体""讹体"等"破体"写作的情形。但在修辞技巧、语言风格和题材拓展方面，又有适度的变化创新，显示出个人与时代的新鲜特色。他的《春到齐溪》："翠满春三月，风轻白日低。舟横村柳下，桥没菜花西。玉露生新芷，心波润浅泥。谁催明媚色，喷涌入齐溪。"恪守五律正体，写景颇有古意，但"心波""喷涌"二语，为古人所不用，是现代语感鲜明的语词。他的《卜算子·延庆道中赏红叶》："烟薄散花天，云淡清郊路。千树霜枫入眼明，百里红霞吐。　伊似画中来，我向花前舞。坐爱秋山不肯归，为把丹心谱。"这首题咏红叶的双调词，遵从上片写景、下片抒情的体调分工要求，但其所抒的情感，则富有个人和时代特点。词的下片情往似赠，兴来如答，写出了行为上自由舒放的现代人的真生命的真陶醉。但是尾句仍不忘以喻示性的"丹心"二字升华主题，以求切合时代的主旋律。而这对于作者来说，出于自然，不显人为，已然上升为创作的自觉。林峰诗词内容和取材方面的"变"，体现在以现代工业题材入词，如《鹧鸪天·赞鞍钢工人发明家李超》；以现代社会生活入诗，如《快递心语》；以现代航天科技入词，如《沁园春·神九畅想》；以重大的地质灾难入诗，如《抗震救灾有感》；以及众多的时事写作，此处不再具论。

与"通变"相对的文学创作观念是"新变"。南朝梁萧子显《南齐书·文学传论》云："习玩为理，事久则渎。在乎文章，弥患凡旧。若无新变，不能代雄。"针对汉代以来作为经学附庸的复古文风，萧子显立足于田园诗、山水诗、边塞诗、咏物诗、宫体诗暨永明体等新新不已的文学创作现象，提出了"新变"的文学发展主张。他认为文学具有娱乐性和观赏性，若久无变化，便会失去新鲜感，使人产生厌倦情绪，诗歌作品尤其如此。所以，诗人要想赢得读者赏识，取代前辈经典作家的重要地位，就必须致力于创新求变。这是从受众心理出发，对于六朝标新立异的文学思潮所作的规律性总结，是从变化的角度对文学发展的动因进行的理论性阐释。"通变"立足于"通"，"新变"着眼于"变"，二者的关注重心和概念内核有着质的区别。忽视对于文学传统的继承，彻底打破不可变的"文之常体"，必然出现刘勰所批评的"谬体""讹体"，也就是类似于当代趋于极端的"破体"写作现象。从文学发展的长时段来看，其价值并不一定是负面的，可能从中孕育着更加积极的建设新体、创生新美的价值和意义。但是这种搅乱诗词美学伦理的新体和新美，是否还属于旧体诗词，则可以继续耐心观察、深入讨论。笔者在《元曲精神对当代旧体诗词的影响》《破体写作：建设新体与创生新美的有益尝试》等文中，曾集中讨论过聂绀弩、启功、周啸天、蔡世平、李子等追求"新变"的当代旧体诗人的"破体"写作现象。与之相比，林峰的旧体诗词写作，更符合"通变"的理论要求。

林峰是一位风格成熟稳定的当代旧体诗人，已然取得了引人瞩目的创作成就。以笔者对他的长期关注，感觉他还有很大的创作潜力有待发挥，他更耀眼的也更锋锐的东西，大约被他的温文尔雅的君子人格，被他的医者仁心的职业涵养，被他的中和平正的情感态度，被他持守的通变创作追求，有意无意地遮掩起来了。在形式技巧的层面，林峰已经十分娴熟，而旧体诗词的形式是固定的，稍作变通不会产生决定性作用，大面积打破又不可行。所以，一种面向未来的新的可能性，应该主要体现在题材内容、思想情感与表现方法的突破这几个方面。

先说题材内容上的拓展。林峰诗词的题材内容不可谓不广泛，诸如传统诗词中广泛写及的记游纪行、登临凭眺、咏史怀古、写景咏物、酬唱赠答、祝寿哀祭等，都在他的取材范围之内；更有时代特色鲜明的重大题材、时政要闻等，在他的笔下也得到了出色的表现。题材内容的广泛性，正是成为大诗人的标志之一。但是大千世界，无所不有，森罗万象，林林总总，与几乎所有诗人一样，林峰显然也还没有穷尽题材。或者说，他还为自己预留了一大片有待垦殖的肥沃的园地，那就是无边广阔的社会，芸芸众生，即他们的日常生活，心理情感，喜怒哀乐，酸甜苦辣。深入表现来自基层社会的真实生存与真切声音，应是林峰未来诗词创作的一个取之不尽的题材富矿。题材的拓展，必然更充分、完整地发挥诗词的美刺功能，健全诗词的美学伦理秩序，并使自己的作品具备真正的诗史品格。

二是思想力量的加大。近代以来至现当代的旧体诗词作者，思想资源基本上离不开传统的主流意识，从继承民族文化遗产的角度说，这当然是很好的现象。但是，随着国门在近代的持续打开，八面来风，域外新的思想理论源源不断地涌入，极大地丰富了国人的思想意识空间，使得旧邦维新成为可能，且逐渐变成现实。在吸收、借鉴外来社会历史、哲学、文艺、美学思潮方面，新诗做得比较充分，有效提升了新诗人观察和表现的思想力量。比较之下，旧体诗词界与现代思想意识较为疏离的现状，迄今没有得到根本的改变，这在客观上制约了旧体诗词的思想容量和内涵深度，也使得旧体诗词较难真正突破藩篱，写出新意。仅以近期参加的两场全国性的诗歌艺术研讨会为例，与会诗人纷纷赋诗填词，单篇来看还是相当不错的，形式技巧也很熟练，但是集中起来看，就会给人单调重复的感觉，大家在作品中使用的都是那几个相沿已久的典故，抒发的都是基本相似的感情，做出的都是大致相同的评价，很难发现令人耳目一新的属于当代的卓识杰作。问题的根源，在于欠缺新的思想意识、新的美学观念去烛照古老的对象，所以很难表现出新颖的立意和题旨。以林峰开阔的视野眼界和深厚的理论功力，应该能够在诗词立意出新方面大有作为，以期更好地发挥诗词作品的批评反思功能，启智开蒙，醒世益人，让诗词作品在思想意识上真正成为簇新的现代旧体诗词，真正具备现代的品质与属性。

三是在坚持"通变"的大方向的前提下，表现方法上不妨再大胆一些，向着"新变"的道路迈出更大的探索的步子。守正对于林峰早已不是问题，那就应该在继承传统的基础上大力求变，放手尝试"破体"写作与"互文性"写作，打破传统诗词在题材内容、语词意象、体式风格方面的种种先在限制，跨越各种文体间的畛域，拆除各种文体间的藩篱，并缘此创生丰富多样的体式和风格。大诗人的创作，除了题材的广阔性、思想的深刻性，就是体式的丰富性、风格的多样性。"早生"的作者，当一种文体方兴，主要致力于"成体"；但"晚生"的作者，当"文体通行既久，染指遂多，自成习套"之时（王国维《人间词话》），要想度越前修，自出新意，可行的一条生路恐怕就是"破体"写作了。"破体"写作的过程，就是建设新体、创生新美的实践过程。不断地让诗词与各种文体建立"互文性"关系（蒂费纳·萨莫瓦约《互文性研究》），不断地让诗词与各种文体兼容互渗，不断地加强诗词与新诗的借鉴交流关系，不断地通过破体写作建设新体、创生新美，这应该是林峰诗词创作未来可能的走向之一。

显然，我们在这里以林峰诗词为例所作的讨论，是为了厘清与当代诗词的思想艺术质量攸关的一些诗学概念的理论内涵，进一步理顺当代旧体诗词的美学伦理秩序，从而较为准确地评估林峰诗词创作和当代诗词创作的特点、成就与意义，并为当代旧体诗词的发展提高努力探寻一条切实可行的前进路向。进一步理顺当代旧体诗词的美学伦理秩序，在眼下显得尤为重要和迫切。合理的当代旧体诗词美学伦理秩序，应该更富于开放性和包容性，风雅正声与时序变体，美颂与怨刺，通变与新变，互文与破体，大题材与小情怀，主旋律与多样性，刚美与柔美，婉约与豪放，正大与谐趣，古今与新旧，现代与后现代，可以和谐并存，互鉴互补，共生共荣。即使是出现违背传统的诗词美学伦理的"谬体""讹体"等"破体""互文"写作现象，也应该允许它们的存在，看到其尝试行为的正面价值和积极意义。包容认同而不是疏离拒斥，将会更有利于人们的身心健康和人格健全，也会更有利于当代旧体诗词生态和诗歌、文学生态的全面向好。

奥登在《十九世纪英国次要诗人选集》的序言中指出：就一切诗人而言，分得出早期作品和成熟之作，可就大诗人而言，成熟过程一直延续到老。从林峰迄今取得的不凡创作成就来看，他应该具有成为大诗人的潜质，对于他的创作风格的相对成熟稳定，我们需用动态发展的眼光加以审视观照，而不应视之为终端显示的恒定不变。林峰既有雄厚的创作实力，也有期待再上一层楼的创作雄心，他的如下诗句和词句，如"彩霞三秋曲，江山万古诗""未得惊人句，不肯上巅峰""杜陵去后东坡老，到如今，谁续高情"等，正是他在诗词艺术的崎岖之路上持续迈进的过程中，怀有的再上层楼雄心的下意识流露。林峰正当年富力强，思想情感与技巧手法已然全面成熟，这是一个有着更高目标的诗人的最好的年纪。正像昌耀诗中所说："还来得及赶路。/太阳还不见老，正当中年。/我们会有自己的里程碑。/我们应有自己的里程碑。"（《划呀，划呀，父亲们》）作为读者，我们对林峰未来的发展怀有深切的期待，期待他在当代诗词创作的修远路途上，竖立起一座更为醒目的崭新的里程碑。

作者简介：杨景龙，安阳师范学院文学院二级教授，中国词学研究会理事。

关于"妙悟"现实价值的思考

赵润田

王渔洋"神韵"诗学理论研究,在诸多领域取得了重大成果和广泛共识,但在运用成果指导当前诗词创作上,还有许多工作要做。在党中央强力推动传承中华优秀传统文化的大背景下,笔者结合诗词学习中遇到的问题,研读王渔洋的诗作与诗论,围绕"妙悟"的现实价值,作了一些思考,形成几点初步想法。

一、重视妙悟

"妙悟",本为禅语,指超越寻常、特别颖慧的觉悟和悟性。其要义,在于通过参禅进而使本心清净、空灵澄澈,以深悟佛法。严羽以禅论诗,将"妙悟"引入诗论,指无论创作还是阅读,都应"从最上乘、具正法眼,悟第一义",以领悟自然万物的内在精神,使诗得其天真兴象,充满灵心慧性,达到"入神"之极致。严羽说,"大抵禅道惟在妙悟,诗道亦在妙悟"。一个"惟"字,一个"亦"字,说清了"妙悟"在禅道与诗道中的极端重要性。接着,他以孟浩然与韩退之为例,指出孟之学力比韩差了很多,"而其诗独出退之之上者,一味妙悟而已",这既印证了他诗有"别材""别趣"的诗学主张,也自然得出"惟悟乃为当行,乃为本色"的结论。"妙悟",是严羽对神韵一脉诗学的卓越贡献。

王渔洋论诗,上承唐司空图"韵味"说、宋严羽"兴趣"说,标举"神韵"。在这个一脉相承充满禅意的诗论体系中,"妙悟",无疑是一个具有基础意义的重要概念,关乎诗词创作的根本。于"妙悟",虽未见王渔洋专题论述,但在其大量笔记序言、古今诗作评点中,服膺"别材""别趣"之说,崇奉"不涉理路、不落言筌"之言,追求"羚羊挂角,无迹可求"之妙,向往"意在笔墨之外""神到不可凑泊""言有尽而意无穷"之境,都足以见出其对"妙悟"真诚尊崇,并有着独到而深刻的理解。对"妙悟",他有许多精警而形象的比喻,讲得最为透辟的,是在《蚕尾续文》中。他在列举王维、裴迪、李白等诸多名家清新淡远的诗句之后,写道,"妙谛微言,与世尊拈花,迦叶微笑,等无差别。通其解者,可语上乘"。笔者理解,"妙谛微言",是喻之本体,指天地之间又或各家诗作中的精深妙理；"世尊拈花"，是"悟"的源头，它含蓄蕴藉，提供了可供解读的对象。关键在于"拈花"是动作，而不是讲话，拈花之意不是靠语言传递的，而是意在言外，必须靠"妙悟"完成，即只有心有灵犀，心心相印，才能解其意旨，会心一笑。世尊拈花，人人可见，而心意相通者，仅有迦叶一人。迦叶此"悟"，当得起"上乘之悟"。王渔洋等宗师级诗人，便是诗界"迦叶"，因为"妙悟"，所以其诗作能那般通透、清彻、空灵、精深、玄妙，让人沉醉其中，味之无穷。

"妙悟"如何取得？严羽在《诗辨》中开宗明义，"学诗者以识为主"。他关于"诗有别材，非关书也；诗有别趣，非关理也"的妙言，为历代诗者所熟记，但下句"然非多读书、多穷理，则不能极其至"，同样可为至论。这句话，讲的是"识"的重要意义及获取渠道，翻成现代语言，大体相当于"学习""思考""研究"。这些道理，古人懂，今人学历高，更懂。问题在于，懂了是否真正办了，没有这三个环节的落实，哪里会有"妙悟"！

即以"学"为例。严羽讲，"入门须正，立志须高"。他开出从《楚辞》、古诗十九首、乐府四篇，直到李杜等盛唐历代名家书单，又遍数汉魏南北朝唐宋至"本朝"苏、黄以下诸家之诗，要求"试取""次取""又取"，均予熟参之。有历代名作酝酿胸中，自有"真是非不能隐者"，其"悟"自然高妙。这么高的标准，如何达到？王渔洋给我们树立了典范。他的学、思、研成果足以傲视当代，睥睨后世。仅《带经堂集》便多达92卷，包括诗作4000余首，加上未收录的《池北偶谈》《居易录》等20多种笔记杂著，其著述多达36种560卷；在《四库全书》3461种著作中，他有11种收录其中，另有《古欢录》《蜀道驿程记》等25种列入《四库全书存目》。没有长期"三更灯火五更鸡"的苦读，没有历代名著朝夕风咏酝酿胸中的修为，这些货真价实学贯古今的学问、"上溯八代四唐之源，旁涵宋金元明之变"的诗作，"诗坛领袖""一代正宗"的桂冠，都不会属于他。实践证明，诗文之作，皆以学始，以悟终，以篇章显。诗必勤学、深思、多写而后方有"妙悟"佳作，古今皆然，概莫能外。

但令我辈学诗者汗颜，是我们落实得不好。历史发展到今天，学习条件之好，古人难以企及，但在用功程度上，却与古人有霄壤之别。为诗者，有多少人下过古人读书的功夫？学习标准低、缺乏系统性、浮光掠影、浅尝辄止，可能更为常见。不能深研或博取，没有"妙悟"打底，诗的分量当然不足。现在全国诗词爱好者是个很大群体，有人讲，一天新创作的诗词数量，超过唐朝一代，这或许并非夸大之词。然而，诗词的价值与生命活力，最终是要靠质量来体现和支撑的。推动深学细研，倡导精思"妙悟"，减少陈言肤词和粗滥之作，提高创作质量，既是诗界当务之急，也事关诗坛长久繁荣发展。因此，"妙悟"之论与"神韵"之说，在新时期诗坛有其存在的价值，应当给予更高程度的重视。

二、妙悟自然

诗词创作出乎性情，落于意象。从天地宇宙之大，到毫发丝粟之微，古今中外，天下万物，皆可入诗。而"神韵"诗派，因追求清远简淡，"大音希声"，将日月星辰、江河湖海、山川树木、花鸟鱼虫等自然景物，作为寄情寓意的载体、玩味体验的重点，"妙悟"功夫尤深。

人类与自然是生命共同体，从物质、生态意义讲如此，在精神、文化层面亦然。"神韵"一脉，包括山水诗人、田园诗人，都挚爱自然景物和田园风光，其热爱程度往往身心俱入，心驰神往，几近痴迷。陶渊明"采菊东篱下，悠然见南山""少无适俗韵，性本爱丘山""道狭草木长，夕露沾我衣"等，境与意会，兴味渊深，令人心旷神怡；谢灵运"白云抱幽石，绿筱媚清涟"，没有对大自然的深沉爱恋，是捕捉不到也写不出的。王渔洋更是如此。《四库全书提要》云，"士禛论诗，主于神韵，故所标举，多流连山水、点染风景之词，盖其宗旨如是也"。他一生最喜山水自然，生活中与笔下俱是如此。其原因，当然不排除由明入清诗坛创作题材、关注内容的变化，也不能完全排除他志在仕途有政治安全考量，但更主要的，还是肺腑间对自然景物的喜爱与寄托。作为世家子弟，他性喜魏晋盛唐正音，尤喜陶、谢、王、孟一路，其写诗追求"典、远、谐、则"，愿意倾听天籁之音，沉湎于同自然对话，面对山川河流，便有诗意与灵感流出，这是他的精神寄托和诗作源头，也是其作品具有浓郁韵味和强大生命力的根本所在。为什么现在我们写不出这样的作品，根本差距在于心中无诗，也在于缺乏这份对自然的挚爱与情怀。尤其如我辈人，退休之后方始诗坛学步，过去忙于社会事务，关心的是政治经济，关注的是行为交往，所使用的是逻辑思维，熟悉的是利害分析，最为贫乏的就是对大自然的关注。钟嵘说，"气之动物，物之感人，故摇荡性情，形诸舞咏"。而我们当年只有与工作发生联系，才能感知春夏秋冬、阴晴旱涝，否则不知寒往暑来、花开花落，不知云卷云舒、云淡星稀。对自然熟视无睹，在心中毫无位置，还哪里谈得上"妙悟"！

妙悟自然，首要内容在于观察了解大自然种种景象。历代诗词大家，都熟知山水、田园等物色性状与灵魄所在，或浓墨重彩，或简笔勾勒，自然景物便活灵活现，风采尽出。以王渔洋论，他博学多识，才华过人，大到星河天体、四季物候，小到梅兰竹菊、花鸟虫鱼，均能格物致知。其笔力所及，无论以人观物，还是以物观物，皆能如王昌龄所论，"凡作语皆须令意出，一览其文，至于景象，恍然有如目击"。这当然是很高深的功夫，但止于此境，只是写手，还当不起"妙悟"二字。换言之，"妙悟自然"的真正意味，远不止于此。

"妙悟"之"妙"，本质是人对自然之"悟"，不能单纯到自然景物之中去寻找。讲客观逼真，诗人不如画家，诗词不如摄影；讲洞悉自然景物结构、性能及变化，诗人不如科学家，但是诗人所悟之"妙"，他人均有所不及。它的妙处，是诗人在对自然景物的直接观照中，"仓兴而就""瞬间领悟"，刹那间豁然开朗，直捣人生本谛，实现对情意的贯通、对世理的领悟，对人生的超越。体现在诗词创作上，乃是在所写鲜活自然景色背后，另有一重意旨在。如释皎然所言，写出"两重意以上，皆文外之旨"，后一重意"但见性情，不见文字"。以王渔洋写《秋柳》四章为例，其残照西风、衰柳摇落、青荷黄竹、松柏相映为一重意，其后所隐掩者，是诗人对韶华已逝、青春难再的惋惜和哀叹，再后又有因明朝覆灭、清朝代兴、时代剧烈变迁形成的悲伤和失落，是那种能明白感知而又说不出的凄楚与感伤。这种弥漫于全社会、作者与读者心灵高度契合的情绪，一经点燃，便如野火春风。《秋柳》诗一鸣惊人，唱和者数以百计，一时红遍大江南北，其深层魅力与根源尽在于此。一般而言，此类诗作寄意于象，寓情于景，情景交融。着笔处为景，落脚处为意；画面内是景，画面外是意；字字写景写物，句句写意写情，所以读来既清新，又寄托遥深，含蓄蕴藉。这自然景物之后的第二重意，即钟嵘所言的"文已尽而意有余"，司空图的"味外味""不著一字，尽得风流"，严羽的"羚羊挂角，无迹可求"，谢榛的"妙在含糊，方见作手"，王夫之的"即景会心"，王渔洋的"兴会神到""兴会超妙"。这种表达的功夫，当然不是常人所能做到的，但虽不能至，不妨心向往之。初学者错以为"诗言志""诗缘情"，就可以直抒胸臆，不仅无景，甚至无物，大声呼喊，一览无余，实在是对古人诗论的误读。诗可以说理议事，可以鞭挞讽刺，当然也可以赞美颂扬，但情与理皆须入景，应成为水中之盐，融化其中，而不是游离之外，不能浮在表面或沉在水底。否则，不仅无味，而且令人生厌。这种诗连作者自己都不愿读第二遍，到哪里去找读者？

"妙悟"自然，其对象并非只指生态意义上的传统自然景物。人化自然，作为一个动态的历史过程，在人类生活中分量日重，这是必然趋势。既然"神韵"不是自然的客观属性，那么城市群、高楼大厦、工业园区、高铁、卫星、互联网、手机这些人化自然物，同样可以作为"妙悟"的对象，寄予兴味，纳入兴象，同样可有"象外之象，景外之景"，同样可韵味无穷。现实中已有一些好作品，但还远远不够，需要有更多诗人对此予以关注，展示创作才华。在某种意义上说，这方面的"妙悟"，比纯自然景物更具意义，因为它更多体现了现代性、时代性和历史性。当后人鉴赏今日诗词时，辨识二十一世纪的中国，不是靠春花秋月，星移斗转，而是靠这些铭刻着时代印记的人化自然。通过诗作，记录宇宙在人手中的变化，吟咏当代人的忧乐与情怀，反映中华民族复兴的伟大进程，当代诗者应担负起这一责无旁贷的历史使命，无负时代，无负自然，无负才华，无负生命。

三、妙悟经典

站在巨人肩膀上，才能创造新的高度。从《诗经》《楚辞》起，历代诗作经典，涤荡心灵，陶冶情操，启迪灵思，是诗词创作的典范，也是诗人重要的灵感来源，是必须下力"妙悟"的又一重点。

在这方面，严羽说得最到位、最明白。他主张，学者应"以汉魏晋盛唐为师，不作开元天宝以下人物""学其上，仅得其中；学其中，斯为下矣"，主张"工夫须从上做下，不可从下做上"。他提出，学诗者"先须熟读楚辞，朝夕讽咏，以为之本"，又一一标举历代经典之作，要求均要"熟参之"，尤其"以李杜二集枕藉观之，如今人之治经"。待从上到下功夫做足后，"博取盛唐名家酝酿胸中，久之自然悟入"。尽管有人不同意这些观点，但所言重视经典、取法乎上的方向，经过漫长岁月的印证，与历代诗坛大家的见解相吻合，应当是没有争议的。杜甫讲，"读书破万卷，下笔如有神"；王昌龄讲，诗人须常带"随身卷子"，以防苦思，以备发兴；苏东坡讲，"旧书不厌百回读，熟读精思子自知"；袁枚讲，"诗少作则思涩""医涩须多看古人之诗"。表述不同，其理则一也。历代大诗人各具面目，但精研和妙悟经典，应是共有的功夫与经验。反之，如今日诗坛我辈写手，学古诗如蜻蜓点水，有的只是学几句路边诗以装点门户，背过几首便自信已经登堂入室，粗通门径便以为博古通今，可与古代名家相颉颃，两眼朝天，看什么都不屑一顾。有的为作奇特，把不耻之情、不洁之物也摊入诗中，供世人围观。这种做派，与经典格格不入，于社会无补，于诗词无益，无论其人怎样天资聪慧，有多少人捧场，都是难以实现诗词继承、创新而卓然成家的。

"妙悟"诗词经典，并非易事。既称之为经典，成为千百年来诗者心中之灯塔，自有其精深过人之处，能道常人之所未道，经得住岁月淘洗，在质疑、诘问和责难中屹立不倒。要领会其精髓，从中汲取营养，不仅应朝夕风咏，熟记于心，还需要知人论世，辨其源流，学其方法，得其风旨，并与其他作品相印证，知其真正光彩照人处。要学习这种将经典读薄、读透、读到字句下面的功夫。王渔洋是最现成的老师。他从《诗经》《楚辞》，到本朝诗人诗作，论源流，讲体制，品词藻，对历代经典钩深索隐、各派名作阐幽发微，诸多精妙体会，令人拍案叫绝。他倡导"神韵"，主要途径是编选唐诗。其二十七岁任扬州推官时编《唐诗神韵集》；五十四岁时编《唐贤三昧集》，分上中下三卷，选入王维、孟浩然、高适等四十三人四百五十一首作品；其罢职归里，七十五岁高龄，几乎不能视字时，又编七卷本《唐人万首绝句选》。此外，还编过唐代及明清时期多位诗人的选集及合集。这种编选，建立在对诸家先贤诗作真谛妙意的深刻领悟和精准把握上。他经常拈出如王维"明月松间照，清泉石上流"、李白"却下水晶帘，玲珑望秋月"、常建"松际露微月，清光犹为君"、孟浩然"樵子暗相失，草虫寒不闻"等一类诗句，引人随其领略诗中所描绘的幽静境界，体会具体境象之后的那种渗透禅意的空灵和安祥，倾听言辞之外美妙的天籁之音。听王渔洋评诗，吟诵其诗作及所选之诗，体味其冲和淡远、超然自得之诗境，感受其汪洋恣肆、学究天人之学问，如沐春风，如饮甘露，常有豁然开朗、恍然大悟之感，是人生一大享受。

"妙悟"经典的另一义，是应取实事求是态度，客观公允，不盲从，不溢美，不搞绝对化。王渔洋对孟浩然是无比尊崇的，但对孟直到晚年还"未能忘魏阙，空此滞秦稽"，提出批评，"襄阳未能脱俗"。对"妙悟"始倡者严羽，王渔洋称得上高山仰止，但在学问上却并非照搬照抄，他将严羽针对作家创作所言的"妙悟"，移之读者欣赏，倡导在阅读环节运用"神会""忘兴"，以情、神与作者会，更好地领略诗境，这无疑大大拓展和深化了严羽的"妙悟"说。诗圣杜甫在中华诗坛上的地位是不可撼动的，王渔洋对杜之许多情文并茂诗作给予盛赞，譬如《北征》，但对于其直白无味者一样给予批评，并在唐诗选集中坚持"神韵"标准，未选杜诗入集。这一点曾多为人诟病，但坚持依标准选诗是选家惯例，不合"神韵"者不选，并非不可理解。宗师之作，并不是每首都为精品，对其中瑕疵处进行批评，并不意味着对大师不敬。这种对经典的态度并无多大不妥。相反，那种唯经典是从者，认为老祖宗的东西都动不得，必须字字有来历，句句有出处，连一个名词都不能变的主张，是违反历史唯物主义、不足为据的。相比王渔洋，今日诗坛上一些朋友做得不够好。有的不顾已经天翻地覆，却依旧全用老祖宗的尺子衡量作品；人们讲话声腔韵调变化如此之巨，却至今鄙视新韵作者作品；连四声八病的制定者都达不到的标准，却作为参赛作品的参赛门槛，将一些可能的优秀之作拒之门外。试问，这些做法合适吗，有没有钟嵘当年批评"词既失高，则宜加事义；虽谢天才，且表学问"之嫌？门槛高，不代表学问大。没有创新，哪来经典！如果必须百分之百以《诗经》《楚辞》为规范，哪里有汉魏五言？如果规于唐诗，哪里会有宋词、元曲？这种貌似尊崇经典的言行，实际等于窒息经典，扼杀新生，堵塞诗词发展之路，是与经典的创造精神背道而驰的，恐怕不足取。

也有令人欣慰的，国家语委与中央广电总台推出的《中国诗词大会》，通过对诗词知识的比拼及赏析，参与者共同分享经典诗词之美，感受诗词之趣，从历代先贤的智慧和情怀中汲取营养，涵养心灵。这档节目每逢播出，一家几代争相收看，惟恐错过。相关部门、一众媒体以及各类诗词组织，似应从这一巨大成功中受到启发与鼓舞。中国是文明古国、诗词大国。历代精品诗作譬如山珍海味，若只是冰封在冷库里，无异于没有，即便从冷库取出，不经大师烹饪，人们仍然无福消受；又譬如商周青铜器物，不经专家讲解，不知其价值连城，看其锈迹斑斑，不如一电饭锅值钱，路上遇到也会一脚踢开。历代经典之作，期待"妙悟"之人阐释、传承、弘扬；广大诗词爱好者，翘首以盼，期待大师、专家发力，将其化作营养与财富。更多相关部门、诗词组织和文朋诗友，应齐心协力，响应党中央号召，在弘扬中华优秀传统文化上，有更多、更大、更好的作为。

四、妙悟诗法

诗与禅均须"妙悟"，但两者又有明显区别。于禅而言，一旦心有所悟，了了明白，心地澄澈，便告终结，而于诗却还须进一步转化。严羽既讲妙悟，也讲转化之术。他提炼出"诗之法有五""诗之品有九""其用工有三""其大概有二""诗之极致有一"，这些均可视作广义的诗词之法。郑板桥讲过画竹的"三重境界",即"眼中竹""胸中竹"与"手中竹",以此喻诗,前两竹到禅,后一竹到诗。诗人对转换的规矩和技巧,即诗法,须精心细研,下"妙悟"功夫,才能画好"手中竹"。

王渔洋在诗的体制、格力、气象、兴趣、音节上,均具独擅之美。以诗体论,其虽以七绝名世,但律诗、古风、歌行体长篇也意境高远,文采斐然。以诗风论,其"神韵"红线贯穿始终,前后却又有明显变化,几经转折,渐行渐远。写《秋柳》时,"性多感慨,寄情杨柳",情兴所之,落笔成章,诗中弥漫着的悲伤和凄凉,将人引向痛惜和感叹,如忧伤乐曲萦绕于心,不绝如缕;扬州诗作,英气勃发,借山水抒发感情,意在言外,"韵胜于才",其意境朦胧而遥远,又发散清幽华彩,令人无比神往;写《蜀道集》时,以气贯诗,具大气魄、大格局,其风格雄浑而深沉,"高古雄放,观者惊叹,比于韩、苏海外诸篇"。而到《唐贤三昧》之选,"乃造平淡时也,然而境亦从兹老矣"。从理论上讲,"妙悟"之说,"神韵"一脉,重视的是"表现"而不是"再现",其"大概"应是"优游不迫",而不是"沉着痛快",王渔洋的创作实绩,却能兼具阴阳二美,显示出诗坛盟主的恢宏气度与雄厚实力。

"神韵"诗风形成,需要诸多要素共同发力。王渔洋作为"神韵"一脉集大成者,在诗词形式与技巧上造诣高深,不同凡响。譬如在虚与实、景与情、远与近等对立关系处理上,王渔洋都能别出心裁,匠心独运,使之相得益彰,恰到好处。仅以虚实关系处理为例,便功力深厚,令人叹服。诗词作品,须虚实并举,相互为用,方能构成意境,成为佳作,这是常识。"神韵"诗派尤其重视虚空之法,所以其诗作空灵通透,充满幽静、闲雅、清远之气。东坡诗云,"欲令诗语妙,无厌空且静。静故了群动,空故纳万境"。意思说,诗词之妙,关键在"空""静"二字。《谈龙录》载王渔洋言:"诗如神龙,见其首不见其尾,或云中露一爪一鳞而已,安得全体?"这种实写龙"首",虚写龙尾之法,虚实并举,交相辉映,方可最好呈现全龙。诗中"虚""空"之用,正如画家以烟霞锁其山腰,表现山之高峻;以掩映断其水脉,表现水之漫长。王渔洋的诗,尤善此种笔法,咏物、抒怀、纪游、吊古、悼亡或赠答、留别,实写处有人往人来,虚写处则烟岚天光、水波山色,如"隔帘月""雾中花",若隐若现,若即若离,看得见而又看不清,似乎有又似乎无。这一技法,最吃功夫的不在实,而在虚,即不在写什么,而在不写什么。不写处如书画之"留白",以"留白"之"虚",填补不可言说之"实",使作品既承载起厚重情感,又一片空明,如齐白石画虾,虾似不在纸上而在水中,"无画处皆成妙境",引人遐思无限,流连忘返。与其对照,我辈诗作却正好相反。写之唯恐不细、不详、不实,没有剪裁之功和隐匿之巧,缺乏跳脱和逸气,笔法繁密,意象堆积,画面膨胀,节奏迟滞,这种填鸭式,不给自己也不给读者留活路的作品,毫无生气和灵性可言。即便心中有高妙立意,也难以写出"神韵"味道。而改掉这一缺点,其难度甚于戒烟戒酒。品味王渔洋诗作,除拓展胸怀扩大格局外,尚须从虚实关系之根本上做功课。不明虚实相生之理，不知取舍相辅之道，不明显隐相通之术，不懂轻重相成之法，便从盆盆罐罐中跳不出，或者"虚""实"两张皮，求虚则飘，求实则涩，所欲表达在尺幅内无处安身立命，没有韵味可言。

诗法不得"妙悟"，不在于高妙不可"悟"，而在于不去"悟"。其原因，既有诗者个人追求不高问题，也与诗词组织推动不力相关。单以诗词组织论，近年来，各类诗词研学活动中，对经典作品从思想内容评价多，对诗词艺术创作技法分析少；评价当代作品，对艺术特色关注程度低；组织诗词赛事多，开展诗法理论研讨交流少；对各级各类赛事获奖作品，从诗法层面研究宣传不够。再深究，则与学习目标定位相关。唐朝仕子对诗趋之若鹜，皆因诗入科考，不学难登仕途。今人习诗，至少有一部分为包装与消遣用。以我辈退休者论，如写诗只求自娱，只要有益身心，不作深研，倒也无妨，然而若要印制留存，用作交流，并有传世之心，学一点诗法，作一番推敲，确有必要。诗法并非不可学。退休者起步虽晚，但有深厚的家国情怀，阅历丰富，性情执着，一旦悟入，如一座座金山玉矿，好诗可能会源源不绝。王渔洋终生吟咏，告老归乡年逾古稀尚口授编诗，高论不绝，可谓"妙悟"终生。今日喜欢诗词的老年朋友，何不一试效仿之，说不定在诗词上老有所为，收取意外硕果。退一步论，即便在诗法上难窥堂奥，"好好学习，天天向上"，落得个精神充实，岂不也有益身心？此举如得宣传、文化、老干、民政部门及诗词组织引导和支持，完全可以事半功倍，收到实际效果。应该说，这于个人、于家庭、于社会、于诗坛，均为一大幸事，善莫大焉。

作者简介：赵润田，山东省原副省长，山东省政协原副主席，中华诗词学会副会长，山东诗词学会会长。

当代诗歌批评的误区与困惑

向小文

随着网络的发展，网络文学熙熙攘攘，纷纷登场，传统诗词一度走向了边缘化，诗歌批评陷入了一个又一个困境。人们热衷于谈论资本的价值和力量，我们的传统诗词，遭受着被冷冻的境遇，面临着被强势话语解构的危险。而本来就不成系统和理论的诗歌批评，更是显得软弱被动，无所适从。那么，我们诗歌批评的未来在哪里？我们的诗歌批评究竟该怎样走下去？

这是一个多元化的时代，在这样一个时代下，新的历史语境和社会环境对诗歌批评的影响是巨大的，有时甚至是致命的。但我认为，尽管外在环境制约着诗歌批评，退一步来讲，如果把诗歌批评置身于这样一个多元化文化大环境的视角下进行新的阐释，反而有利于当代诗歌批评更加清醒地认识自我，积极地寻求更新之路。我对当代诗歌批评的误区与困惑的理解，概括起来大致有如下几个方面：

一、理清批评者、写作者、读者的三者关系

这里要讨论的诗歌批评，是指批评者对诗词作品进行介绍、言说、解释、赏析，强调对诗歌进行鉴赏性阅读，在对诗词作品进行具体的分析过程中，由"外行看热闹"的娱乐性阅读转变为"内行看门道"的鉴赏性阅读，达到审美体验和经验的传达。在这里，我们必须要把诗词作品，也就是具体文本，还有诗词创作者、读者三者看成一个统一的有机体，来进行审视和分析，而不是把他们分割开来。

诗词作品是物化的具体文本表现形式，需要评论者反复研读，悉心体会，不仅要玩味其中的句法、表达手法，还要"入神"领会诗人的"用心处"和诗作的"精妙处"，更要领会诗人的深层次含义和韵味。按照"知人论世"的关照方法，批评者对诗人当时所处的社会环境和当时的创作心境也必须有所了解，这样便于更好挖掘诗人隐含在文字里面更深层次的内容和要义。这需要批评者加强文学涵养，具有专业的文学素质，用犀利的眼光对古今中外的诗篇有个纵向的了解和把握，对经典诗词的判断有着较深的理解。同时，随着全球文化的不断交流合作，批评者不能满足于古代印象式、片言只语的批评

模式，而是要及时调整自己的批评方法，吸收外国一些最新美学原则和理论方法，吸纳 21 世纪最新美学成果，建立起符合我们时代审美元素和时代精神的诗词审美学理论。

还有，我们的诗词作者在看到批评者发出建设性的意见和新的期待后，必须忠实地接受批评者的建议，看到自己的长处和不足，及时和批评者进行沟通和交流。对于成功的建议和批评一定要吸纳为先，以便在后续创作中加以改正和提高，而不是批评者只有批评，创作者只有创作，二者老死不相往来。也只有在这种健康循环交流的前提下，诗人才不敢怠慢，才会呕心沥血、孜孜不倦，严格要求自己写出更多精美的诗词作品来。

另外，批评者审美经验和判断的表达，自然会对读者的审美产生一定的导向作用。批评者在这里充当读者的导游，逐步教会读者如何判断，让读者的思想在正确的逻辑轨道上一步步凝聚起来，对提高他们的文学鉴别和审美的能力具有不可忽视的作用。反过来，读者审美判断能力的提高，就会对诗词作品提出更高的要求，对诗人的创作提出更高的预期，对批评者的判断也会提出更高的预期。

所以，对待诗歌评论，我们决不能把批评者、写作者、读者三者分割开来，甚至对立，不能单纯地把诗歌批评看作是评论者的单一责任，不能忽略写作者的姿态和态度，也不能漠视读者的热情和善意的提醒，而是三者互动，共同关注，共同参与，共同建设，才能实现诗歌批评的良性循环。

二、批评者的道德和勇气

相当长一段时间以来，批评的声望在不断下滑，批评的公信力得到了严重的质疑，批评一度陷入了进退两难的尴尬境地。有人说，我们这是一个批评集体失语的年代；有人说，我们的批评不是少了，而是过度"繁荣"，简直多得要"过剩"了；也有人在反问："真正透彻的批评声音为何总难出现？"这是一个属于时代的困惑，因为随着西方精神信仰体系的整体崩溃，西方文学进入一个价值多元甚至混乱的现代与后现代时期。而中国在进一步扩大与世界经济、文化、思想的交融后，人们整体的精神信仰和价值观念也发生了巨大变化。由于全世界的文化价值观走向了多元化趋势，相应强有力的统一文化价值观的认同得到了削弱，而新的审美体系又不能及时构成，表现在思想界、文学界则是文学批评资源的匮乏和批评标准的混乱。在这种大环境的制约下，对我们的诗歌批评者提出了更高的要求，一方面是有统一稳固的理论标准来判断作品，一方面更需要批评者沉潜自己，需要超出常人的勇气，站在道德的高度对作品发出尖锐而又充满诚挚的声音，它不单纯是批判和鉴别，也需要引导和鼓励。

反观当今的诗歌批评，包括我们的散文、小说等文学批评有不少整齐划一的赞扬声，不敢提出自己尖锐而真实的想法。喜欢听好话固然是人性的本能，谁都希望自己的创作能得到评论者的认可和欣赏，这从人性的自我价值希望被欣赏和得到尊重的角度来说，无可厚非。但作为批评者，一定要保持清醒的头脑，时刻告诉自己，时刻提醒自己，敢于言说自己的真实想法，敢于提出自己的判断。因为评论是一个审美过程，是一门学科，是一种鉴赏艺术，在本质上是非功利性的，它具有自己独立的品格，而不能被工具化、"政绩化"、实用化、商业化。也只有这样，作者才能听到你最真实的声音，读者也才能鉴别优劣，发挥你作为一个批评者应有的作用。

或许有人慨叹，当今世界无论是政治经济，还是思想文化都走向了多元化，我们的评论和判断走向多元化也是时代之所需。如在传统认知中，文学应该是精英文化，应具有鲜明的载道功能。但是今天的有些文学家和评论家，认为文学不应该承载过多的社会功能，文学只不过是为了自娱和娱人，只是为了展示人类想象和创作的魔力。但是，世界文化不管怎样走向多元化，千百年来文学凝聚成的价值判断是无法改变的，根本的审美尺度和共通的价值观是无法改变的，如人类对生存的意义，个体生命的尊重，自由、民主、平等、互爱，等等，都是文学中无法回避的问题。也只有触及这些问题的最深处，这样的文学才最有现实的意义。

因此，我们的评论者对于一些丑陋的文学现象应该敢于批评，对于一些口号式、口水式的文学创作要敢于批判，敢于旗帜鲜明地表达自己的不满。评论只能对诗词作品，而不能对人，而不是看创作者的地位和身份。文学评论者应时刻坚守批评的勇气，还有批评的底线。

三、勇敢地表达自己的判断

作为批评家，批评的功能就是解释文本，一是与作者对话，二是规范读者的阅读趣味。这两个功能要求批评者要敢于表达判断，而不是批评主体的丧失。当今的诗歌批评，尤其在各级高校盛行的学院式批评，他们提倡放弃判断。相对应的客观、冷静、中立成为他们批评标准的品质和特性，认为过多的判断带有过多的主观意味而容易令人生疑。"学院派"批评家认为，他们的工作仅仅是分析和描述，而主体感受、浪漫激情、深刻的辨识力等一切和主观有关的东西都纷纷后撤，纷纷退场。他们善于用某种理论，对文本进行逐一而冷静的剖析，而自己的态度则深藏于文本的背后。因此，相对于以前新鲜活泼的评论语言，甚至可以当美文来读的评论文章，我们现在看到的大多数评论文章，基本都是引经据典，引用为上，失去了独特的个性、鲜活的文风，读来面目可憎、似曾相识，淡然无味。在这里，对作品的解读就变成了他们仿佛用手术刀对冷冰冰的尸体进行剖解。这样的评论文章，往往缺少个性，缺乏激情，可读性不强。无怪乎有人曾经指出，我们这一个时代是一个"思想家退位，学问家凸显"的时代。一切评论文章满足于考证、技巧的纯熟，满足于操作程序的流畅和制作的精美，完全抛弃了评论的主观功能。

幸运的是，我们的诗歌评论大多属于专业批评，它侧重于对诗歌文本的细读、分析、定位，从众多的诗作中为读者挑选出精品，并引导读者去认识它。这种专业的诗歌批评者，大部分也是诗歌的创作者，有着比较丰富的创作经验，缺乏系统的学院批评体制的束缚。相对来说感性认知大于理性认知，喜欢在点评中表达自己的倾向，批评主体意识较强。但是本身相对薄弱的理论水平，也容易导致学院批评的责难。因为学院批评是依仗在一定理论基础上的研究，循规蹈矩，四平八稳，文风和文字都不可改变和逾越。学院批评者也往往看不起专业批评者，认为专业批评缺乏学理依据，严谨性容易得到怀疑和挑战。加之，学术论文的发表要求学理依据的加强，在大多数院校对文学批评的文章不能算作科研成果，这导致了高校的科研文学批评大部分容易向学院批评靠拢和妥协。久而久之，这种风气愈演愈烈，我们的诗歌批评就变成了专业的考证学、文献学。这样的批评文章不仅没有生气，也没有味道，与我们的普通读者越走越远，路子只会越走越窄。

另外，不可忽视的是近些年来兴起的媒体批评，它依赖报刊、电视节目、新媒体来传递批评的声音。电视节目、新媒体采访带有文化批评的味道，强调媒体的轰动效应，在专业的理论水平上和专业批评、学院批评还是有一定的差距。它注重时效效应，商业化的色彩比较浓厚。报刊则由于生存的艰难，转变了传统文学评论方向，评论版面大部分沦陷成了职称文章的展示园地。在这样一个大环境下，媒体批评基本失去了真知灼见的评论，失去了批评的基本意义。

四、呼唤批评的创新

事实上，随着商业文明的进步，科技的便利，我们的诗词作品每天数以万计，我们的诗词评论数量也是蔚然大观，叫好声一片。现在，我们的写作告别了农耕时代的私人体验和艺术自适，无论是创作还是评论，不再是个性化、精英化、贵族化的专业立场，我们的诗歌评论写作进入了公共经验、大众狂欢。评论者们为复制而忙碌，复制着似曾相识的论著，炮制着批量的论文。我们的诗歌评论也面临着同样的命运，同样被复制，被广泛地传播。复制过多就会容易泛滥，威胁着每一个具有独立批评话语能力和艺术个性的批评家，这是最可怕的。

那么，在复制泛滥的这样一个大环境下，我们的诗歌批评如何创新，如何才能打破当下的僵局呢？创新说白了，就是要保持自己独立的精神品格，保持独立的批判精神和价值标准。我们要在利用传统感悟式、现实主义传统的基础上，及时刷新美学审美理论，及时向世界文学靠拢，加强批评家自身的修养。落实到具体的诗歌评论中来，评论者们一定要深切感悟到每一个字、每一句话，评论要落实到具体环节，这样才能令人心服口服。而不是用大而空泛的词语来扣帽子，比如说思想积极、艺术鲜明、风格明显等放之四海而皆准的批评方法。一定要注意宏观和细节的把握，既要跳进和深入诗词文本，又能"终当求所以出"，而绝不是"死在言下"，只有这样，评论者才不能被作品牵着鼻子跑。也只有这样，我们的诗词批评才能从鉴赏性批评走入批评性鉴赏的高级阶段。

诗歌批评从纵向来看，可以说"中国向来只有诗话而无诗学"，就是翻开历代诗歌文论篇章，从《毛诗序》到《文赋》，到《文心雕龙》，再到王国维的《人间词话》，也大多是片言只语，凌乱琐碎，难成理论和系统，多是点到为止，感悟为主，提倡思而得之，希望充分调动读者的审美能动作用。从当今诗词大好局面来看，我们的诗词阅读群体数量上确实得到了大大提高，但群体的文化水平和文学审美能力也良莠不齐。所以，传统的过于简约的诗词点评，就难以激起读者意识中的诗歌活动，获得诗词应得的审美效应和传达。我们的诗歌评论一定要充分发挥白话文的优势，用生动而形象，又符合诗歌评论特征和审美的字眼，把诗歌中蕴藏的意境充分展现出来。晓之以理，动之以情。在这里，我建议我们的诗歌评论者，可以学会用优美的散文论调来写诗歌评论，而不要老是用学院派那一套死气沉沉的笔调来写。这样读起来，才让人觉得批评不再是冷冰冰的学术研究文章，而是文笔优美、富于激情的散文。让它既有文学价值，又有学术含量，这样又何乐而不为？

另外，关于诗歌评论的创新，我认为我们的笔触不能仅仅限于评价诗词文本本身。我们应该学会从一个问题联系到当代诗词创作的现实情况，适当结合当代的诗词理论，不单纯地是对诗词作者本身的赞扬和审美导读，而应该上升到另外一种理论高度，以期对我们的诗词创作者还有诗词评论者有所启示和感悟。这样的点评才是超越了文本的真正点评，这样的点评也才能令人眼前一亮，深得要害，不负众望。

作者简介：向小文，湖南邵阳人，现任《诗词百家》杂志主编。

当代诗词与当代元素

凌大鑫

每一个时代的文学作品都会深深地打上那个时代的烙印，当代诗词也不例外。

回首中国诗歌史，这里面的每一首诗词，都包涵巨大的信息量，反映着作者所处时代的政治、经济、军事、民生、民俗等，每一个时代的诗词都充满了那个时代特有的元素，时代元素也成就了每一个时代的诗词名人、诗词名篇。

一、用当代语言写当代情感

纵览中国诗歌史，我们可以发现每一个时代的诗歌都是用作者所处的那个时代的语言来书写那个时代的情感。郭沫若曾说："要作诗就要作今天的诗，要用今天的语言写今天的感情、今天的理想、今天的使命。"

中国当代著名书画家、教育家、古典文献学家启功先生写有一组《鹧鸪天·乘公交车》，运用幽默风趣的当代语言描写了某个时期的城市公交车乘客的所见所闻、所思所想，如：

> 乘客纷纷一字排，巴头控脑费疑猜。东西南北车多少，不靠咱们这站台。
> 坐不上，我活该，愿知究竟几时来。有人说得真精确，零点之前总会开。
>
> 铁打车厢肉做身，上班散会最艰辛。有穷弹力无穷挤，一寸空间一寸金。
> 头屡动，手频伸，可怜无补费精神。当时我是孙行者，变个驴皮影戏人。
>
> 车站分明在路旁，车中腹背变城墙。心雄志壮钻空隙，舌敝唇焦喊借光。
> 下不去，莫慌张，再呆两站又何妨。这回好比笼中鸟，暂作番邦杨四郎。

某些诗词作者认为，写诗词必须用所谓的"诗语"，要雍容典雅，否则就是口水诗、大白话。以启功先生的学养，绝对可以称得上"腹有诗书"，但启功先生在这里没有炫耀自己有多么高大上的学问。他抛却那些诗必典雅的条条框框，信手拈来，以大量的当代日常生活中常用的口语入诗，用典也都是当代人民熟悉的典故。不雕琢，不堆砌，不做作，语言朴实，描写精准，画面感强，幽默感更强，甚至很多语句就是当代普通人口头经常说的话，如"车站分明在路旁""不靠咱们这站台"等，就如一位邻居老者与我们娓娓道来，亲切自然，又清新脱俗。

《鹧鸪天·乘公交车》写的是每天乘公交车上班的普通人的日常生活，琐碎而繁杂，却是对我们曾经的某个时期最好的记录。作为普通乘客的作者对于公交车久等不来的焦急、在拥挤不堪的车厢里无力反抗只能任人推来推去的束手无策、欲上车而不能且欲下车而更不能的无可奈何、寻车站而不着只能徒步的苦不堪言，等等。笔者当年也曾经乘公交车上班，词里面的场景基本都经历过，所以第一次读到这些作品便倍感亲切，仿佛这些画面就在眼前，仿佛我就是作者身边的那些普通乘客中的一员。

著名诗人邵燕祥先生这样评价杨宪益旧体诗词集《银翘集》："杨宪益常自谦他的诗是打油诗，如果以为他的诗止于打油，那就看的浅了。我宁愿把他的标榜打油看作对言不由衷、言之无物的伪诗的挑战，对温柔敦厚的传统诗教的反拨。"

杨宪益先生自称"学成半瓶醋，诗打一缸油"，真是这样吗？杨诗多用当代口语入诗，语言浅白，诙谐幽默，但浅白的语言后面，细细品味却有深刻的思考：

自 嘲

清谈夷甫终无用，击鼓祢衡未必佳。
差似窗前水仙草，只能长叶不开花。

邵燕祥先生说："……这里也许有宪益的自嘲吧，但我以为也有对我这一类知识分子的批评，凝结了忧患时世和历史经验的思考。"

水仙是石蒜科多年生草本植物，伞状花序，花瓣多为6片，花瓣末处呈鹅黄色。水仙本来是开花的，花期在春季，但杨宪益先生笔下的水仙却"只能长叶不开花"，这不由得让我想起了南橘北枳效应。人和植物原本一样，不同的环境下会有不同的结果出现，开花或不开花，是环境决定的，你适应这个环境你就开花，你不适应这个环境，你有再大的本事也休想开花。作为想要开花的你，仅仅有开花的本事肯定是不行的，"汝欲学作诗，功夫在诗外"，没有这"诗外的功夫"，你充其量能混个"墙里开花墙外红"。联系我粗浅的人生阅历，这样的人和事也是数不胜数，多少人愤愤不平，多少人寻求改变，但最后都是无济于事，只能自己安慰自己，自己找理由息事宁人。

"我自闭门家中坐，老来留个好名声"，面对现实世界中丑态百出的文化人，杨宪益先生无力改变他人，只能用诗句表达自己内心对这些人的不屑一顾和对自己人生信仰的坚守，我改变不了世界，但我必须守住自己做人的底线：独善其身。

"如今狗肉充羊肉，半个男人是女人"，唐王昌龄说："诗有三格，一曰得趣，二曰得理，三曰得势。"（《诗中密旨》）此联的下联由著名作家张贤亮的大作《男人的一半是女人》化来，以"男人女人"来对"狗肉羊肉"。乍一看有风马牛不相及之感，再一看却趣味盎然，别有意趣，这一联甚至放在二十一世纪的今天也并不过时，放眼望去，如今狗肉充羊肉的人和事都大量存在，恕我不能在这里举出具体的事例。杨宪益先生对这些不正常的现象的批判不可谓不精准有力。

二、以作者自己的特殊经历或职业为创作题材

一个人因为某种特殊原因，可能会拥有一些与众不同的人生经历，诗词大家会把这种人生经历作为旧体诗词的创作题材。

聂绀弩旧体诗词是公认的中华诗词在当代的一座高峰。新中国成立后聂绀弩历任中南区文教委员会委员，中国作协理事兼古典文学研究部副部长，香港《文汇报》总主笔，人民文学出版社副总编辑兼古典部主任，中国文字改革委员会委员，1958 年被错划为右派，送北大荒劳动，1960 年冬回北京。聂绀弩诗词从自己的特殊经历中选择创作题材，书写心中的真情实感，他在《散宜生诗·自序》中说："1959 年某月，我在北大荒八五零农场第五队劳动，一天夜晚，正准备睡觉了，指导员忽然来宣布，要每人都做诗，说是上级指示，无论什么人都做诗。……但也立刻每个人炕头都点上一盏灯……满屋通明，甚于白昼。并且都抽出笔来，不知从何处找出纸来，甚至有笔在纸上划得沙沙作响。……以后过几天来这么一次，我也过几天作一首七古，当然都是以劳动为题材。"请看聂诗《锄草》：

> 何处有苗无有草，每回锄草总伤苗。
> 培苗总恨草相混，锄草又怜苗太娇。
> 未见新苗高一尺，来锄杂草已三遭。
> 停锄不觉手挥汗，物理难同心自焦。

纵观中国诗歌史，草在古代诗人的笔下多是正面的、美好的意象，如屈原的香草美人，谢灵运的"池塘生春草"，韩愈的"草色遥看近却无"，白居易的"离离原上草"等，无不是把草这一大自然中的寻常事物作为美好的形象来讴歌、来赞美的。聂绀弩先生却并不沿袭陈规，他一反常态地把草作为一个负面的、丑陋的甚至是邪恶的形象来描写、来批判、来抨击。"未见新苗高一尺，来锄杂草已三遭"，正面的但又是弱者的"新苗"生长缓慢，负面的且丑陋的甚至邪恶的"杂草"却被锄了三次，锄草三次后结果如何，诗中虽然没有明确交代，但我们完全可以想象得到，杂草仍然在负隅顽抗。难道这苗与草的斗争也如现实世界中的好人与坏人的斗争那样最后好人永远斗不过坏人吗？我

不愿做这样的联想，但诗中的描写又不能不让我产生这样的联想，看来正义战胜邪恶的路还很漫长。

古人亦多有写锄（除）草者，古人的锄草，多是文人士大夫的闲情逸致，也有如唐李绅《悯农》写到对劳动人民的同情，对封建统治者的抨击，但他们的锄（除）草仅仅是作为旁观者笔下的锄（除）草，尤其是有史料记载李绅一顿饭要吃掉若干个鸡舌头，使其对劳动人民的同情也大打了折扣。聂诗《锄草》却与他们并不相同，曾经也是右派的著名作家王蒙在为《聂绀弩旧体诗全编注解集评》所做序言中说："聂的锄草诗，与我的生活经验百分之百地一致。其实这里有接受改造的含义，说明下乡劳动是何等艰难，何等伟大，知识分子是何等无能，何等汗颜。不，这里绝对不包含诉苦，农民锄个草还不是小菜一碟。人生本来就不公平，庄稼本来就不好长，未见新苗高一尺云云，倒是有点内心不快、不那么顺气的感觉，本来那个时期人们都说是大丰收、放卫星的。锄草三遭，苗未长一尺，看来聂公那时已删除幻想了。"

由此我们可以明白无误地看到，聂绀弩先生笔下的锄草，完全是那个特殊年代的中国知识分子亲自参加的田间劳动锄草，这种特殊的人生经历造就了这首与众不同、前无古人的《锄草》诗，尤其尾联"停锄不觉手挥汗，物理难同心自焦"更写出了那个特殊时代里知识分子的无奈与无助，这种复杂的、特殊的思想情感是古代文人士大夫绝不会有的情感。

职业，即个人所从事的服务于社会并作为主要生活来源的工作。以自己的职业为创作题材，也可以写出与众不同的诗词作品。

当代著名诗人武立胜先生青年时曾投身军营，火热的军营生活为他的诗词创作提供了丰富的源泉，军旅诗词成为他诗词创作的重要组成部分。笔者一直认为，今之军旅诗词当承古人边塞诗一脉而来，但今天优秀的军旅诗词亦应在古之边塞诗基础上有明显的创新，把武立胜先生的军旅诗词与古人的边塞诗作一个对比，我们就可以看到这一点。

我们来看这首《闻母病重不能回乡探视有寄》：

家乡远眺泪如麻，不是孩儿不想家。
千里疆关犹未靖，边情日日我需查。

刘勰在《文心雕龙》中说："诗者，持也，持人情性。"西汉学者毛亨为《诗经》所作的《大序》里也写道："情动于中而形于言……"武立胜先生的这首七绝没有军营中的宏大画面，也不是什么宏大主题。这里没有古代边塞诗的热烈奔放、慷慨悲壮，更没有开阔的画面，雄浑的意境，以及被王国维称之为"千古壮观"的"大漠孤烟直，长河落日圆"之类的名句，但这里有人间烟火，这里有真挚的亲情。凌钺一在《浅谈武立胜军旅诗词艺术价值的实现》一文中对这首诗有这样的评价："在这首绝句中武立胜老师选取了一个每一位镇守边疆的军人都可能会经历，但是却很容易被公众忽略的人生体验——当对陪伴自己牵挂的母亲的渴望与自己履行作为一名军人的光荣职责发生冲突时，作为儿子和军人最终在泪如麻的思念与苦痛中，毅然做出了坚守岗位的抉择。进而在这一具体情境下展示出了作为儿子的孝心与作为军人的谨慎与坚毅，并最终体现出了军人的无私奉献与崇高品质。"笔者认为这个评价公允恰当。

三、从当代特有的人、事、物选择创作题材

钱钟书说："前人占领疆域越广，继承者要开拓版图越难。"中华诗词自《诗经》以来，创作题材几乎涵盖了人们所见所闻的所有角落，今天的诗人创作旧体诗词是否只能在古人创作题材的范围之内去重复古人，这是一个需要解决的问题。因为现实中还有很多诗人在写那些长亭送别、月下相思、梅兰竹菊等，如果他们能如毛泽东同志的《卜算子·咏梅》那样翻出新意还好，但是这些人中的大多数基本写不出新意，基本都是在重复古人，这样的创作还有意义吗？

褚宝增先生的旧体诗词，多从现实生活中发现题材，用旧体诗词这种传统形式写他对今天世界的思考。

边陲民俗旅游景点货摊

本是批发店里存，村姑介绍是家珍。
村姑也是租来的，人假难说货是真。

袁枚《随园诗话》中说："诗用意要精深，下语要平淡。……求其精深，是一半工夫，求其平淡，又是一半工夫。非精深不能超超独先，非平淡不能人人领解。"改革开放后，随着生活水平的提高，旅游成为国人工作之余很好的休闲方式。中国地大物博，旅游资源丰富，在某边陲村镇的一个民俗旅游景点，作者就遇到了这样一幕，本来是从批发市场购进的商品，作为营业员的村姑告诉游客说是"家珍"，但这村姑表演水平太一般，正应了老曹那句"假作真时真亦假"，被洞察一切的作者发现其并非真正的村姑，由此作者想到这个假村姑出售的商品也未必是真货，作者虽然没有明确说出来，但对这种现象的批判已表达在了字里行间。当今时代，旅游景点的商业欺诈并不鲜见，差不多可以说每一个有旅游经历的人都会遇到过，这是否为今天这个时代所特有我不敢说，但古代诗人的旅游诗里面好像没有这样的记载。

现实生活中，真与假一直陪伴在我们的左右，心怀公平正义的人都希望真一直存在，都希望假远离我们，但现实能如此吗？这就需要我们拥有一双慧眼，明辨身边的真假，当然，这双慧眼借是借不来的，只能靠自己。孔子说"视其所以，观其所由，察其所安，人焉廋哉？人焉廋哉？"（《论语》）孔子认为，要真正了解一个人，应该看他言行的动

机，可以看出他的心志是否纯良；观察他的行为方式，看他做事的方法是否妥当；考察他安心于什么，看他的原则底线，此三点了然于心，就没有人能够欺骗你了。再有，我们不能明辨他人的真假时，也可以看一看他的朋友，一个人有什么样的朋友，他基本也就是什么样的人，一个真诚的人是不会拥有一个虚伪的朋友的。人与物的关系基本也是这样，假村姑绝不会出售真货，真货也到不了假村姑的手上。真可以永久，假也会长期与真共存，识破假要靠我们自己。

如此言浅意深、具有鲜明当代特征的作品，褚诗中比比皆是。"一旦谁先掀顶盖，惊其所剩不盈瓢。"（《股市大跌》）此诗中况味，炒股人心中自是难以尽言。"何德受领接连爱，逼我呕心竭力酬。"（《中国地质大学第九届我爱我师十佳优秀教师获奖感言》）写自己在获奖后的所思所想，表达了作者作为一名大学教授对工作对学生的一片赤诚之心。"莫恨长缨六军迫，谁怜白骨百城焦。"（《华清池二首》）则撇开古人观点，站在今天的角度对唐玄宗与杨贵妃的爱情做了全新的思考，一个人的生命与天下百姓的生命哪一方更重要？两个人的爱情与天下百姓的平安哪一方更值得诗人讴歌赞美？作者在诗中已给出了答案。

褚宝增先生诗词创作一向提倡"时事、时心、时语、时音"，褚先生的高徒李俊儒在论述褚宝增先生诗词时说："明代前后七子以标榜唐诗创立门户，他们的问题在于拟唐人之辞藻，而空有浮响，了无余味。读来不过是唐诗的仿体，而很难见出作者的真实性情与历史环境。这一点，在清初已经有了定论。而今日之社会变革，其剧烈程度又远胜于唐代到明代的变化，针对今日诗坛涌现的拟古之风，先生的这一论点，无疑是一剂苦口的良药。"

当代诗词与当代元素互相依存，当代诗词离不开当代元素，当代元素也最应该走进当代诗词。愿当代诗人用自己手中的笔记录时代，记录历史，如我们的前辈诗人那样为我们的后人留下一卷既有厚重的历史感又有鲜明的时代性的诗词佳作。

作者简介：凌大鑫，教师，辽宁海城人，中华诗词学会会员。

诗的时代和诗的脚步

孙葆元

诗词是中华传统文化中占据重要位置的文学艺术形式，弘扬传统文化，振兴诗词创作不可或缺。当下诗兴蓬勃，吟咏风畅，于是我们看到许多诗词气象，诗词大赛参与踊跃，诗词征文此起彼伏，诗社遍及城乡，写传统诗词的人越来越多，诗唤醒着人们心底的诗情，那是一个时代的心声。中国是诗的国度，从有文字起就有了诗歌，绵延两千五百年，每一个时代都有标志那个时代印记的诗篇，无数的诗篇连接起来形成诗的脚印，映照成中华传统文化的灿烂。

纵看中国文学史，从来没有见过亿万人加入一个时代诗歌合唱的壮观场面。唐朝是诗的朝代，举国人口8000万至9000万人，《全唐诗》记载了2536位诗人，写诗的文化人占比也就是0.000028，凤毛麟角，可是他们创造了唐诗的辉煌。唐诗的光泽一直照耀着今天的生活。反观今天的诗词创作，除了毛泽东诗词，还有几首、几句能给时代留下一声回音？在不远的前边，诗词发生断代，这个断代给诗词发展留下致命的伤痕，当我们重新拾起这个珍贵的文化遗产，必须明白它的文化肌理。

一、不尽如人意的现状

诗词盛世不在于篇章的数量，而在于诗句的过目难忘。难忘以致隽永，难忘是诗词的时代高度。现在诗词创作一方面诗潮奔涌，一方面佳音难觅。反思一下，大约有如下原因：第一，创作太拘泥于格律形式，忽略了思想表达。这样说不是要废除诗词格律，而是说，创作者还没有完全从格律的必然王国进入自由王国，尚不能熟练地掌控平仄声律、语言韵律、词牌特性，创作思维进入"照葫芦画瓢"的境地。只自顾地寻找合适的韵脚，忘记了任何作品的创作都是要表达一定思想情感的，于是作品中就出现了大量模拟古人情绪的东西，比如写闺愁、恨别、伤春、悲秋，诗的情感远离了现代生活；还有的作品，春来了写春，秋来了写秋，节日来了写节日，轮回地写，不懂得以此为喻，把特殊的情感融入其中，所有的诗都像仿制品，或者批量产品，自然没有读者。第二，有些作品注意到反映现实生活，但是诗句陷于口号化，直白，浅淡，一目了然，缺乏诗的委婉与暗示，诗的内容没有深意。第三，丢掉了赋比兴的传统，直白铺陈，造成诗的表述缺乏"化"的技巧。优秀的范例有毛泽东的"安得倚天抽宝剑"，李贺的"昆山玉碎凤凰叫，芙蓉泣露香兰笑"，都是用"比"的手法来表达一定的思想感情，现代诗词则弱化了许多。第四，题材选择不严谨，缺乏对题材内涵的深思与挖掘，叙述浮于表面，只是用格律的套路泛泛地把事物说出来，没有独特的见解，意韵浅薄。第五，炼句有待提升。诗词是古汉语思维，要会用虚词，要巧妙地化名词为动词，要独创性地使用双音词，这是增加诗句容量和鲜活力的必要手法。

诗词作为一门学科是需要训练的。训练没有捷径，要从声律启蒙开始，学会对韵，懂得语气的起伏，除了明白前人优秀作品思想艺术的精彩处，还要知道吟咏时语音的高妙处。传统的童子学诗，是从声律启蒙和对韵讲起的，用韵统一，不像现在可以用这个韵，也可以用那个韵，只要注明就行。结果是音韵混杂，作与吟分离，作诗的不知道如何吟，吟诗的不知道取何韵。现在的学诗词走捷径，从一个词牌或者诗格进入，照位置填字，为了平仄规范，有些字填进去也是凑合。诗词创作缺乏艺术上的科学教程。

二、诗的品种需要百年打磨才能成型

时代呼唤与它相适应的诗。传统诗词的复兴，不是形式的复苏，而是思想内容借助这个形式服务于它的时代。传统诗词经历了民谣到古诗，又到近体诗，再到词，然后进入散曲的变迁，每一个变迁都带着那个时代鲜明的文化特征。更重要的是，每一个形式体裁的变迁都经过百年的创作打磨，才完成定型。这是一个从创作实践到理论再回到实践不断总结完善的过程，最后固定下诗词的本体。同样，新的社会主义历史阶段也需要与它匹配的诗词，继承是中华文化不离不弃的必由之路，新时期的思想与传统的诗词定式需要一个磨合的历史过程。翻一翻诗歌发展史就会明白，《诗经》成书于西周晚期到春秋中叶，至今已经有2500年的历史，它的文字读音与今天的读音已经发生变异，是中国古诗之母。从《诗经》到近体诗跨越1300余年，历史进入初唐时代，其中经历了两汉、两晋和南北朝的古诗阶段，诗歌走上了近体诗的定型之路。从近体诗到词，又经历了400余年的演化，词萌生于南朝，形成于唐朝，盛行于两宋，绵延1500年至今。词之后是散曲的诞生，由于它诞生于元代，又叫元散曲。散曲是词的补充，它有规律的词调，有如词一样的字数限制，然而它允许在曲句中加字，可以在同一个曲调下组合成带过曲和散套，这样的改革就把容量扩大了，有了近体诗、词不具备的叙事功能，可以吟诵、清唱，是诗词中的叙事诗。

诗词曲是华夏大地上2500年来歌吟的演变与发展，从它的脚步来看，没有固定的发展模式，只有演变着的发展形态。每一个历史时期都有它的诗的精彩。那么今天的我们应该如何发展继承这一份沉甸甸的文化遗产？还能用古老的思维去填充它的躯壳吗？还能用已经消失的读音去复原它古老的传递方式吗？甚至有人提出打破平仄限制，填空般在词牌、曲牌中填上合适的字。如果这样，近体诗还能叫格律诗，词还能叫词，曲还能叫曲吗？一系列混乱意识说明我们缺乏诗词的基础教育。受众喜爱诗词，却不懂得诗词在格律上的精深之妙，而这正是中华语言最精彩的部分，继承古体诗词传统其实是继承中华语言的组合表叙艺术，这是诗词传统的精华。

三、诗是语言、声韵进化的载体

什么是诗？诗是一个民族表达情感，诉说由衷，带有韵律的语言结晶。中国传统诗词是在规定的框架内表叙无规定思维的语言艺术，这是由中华语言的发音决定的。从这个意义上说，传统诗词发展是承袭框架结构，适应时代语音，发展思想情感，使它走上一个新的历史高峰。

当下诗人纠葛循什么韵？具体说，是用古韵还是用今韵。没有一个朝代像今天的诗人那样多元地用韵。于是韵谱齐发，《平水韵》《词林正韵》、填曲的《中原音韵》以及规范于现代汉语的《中华新韵》云集诗坛。当代诗人活得累，写一首诗还得加一个括号，注明我用的是什么韵，为历代诗人所仅见。当年归纳成《平水韵》的是金朝人刘渊，鉴于宋金之交语音的混乱，他根据唐人的作品，归纳诗歌韵部，把汉字韵脚划分成 106 部。刘渊是山西临汾人，那个地方归金朝管辖，叫江北平水，所以刘渊韵谱就叫"平水韵"。

《词林正韵》的作者是清道光年间江苏吴县人戈载，书中重申从宋至清近七百年的语音变化，校正了一个时代的音准，开篇明义："词学至今日可谓盛矣，然填词之大要有二，一曰律，一曰韵，律不协则声音之道乖，韵不审则宫调之理失。"清朝是古训诂之学盛行的朝代，对音律的考校十分严格。康熙年间，张玉书根据平水韵部奉敕编纂《佩文诗韵》，也是 106 个韵部。因此《佩文诗韵》就是平水韵。从语音发展的脉络来看，汉语音韵基本循着一条主流音韵向前发展，只有个别读音由于地域人群发音唇舌部位的差异而有变异。

1958 年 2 月，国务院在全国推行汉语拼音方案，把汉语的发音统一化，标准化。按照这个标准，中华书局在 1965 年推出《诗韵新编》，把《佩文诗韵》按照标准化的要求重新编排，形成 18 韵。这部书受到语言学家王力先生的肯定。以后上海古籍出版社又推出《中华韵典》20 韵，这一些按照普通话编辑的韵书通称中华新韵。《诗韵新编》里有一句非常重要的话："诗韵不可能是一成不变的东西，它应该随着语言的发展而不断改进，不断增添新的血液，否则诗歌就跟不上时代。"

重叙音韵发展史，我们可以看到，每一部韵书的推出都是为了统一一个时代的语音语韵，而不是制造多元化标准。

文字学家王力把汉语用韵分为三个时期：第一时期为唐以前，这个时期没有韵谱，完全依口语来押韵。第二时期是从唐到五四时期，这一时期的标准是韵文押韵必须依照韵书，不能按口语，实际上把发音纳入语法的轨道。第三时期，是五四以后至今，除了旧体诗必须依照韵书外，新诗又回到第一时期，即口语化时期。

当唐朝走过初唐，尤其是近体诗进入科举制度，就必须有一部韵典，不能随口胡诌了。字典，词典，韵典是语言的法律。于是《唐韵》应运而生。《唐韵》是唐朝的士子们作诗的规尺。

《唐韵》之前，有六朝时期的《声类》《韵集》《韵略》。《唐韵》到了宋朝改为《广韵》。

从《康熙字典》中我们可以看到这样的词语：《唐韵》《集韵》《韵会》《正韵》如何如何。这说明音韵是承袭的，有些字从诞生起就是这个读音，有些字音变异了，有些字音在某个地区变异了，但是在韵谱的统一规定下，每一个词都有它的法律地位。这就是语言的发展高度。明白了这个道理，我们就会明白，汉语是贯穿了中华民族五千年的语种，它与我们的疆土一样神圣，一脉相承地让它的子孙发出同一个声音。那些韵书只是一段一段的历史时期变迁着的声音。当我们的民族站在一个新的历史高峰，应该发出新的声音。

这个新的声音就是现代汉语，它从古老的发音演变而来，与平水韵、《词林正韵》、《中原诗韵》不是对立的关系，它涵盖了上述诗韵，音准比上述诗韵更精确，因此新时期的古体诗词创作使用新韵是诗词在体式上的进步。

四、时代呼唤属于它的诗篇

在新的历史时期弘扬传统诗词，说得通俗一点，就是在旧瓶中装上时代的新酒。新酒需酿，诗亦需酿。酿不是旧情绪与新词汇的勾兑，酿是时代情感的发酵、语词蒸馏过后的精粹，有历史的香型，时代的芬芳，直入人心的力量。它的特性应该表现在如下方面。

第一，要反映时代的情绪，文章合为时而著，歌诗合为事而作。它不是"静画红妆等谁归"的憔悴，也没有无缘无故的"悲秋"或者"伤春"。它应该是时代的"大江东去"，是逆境里的"直挂云帆济沧海"，是落花中的"似曾相识燕归来"，更是时代生活里的"风展红旗过大关"。新时代的诗词追求豪迈也不摒弃雅致，着眼风云雄浑也不蔑视小桥流水，放怀高歌也不拒绝浅唱，它必须是时代鲜活的旋律。

第二，诗词拒绝平铺直叙，拒绝口号，更不是填字的游戏。诗意求曲，诗要有诗外之意，要有物外之情。诗意不是停留在字句上，而是潜藏于物象的内涵里，便是诗的深度。

第三，无韵不诗，无意不诗。要着力打造优美的诗的辞语，所谓"语不惊人死不休"，所谓"两句三年得，一吟双泪流"。诗是文字的王冠，一吟就让人难忘的诗句是王冠上的钻石，每一位写诗的人都应该追求这块钻石在自己诗篇中的诞生。

作者简介：孙葆元，济南人，文化学者。

粤北客家诗词传统文化特色与传承发展之我见

邓寿康

粤北是客家人聚居地，韶关客家人占人口80%左右。客家人是中国的一个特殊的民族群体，有着悠久的历史和丰富的文化。客家文化包容性强，既保留了中原地区传统文化，又吸收了南方各地的地方文化。其内涵主要包括客家方言、民俗、民居、山歌、戏剧、音乐、诗文、人物、山水、历史、饮食、家规族训文化等。客家传统文化涵括面广，不可能面面涉及，本文就粤北历代客家诗词特色和如何传承发展诗词传统文化方面，浅谈笔者一孔之见。

一、历代韶州客家诗人古体诗词特色

韶关山川毓秀，地灵人杰，孕育出南朝名将侯安都、唐朝名相张九龄、宋朝名臣余靖和近代薛岳、张发奎将军等许多历史人物。在诗词文学方面，亦人才辈出，如曲江张九龄、布衣诗人廖燕，翁源有唐代"岭南五才子"之一的邵谒等。从相关县志、《韶关历代诗词选编》、诗友提供及民间所搜集的资料来看，韶关历代客家诗人的作品大致有如下特色：

（一）诗作题材广泛

粤北客家诗人大抵分为三类：史上人物、民间乡贤、布衣诗人。由于他们生活时代、从事职业、所处环境、生活状况各异，诗性审视角度各不相同，吟咏所撷取素材就广泛繁杂。从中仔细整理，大概可划分为旅痕心曲、寄赠唱和、感事兴怀、咏物寄意、田园写意、怀古吊亡、嫁娶吉庆这些范畴，其中，山水行吟占了约60%的大篇幅。无论哪种素材，诗人选取的都是有切身体验的生活内容来写。可见任何诗作产生都与诗人的生活密不可分，生活酿造了诗性，诗情来源于客观世界。

（二）凸显地域特色

客家文化隶属岭南文化。韶关客家人是从中原迁徙而来，在不断辗转迁移过程中，客家人世代保留住中原文化主流这个根本，又容纳所在地民族的文化精华，创造出独具特色的地域客家文化。就诗学来看，历代韶关客家诗人一方面非常注重自然为本、率性而为、歌诗合一的创作取向。如张九龄《望月怀远》："海上生明月，天涯共此时。情人怨遥夜，竟夕起相思。灭烛怜光满，披衣觉露滋。不堪盈手赠，还寝梦佳期。"柔美的月色，处处渗入婉约情思，情语景语融为一体，诗境天然妙造，诗意自然天工。唐朝邵谒《紫阁峰》："壮国山河倚空碧，迥拔烟霞侵太白。绿崖下视千万寻，青天只据百馀尺。"睹景兴怀，率真之情中足见自然率性。清朝李符清《韶石山题壁梦中作》："上到峰头更有峰，踏残三十六芙蓉。不知身在云霄里，回首人间已万重。"可歌可吟，可书可画，情景历历，如在眼前。另一方面又有明显的客家民歌色彩。如清初韶州诗人廖燕的《二十七松堂集》卷十"七绝"类内有《曲江竹枝词》十三首，《羊城竹枝词》六首，《珠江杂诗》三首，《渔家竹枝词》三首，明显带有客家民歌风味。这些竹枝词富有浓郁的生活气息和鲜明的地方风貌，诗风活泼明快、质朴自然，很值得我们借鉴学习。

（三）意境典雅优美

意境美是诗人经生活提炼后富有生命力的艺术空间创设，体现出高度真实感和自然感，在虚与实相融的意象中自如地传情达意，使诗词更富有艺术感染力。阅读《韶关历代诗人选编》，倍感韶关先贤古诗词意境典雅。张九龄《望月怀远》，表面看似写思念远方之人、期望能在梦中相见之情，实则是借月夜相思抒发自己被外放的伤感。全诗情缘境发，意随象生，体现出其诗歌委婉含蓄的抒情特色。在韶关，若论好诗词，除张曲江外，首选应该是清初布衣诗人廖燕。他的诗不仅意境美，而且有性情的张力。廖燕强调写诗要有真性情，他说："性情真而文自至。"欣赏他的诗，真性情不仅可以沸腾心潮情绪，还可以从每首诗间的优美意境中得到美的享受。且看《登笔峰山亭》："东风吹绿上前山，夹岸青连树色间。避世僧衣孤岛住，探奇人向绝巅攀。花迷樵径香迎袂，影尽江帆客度关。吟砚未干何处去？一枝邛竹带云还。"此诗贵在境生于象中，又达味在言外之旨。读诗如赏一幅栩栩如生的登临图，情语隐含于境中，不言情情自现，蕴藉有味。笔者曾写过《一首别开生面的山居诗》的鉴赏，就廖燕《山居》三十首之第二十四首一诗予以评价：句得健、字得清、意得圆、格得高。只要你读过廖燕的诗词，相信必会认同吾语非虚。

廖燕而外，韶关诗人意境高雅的诗亦随处可见。如宋代徐滋《书堂瀑布》："悬崖四壁叠嵯峨，荒草空台岁月多。惆怅读书人已远，青天一派落银河。"读诗如临张九龄读书处的书堂瀑布之境——悬崖嵯峨险峻，空台之上杂草丛生，瀑布如银河从天而下，飞珠泻玉，多么奇丽壮观！诗人站在荒芜台上，感岁月流逝，物是人非，"惆怅"胸臆自然而出。明代释德清书写的《九成台诗》："天际双龙抱古城，帝游辇路不知名。滩声呜咽东流水，似听箫韶奏九成。"以箫韶声喻呜咽流水滩声，若闻韶从远古而来，美妙至极。胡来庭（明）的《芙蓉山》："春日寻芳上翠亭，梨花正放灿辰星。玉泉有径僧留客，丹灶无人鹤听经。闲去溪山惟短棹，醉来天地亦浮萍。相逢只话烟萝境，望断芙蓉九叠屏。"形神兼具，情景相融，笔力老道，美不胜收。明代刘毅的《洲头夕照》："萍蓼洲头日已斜，孤云归岫片时佳。红光荡漾淘沙浪，金背联翻归树鸦。渔唱晚晴歌缭绕，樵争先渡语咿哑。临流莫叹桑榆暮，野曝残暄想帝家。"着力于晚照洲头景致描绘，发胸中所触，余音袅袅。明代赵佑卿的《梅花仙迹》："鹧鸪塘下看梅花，几树梅花未足夸。石上有踪仙去远，世间半壁藓留葩。风来疑有暗香动，雪点还惊落瓣斜。不似孤山当日种，至今犹在武林家。"联想与比喻并行，古今思绪穿越交错，以意境寄寓澄怀，功力非常。清代秦熙祚的《迥澜夜月》："玉立亭亭锁万泉，迥澜塔下黑龙眠。停舟远眺浑无地，月在江心水在天。"看似描写迥澜夜月静态，实则字行间月色已经融入动态，动静结合，虚实相助，使整个诗境充满艺术魅力，留予人丰富的想象空间。明代黄器先的《太平石山》："吾亦久遗荣，东林浃素襟。支云天炼石，秣马客鸣琴。面寺开三径，头陀共一吟。不妨来信宿，自是武陵寻。"全诗烘托出一种澹然闲静的境界，入其境有超然物外之概。

韶关历代诗人善于将生活的表象和思想感情精妙融合，创设出唯美意境，形成诗的高雅艺术境界，让欣赏者如临其境，通过联想深受感染，从而引发心灵共鸣。

（四）情感丰富真挚

韶关历代诗人作品为何能吸引读者？因为他们无论用何种表达方法和手段来抒怀，笔下都会有真情实感在诗中自如倾吐流露。如廖燕《粤王台怀古》："粤峤犹存拜汉台，东南半壁望中开。命归亭长占王业，人起炎方见霸才。日月行空从地转，蛟龙入海卷潮回。山川自古雄图在，槛外时闻绕电雷！"这是诗人游览越秀山粤王台古迹时，借赵佗自立为王又终归于汉一统的故事，抒发朝代兴亡感慨的一首遣怀诗作。前四句怀古，后四句兴怀，不难看出，诗中暗喻反清势力此起彼伏，表达诗者抗清复明的热切期望。何以会有此等情怀？因为其是明代遗民，清朝廷不敢用他，以至生平潦倒，内心极想恢复大明，故诗中会有这种真实的强烈的意愿表现。廖柴舟的《竹枝词》写得富有生活气息和鲜明的地方风貌，所抒发的情感真实自然。如《曲江竹枝词》其一："遇仙桥下水澄鲜，遇仙桥上路通天。谁信神仙容易遇，遇郎难似遇神仙。"诗中想象以桥的名字"遇仙"为起点，运用借喻方法，巧妙地将遇仙难来比拟遇郎难，形象地表达出女主人公对美满爱情的渴望之情。

清时曲江乡贤侯文忠、欧阳良苗、郑明忠是知交好友。郑明忠去世，侯文忠、欧阳良苗合写一首悼亡诗，读之令人泪目——《悼念挚友郑明忠》："三十功名四十亡，有才无寿两堪伤。夫妻镜里鸾分影，兄弟群中雁失行。十里青山哀挚友，一抔黄土盖文章。我来不敢高声哭，只恐猿闻也断肠！"诗以"鸾分影""雁失行"意象，喻悲哀心境，"不敢""只恐"将这悲伤情绪推上极致，直教人肝肠寸断！至民国十年（1921）侯文忠病逝，仅存者欧阳良苗，悲痛万分撰挽联一副：

彼苍胡不仁？忍令五秩儒生，顿教金枝憔悴，桂树神伤，更那堪晚景临春，倚杖鲤庭空洒泪；

同群含抱痛，纵有二三知己，对此寥若晨星，书剑云亡，最难忘晤言寝室，连床风雨黯消魂！

挽联感情何其真挚！读此联者，即使是铮铮硬汉，也会被其间情绪感染而黯然涕泪。情是诗词的灵魂，惟其有情，方可动人。或曰：诗有情则生，无情则死。信然！

（五）作品影响深远

在中国文学史上，涌现出许多优秀韶关客籍诗人和诗作。张九龄不仅以"九龄风度"饮誉千秋，其诗词创作开创了盛唐山水诗的清澹之派，自然清淡、寄怀蕴藉的诗风影响了王维、孟浩然的山水田园诗风格；"兼济天下"与"独善其身"价值取向对李杜及其唐代文人心态有着极大的影响力。张九龄作为岭南先贤，风度与诗名不只影响了湛若水、屈大均、梁佩兰等一大批著名的岭南诗人，还对岭南地区诗词创作产生相当深远的影响。简言之，其诗词所产生的艺术价值和历史地位是无可替代的。

邵谒是出生于韶关翁源的晚唐著名诗人，年轻时在瀠江小岛筑书堂苦读被传为佳话。诗人温庭筠怜其才，十分赏识他，力举邵谒，从此诗名大振。其有《唐才子传》传于世，32首诗入选《全唐诗》，被誉为"岭南五才子"之一，影响力甚广。

廖燕在生前就明了自己的文学价值："不遇之文，其文必佳，……佳者必传，是天将传吾文也。"历史见证他有先见之明：生前其《山居》三十首在岭南民间广为流传，去世后，《二十七松堂集》传播于国内外，在日本亦备受垂青。其人被誉为"人真妙人，文真妙文，虽欲不推为古文中第一手不可"；其作品被誉为"匕首寸铁，刺人尤透""明代文坛的大殿""几乎介甫"，获得评价甚高。廖燕遗诗入选清朝国诗，被列为"广东诗粹"。

三人之外，韶关历代诗人优秀之作，或手抄传世、或书写成集留传、或孤本私家珍藏、或口传散落民间、或木刻付梓、或书法传人、或入载志书，为我们留下了极为珍贵的一大笔精神财富。诗话的艺术熏陶净化了一代又一代人们的内心世界，对推动和繁荣粤北地区传统文化起到了不可估量的作用。

二、传承发展粤北客家诗词传统文化的思考

粤北历代诗人创作了大量有品位的诗词佳作，犹如璀璨的明珠，闪亮在古今历史时空，作为粤北诗者，我们有责任将这种优秀的传统文化发扬光大。要传承发展，首先必须敢于正视当下诗词创作存在的问题，才可以谈应当如何重视传承发展。

（一）粤北当代诗词创作存在的问题

随着古诗词复兴潮流，粤北诗海也云帆四起，市区和各县甚至有的学校村镇都先后创立了诗词组织，每日都有不少的诗词作品产生，这种繁荣的景象是令人欣喜的。但是，

只要我们认真审视日常诗人的诗作，就会觉得有许多不尽人意处，亦会对一些粗制滥造的诗词感到厌恶。因为这些诗缺乏欣赏的价值，不入人心，不悦人目，又安能吸引人？出现这种现状，究其原因，主要体现在这几个方面：

1. 忽视人品修为

诗词创作的作品优劣与人品的修为息息相关，古人将两者关系概括为"言为心声""文如其人"，是非常准确的。一个人的品行修为高下，决定人的格局大小，限制人对客观世界的认知的长远与短浅。表现在诗学方面，就会严重影响作品的诗情诗风和创作的态度。时下有相当一部分诗者创作态度出现虚伪、浮夸、跟风、模仿、功利甚至娱乐至上的现象，作品严重脱离现实、粗制滥造，情感表达言不由衷乃至庸俗低下，语言直露、呆板、俗套，诗风颓废而雅健无存。所有这些状况，可以说是为诗者忽视自我修为造成的。

2. 学养精神缺失

诗词是一种古老艺术，学问博大精深，学习它容不得半点马虎。可是当下有许多所谓的诗人，懂得一点平仄声律就认为自己掌握了诗词，不愿系统深层次去探究学习，学养肤浅，写出来的诗自然会有韵律不协、对仗不工、立意不清、意象混乱、表达直白无奇、用语枯燥、词不达意等许多问题。

3. 缺乏个性特色

自古以来，诗词都是彰显自我个性特色的，如张九龄诗风委婉蕴藉、廖燕诗风质朴自然。可我们当下某些诗人的诗呢？不是人云亦云，就是亦步亦趋，比如：每逢节日大家一蜂窝写节日诗，每遇到中秋都是写月亮乡愁思情。这些带有普遍性的内容不是不可以写，关键要有自己的视角、构思、情趣，写出来的诗词才会有自己的风韵神致，人家才喜欢看，反之，如果与千人同调，没有与众不同的东西，谁会欣赏呢？

4. 对传承不够重视

在个人方面，有的人学诗词为了附庸风雅，有的人为了博取浮名，有的人花尽心机想在诗词组织占个席位，有的诗词组织领导在其位而不谋其事……对诗词事业没有敬畏之心，心不在焉，焉可作为？致使出现组织松散、活动失常、无心学习、缺乏研究、工作敷衍了事和弄虚作假等不良状况；在社会方面，一些政府和相关负责机构对诗词传承工作不甚重视，导致经费奇缺，一些正常的诗词活动无法开展。所有这些不利的因素，在相当大的程度上制约了古诗词传统文化的传承与发展。

（二）如何传承发展

古诗词是中华民族优秀的传统文化，作为中华民族一分子，每个人都有义务肩负起传承发展的神圣使命。

1. 必须具备担当精神

担当精神指的是理想担当和责任担当。在传统诗词传承上，理想担当就是要切实推进古诗词这个历史基因传承工作，使诗词响应时代呼唤，发挥诗词艺术力量的作用，推动时代前进。责任担当一是政府负责该项工作的机构单位要真正关心诗词组织、诗词活动，将诗词工作和经费纳入规划，给予有力的支撑，解决实际困难，促进诗词传承工作有序开展；二是诗人本身要加强学养修为，深入学习诗词创作理论和先人经典佳作，从中吸取养分，掌握好古诗词艺术，多体验生活，敢于直面生活，反映现实，使诗心与历史一起脉动，懂得如何运用艺术手法去表现生活，宣泄情感，创造出无愧于时代的佳作，不断深化传统文化新内涵，推动传统文化发展。只有这样，我们所有付出才无愧于人民，无愧于这个伟大的时代。

2. 诗词必须要有人文关怀

坚定中华民族文化自信，是我们诗词创作的方向。粤北历代诗人的作品非常注重人文关怀，作为后者，我们诗词作品更应该传承和发扬人文关怀精神。人文精神，是一种人道、人生、人性、人格的价值取向。反映在诗词方面就是作品要尊重人的价值，追求真善美，引导人民积极追求生活的意义。作为诗人，就要承担起书写、讴歌新时代的历史使命，用好作品去激励人、陶冶人。宋代赵汝回说："人之于诗，其心术之邪正，志趣之高下，习气之厚薄，随其所作，无不呈露。"也就是说诗由诗心而起，诗心优劣决定诗怀高雅与庸俗，对人的影响截然相反。在诗词创作时，诗者应力避低级趣味，注意力应当放在时代风貌、时事风云、人生百态、风土人情、自然景观、自身经历和与百姓生活息息相关的方面去审视选择素材，写作时充分运用诗词艺术的各种表达方法和表现手段，仔细挖掘生活内涵，提升立意站位，注重"天人合一"的人文精神，用诗性语言生动地刻画人物精神世界，精确地揭示人生的意义，热心传递真善美正能量感情，创作出来的作品才会诗味浓郁，诗情才能感人，诗的教化的功用价值才会大。

3. 诗词应融入地方特色

自古至今，古典诗词都有其特定的地方特色，这是由诗人所在的地域、文化、人文历史影响决定的。如韶关的"九成遗响"景观，诗人笔下都能不同程度清晰地反映其自然风光、妙用箫韶典故及东坡铭赋等此处特有的意象，地域风貌明显。为何强调要有地方特色？比如三月，南方鲜花盛开，倘若你写这个地方起沙尘暴，诗就不真实，写北方则可，不真实的内容所写出的感受就十分虚假。怎样渗入地方特色？韶关有丹霞山、金鸡岭、莲花山、大峡谷等名山大川自然景观；有雄关古道、西京古道、张九龄故居陵园、风采楼与韶阳楼等名胜古迹；有客家酿豆腐、客家卤煲肉、客家扣肉、客家糍粑等美食，还有民间习俗、年节礼仪等。假如相关部门或社团多组织诗人去民间体验生活与生态采风活动，举办一些赛事，将这些具有鲜明的地方特征的物象加以挖掘，入诗吟唱，写诗的内容丰富了，诗中就会呈现浓厚的生活气息和鲜明的地方风貌风情。诗词融入地方特色，不仅能区分地域性文化，宣传赞美地方，还可以为方志史料提供参考，是非常有价值的。何乐而不为呢？

4. 诗词应张扬自我风格

上面谈到过张九龄诗风委婉蕴藉、廖燕诗风质朴自然，足见诗人风格是各异的。李白的诗飘逸纵放，气势波澜壮阔；杜甫诗沉郁雄浑，体势丰完。显然，诗词风格形成与诗人阅历、学养、怀抱、才情、气质、神韵和意境等相关，各有不同的体验和内养，造就个性风格各异。即使在普遍性（共性）中，也会有不同的个性风格体现。如《韶关历代诗词选编》中同写"九成遗响"一景的诗人就达六十几人，但每人都有各自不同风格表现——李待问（明）诗风凄怆绝涕、杨奇达（明）诗风浏亮明快，邓维循（明）诗风超然洒脱，张锦麟（清）诗风苍凉沉郁……他们风格皆源于各自之性情，发而为心声，心声不同，故各自有别。我们面对事务时都会有不同的见解，创作诗词为什么不能有自我风格呢？如果大家都是千篇一律的意象和情感，没有自己独特的构建和情怀，诗词何趣之有？因此我们在诗词写作时，必须在内容、意境、语言上下功夫。在选择内容时要有新意，选取别人没关注到或少涉及的内容，即便是共同关注的题材，也可从不同的视角撷取不一样的内涵。比如庆祝共和国生日之类的，大可不必罗列往昔、现在现象，以免落入俗套，干瘪无味。可以以小见大，选一场景或家庭变化情景来写就可达到歌颂祖国富强昌盛的目的。意境，是情与景、心与物的融合统一的艺术形象，所谓情缘于境，运乎于心。王国维说："词以境界为最上"，诗也一样。故营造意境要有见地，要考虑到化景为情，化情为景，不要机械地去模仿描摹自然，要知取舍，不面面俱到，同时要考虑应易于展开联想。经过精心提炼的意境，才会有利于情感表达。诗的语言有它固有的特点：简明、含蓄、精炼。诗词创作时要选用适合情感表达的语言，并且巧妙运用比喻、借代、比拟等修辞法，使诗语灵动鲜活、形象生动。诗词是体物缘情的文学体裁，内容和意境应该为抒发情感服务，三者能有机结合，再在诗语运用上考虑使用何种语言风格，在长期诗词实践下，个性风格就会自然形成。假如每人的作品都能呈现不同的诗歌风格，张扬自我个性，在诗坛上产生一定的影响，完美地继承先贤的诗词风韵就不是一句空话，争奇斗艳的诗花自然会熠熠生辉。

综上所述，政府和社会支持是传承传统文化的有力保障，诗人敬仰诗词事业，潜心研究体悟先贤诗词艺术，用心写好诗，拓宽传统文化内涵，是推进古诗词传统文化发展的动力。只要上下同心，克尽己任，传承发展粤北客家诗词传统文化的前景将会非常乐观。

作者简介：邓寿康，广东韶关人，广东岭南诗社理事。

《诗词力学》导论

——以力学的角度研究诗词创作

刘庆霖

　　有人说，中国古典诗词已经像群山一样高峻，围在我们四周，别说超越，甚至连出路也没有了。我说，中国的汉字告诉我们：把一座山搬上另一座山，就是出路！中华诗词是我国汉字的一个奇迹，也是世界诗歌史的高山。对于中华诗词，我们要有仰望之心，永远像高山一样去崇敬；还要有敬畏之心，胆怯地一步一步向它接近；也要有洗礼之心，让高山仰止一样的诗词沐浴自己的精神世界，澡雪我们的人生；更要有攀登之心，只有登上高峰才是对山的真正崇拜。

　　之所以有人认为古典诗词这座群山已经不可逾越，一是感到自唐宋诗词高峰创立后，诗词这种文学形式基本在走下坡路，虽然清代后期诗词有抬头之势，但终没出现唐宋那样的大家。二是认为农耕时代那种山水田园风光和人文风貌已经磨损，诗词的原始动力大大削弱甚至消失。三是诗词理论跳不出前人"地平线"的限制，所谓的诗词理论家不是"炒剩饭"式地重复，就是"打补丁"式地创新，而且多半是从"术"（技术、艺术）的角度讨论诗词创作的技巧，再也提不出一个"独立自主"的立论和主张。甚至从西方移植而来的"诗美学"也不能自根本上为诗词创新发展注入强劲的推动之力。

　　我们且不说诗词发展能否逾越前人的高峰，单说诗词理论的确如上所述。长期以来我在《中华诗词》任副主编，丁国成先生退休后，我分管了诗词理论版的主要工作。加之我自1990年代就开始关注诗词理论，对诗词的理论落后的现状感触颇深。其表现可以概括为四个字："少、远、旧、弱"。"少"是相对于诗词作品数量而言的，自然来稿中，"诗词作品用不完，理论稿件不够用"的现象早已存在；"远"是针对诗词创作指导而言的，有些诗词理论追根溯源、谈古论今、纵横捭阖，质量不能说不好，但与诗词创作关系不大；"旧"是观点不新，有些文章把古人的观点、他人的观点拿来再说，俗称"炒剩饭"；"弱"是说有些文章观点较新，与诗词创作关系也密切，但却浅尝辄止，不深不透。

　　我不反对现在流行的"诗美学"，应该说，它自西方传入我国，被中国诗词理论家改造和重新创造后，也深受广大诗词爱好者的青睐。对诗词创作指导是有益的。然而，很多时候，并非美产生了诗，而是诗产生了美。也就是说，有些诗并未表现美，却是好诗。例如李绅的《悯农》其二："春种一粒粟，秋收万颗子。四海无闲田，农夫犹饿死。"这首诗表现的不是美，而是力。我们有理由怀疑，单纯的"诗美学"只是诗词发展动力的一点"添加剂"，不能起到根本性的作用。就像冷兵器时代的刀枪剑戟走上舞台，从前的武术变成了舞台功夫，美是美了，其原来的本质力量几乎消失殆尽。因此，在军事上，不能单讲"军事美学"，更重要的是"军事力学"。军事力学让武器和军队战斗力越走越强，而且具有无限的发展空间和未来。

还有，我们来看一下农业革命，远的不说，涉及政治的不论，单说粮食产量的提高。简而言之，新中国成立后我们国家粮食产量的提高走过了三个阶段：靠土地阶段；靠化肥阶段；靠种子阶段。三个阶段，三次革命，解决了连外国人都认为"不可能"解决的粮食问题。回顾当初，每一次革命都是在前一阶段的路走不下去了的情况下进行的。靠土地阶段，人们用开荒增加土地面积，深翻地改良土壤，增加农家肥以及除草、松土、合理密植等办法增产。当这些办法用到极致，不能再奏效的时候，人们开始想到了化肥。于是，靠化肥阶段来了。化肥是要与土地结合才能增加产量的，人们开始不断实验，氮、磷、钾、钙、铁、尿素、硝铵、氯化钾等化学肥料，就相继登场了。当化肥用得多了，副作用开始产生，甚至走到了死胡同，种子革命又开始了，于是有了杂交水稻、杂交玉米、转基因大豆，等等。总之，每一次革命都是一次飞跃，一次大发展。

那么，诗词的发展，走过了靠艺术思维、靠语言拓展、靠格律技术、靠美学修饰之后，我们又该靠什么呢？

华为总裁任正非说过："华为过去是一个封闭的人才金字塔结构，我们已炸开金字塔塔尖，开放地吸取'宇宙'能量，加强与全世界科学家的对话与合作，支持同方向科学家的研究，积极地参加各种国际产业与标准组织，各种学术讨论，多与能人喝喝咖啡，从思想的火花中，感知发展方向，有了巨大势能的积累、释放，才有厚积薄发。"这句话对我触动很大，我们的诗词理论也封闭在过去的"诗词美学的金字塔"里，是否也可以"炸开金字塔塔尖"，"开放地吸取'宇宙'能量"呢？我这样说，并非否定前人的诗词理论学说，而是要为诗词发展寻找新的理论动力。

诗词作品如何"破圈"，我的答案是增强作品自身的穿透力。这个问题涉及两个维度，空间维度和时间维度。空间维度是你的作品"动力"多大、"射程"多远。比如说，中国航空航天的每一次"破圈"都与力度有关。第一次"破圈"是冲出地平线，让飞机等航空器飞起来；第二次"破圈"是把人造卫星送上低空轨道；第三次"破圈"是冲破大气层（这个壳）把航天站建在太空；将来人类还要破更大的"圈"，走出太阳系，走向更远的深空。这些都靠强大的动力来推进，诗词作品也一样，"居高声自远，非是藉秋风"（虞世南《蝉》）。时间维度是你的作品能够传播多久。古人流传到现在的一个原因是某个诗人的整体实力强，如李白、杜甫、白居易等，另一个原因是某个作品特别优秀，如张若虚的《春江花月夜》。作品传播的久远，也是一种"破圈"，而且是更大、更好地"破圈"。

据此，我从2018年提出"诗词力学"，即从力量的角度研究诗词创作。当然，我今天提出"诗词力学"不是想标新立异，而是我感受到了这个立论的重要性。

庄子《逍遥游》体现了他的哲学思想，也体现了他的"力学"思想。《逍遥游》中说："北冥有鱼，其名为鲲。鲲之大，不知其几千里也。化而为鸟，其名为鹏。鹏之背，不知其几千里也，怒而飞，其翼若垂天之云。是鸟也，海运则将徙于南冥。南冥者，天池也。"这段话是说：北海有条鱼，名为鲲。鲲的巨大，不知道它有几千里。变化成为鸟，名为鹏。鹏的背脊，不知道它有几千里，振翅飞翔起来，它的翅膀像挂在天空的云彩。这只鸟，海动时就将迁移而飞往南海。南海就是天上的池塘。《逍遥游》中又说："且夫水之积也不厚，则其负大舟也无力。覆杯水于坳堂之上，则芥为之舟；置杯焉则胶，水浅而舟大也。风之积也不厚，则其负大翼也无力。故九万里，则风斯在下矣，而后乃今培风；背负青天而莫之夭阏者，而后乃今将图南。"此段话可译为：再说水汇积不深，它浮载大船就没有力量。倒杯水在庭堂的低洼处，那么小小的芥草也可以给它当作船；而搁置杯子就粘住不动了，因为水太浅而船太大了。风聚积的力量不雄厚，它托负巨大的翅膀便力量不够。所以，鹏鸟高飞九万里，狂风就在它的身下，方才凭借风力飞行，背负青天而没有什么力量能够阻遏它了，然后才像现在这样飞到南方去。这里明确指出了"小水不可浮大船""弱风不可负大鹏"的"力量之说"。其实《逍遥游》讲述的鲲化为鹏、乘风翱翔并最终达到没有任何束缚、自由自在的"逍遥游"境界，需要三个阶段来完成。一是蓄力阶段，即鲲化为鹏，让长鲸长出翅膀。这种蓄力是从量变到质变，从长期积累到凤凰涅槃。二是借力阶段，鲲化为鹏，虽然已经蓄力完成了自己的涅槃，但单凭自己的力量还不足以翱翔蓝天。它需要等待负载自己巨大翅膀上升之力的风。有了这样的风，它才可以"水击三千里，抟扶摇而上者九万里"。三是弃外力而逍遥阶段，也就是说，大鹏虽然已借力扶摇直上九万里，但还没有练硬翅膀，还达不到自由翱翔，没有任何束缚的逍遥境界。这时还要继续蓄力，直到可以背风、弃风、忘掉风的存在，即不再借助外力，才能"绝云气，负青天，然后图南，且适南冥也"。这就是庄子《逍遥游》给我们借助自然之力的启示。

其实，世界上所有的生命和物质都有一个积蓄能量和释放能量的过程。而且，能量积蓄后，可能成为有序的释放，比如云化为雨和雨后的彩虹；也可能自我消散，比如湖泊的干涸。人也一样，从生命之初的母腹中开始积蓄物质能量，从幼儿开始学习知识积蓄精神能量。到了一定程度，开始一边积蓄一边释放，直到生命的终结。当然，每个人积蓄的能量大小不同，结构不同，先后不同，就造成了千差万别的各类人物。不但如此，能量还可以有目的有方向地积蓄，也可以有目的有方向地释放。因此，我们的学校到了一定级别就开始分科分类教学。由此可知，积蓄能量、释放力量是大自然的一个根本性规律，此理不可不察。

那么，文学创作真的需要积蓄力量，甚至需要外力帮助吗？是的，人的内心的强大、情感的丰富、胸襟的开阔、志向的历练等都需要力的积蓄和补充。这种力不仅来自书本（"书籍是人类进步的阶梯"高尔基语），而且来自自然和生活，并且直接影响文学和艺术的创作。曾经有人和我说，自己底子薄、起步晚、悟性差，写不出好诗了。其实，这只是从个人的角度看问题得出的结论。诗人应该懂得借天地自然之力量，也就是说，你不是孤立的，你与天地同在，应该知道"烟云供养"的道理。"烟云供养"本为道家用语，后来也被书画家和诗人借用。如清代钱大昕《梁山舟前辈八十》诗："占得西湖第一峰，烟云供养几千重。门悬曼硕山舟字，人识坡公笠屐容。"

如果你能够有意识地学会借力，像孔明借东风，天地都会助你。琴曲《伯牙水仙操》的序上说：春秋时期，有一个人名叫伯牙，随成连先生学古琴。他掌握了各种演奏技巧，但是老师感到他演奏时，常常是理解不深，单纯地把音符奏出来而已，少了点神韵。就对伯牙说：我的老师方子春，居住在东海，他能传授培养人情趣的方法。我带你前去。于是师徒两人驾船出发。到了东海蓬莱山，成连先生对伯牙说："你留在这里练琴，我去寻师父。"说罢，就摇船离去。过了十天，成连先生还没回来。伯牙在岛上等得心焦，每天调琴之余，举目四眺。他面对浩瀚的大海，倾听澎湃的涛声。远望山林，郁郁葱葱，深远莫测，不时传来群鸟啁啾飞扑的声响。这些各有妙趣、音响奇特不一的景象，使他不觉心旷神怡，浮想翩翩，感受到了山水的情感和力量，产生了创作激情，于是他架起琴，把满腔激情倾注到琴弦上，一气呵成，谱写了《高山流水》。没多久，成连先生摇船而返，听了他感情真切的演奏，高兴地说："现在你已经是天下最出色的琴师了，你回去吧！"伯牙恍然大悟，原来这涛声鸟语就是最好的老师。此后，伯牙不断积累生活和艺术体会，终于成了天下操琴的高手。

任何人都需要自然之力的帮助，曾获诺贝尔文学奖的印度诗人泰戈尔在《吉檀迦利》第36节中直接呼吁："这是我对你的祈求，我的主——请你铲除，铲除我心里贫乏的根源。赐给我力量，使我能轻闲地承受欢乐与忧伤。赐给我力量，使我的爱在服务中得到果实。赐给我力量，使我永远不抛弃穷人，也永不向淫威屈膝。赐给我力量，使我的心灵超越于日常琐事之上。再赐给我力量，使我满怀爱意地叫我的力量服从你意志的指挥。"这里的"主"便是大自然的总和，因为只有大自然才有取之不尽用之不竭的力量。

当代诗词创作，要突破前人的诗词高峰的遮蔽，要打造时代高度，就有必要研究"诗词力学"。在我看来，诗词的超越不是格律问题，也不是语言问题，甚至不是艺术思维问题，而是力量问题。

这里说的"力学"与物理力学不同，"诗词力学"是研究诗人之力量，乃至诗人如何积蓄力量和使用力量的问题。是诗人超越前人和自己所必须积蓄的力量。

其实，古今学者尤其是诗词研究者早已提及力量问题，如司空图在《二十四诗品·豪》中写道："天风浪浪，海山苍苍，真力弥满，万象在旁。"只是，后来诗词研究者和诗词作者关注诗词美学、诗词语言学（诗家语）、诗词创作技巧的比较多，而很少有人重视诗词之力量，更无人提出"诗词力学"问题。我在2014年12月写了一篇《力量与法门》的文章，提出了诗词之力量问题。九年后的今天，我对诗词的力量有了新的认识。我们来看下面两首词：

其一，宋代苏轼《念奴娇·赤壁怀古》："大江东去，浪淘尽，千古风流人物。故垒西边，人道是，三国周郎赤壁。乱石穿空，惊涛拍岸，卷起千堆雪。江山如画，一时多少豪杰。　遥想公瑾当年，小乔初嫁了，雄姿英发。羽扇纶巾，谈笑间，樯橹灰飞烟灭。故国神游，多情应笑我，早生华发。"

其二，现代毛泽东《沁园春·雪》："北国风光，千里冰封，万里雪飘。望长城内外，惟余莽莽；大河上下，顿失滔滔。山舞银蛇，原驰蜡象，欲与天公试比高。须晴日，看红装素裹，分外妖娆。　江山如此多娇，引无数英雄竞折腰。惜秦皇汉武，略输文采；唐宗宋祖，稍逊风骚。一代天骄，成吉思汗，只识弯弓射大雕。俱往矣，数风流人物，还看今朝。"

这两首词都具备了时代高度，这个高度让人仰视并难以达到和超越，这是为什么？就是因为诗中之力量是一般作者没有的。诗词中的力量来源于作者的力量。我们拿毛泽东来说，他的力量也是逐步成长起来的。"自信人生二百年，会当水击三千里"，这是毛泽东早期（1916年冬）所作一首诗中的诗句，可惜只剩下这两句。当时毛泽东23岁，已经显示出胸中力量，对自己的人生有了充分自信；1924年写《沁园春·长沙》中有"粪土当年万户侯"和"问苍茫大地，谁主沉浮"之句，这时毛泽东32岁，胸中之力量已非同一般，对国家的前途命运有了担当的想法；1936年写《沁园春·雪》中有"数风流人物，还看今朝"之句，胸中之力量已强大到"一览众山小"了，对国家和人民的前途命运有了主宰之信心，这时毛泽东43岁。可以说，这个时候的毛泽东已是"真力弥满，万象在旁"。之后，他的"可上九天揽月，可下五洋捉鳖"也就自然而然了。胸中力量的增强，是"笔力千钧""力透纸背"的关键。因此，研究诗词创作，必须研究诗词力学；提高诗词创作水平，必须知道如何积蓄力量。换句话说，如果你只想写诗而不想当诗人，则可以不关注"诗词力学"；如果你想当诗人，甚至想当一个较好的诗人，则必须要关注"诗词力学"，而且关注得愈早愈好，因为力量的积蓄是一个漫长而艰苦的过程。

"诗词力学"是一个崭新的课题，一定不完美，但它一定管用。我将从"自然之力量""生活之力量""语言之力量""精神之力量""思维之力量"等方面阐述我的基本想法。借以引起诗人对"诗词力学"的重视，并能够理解和掌握"诗词力学"运用的方法。

作者简介：刘庆霖，中华诗词学会副会长、《中华诗词》杂志社社长。

重提诗词"高古"意象的创造

李建东

任何艺术形式都有一个由无到有、由盛而衰的发展过程，格律诗词创作亦当如此。但今天的诗词创作也有其特殊之处，主要表现在创作者几乎等同于欣赏者。易言之，很有可能的现状则是创作者少于欣赏者，即创作者只"创"不"读"，抑或"读诗者"即是"写诗者"。此种怪现状，我们可以从以下两点找到例证。首先，新媒体的诗词创作逐渐向图像、声音与文字三者融合的趋势发展。单纯的文字传播日趋减少，由传统语符造成的阅读想象力呈下降趋势；其次是由退离休或退离休前后的职场人员担当的创作者，日呈小众趋势。究其当下创作动因，也是从"由情而发"到"由事而发"之过渡。虽"由事及情"到"由情缘事"，本是双关和互为联系、互为因果的，但格律诗词总体上是一种抒情言志的艺术形式。即便涉物及事，也多由抒情言志来完成。这是包括格律诗词在内的诗歌，不同于小说、记叙散文、戏剧等叙事文体的地方。

一、"高古"的文体意义

当代格律诗词研究者较为关注的是如何以当下语境入诗入词。一方面，"诗词要反映时代生活，书写时代变迁，体现时代风貌，就必须使用时代特点鲜明的语词。否则，诗词就无法反映和体现时代"。另一方面，"我们已经形成了固定的'诗词审美图式'，诗词用词只有迁就这种'图式'，才有可能被认可"。于是作者就变着法子把"高铁"化作"巨龙"，把"公报"化作"宏音"等等（引周文彰《诗词用词的时代性》）。这无疑是一个辨证，因为任何符合时代性的新语言、新词汇，对于后来者，均可视为相对而言的旧（古）语言、旧（古）词汇。比如古诗能用"骡驮车"，今诗为什么不能用"电动车"？古诗能用"指南针"，今诗为什么不能用"定位图"？古诗能用"多宝塔"，今诗为什么不能用"空间站"？古诗能用"火车"（用于火攻的木制战车），今诗为什么不能用"坦克"？古诗能用"云梯"，今诗为什么不能用"塔吊"？等等。正因为古诗用词具有时代特色，今天我们才能够通过诗词研究古代的制度、科技、战争、生活、风俗等（引自同上）。然而，我们可以明显感受到，此处所例举的"电动车""定位图""空间站""坦克""塔吊"等现代"热词",与古代"原词"处于人为接受的"期待视野"之间的不同;易言之,即便迫于创作情境必须做出选择,也以尽量接近古代语境为原则。此为我们所讨论的"仿古"之意——在不影响作品表达的前提下,是必要的,也是高明的。

曾几何时,在格律诗词创作领域,一提及"高古",往往受到不少诗家的冷遇,认为过于迂执与执拗。其实,所谓"高古"乃古代诗学的一个普泛性概念,特指高远古雅不涉俗韵的风格。作为创作范式的"高古",初见司空图《二十四诗品》中的一目。唐白居易《与元九书》:首推"以渊明之高古,偏放于田园"。如以陶令著名的《饮酒》("结庐在人境,而无车马喧……")为例,反而发现其诗意直白,并无恁多"古意"。今有成语"人心不古",仅指人心险恶,绝无返古还祖之意。可见,"高古"主要指一种诗词创作的表现形式,或曰"范式"罢了。有时,我们也会形容一个人的气质为"高古"。对方之所以较易接受是因为由其间之"高"为支点,之于格律诗词创作也为如此——此意之重点,不在于其"古"而在于其"高"。

高古,并非自然为之,而是一种有意追求。参见未收《诗经》的一首上古小诗《断竹》:"断竹,续竹,飞土,逐宍(音弱,肉意)",直白地叙述狩猎过程,谈不上所谓"高古"。鲁迅早在《门外文谈》中所引先民劳动号子的"吭唷、吭唷派",也为此意,谈不上"高古"。再看之后的同样未收《诗经》的《击壤歌》:"日出而作,日入而息,凿井而饮,耕田而食。帝力于我何有哉!"这首诗,据说是"尧帝"时期的老人唱出来的。前面四句,生动形象地描写了远古时期人们质朴的生活,最后一句起兴,唱出了歌者心中的那种满足和自豪。如果真的出自尧帝时期的话,那距今有4000年左右了,比《诗经》也要早出不少年间。注意诗中的倒装句和"而、哉"等虚词的运用,加上一系列人为的修辞——既"高"且"古"的诗歌意象便油然而生。

二、经典的"高古"意象

从词义分析,所谓"高古"者,既可理解为"高"对"古"的偏正,亦可理解为"高"与"古"的联合。敝认为后者更为恰切些。即"高雅"与"古朴"之联合:由"古朴"而滋生"高雅",由"高雅"而引导"古朴"。高雅由古朴而生,应为目的,似更重要些。且看感动无数后人的唐李商隐的名篇《锦瑟》:

> 锦瑟无端五十弦,一弦一柱思华年。
> 庄生晓梦迷蝴蝶,望帝春心托杜鹃。
> 沧海月明珠有泪,蓝田日暖玉生烟。
> 此情可待成追忆,只是当时已惘然。

依次用了"夸张""拟物""用典""拟人""衬托"等一系列修辞格，使七律意境由"思古"而延生，达到抒情主人公悔恨交加、阅读者荡气回肠的效果；从而赋予诗作意境"高古"的品格。再看苏轼名词《定风波》。小序曰：

"三月七日，沙湖道中遇雨。雨具先去，同行皆狼狈，余独不觉。已而遂晴，故作此词。"

这里关键是"余独不觉"。可理解为"醉酒不觉"，也可理解为"世人皆醉吾独醒之不觉"。应该说承袭于屈辞精神之后者更为强烈些。此为延伸敷衍下词的基础：

> 莫听穿林打叶声，何妨吟啸且徐行。竹杖芒鞋轻胜马，谁怕？一蓑烟雨任平生。　料峭春风吹酒醒，微冷，山头斜照却相迎。回首向来萧瑟处，归去，也无风雨也无晴。

关键句"何妨吟啸且徐行"，根据上引小序，"吟啸"只是词人的想象而非实录。不是他不"吟啸"，而是当时返途中没有同吟的诗侣。愈是想象中的物事，愈易激发词人郁积的情愫。至于"归去"也非今人理解的"宴后返回"，而是略带消极意味地回到"从前"；从而完成"也无风雨也无晴"的自我宽慰。其实口语入词之全篇并无多少"高古"的况味，但我们仍很容易感受到所谓超尘拔俗之"高古"意象的漫漶浸染。就是因为笼罩全词中那自古流传的"士大夫可杀不可辱"的高贵气节，从而反躬自思，顿时拉近了任何一位此词的鉴赏者与作者苏子的心理距离。

被称为"字字皆奇"之古今七律第一的杜甫名作《登高》：

> 风急天高猿啸哀，渚清沙白鸟飞回。
> 无边落木萧萧下，不尽长江滚滚来。
> 万里悲秋常作客，百年多病独登台。
> 艰难苦恨繁霜鬓，潦倒新停浊酒杯。

明代胡应麟《诗薮》内编卷五评价《登高》："作诗大法，唯在格律精严，词调稳惬，使句意高远，纵字字可剪，何害其工？骨体卑陋，虽一字莫移，何补其拙？如老杜……"他尤赏"风急天高"之首句，如海底珊瑚，瘦劲难明，深沉莫测，而力量万钧。通首章法，句法，字法，前无昔人，后无来学……不可否认，此作除一系列内外元素外，诗意之"雄浑""高古"不可不谓之重中之重、高中之高者耶欤？仔细赏来，八句前半之"苍劲"与后半之"沉郁"有异曲同工之妙。在唐诗绚丽的审美长廊中，"苍劲"者有之，而"沉郁"者，无疑属巨擘老杜。他继承骚赋及陶诗之传统，且发展至极致。"悲""病""苦恨""潦倒"，特别是不甚被人注意的浊酒杯之"浊"，不是浑浊之浊，而是与"清"同义的"清淡"之酒、"价廉"之酒、"低劣"之酒。以此烘托老迈杜甫彼时彼处的生存之窘境；苦其心志，空乏其身之本身，已有"天降大任"之因素在，与"朱门酒肉"形成强烈的对比。

"高古"意象是一种主观、主动而有机的修辞方式。被称为"诗豪"的刘禹锡，不仅有"沉舟侧畔千帆过，病树前头万木春"的乐观与豪壮，更有或委婉蕴藉，或率真轻灵的"竹枝词系列"。下引其《竹枝词二首·其一》：

> 杨柳青青江水平，闻郎江上唱歌声。
> 东边日出西边雨，道是无晴却有晴。

末句用了后"情"非前"晴"的谐音双关，却与东"日"西"雨"的自然现象有机融合，自然流畅，妙趣天成。此与"拟古"先民中纯真多情的少男少女有一定关系。用今天的话说，毫无违和之感。

"理趣"，亦为构筑"高古"意象的策略之一。人说宋诗掉了"书袋"，其实委屈了卷帙更为浩繁的宋诗。事实上，所谓"理趣"，不能不说是"掉书袋"的衍生物——学究式的发现、思辨与拓深。比如理学大家朱熹那脍炙人口之哲理短章：

> 半亩方塘一鉴开，天光云影共徘徊。
> 问渠那得清如许？为有源头活水来。
> ——《观书有感二首·其一》

> 少年易老学难成，一寸光阴不可轻。
> 未觉池塘春草梦，阶前梧叶已秋声。
> ——《劝学诗·偶成》

两首七绝，妙在后二句之转折与升华。前者在追问中，阐述方塘（暗指长方形书卷）如鉴，天光云影之美景的由来——源头活水之缘由；后者用"春草"与"秋声"设譬，震醒人生短促、惜时如金的根本要旨。这与古人"生之有涯，学而无涯""一寸光阴一寸金"的生命意识有一定关系。

以上林林总总的诗词意象，既发人情意，又晓人义理，从其种意义上，皆符合传统诗论"诗言志"，以及毛泽东"诗贵含蓄"的"高古"风格及中华诗词精神。

三、现当代创作的主动追求

时与物渐行渐远。形式之慢运行与内容之快运行，是一对对立统一的矛盾体。形式之于内容的制约作用焉能小觑？因此，任何诗词大家皆自觉不自觉地把酿造诗词创作中的"高古"意象，作为一己重任。毛泽东、鲁迅、郁达夫，都是酿造并烘托"高古"诗意的圣手。

> 九嶷山上白云飞，帝子乘风下翠微。
> 斑竹一枝千滴泪，红霞万朵百重衣。
> 洞庭波涌连天雪，长岛人歌动地诗。
> 我欲因之梦寥廓，芙蓉国里尽朝晖。
>
> ——毛泽东《答友人》

这里以湘人之地的神话传说启篇，中间四句的工稳对仗，古今联袂、景人相衬，而引出尾联的虚幻之梦与现实之美。从而巧妙回应了故乡旧友的诸多愿景与冀求。

> 岂有豪情似旧时，花开花落两由之。
> 何期泪洒江南雨，又为斯民哭健儿。
>
> ——鲁迅《悼杨铨》

沉郁而不消沉，健朗难抑忿激。仅四句短章，便将"友情""遇难""悲愤""惜民"四项诗意要素连贯而出，语词迅疾而稳定。此与诗人的战士性品格是一致的。同时体现了氤氲于诗体深处的"梗慨"与"高古"之气。

> 不是樽前爱惜身，佯狂难免假成真。
> 曾因酒醉鞭名马，生怕情多累美人。
> 劫数东南天作孽，鸡鸣风雨海扬尘。
> 悲歌痛哭终何补，义士纷纷说帝秦。
>
> ——郁达夫《钓台题壁》

此为小说家兼诗人郁达夫的名篇。甚至有将此作置于唐宋诗中，几可乱真之说。此作高妙处在于将比照、婉曲、借代、用典、工对……诸般修辞格集于一身，得体无痕，相得益彰，达到现代诗家书写格律诗的高度。

三首名篇皆非一览无余，而在"高古"的语言意象中蕴蓄着鲜明而强烈的政治内容与时代感，且都藏而不露；甚至需要品读时对诸般语码的"二度解析"——这就是好的格律诗词的内在张力与魅力所在。

综上分析，所谓"高古"者，既非过往的题材，亦非消沉的情志，只是一种迫近"诗词"本源及历史现场的创作手法和语境氛围。就像我们常说"相声"更像相声，"京剧”更像京剧，“美声”更像美声，“民歌”更像民歌罢了。与其说今人之于格律诗词创作与古人之于格律诗词创作，其最大之不同，在于语境之不同与“本事”（写作缘由与对象）之不同，毋宁说，在于创造语境之不同与解析“本事”之视角与心态之不同。其实，古、今之人之物在所属本质与心态之趋向性及对于“真、善、美”等基本人性诸方面的差异是很小的——这就是我们可资借鉴利用的有效元素。

让我们回到拙文开首之从“哲学”的观念重提中华诗词中“高古”意象的创造。古人专司“写诗”者并不多。杜牧、白居易、刘禹锡、苏轼、陆游、辛弃疾等均为当朝命官，写诗也主要是“业余”之作。即便视官如粪土的李白、杜甫，也有宦海浮沉的一面。他们始终在“行进中”的生存方式，决定了他们体验生活、体恤民生、体察内心的深刻度与鲜活度。可见专为写诗而写诗，是磨钝想象力与灵感的事倍功半。“浮躁”与“功利”均为诗词创作之大敌；只“创”不“读”更是扼制诗词创作之生命力或曰“活水”的阻抗元素。我们谓之“读”，主要指读生活、读经典、读己作。读生活，发现其美；读经典，引为其范；读己作，缕析其陋。确有部分诗家，不仅三不读，甚至连己作也懒于回首——急于发表而已——谬之甚矣！老杜的“为人性僻耽佳句，语不惊人死不休”；卢延让的“吟安一个字，拈断数根须”；贾岛的“两句三年得，一吟双泪流”，感动并激励着无数后代诗家。三位皆出于唐代，可见唐诗之兴盛皆非偶然。特别是“缘情而作”必胜于“因事而作”；事，天天有、处处有；情，则与灵感并辔。只有情到炽深处，方能迸射出灵感的火花——所谓“高古”之意象方能在各种相生相悖之际遇及其燃烧中得以诞生。

作者简介：李建东，南通大学文学院教授，南通市诗词协会副会长。

母语素养提升与当代诗词创作

孙书文

梁启超曾在《清代学术概论》中对"时代思潮"做过形象地描述："今之恒言，曰'时代思潮'。此其语最妙于形容。凡文化发展之国，其国民于一时期中，因环境之变迁，与夫心理之感召，不期而思想之进路，同趋于一方向，于是相与呼应汹涌如潮然。始焉其势甚微，几莫之觉；浸假而涨——涨——涨，而达于满度……凡'思'非皆能成'潮'；能成潮者，则其思必有相当之价值，而又适合于其时代之要求者也。凡'时代'非皆有'思潮'，有思潮之时代，必文化昂进之时代也。其在我国，自秦以后，确能成为时代思潮者，则汉之经学，隋唐之佛学，宋及明之理学，清之考证学，四者而已。"① "第二个结合"，即马克思主义基本原理与中华优秀传统文化相结合，是一次新的思想解放，业已构成强大的"时代思潮"。

新的思潮提供新的视角，为解决问题提供了新的思路。2023年，中国青年报社社会调查中心联合问卷网（wenjuan.com）发布的一项有1333名青年参与的调查显示，53.3%的受访青年感觉近几年自己的语言文字表达能力下降，过半受访青年认为阅读量少和依赖网络语言及表情包是"词穷"的主要原因。在"第二个结合"指导下，分析优秀诗词作品达至"母语境界"的原因与动力，关注当代诗词创作，深入研究"母语素养"的提升，可为解决"词穷"的问题提供有益借鉴。

—

法国学者克洛德·海勃热在《语言人：论语言学对人文科学的贡献》一书提出"语言人"的概念，突出了语言在"人之为人"这一问题域中的独特重要位置，这与恩斯特·卡西尔的《人论》把"语言"作为具有强烈彰显度的人类符号有着异曲同工之处。黑格尔从哲学层面上强调了语言重要性："在语言的运用中，人是在从事生产的：语言乃是人们给予自己的最初的一种外在性；它是生产的最初的、最简单的形式，生存的最

---

① 梁启超：《清代学术概论》，朱维铮导读，上海：上海古籍出版社，1998年版，第1页。

初最简单的形式，这种形式是他在意识中所达到的：人所想象的东西，他也在心中想象成为已用语言说出了的。如果一个人用外国语来表达或意想那与他最高的兴趣有关的东西，那末这个最初的形式就会是一个破碎的生疏的形式。……这种用自己的语言说话和思维的权利，同样是一种自由的形式。这是无限重要的。"[①]"只有当一个民族用自己的语言掌握了一门科学的时候，我们才能说这门科学属于这个民族了；这一点，对于哲学来说最有必要。因为思想恰恰具有这样一个环节，即应当属于自我意识，也就是说，应当是自己固有的东西；思想应当用自己的语言表达出来。"[②]进入信息时代，语言日益成为最重要的劳动工具，哲学意义上的"语言人"的特质更加突出。"语言—文字是人类学本体的劳动的功能性特质。手握工具的劳动行为所涵摄的人对自然物的生产力、人与他人的生产关系，以及人与自我的主体意识，均不是无意识的本能行为，而是以语文意义定向并对劳作建构化的自觉行为。词语缺失处，无物可存在。当代人工智能同样包含着机器语文符号原理机制。随着技术进步，特别是进入知识经济与信息时代，语言成为最重要的劳动工具，'以言行事'的语用成为最重要的劳动形态之一，因而可称之为'语用劳作'。"[③]推进中国式现代化，建设中华民族现代文明，讲好中国故事，实现民族伟大复兴，都亟须提升母语素养。

"母语"带有强烈的形象性和象征性。母语的形成奠基于特定的自然环境、特定发展历程及其他自然、社会历史因素。"母语"是一种带有理想性的状态。就一种语言系统来说，是在持续地完善的状态，每一个历史时段都是"在路上"；对于语言使用的个体而言，"母语境界"是永无止境、处于不断趋近的过程。这正如哲学家莱布尼兹对人如何获取知识的论述：他不同意柏拉图所说的知识源于回忆的"回忆说"，也不赞同贝克所主张的人脑是一块白板、全赖后天"刻画"的"白板说"；而是一块"有纹路的大理石"，先天的禀赋与后天的学习同等重要，没有先天禀赋，没有"纹路"，付出再多的后天努力（学习）也会无功而返，相反，若有"纹路"，但这块石头不经过后天的"琢磨"，会停留在"璞玉"的状态，无法呈现出动人的"纹路"成为一块玉。母语素养的提升，也是先天禀赋与后天努力共同作用的结果。

在一定意义上讲，"母语"是一种境界。何为"母语"，或者说言说者个体达到"母语境界"有什么样的标识，是值得研究的问题。宗白华在《中国艺术意境之诞生》中提到，艺术有直观感相的模写、活跃生命的传达、最高灵境的启示三个层次。他举了蔡小石在《拜石山房词·序》里的例子："夫意以曲而善托，调以杳而弥深。始读之则万萼春深，百色妖露，积雪缟地，余霞绮天，此一境也。（这是直观感相的渲染。）再读之则烟

---

① ［德］黑格尔：《哲学史讲演录》卷3，贺麟、王太庆译，北京：商务印书馆，1983年，第379页。
② ［德］黑格尔：《哲学史讲演录》卷4，贺麟、王太庆译，北京：商务印书馆，1983年，第187页。
③ 尤西林：《大学语文的母语修养机制》，《中国高校社会科学》，2022（6）。

涛澒洞，霜飙飞摇，骏马下坡，泳鳞出水，又一境也。（这是活跃生命的传达。）卒读之而皎皎明月，仙仙白云，鸿雁高翔，坠叶如雨，不知其何以冲然而澹，翛然而远也。（这是最高灵境的启示。）"①这一艺术的三层次理论，可作为"母语"境界的参照，即由传达信息、表达感情到讲出说不出的意味，才能称之为"母语"。也正是在这个意义上讲，母语不可译。

二

唐代"诗豪"刘禹锡在《视刀环歌》中感叹："常恨言语浅，不如人意深。"语言表达是个"难题"，提升"母语"素养，方能解决当前"词穷"的问题。

如何提升母语素养？孔子曾讲："不学诗，无以言。"当代诗词创作蓬勃发展。2019年 11 月，中华诗词学会顾问马凯在一次座谈会中谈道：全国百分之百的省（区、市）、百分之九十以上的地市、百分之六十的县都建立了诗词学会，每年创作的诗词数以十万计。2006 年，郑欣淼在接受《中国文化报》采访时提到，每年参加诗词活动的不下一百万人。全国公开与内部发行的诗词刊物，有近六百种。中华诗词学会编辑的《中华诗词》杂志，发行量已达到二万五千册，居全国所有诗歌报刊的首位。自五四以来，白话诗（新诗）一度成为现当代语境下"诗"的代名词，但从目前已有的材料看，古体诗词的创作规模可观。鲁迅在 1934 年致窦隐夫的信中就曾说过："诗歌虽有眼看的和嘴唱的两种，也究以后一种为好；可惜中国的新诗大概是前一种。没有节调，没有韵，它唱不来；唱不来，就记不住；记不住，就不能在人们的脑子里将旧诗挤出，占了它的地位。"②应该说，鲁迅所提到的问题，至今依然不同程度地存在着。近些年来，古体诗词入现当代文学史的呼声日渐强烈，已有研究者做了这方面的尝试，甚至有的研究者认为，现当代文学史缺少古体诗，是不完整的；当代古体诗词本就隶属于现当代文学史，这是个不是问题的问题。这都突显了当代古体诗词创作发展的必要性。

诗词，是汉字以其特有的声、韵、调，构成特有的韵律美的集中体现。由汉《古诗十九首》为代表的"古诗"，到近体诗的格律诗，到词，汉字的声、韵、调体现得愈加鲜明。著有《词论》、主张"词别是一家"的李清照，对此的强调达到了极致，并把创作与理论进行了几近于完美的结合。据考证，《声声慢·寻寻觅觅》一词是李清照 64 岁时所作，是其成熟时期的作品。宋朝的罗大经在《鹤林玉录》中曾讲，"以一妇人，乃能创意出奇如此"③。夏承焘在《唐宋词字声之演变》中讲："易安词确有用双声甚多者，如《声声慢》一首，用舌声共十六字。难、淡、敌他、地、堆、独、得、桐、到、点点滴滴、

---

① 宗白华：《宗白华散文》，北京：人民文学出版社，2022 年版，第 190 页。

② 鲁迅著，陈漱渝、王锡荣、肖振鸣编：《书信全编》（中），广州：广东人民出版社，2019 年版，第 449 页。

③ 〔宋〕罗大经撰，王瑞来点校：《鹤林玉录》乙编卷六，北京：中华书局，1983 年版，第 226 页。

第、得；用齿声多至四十一字，有连续至九字者：寻寻、清清、凄凄惨惨戚戚、乍、时、最、息、三、盏、酒、怎、正伤心、是时、识、积、憔悴损、如、谁、守、窗、自、怎生、细、这次、怎、愁字。全词九十七字，而此两凡五十七字，占半数以上。当是有意啮齿叮咛之口吻，写其郁伊悒怳之情怀。宋词双声之例，此为仅见矣。"①此词所押的韵，觅、戚、息、急、识、积、摘、黑、滴、得，都属入声字，在第十部，短截有力，开口小，声音微弱，是情不得申、言不得说的哽咽之语。此词的每一个字都是严守平仄，"更为奇绝的地方在于，用了五十九个仄声字，其中有十九个是入声字……入声短极快捷，如音乐中的休止符，蕴蓄的情感较为强烈有力，恰好体现了本词哽咽悲抑的情感基调与内心的悲抑不平"②。这一作品多用了双唇音、唇齿音、舌尖音，前者是通过气流爆发，中者是通过唇齿的缝隙摩擦而出，后者是通过先塞后擦、气流爆破而出，这几种发音方式都迂回凝滞，声音本身即带有哽咽、悲泣、压抑的情绪。梁启超对此词不吝赞词："写从早至晚一天的实感。那种茕独栖皇的景况，非本人不能领略，所以一字一泪，都是咬着牙根咽下。"③后人迷恋于李清照连续又叠字的奇妙表达效果，有不少学习"致敬"之作。优秀者如清代女词人贺双清的《凤凰台上忆吹箫》："寸寸微云，丝丝残照，有无明灭难消。正断魂魂断，闪闪摇摇，望望山山水水，人去去，隐隐迢迢从今后，酸酸楚楚，只似今宵。"自然亦有画虎不像反类犬之作，如元朝的乔吉做了一首《天净沙·即事》，28字全用叠字："莺莺燕燕春春，花花柳柳真真，事事风风韵韵。娇娇嫩嫩，停停当当人人。"境界不高，勉强拼凑。即便如李清照这一作品，后世也有指责者：饶宗颐《词集考》卷三中有："其《声声慢》连用十四叠字，人咸服其奇隽。然一首中三用'怎'字，不免重遝。故《词鹄》讥为终成白璧微瑕。"由此也可看出，一篇把文字安排"熨帖"的作品，实属不易。

文学，是语言的艺术；但把语言运用得"艺术"格外不易，于是才有《诗大序》所云："言之不足，故嗟叹之，嗟叹之不足，故咏歌之，咏歌之不足，不知手之舞之，足之蹈之也。"文学创作，一定意义上讲，就是寻找"自己的句子"的过程，诚如作家陈忠实所言："这个'句子'不是通常意义上所说的文章里的某一句话，而是作家对历史和现实事象的独特体验，这个'句子'自然也包括作家的艺术体验，以一种独特的最适宜表述那种生命体验的语言完成叙述。作家倾其一生的创作探索，其实说白了，就是海明威这句话所作的准确又形象化的概括——'寻找属于自己的句子'，那个'句子'只能'属于自己'，寻找到了，作家的独立的个性就彰显出来了，作品独立风格也就呈现出来了。因为对于世界理解、艺术追求的差异，每个作家都有自己的艺术景观和风貌，

---

① 夏承焘、王易等著：《宋词二十讲》，北京：华夏出版社，2009年版，第175页。
② 刘淑丽：《别是一家：唐宋词十八家细读》，广州：广州出版社，2023年版，第443页。
③ 梁启超：《中国韵文里头所表现的情感》，《饮冰室文集》之三十七，北京：中华书局，2015年版，第97页。

也便都有自己的句子。"①从格律诗来看，声音、形象、意蕴的完美结合，方是"母语境界"。"《声声慢》所表达的绝非一时一地的情绪，也非有具体诱因，而是词人在生命的老年，曾经拥有的一切都已经失去之后的一种无望的孤独的倾诉。而本词所选的词调、韵脚、入声字、几乎三分之二的仄声字，唇齿音、舌尖音及其塞擦的迂阻不畅的发音方式等都与词人所要表达的情感达到了完美的统一。这些因素共同促成了这首千古名作的诞生，这是词人生命最后阶段的代表作，某种程度上，亦可看作是代表词人艺术最高成就的作品。"②江弱水在《诗的八堂课》一书中曾提到，一位香港同学用近古的粤语读王维《观猎》"风劲角弓鸣，将军猎渭城"，"Fung1 ging6 gok3 gung1 ming4, zoeng1 gwan1 lip6 wai6 seng4"，他以为有震慑的力量："十个字中，四个字是 g 声母打头的舌根音，七个字是 ng 韵母收尾的舌根浊鼻音，这一连串重浊的声音沉雄有力，真能让人听到那强劲的风声，和那引满而发的弓声。在现代汉语普通话里你根本听不到这样的效果。我当即就想，王维这首诗假如用中央人民广播电台的标准音念出来，是打不到什么猎物的。"③这一规律在其他语言中也是如此。莎士比亚写最后进入恍惚阶段的麦克白："Tomorrow, and tomorrow, and tomorrow."（明天，又一个明天，又一个明天），写绝了绝望中的呆滞。再如，吴世昌在《诗与语音》（1933 年 10 月的《文学季刊》创刊号）一文中讲自己读司各特叙事诗的经历，写两个威武的使臣屹立在石阶上，stood on the steps of stone。他一读之下，非常震撼：stood, steps, stone，三个词都用轻轻的摩擦音 s 起，然后接以重实的爆破音 t，厚重坚实笃定，把使臣的威仪写出来了。这也即现代诗论家顾随所讲，好诗，非因好而好，而是一读便好。

三

优秀的文学作品彰显"母语境界"，对于作家而言，达到此境界是一种高峰体验，加西亚·马尔克斯说此时方能体会到"写作是人生最美好的事情"。他在《番石榴飘香》中说："灵感这个词已经给浪漫主义作家搞得声名狼藉。我认为，灵感既不是一种才能，也不是一种天赋，而是作家坚韧不拔的精神和精湛的技巧为他们所要表达的主题做出的一种和解。当一个人想写点东西的时候，那么这个人和他要表达的主题之间就会产生一种互相制约的紧张关系，因为写作的人要设法探究主题，而主题则力图设置种种障碍。有时候，一切障碍会一扫而光，一切矛盾会迎刃而解，会发生过去梦想不到的许多事情。这时候，你才会感到，写作是人生最美好的事情。这就是我所认为的灵感。"④作家们在努力寻找达到此境的路径。中国古代诗人讲："两句三年得，一吟双泪流"（贾岛），"吟

---

① 陈忠实：《寻找属于自己的句子》，上海：上海文艺出版社，2009 年版，第 177 页。
② 刘淑丽：《别一家：唐宋词十八家细读》，广州：广州出版社，2023 年版，第 444 页。
③ 江弱水：《诗的八堂课》，北京：商务印书馆，2017 年版，第 54—55 页。
④ 宋兆霖选编：《诺贝尔文学奖获奖作家访谈录》，杭州：浙江文艺出版社，2005 年版，第 217—218 页。

安一个字，捻断数茎须"（卢延让）。当代作家们不断进行着语言的实验，如诗人张枣在《秋天的戏剧》一诗中所写："我潜心做着语言的试验/一遍又一遍地，我默念着誓言/我让冲突发生在体内的节奏中/睫毛与嘴角最小的蠕动，可以代替/从前的利剑和一次钟情，主角在一个地方/可能一步不挪，或者偶尔出没/我便赋予其真实的声响和空气的震动。"

如何获得这种能力、收获此类"美好"？中国传统文论与西方其他理论一样，都没有解决如何获得这种能力的问题，马克思主义的"实践"理论提供了答案。中国传统文论中的创作论主张"修辞立其诚"，在这种观念看来能达至"母语境界"的优秀的作品均缘于"诚"。《中庸》对"诚"做了深刻论述："诚者，自成也；而道，自道也。诚者，物之终始，不诚无物。是故君子诚之为贵。诚者，非自成己而已也，所以成物也。成己，仁也；成物，知也。性之德也，合外内之道也，故时措之宜也。"诚，是天地自然之力，没有"诚"就没有世界上的万事万物。所以，君子把"诚"看作一种高贵的品德，"成己""成物"。这一思想是非常深刻的，讲出了优秀的文学作品形成的内在理路。别林斯基曾言，"哲学家用三段论法，诗人则用形象和图画说话，然而他们说的都是同一件事……一个是证明，另一个是显示，但他们都是说服，所不同的只是一个用逻辑结论另一个用图画而已"①。由此，艺术家用"诚"来体验这个世界，"显示"世界"诚"的运转。马克思主义经典作家也强调"诚"，如恩格斯给哈克奈斯的信："您的小说，除了它的现实主义的真实性以外，给我的印象最深的是它表现了真正艺术家的勇气"②，这种勇气还主要表现在她叙述故事时使用了"简单朴素、不加修饰的手法"。中国传统文论中的"修辞立其诚"讲出了优秀作品如何形成，但未能讲出何以能"诚"，主张"诚"是人与天相通的桥梁乃至王阳明的"格物致知"，都掺杂有天人相应的神秘主义的元素。西方的某些理论与此相似，如荣格把这种神奇的能力归结到"原型"。在原型的控制下，创作是非自主性和非个人性的，是超人的力量、"更高的律令"，艺术家的"手被捉住了，他的笔写的是他惊奇地沉浸于其中的事情；……他只能服从他自己这种显然异己的冲动，任凭它把他引向哪里"。作品好像不是作家创作的，而是"完全打扮好了才来到这个世界，就像雅典娜从宙斯的脑袋中跳出来那样"。"不是歌德创造了《浮士德》，而是《浮士德》创造了歌德。"③这都带有强烈的神秘性。

马克思曾说："全部社会生活在本质上是实践的。凡是把理论引向神秘主义的神秘东西，都能在人的实践中以及对这个实践的理解中得到合理的解决。"④作家如何创造出神

---

① ［苏］别林斯基：《别林斯基选集》（第2卷），满涛译，北京：时代出版社，1953年版，第429页。
② 中共中央马克思恩格斯列宁斯大林著作编译局编：《马克思恩格斯文集》第10卷，北京：人民出版社，2009年版，第570页。
③ ［瑞士］荣格著：《心理学与文学》，冯川、苏克译，南京：译林出版社，2014年版，第76页。
④ 中共中央马克思恩格斯列宁斯大林著作编译局编：《马克思恩格斯文集》第1卷，北京：人民出版社，2009年版，第504页。

奇的作品？从马克思主义理论来看，答案在"实践"。中国传统文论所讲的"诚"，带有直观的色彩。马克思的感性论并不排斥"直观"，但这种"直观"既不是康德式的先验直观，也不是费尔巴哈式的简单直观，而是一种现实的直观能力，这种能力是社会—历史的构造物，现实的社会历史条件决定着直观的形式和内容。马克思强调基于外部感知的"感性"的社会历史性，批判各种抽象的"感性论"，认为"对象如何对他来说能成为他的对象，这取决于对象的性质以及与之相适应的本质力量的性质"①，人的感觉器官以及相应的外部感知的能力不是给定的，而是伴随着人的自我生成的现实过程。"五官感觉的形成是迄今为止全部世界历史的产物。"作家对世界的体验，源自作家包括生活实践、艺术实践等各个方面的实践。马克思主义理论基于唯物主义观念之上，给予这一问题以动力性的回答。优秀的格律诗是汉语"母语境界"的一种体现，格律"是一种由对天道或宇宙的整体领悟、对生理与心理的内在体验以及对语言符号的外在把握综合形成的审美习惯自然选择的结果"②。依马克思主义观点来看，格律诗中的这三个因素，都由"实践"而来。中国马克思主义文艺理论家胡风，便曾把文学创作的过程比作作家与生活的"相生相克"的"肉博"，把"实践"的意味讲得更加具有文学意味。

由此来论，当代诗词创作中许多问题也可得解决，如在用韵的问题上，有"平水韵""新声韵""中华通韵"（十五韵）"中华新韵"之争。从母语角度讲的声音、形象、意韵的完美结合这一角度来看，运用"中华新韵"更为合适，语言不断发展，用韵也应不断发展，这就把语言的语用功能充分发挥出来，也即是向母语境界进发。

母语是社会个体精神成长的根基，构成了民族国家文化的重要基础，在中华民族伟大复兴目标的烛照下，母语素养的提升显得格外重要。母语素养的提升是个体的"语言人"终生的劳作。摩习声音、形象、意蕴完美结合的经典作品进行诗词创作，是提升母语素养的有效途径。当前业已产生了许多精彩的作品，如张栋的诗句，"围炉煮酒沧桑忆，雪自童年下过来"（《老同学冬日域外归来相聚》），"童年多少调皮事，犹在老槐枝上摇"（《过村口老槐树》）；如甄秀荣的诗句，"夕阳一点如红豆，已把相思写满天"（《送别》），用新语写当代场景，诗意盎然，不失为"求正容变"的上层之作。在互联网新造语等语言的冲击下，这种坚持与探索显得尤为重要。

作者简介：孙书文，山东师范大学文学院教授、博士生导师，文学院院长，山东省作家协会副主席。

---

① 中共中央马克思恩格斯列宁斯大林著作编译局编：《马克思恩格斯文集》第 1 卷，北京：人民出版社，2009 年版，第 191 页。

② 葛兆光：《汉字的魔方：中国古典诗歌语言学札记》（第二版），上海：复旦大学出版社，2024 年版，第 112 页。

叙事长诗内容特征探微

宋彩霞

　　叙事诗一词，在中国大概最早见于南宋，胡仔《苕溪渔隐丛话前集》卷三十二引《隐居诗话》云："白居易亦善作长韵叙事诗，但格制不高，局于浅切，又不能更风操，虽众篇之意，只如一篇，故使人读而易厌也。"可见，这一词语的出现与中唐以来叙事文学的兴趣，特别是白居易等人叙事写实的诗词创作有着密切的联系。当时人们已经认识到白氏诗的与众不同，虽然对它们评价不高。稍后的朱熹有："生民诗是叙事诗，只得恁地，盖是叙，那首尾要尽。"而现代叙事诗文体意识的自觉的最大贡献者是王国维，他把"叙事诗"和"史诗"并举。

　　叙述诗一词，虽然源自中国本土，却是在中西文化碰撞与融合中形成的，是诗歌体裁的一种。它用诗的形式刻画人物，通过写人叙事来抒发情感，与小说戏剧相比，它的情节一般较为简单。这种体裁形式，情景交融，兼有抒情诗的特点；情节完整而集中，人物性格突出而典型，有浓厚的诗意，又有简练的叙事，还有层次清晰的生活场面。

　　基于以上认识，我认为：叙事诗具备叙事的特征，与叙事内容关系密切。比如说杜甫的《丽人行》和《兵车行》，就诗体和艺术手法而言，两首诗区别不大，显然是一脉相承。《兵车行》是叙事诗毫无疑问，《丽人行》则主要是贵妃出行场面的大肆夸饰，能否算作叙事诗，有待商榷。我们不妨把其归入准叙事诗，作为叙事诗的一种参照来考察，恰恰正是这种准叙事诗更能让我们发现《兵车行》与《长安古意》等初唐时的渊源及联系。叙事诗内容跟诗的长、短没有关系。但笔者认为，叙事诗还是需要一定长度的，长诗需要的是架构；组诗需要的是诗章之间的意义呼应；而超短诗属于单细胞生物；短诗，隐约需要某种结构，这个结构多数时候由于篇幅所限，无法被专业的学者和用心的读者摸索，但结构呼唤执着的诗人重点去建设，跟着艺术的直觉走，让叙事内容显影。或者说长诗更能突显叙事的特征。这也是清末民初的学者把"叙事诗"称作长诗的原因。近代叙事诗以它特有的内容主题较为全面地反映了社会生活和历史。笔者以为，叙事长诗有如下几个内容特征：

一、反映重大历史事件

张维屏（1780—1859），字子树，号南山，番禺（今广东番禺县）人。道光二年（1822）进士，官至知县、知府等职。1830 年，曾与林则徐、龚自珍、魏源等在北京结"宣南诗社"。当时与黄培芳、谭敬昭并称为"岭南三大家"。晚年目睹英国侵略军的暴行，写了一些歌颂人民抗击侵略者的诗篇，《三元里》《三将军歌》是其中的代表作。他认为文章应当"顺其自然""人之文即人之言也"。他的诗朴素自然，无雕饰之弊。如描写鸦片战争的《三元里》：

> 三元里前声若雷，千众万众同时来，因义生愤愤生勇，乡民合力强徒摧。家家田庐须保卫，不待鼓声群作气。妇女齐心亦健儿，犁锄在手皆兵器。乡分远近旗斑斓，什队百队沿溪山。众夷相视忽变色："黑旗死仗难生还。"夷兵所恃惟枪炮，人心合处天心到。晴空骤雨忽倾盆，凶夷无所施其暴。岂特火器无所施，夷足不惯行滑泥，下者田塍苦踯躅，高者冈阜愁颠挤。中有夷首貌尤丑，象皮作甲裹身厚。一戈已掊长狄喉，十日犹悬郅支首。纷然欲遁无双翅，歼厥渠魁真易事。不解何由巨网开，枯鱼竟得攸然逝。魏绛和戎且解忧，风人慷慨赋同仇。如何全盛金瓯日，却类金缯岁币谋。

这首诗真实地反映了 1841 年发生在距广州城北仅五里地的三元里人民抗击英军暴行的历史事迹。这是一首有着浓郁抒情色彩的叙事诗。诗人真实地再现了广州三元里人民波澜壮阔的抗英斗争，有极高的史料价值。诗人运用对比手法，将三元里人民的英勇斗争精神和所取得的胜利，与英国侵略者被围困的狼狈丑态及其可耻失败，以及清政府中的投降派的卖国求和的卑劣行径进行了对比，表现了诗人的爱国精神和强烈的爱憎感情。语言朴素自然，形象鲜明生动。曲向邦评曰："乡民神勇，活现纸上。"

在写重大事件中，今人叙事诗也有很好的表现。获得鲁迅文学奖的周啸天教授，他有一首《邓稼先歌》，曾获得第五届华夏诗词奖一等奖，这是新时代的一首叙事诗，也可以看作是"诗史"。全诗如下：

> 炎黄子孙奔八亿，不蒸馒头争口气。罗布泊中放炮仗，要陪美苏玩博戏。不赋新婚无家别，夫执高节妻何谓。不美同门振六翮，甘向人前埋名字。一生边幅哪得修，三餐草草不知味。七六五四三二一，泰华压顶当此际。蘑菇云腾起戈壁，丰泽园里夜不寐。周公开颜一扬眉，杨子发书双落泪。惟恐失算机微间，岁月荒诞人无畏。潘多拉开伞不开，百夫穷追欲掘地。神农尝草莫予毒，干将铸剑及身试。一物在掌国得安，翻教英年时倒计。公乎公乎如山倒，人百其身哪可替。号外病危同时

发，天下方知国有士。门前宾客折屐来，室内妻儿暗垂涕。两弹元勋荐以血，名编军帖古如是。天长地久真无恨，人生做一大事已。

全诗神完气足，环环相扣，结构紧凑，读来感人。虽多用典故，却作了最大限度的降解。有些新词是古诗词中所没有的，如"倒计时""号外""两弹元勋"等，与人物、主题密切相关，富于表现时代感。最为可圈可点的，是"神农尝草莫予毒，干将铸剑及身试"两句，以中国神话和传奇中的神农尝草、干将铸剑，来譬喻邓稼先的献身精神，贴切深刻，可谓典重。前句是说邓稼先有神农尝草的精神，却没有神农的幸运；后句是说邓稼先为国"铸剑"，像干将那样以身试剑，似是一种宿命。这两句极富悲剧意味，是全诗的诗眼。"号外病危同时发，天下方知国有士。不羡同门振六翮，甘向人前埋名字。"王蒙在读周啸天《邓稼先歌》随记中说："此二句如雷如电，震耳欲聋！读到此句，能不动容？诗中有血，句中有泪！诚哉斯言。"

我读《邓稼先歌》，他的语言以现代书面语为基础，从口语和文言两个方面吸取养料，用典恰到好处，信手拈来，做到了有机融合，浑然无间。它是诗人才情学识的综合体现，非功力深厚者不可为也。

二、描绘民生疾苦、社会百态

叙事长诗不仅反映了近代风云变化的历史，而且描绘了近代的社会百态，民生疾苦，与时代风云紧密相连，与社会生活息息相关。道光十一年（1831）淮安水灾，鲁一同有《安东岁灾记叙》一文，"而当今上御极之十一年，岁在辛卯，湖决于淮、扬，江涨于荆、襄。连饶豫，迫皖桐，东南无干土，而京师乃望雨泽……南人逃而归者，日千百为群，号哭震村堡，颇鍖交道路。明年麦半登夏，大雨水四十日不绝如绳"。是年作《吴环九牛图》一诗："今年秋水半天下，荆襄饶豫缠蛟龙。江淮南北尤横绝，万屋风卷随秋蓬。耕牛如山饿欲死，往往屠宰山村空。"安东大灾，鲁一同根据所见所闻，写下了《拾遗骸》，兹录《拾遗骸》如下，以见其情："拾遗骸，遗骸满路旁。犬饕鸟啄皮肉碎，血染草赤天雨霜。北风吹走僵尸僵，欲行不行丑且尪。今日残魂身上布，明日谁家衣上絮。行人见惯去不顾，髑髅生齿横当路。"活人捡拾死人的衣服穿而避寒，此情此景，令人惨不忍睹，为杜甫笔下所未曾有。

今人韦散木有《公无渡河，哀中原水灾》：

公无渡，公无渡，公乘地铁去朝暮。大隧之中思融融，能避炎日遮风露。公向城北妻城南，狂奔地底无停骖。稻粱日日谋生计，人海穿梭味苦甘。甘霖不见降，苦雨连朝至。绿城忽作水晶宫，一片中原父老泪。当年忍决花园口，今夕更漫海滩寺。寺上茫茫叹泽国，寺底列车怅呜咽。洪流贯车水没肩，微禹人或为鱼鳖。公难往今妻难止，中心汤汤黄河水。公乎公乎，虽不渡河，平地风波有如此。

作者用李白《公无渡河》意开篇，从"公无渡，公无渡，公乘地铁去朝暮"到"人海穿梭味苦甘"，诗人只寥寥几笔，刻画到位。从"甘霖不见降，苦雨连朝至"到"当年忍决花园口，今夕更漫海滩寺"为一段落。花园口决堤事件是1938年为了阻止日军前进，蒋介石下令炸开郑州东北花园口黄河大堤，80余万人惨遭溺死。"寺上茫茫叹泽国，寺底列车怅呜咽。洪流贯车水没肩，微禹人或为鱼鳖"以强烈的感情笔触，进一步描述这场灾难。"公难往兮妻难止"这呼喊仿佛是陡然惊呼！于是，全诗的情景发生了突变：虽然不是滔天巨浪吞噬了无数生民的黄河水，但这场水殇竟如此浩叹！"公乎公乎，虽不渡河"那"公乎！公乎"的呼叫，声声震颤在读者耳边，实在令人不忍卒听。便掷笔而叹："平地风波有如此"，带着极大的困惑，结束全篇。

诗中感情一气直下，情随笔转，结构严谨缜密，语言编排合理，句式长短变化，音节错落，节奏旋律回旋震荡，用典信手拈来，笔法流畅自然，极富感染力。全诗首尾呼应，一唱三叹，令人久久无法释怀。

三、展示各色人物命运

鲁一同是道咸时期江苏诗坛一员，作品既关注战争，又关注民生疾苦。《荒年谣》是其反映灾荒的组诗，作于道光十三年（1833），这是组动人心魄的灾难史诗，由《卖耕牛》《拾遗骸》《缚孤儿》《撤屋作薪》《小车辚辚》五首组成，写了农民从出卖耕牛到举家逃荒的全过程。诗前有序，披露了作者写此组诗的心境与悲伤，云："饥疹洊叠，疮痏日甚，闻见之际，慗焉伤怀，爰次其事，命为《荒年谣》。"《荒年谣》（五首选一）：

小车辚辚，女吟男呻。竹头木屑载零星。呕呀咽唽行不停，破釜坠地灰痕青。路逢相识人，劝言不可行："南走五日道路断，县官驱人如驱蝇。"同去十人九人死！黄河东流卷哭声。车辚辚，难为听！

诗中写了人食人、满路遗骸、母弃子、撤屋作薪和逃荒的悲惨的社会现实，是鲁一同的诗中较有代表性的作品。逃荒，本来是想逃脱饥饿而死的下场，不料，逃荒人面临的却仍然是死神的血盆大口。这前一批的逃荒者，绝大部分或饿死、或被县官赶上了死路，剩下的回流者，又逢上了后来的逃荒大军。进亦无路，退亦无路。看来，这荒已无处可逃，逃到哪里，哪里都是灾荒！死亡的逃荒者究竟有多少？诗人也无法分辨，但觉滚滚东流的黄河巨浪，翻卷的全是死魂的哭声！最后，诗人又推出了无比沉重的两个短句："车辚辚，难为听！"这不是首句的简单重复，从诗的艺术上讲，是诗意的升华；从诗所反映的现实上讲，首句的车声，还带着逃荒人的希望，结句的车声，则是诗人对逃荒人终将绝望的预言。

此诗出语不事雕琢，用着力刻画的笔法，写出了触目惊心的现实。诗的用语虽朴实，却并非直露："行不停"与"不可行"的对比，足以发人思考、令人为逃荒者的前程命运揪紧了心。此外，一句"难为听"，也写出了"听"者即诗人自己对灾民无限同情却一筹莫展的复杂心情。在平浅的字句里，含有这样的深义可令人品味，这首诗真不是一首普通的大呼大号之作，它在反映惨烈的现实的同时，本身也具有沉郁曲折的艺术魅力。

四、叙述作者经历和见闻

叙述作者的经历和见闻，今人也有很好的表现。

我有一首《幸福小城威海歌》云：

2021年2月25日，习近平总书记庄严宣告："中国完成了消除绝对贫困的艰巨任务，创造了又一个彪炳史册的人间奇迹。"每个中国人都是这场伟大史诗的参与者，见证者，书写者。今逢中国共产党二十大召开，乾坤开新局，家国梦正好。又威海市荣获"中国最具幸福感城市"，作为见证者，感而歌之曰：

一城识何在？一花繁可爱，一页环翠楼，一海青似黛。半岛一打开，诗从黄海来。红砖间绿瓦，城下浪成堆。千里海岸线，穿沙水如练。滔滔向东流，衮衮如掣电。小城故事多，遥岸入沧波。致远舰上血，浴血起悲歌。秦砖和汉瓦，历来欠潇洒。秦皇欲长生，临死识虚假。我辈为家邦，诚信真无双。追逐文明曲，弦管换新腔。家山帆正好，海产犹为宝。虾游天尽头，鱼泊刘公岛。知晓龙起居，涛中控鲤鱼。水下寻好梦，新港富有余。东西尽情往，帆扬高万丈。贸易秉初心，口碑搏清响。汗水开天衢，惊涛化坦途。途中凝眸望，海上一明珠。策划有点子，躬行有君子。肝胆为民生，花开已结子。做足绣花功，绣出朝阳红。清景自相涵，辉映成山东。春来花下坐，闻香千万朵，指点说银山，热情红似火。人民即江山，江山正斑斓。春雨滋红翠，大象耀人寰。朝霞红又紫，冉冉波中起。长得此一轮，嵌进生活里。

讴歌了时代风云，属于一首正能量的叙事诗。

五、抒情和其他类别

郑欣淼《海山十年歌》：

景山朝焕彩，北海暮浮霭。惯看朝暮绕飞鸦，蓦然衙门已十载。衙门民舍相邻比，老槐曾记雍乾祀。幽深绝隔十丈尘，文脉仍通红墙里。一自缘结故宫学，个中髓味漫穷竭。学海涯涘何处寻？唯赖众贤不停歇。欣逢紫禁六百寿，百秩院庆又将遘。午门观展何缤纷，总是天公待我厚。海山佳气催吟思，积习弥老如驰驷。昔同九友醉弦歌，今与五子诗言志。皓首霜眉敢谓老？竞秀争流山阴道。岂求今吾胜故吾，趋时追新君莫笑。噫吁哉！湖光山色两缱绻，小院匆匆人聚散。初识还是厨师陈，肴馔爱其面一碗。

作者于 2002 年 9 月至 2012 年 1 月，任故宫博物院院长。2012 年 1 月离开故宫博物院院长岗位后，遂移故宫御史衙门，至今已整十年。《海山十年歌》就是写此期间的亲身经历。故事从景山、北海写起，"朝焕彩，暮浮霭"，角度契人，运笔轻盈巧妙。从朝暮到十载，那些飞鸦、民舍、老槐可以见证。虽然"幽深绝隔十丈尘"，但"文脉仍通红墙里"。在这文脉中，作者对自己的工作进行了梳理。"一自缘结故宫学，个中髓味漫穷竭。学海涯涘何处寻？唯赖众贤不停歇。""涯涘"：引申以比喻事物的界限。作者研究文物、博物馆、遗产保护，力倡故宫学，出版有《从红楼到故宫：郑欣淼文博文集》《文脉长存：郑欣淼文博笔记》《天府永藏：两岸故宫博物院文物藏品概述》《故宫学概论》等，可谓著述颇丰，个中髓味真的是无穷已啊。"欣逢紫禁六百寿，百秩院庆又将遘。""遘"：相遇；碰上。作者有幸赶上了两个大庆的时节，看到缤纷的境况，由衷地感叹：上天待我多么厚！"海山佳气催吟思，积习弥老如驰驷。"繁忙的工作并没有影响作者的诗情，反而催发着诗词创作的灵感。他从 20 世纪 60 年代后期学习诗词创作，兼及散文，出版有《郑欣淼诗词百首》《郑欣淼诗词稿》及《山阴道上》《游艺者言》《周赏集：郑欣淼散文》《古韵新风：郑欣淼作品集》等都足以说明作者的创作成就。"昔同九友醉弦歌，今与五子诗言志。""九友"和"五子"均为写实。2019 年在中央文史馆举办的大家讲习班上，作者为诗词班导师，学员九人，称"北湖九友"（有：蔡竞、刘安定、吴宝军、姚泉名、李军、韩倚云、屈杰、马飞骧、金中）。"五子"，是中华诗词学会组织的十大导师培训班，作者招收了五位学员，已经开始上课。"皓首霜眉敢谓老？竞秀争流山阴道。岂求今吾胜故吾，趋时追新君莫笑。"虽然已经到了古稀之年，可怎么敢说老呢？成绩只能说明过去。"湖光山色两缱绻，小院匆匆人聚散。初识还是厨师陈，肴馔爱其面一碗。"时光匆匆，衙门人员进出变化很大。但是印象最深的还是十年前来衙门时认识的厨师陈师傅，做得一手好面，我是那么的喜欢。至此，所有的故事叙述完结。

该诗有两个特点：第一，以叙述为主，兼以描写，议论。前八句为一小节，意思相连，相当律绝的起承，中间接着这个意思继续写，把故事讲完。他驾轻就熟，或歌唱，或描写，或叙述，无不尽情尽意。第二，明白易懂，直抒胸臆，无遮无拦，没有典故，没有骈体，更没有艰涩的话语，晓畅淋漓，一泻千里，写者尽情，读者快意。

作者笔纳天远，时通古今，为我们展现出古今辽阔而悠远的时空境界。整首诗采取大写意的手法，泼彩勾勒，十分谨慎地围绕主题，没有一处"走神"，二十二韵，布置有序，脉络清晰，诗句雅正，段落分明，气韵雄壮，情文相生，散落天星以正大之域，雅韵方浓于字里行间。有我有人，包罗浑含，以一碗面作结，别出心裁，似未有人道，意不竭而识自见。

在这湖光山色里，诗人留恋陈师傅，便产生了让大家过上简单而又幸福的生活这样一个期许。诗人以新奇、关爱的眼睛看世界，世界上无不充满诗意的光辉。在这里诗人发现，辛辛苦苦走了那么多路，原来自己所要寻找的美，就在身边，就浓缩在一碗面里。

综上所述，笔者认为：现代叙事诗，不仅注重反映社会民生，关注重大历史事件，呈现出与时代风云密切相关的内容特征，还注重描绘个体生命的命运轨迹，塑造丰富多彩的人物，并呈现出生活化、平民化的创作倾向；讽刺社会现象，揭露黑暗面的叙述，不仅反映国内生活，还放眼世界形势，描绘域外烽烟，这大体是叙事长诗内容方面的一些特征。

作者简介：宋彩霞，山东诗词学会副会长，《中华诗词》原副主编。

当代青年诗词创作生态观察

代鹏飞

在全球交流日益加速的数字时代，在国家提出弘扬中华优秀传统文化的良好环境下，当下的中国诗歌在世界文学中是一股不可忽视的力量。前者是受西方思潮影响，白话文创作的新诗经过百年一路前行、披荆斩棘之后形成了百花争艳的局面；后者是我们称之为旧体诗的东方文化，也是中国人不可缺少的文学表达形式。

笔者在近十年的文学编辑、文学活动组织、社会组织管理、（诗词）诗教、诗歌创作过程中，不断地观察、扩展路径，亦为着自己所坚持的公益事业努力。2014年是对于诗词创作具有重大影响的一年，也是文学艺术界创作发生重大变革的一年（2014年10月15日上午中共中央总书记、国家主席、中央军委主席习近平在京主持召开文艺工作座谈会并发表重要讲话）。据观察，迄今为止，全国重要的文学（有刊号）刊物均开设诗词栏目或设立分刊，如《诗刊》《中华辞赋》《中华诗词》《当代诗词》《星星》《诗选刊》《诗潮》《草堂》《长安》等公开发行书刊，亦有各地诗词组织、文学爱好者先后创办民刊，如《雍州诗刊》《青年诗词》等。这些都为诗词的创作创造了基础条件。较短的时间内，激活了老一辈诗人，刺激了中年诗词创作的中坚力量，推动了创作力量薄弱（乃至有一定断层）的青年诗词创作。

一、诗词创作的现状

全国诗词创作者有多少？早些年坊间就流传着写诗词比看诗词的人数还多的说法，中国作协创研部主任何向阳在《扩展新时代文学史的格局》中说诗词创作队伍庞大到300万到400万人。而据了解，陕西省诗词学会会员2600余人、铜川市诗词学会会员100余人、安康市诗词学会会员200余人、西安市雁塔区诗词学会会员60余人。总体来看，诗词创作人群是不少，当然这并不能代表地区实际诗词创作人数。就数据分析来推断，全国各级诗词组织的情况应该是大差不差。

（一）诗词创作者青黄不接，出现断层

陕西省个别诗词组织会员情况　　　　　　　　单位：人

单位名称	总人数	1980年后出生	1990年后出生	2000年后出生
陕西诗词学会	约2600	229	107	13
铜川市诗词学会	约100	13	3	0
安康市诗词学会	约200	28	7	1
西安市雁塔区诗词学会	约60	8	2	0

当然，单从这些数据看来，这个数据相较其他地区可能略好，然而这个数据其实显示出了隐忧：以陕西诗词学会数据为例，笔者认为陕西省诗词学会的229人的这个"水分"较大。相关材料显示，229人之中至少有四分之一的人通联地址为非陕西省（意味着这是来西安求学的外地大学生），而其中还有一部分是处于"沉寂"状态的诗词创作者和新诗创作者。换句话说，实际42岁以下（1980年后出生）的229人之中拥有陕西籍或客居陕西的诗词创作者人数应该为100—150人，这甚至可以认为是理想状态下的数据。即使陕西诗词学会近年来也在孟建国会长的倡导下要求实施本省籍和外省籍会员无地域区分的鼓励措施，力求打破省籍界限、地区空间限制，利用数字化，推进学会数字化建设，青年会员比例涨幅较大，取得一定成效，然而后续发展是否随着学会2023换届而发生变化，就值得关注。

近些年青年诗词创作者人数日益增多，而仅笔者初步了解到的西安地区非陕西诗词学会会员年轻的诗词创作者（有一定创作基础），已经有稳定的工作（非高校学生），人数在20余人。

（二）诗词组织决策层老龄化，青年人难有话语权

相关数据表明，铜川诗词学会管理层1960—1970年为10人、1970—1980年为5人、理事1980—1990年为4人；陕西省诗词学会中有如"90后"出生的副会长王彦龙，"80后"出生的禹治夏、陈斯亮、何超锋等理事、部门负责人，且早期成立了大学生工作部，后来成立了青春诗社、少儿诗社；陕西省秦风诗词学会亦有"80后"出生副会长代鹏飞，"80后"出生的王丽娟、陈永峰、柳育龙、韩宁博、查逊、井济华、杨菁、王鹏飞等理事。然而组织内部的整体状况似乎也如会员数据分析一般，尚需要进一步调整。

再如中华诗词学会给各地诗词组织无偿建设网站一事，陕西省由陕西诗词学会负责推进事宜，笔者受陕西省诗词学会委派负责对接陕西省各地市区县诗词组织的网站建设，然而有意愿开设网站进行宣传的诗词组织很多都黯然退场，究其原因无外乎组织内部没有青年人，年长者不懂网络、不会操作或者精力不够。个别地区即使为他们推荐了当地

的青年创作者，出于客观原因也无法推动。

（三）缺乏诗词阵地，看不到"希望"

首先，诗词公开发行刊物稀少。没有几家诗词刊物有公开刊号是诗词生态圈的既定事实，短期无法改变。前些年关于陕西省诗词学会要申请将《陕西诗词》办成公开刊物一事，这是利于诗词的传播和推广的。从提案到申报前后经过三五年时间，所需要的申报手续、编辑人员资质等条件，在省内所有的关口都通过了，但到了北京主管的一级，却被无情地砍下。此外，我们必须了解另一种状况，那就是诗词创作很难融入现代文学创作的生态圈，大部分的作协组织很难有诗词创作者的身影。笔者想这也是近年来诗词界推动中华诗词入（文学）史的一个重要原因之一。青年新诗创作者创作出大量的诗歌作品可以由各级（公开刊号）报刊发表，可加入各级作协组织，作为各项评选、评优等有效推力，享受作协组织、文联、宣传部门等机构的一定支持。反观青年诗词创作生态圈是极度不友好的，全国有公开发行刊号的纯诗词刊物仅为六家［正刊《中华诗词》《长白山诗词》《东坡赤壁诗词》《心潮诗词》《当代诗词》《岷峨诗稿》，副刊《星星·诗词》《诗刊（下半月）》《诗选刊（下半月，已停刊）》］，而诗词生态圈内的内部刊物，大多数为诗词组织创办，办刊设计、理念等或因编辑人员年老、组织经费不足导致跟不上青年人审美，而青年人投稿发表阵地稀缺。据观察，全国同期诗词组织刊物印刷后，栏目刊发的人员多为清一色的干部、脸熟的创作者，可堪"复制印刷品"。

据不完全统计，青年诗词创作的作者发布重复率亦居高不下，仍有"复制印刷品"出现。《陕西诗词》（陕西省诗词学会）曾于多年前在杂志中开设青春诗汇栏目。《秦风》（陕西省秦风诗词学会）开设雏凤之声栏目。根据笔者统计的数据，两本诗词刊物青年栏目同年的比对结果如下。

《秦风》	总人次	2次	3次	4次	总占有率
2020年（总4期）	72	5人（10次）	—	—	13.9%
2021年（总4期）	74	5人（10次）	—	—	13.5%
《陕西诗词》	总人次	2次	3次	4次	总占有率
2017年（4期）	84	14人（28次）	2人（6次）	1人（4次）	45.2%
2018年（总4期）	120	9人（18次）	6人（18次）	8人（24次）	50%
2019年（总4期）	119	17人（34次）	7人（21次）	2人（8次）	52.9%
2020年（总4期）	87	13人（26次）	4人（12次）	1人（4次）	48.3%
2021年（2期）	45	3人（6次）	—	—	13.3%
2022年（2期）	46	4人（8次）	—	—	17.4%
注：数据为同一年内该刊发布青年作品数据					

我们再看看六本有刊号的诗词期刊中仅有的一本《中华诗词》（国家级）的数据，和另一本期刊《中华辞赋》（国家级，诗词栏目）的数据。它们都有青年相关栏目的开设，那么在青年诗词创作过程中是否起到应有的效果，或者具体效果有多大？

《中华辞赋》创刊于2014年，在其刊物中设有校园诗赋栏目，全年12期，刊物具有明显的偏向性，选录作品大多为赋。2020年该栏目选登青年辞赋作品10人，个人诗词作品3人，刊登哈尔滨德强高中师生作品选、重庆市大足城南中学校师生作品、四川大学望江诗社学生作品选、兰州大学学生诗词选登、大学生诗词选等五个小范围群体。2021年该刊物明显做了调整，诗词作品比例明显上升，在2021年第一期和第二期刊登北京大学北社诗词作品选、武汉大学春英诗社诗词作品选之后，校园诗赋栏目的作者由小范围扩大。2021年3期选录16人、4期16人、5期17人、6期18人、8期19人、9期16人、10期19人、11期15人、12期16人，2021年3—12期累计刊发152人。2022年1期选录16人、2期17人、3期11人、4期12人、5期17人、6期18人、7期8人、8期22人，2022年1—8期累计刊发121人。《中华辞赋》每期校园诗赋栏目页码在4页左右，这就意味着每期页码占有比重为4.2%（4/96）。2021年该栏目无重复作者，2022年重复一人，两年对比重复18人（意味着重复率11.7%）。当然，这并没有计算每期其他栏目的青年创作者。

《中华诗词》在2012年至2014年开设青春回眸、青春诗会回眸栏目共6期，刊登每期2页码，2012年9月刊登13人，2012年10月刊登13人，2012年11月刊登14人，2012年12月刊登12人，2014年12月刊登12人，共计刊登64人，其中2012年12月刊登作者与2014年12月刊登作者完全一致。

《中华诗词》在2015年开设青春聚焦栏目，2015年刊登4期，青年诗词创作者4人（点评不计入），韦树定（1988，27岁）、金中（1975，40岁）、杜琳瑛（1966，49岁）、魏新河（1967，48岁）。2016年青春聚焦栏目刊登12期，青年诗词创作者12人（点评不计入）：刘如姬、朱思丞（1983，33岁）、沈利斌（1982，34岁）、蔡正辉（1970，46岁）、韩林坤、王纪波（1987，29岁）、李伟亮（1985，31岁）、汪业盛（1978，38岁）、程羽黑（1988，28岁）、孙守华（1974，42岁）、慧心、张青云（1973，43岁）。2017年青春聚焦栏目刊登12期，青年诗词创作者12人（点评不计入）：丁梦（1970，47岁）、王海亮（1974，43岁）、郑力（1976，40岁）、吴江涛（1973，44岁）、徐俊丽（1979，38岁）、杨强（1987，29岁）、白凌云、曹辉、白云瑞（1989，27岁）、关波涛（1976，40岁）、徐新国（1966，50岁）、王旭（1984，32岁）。

《中华诗词》在2014年6期青春诗会栏目，刊登10人；2018年8期青春诗会栏目，刊登10人；2021年7月青春诗会栏目，刊登18人（8人为评委）；2022年8月青春诗会栏目，刊登11人。

《中华诗词》设定校园诗稿栏目，笔者整理近10年数据，详情见下表。该栏目共计发

表676人次，166人次重复。当然这166人之中必然出现更高的重复率，仅2020年4期就有3人刊发3次。

《中华诗词》校园诗稿栏目数据统计

期数	人次	全年重复出现人次	全年刊发人次	总占有率
2012年3月	29	—	29	—
2013年2月	19	—	53	—
2013年6月	18			
2013年11月	16			
2014年7月	17	—	33	—
2014年11月	16			
2015年6月	16	—	30	—
2015年9月	14			
2016年6月	32	—	44	—
2016年9月	12			
2017年6月	22	—	22	—
2018年3月	32	10	113	8.8%
2018年6月	49			
2018年9月	32			
2019年3月	26	34	116	29.3%
2019年6月	29			
2019年9月	29			
2019年12月	32			
2020年3月	33	37	132	28%
2020年6月	35			
2020年9月	33			
2020年12月	31			
2021年3月	33	—	104	—
2021年6月	32			
2021年10月	29			
2022年1月	29	2	60	3.3%
2022年6月	31			

注：此数据仅统计同年重复出现在该栏目的作者

当然，在各种期刊明确的青年栏目之外，也存在一定数量的青年诗词创作者出现，但总体而言，似乎不足以掩盖青年诗词创作者寥寥无几的窘状，或者说一定程度上应是融入感尚需加强。细细深究，无论是《陕西诗词》《秦风》(省级内刊)区域性的刊物，还是全国公开发行的《中华辞赋》《中华诗词》，四本刊物分开来看或对比来看，级别越低的刊物青年诗词创作者重叠度、重复度就越高；到了更高级别的刊物青年诗词创作者重叠度、重复度有所降低，然而，熟悉的脸面依旧熟悉，新的面孔弥足珍贵。

首先，从《中华诗词》的栏目可看出青年诗词创作生态圈的形式，一方面大范围的青年诗词创作者苦于没有阵地，另一方面刊物苦于没有年轻的诗词创作者加入。这也反映出期刊在发展过程中没有很好地梳理平衡各种形式，对于青年诗词创作者的发掘、培养、扶持有所欠缺，在这一点上旧体诗的从事者有必要向新诗的同行学习。

其次，偏见大于创作，年长者"看不起"年小者。笔者认为，写诗词过于吃阅历、哲思，以至于诗词创作一定程度上难于新诗，也就造成了创作质量一般，诗词精品少。同时，也造成了一个相对坏的生态圈。年长者往往对于年轻者创作的作品占据高位，"指点江山"，"批判"打击了青年诗词创作者的积极性。

再次，创作不易，生存维艰。青年创作者的年龄段决定了他们不可能全心全意创作。1980年出生的人到今天已经42岁了，四十不惑，正是上有老下有小，甚至还面临着随时下岗再就业问题。1990年出生的人今天已经32岁了，三十而立，而他们能立起来吗？正面临着买房、彩礼、结婚、生娃、养娃的既定事实。然1980—1999年的青年诗词创作者在这个年龄段本应该是诗词创作、诗词组织服务、诗词活动的中坚力量，而大多数情况之下，他们在诗词生态圈还难以为继，更别提在诗词组织内发出自己的声音。

由此分析可见，当时乃至现在，青年诗词创作队伍呈现着一种两极对立的不良态势，前景令人堪忧，急需改变。

二、诗词组织活动的现状

(一)组织机构不健全，基层力量薄弱

在全国很多地方基层诗词组织是没有覆盖起来的，而覆盖起来的诗词组织，绝大多数是"占山为王"，各自为政，没有形成良好的生态，构建起梯队。陕西省行政区划统计表显示：西安市11区2县、铜川市3区1县、宝鸡市4区8县、咸阳市3区9县2市、渭南市2区7县2市、延安市2区10县1市、汉中市2区9县、榆林市2区9县1市、安康市1区8县1市、商洛市1区6县。根据在民政部可查的陕西省诗词类相关社会组织数据，在册的社会组织71家(含正常、注销、撤销)，划分到地市(含区县)则西安市10家、铜川市2家、宝鸡市7家、咸阳市10家、渭南市7家、延安市3家、汉中市3家、榆林市12家、安康市9家、商洛市6家，此外2家为陕西省诗词学会、陕西省秦风诗词学会。北京市现辖16个市辖区，在册的社会组织5家(含正常、注销、撤销)；天津市现辖16个市

辖区，在册的社会组织4家（含正常、注销、撤销）；上海市现辖16个市辖区，在册的社会组织4家（含正常、注销、撤销）；浙江省在册的社会组织72家（含正常、注销、撤销）；安徽省在册的社会组织81家（含正常、注销、撤销）；湖北省在册的社会组织83家（含正常、注销、撤销）；湖南省在册的社会组织102家（含正常、注销、撤销）；广东省在册的社会组织66家（含正常、注销、撤销）等。以上的在册社会组织都是各地诗词相关的社会组织，在此不再一一列举，从在册的组织与地区行政覆盖面来看，数据显而易见。

当然，笔者列出的数据仅作为我们基层建设的直观认识，说明诗词基层力量有待加强。毕竟社会组织不是行政办事机构，不具备强制力，更多的时候是依靠爱好、情分凝聚而形成的抱团群体。我们许多的事情办理、推动只是依靠大家的热情号召、引导和业务指导。譬如我们在基层建立（民政部门注册登记）的社会组织，先不说要准备的基础资料和业务跑路办理人员，单是3万—5万元人民币的注册资金（资金是实际缴纳的，后期捐资人无法撤销捐赠）、会计师事务所验资费和办公场所一定程度上就将很多有想法的人拒之门外。基层组织确立后在运作管理过程中可能存在隐患，这种隐患包括日常管理、活动管理、财务管理、会员管理、外部关系处理等，没有一定成熟的社会阅历未必"玩得转"。例如国内某地文学艺术团体，因高层管理人员理念不合，造成学会人员大量流失，组织管理层换届调整都成了奢望。陕西省诗词学会孟建国会长在多个场合讲话说，对于市县和企事业诗词组织的建立健全和内部建设等，我们的指导思想是量力而行，尽力而为。社会组织无法也不可能代替党政机关和群团机构的职能方式。笔者非常赞同这种务实的做事方式。

（二）诗词组织缺乏规划，需树立使命意识

我们很感激老一辈诗词创作者、老干部，是他们用余热推动了诗词的发展，然而不得不面对的现实是，大部分诗词组织的核心管理层多为六十岁之后退休人员，这些人基本上都是没有报酬的无偿服务，自身也是没有工作压力的。无私奉献的精神纵然可贵，然而我们诗词组织的核心管理层很多时候无意识或者说忽略了，他们仅仅把诗词当作退休或者茶余饭后的消遣，而缺少一定的发展规划。这在一定程度上消磨了青年人在诗词传承、发展事业中的热情，迷茫了初心。

（三）活动成老年人的聚会，初心成摆设

我们很多诗词组织的大活动、小活动都喜欢在周内举办，因为在这个时候"有些老人家们接送完孙子没事做了"，而活动现场放眼望去，全都是银发苍苍，举办一个采风，几十号人下了车，大包小包连个拎行李的青年人都找不到。

青年人身影在哪里？青年人除了上班还是上班，挣钱本身就不易，且不说请假参加活动。更有甚者，一些活动，还要收取高额费用，忘记了"取之于会员，服务于会员"的初衷。

（四）缺乏正确引导，品牌意识淡薄

各地诗词组织往往在日常工作、学习、活动中，不能够很好地塑造品牌形象，运作模式不成熟，与合作商往往缺乏共赢意识，导致最终很多活动看似有效，实则并未达到预期效果。

以中华诗词学会青春诗会与诗刊社青春诗会为例，两者一新（诗）一旧（体诗）。多年下来，诗刊社青春诗会举办38届，中华诗词学会青春诗会举办19届，两者每年选拔的青年诗人基本都在10人左右，且不说活动经费与后期作者扶持制度，单从选拔方式来看，两家刊物现在都是采取作者投稿自荐的形式。然而从评选出来的结果上来看，《中华诗词》的运作模式似乎有些"掉队"。诗刊社第38届青春诗会入选作者15人，12人为"80后"，张慧君（1989，湖北）、卢山（1986，浙江）、刘娜（1985，湖南）、梁书正（1985，湖南）（苗族）、龙亚平（即龙少）（1985，陕西）、何兴中（即何不言）（1985，北京）（仫佬族）、智化加措（即沙冒智化）（1985，西藏）（藏族）、程继龙（1984，广东）、林东林（1983，湖北）、王少勇（1983，山东）、鲁娟（1982，四川）（彝族）、李镇东（即也人）（1982，湖南）；3人为"90后"，赵汗青（1997，北京）、陈翔（1994，江西）、苏仁聪（1993，云南），最小者1997年出生，即今年25岁。中华诗词学会第19届青春诗会入选作者11人，王良才（1990，安徽）、方浩杰（1983，浙江）、李文骐（2002，山东）、李如意（1987，湖北）、吕丹丹（1986，安徽）、陈晔（1982、湖北）、汤成长（1996，天津）、吴佳骏、罗小娟（1986，广东）、曾雨冬（1994，四川）、阚志威（1999，江苏）。从目前查询的资料来看，中华诗词学会入选者是最年轻的，2002年出生，即今年20岁。

综上所述，从民族上来看，《诗刊》所入选作者相比较《中华诗词》要广泛，占有比例要大。从创作年龄而言，《诗刊》所入选作者要比《中华诗词》更加理性、成熟。从创作经验而言，前者要比后者更具有区域代表性。从后续创作的可持续性而言，笔者觉得前者比后者更加牢靠一些。从扶持成本而言，笔者觉得前者也比后者所消耗的资源要小。从区域影响力、创作推广、创作环境改善，笔者亦觉得前者的带动效果要远远大于后者。

笔者翻查了历届《诗刊》《中华诗词》两家"青春诗会"参与者的后期表现。以2015年"青春诗会"为例：《诗刊》社参加人数为15人，《中华诗词》参加人数为15人，就两组参与"青春诗会"的诗人们在2015—2022年七年里的诗歌创作情况来说，《诗刊》社6人未出版诗集（2015年9月扶持出版及2015年个人出版诗集不计入数据，避免混淆），4人出版1本诗集，5人出版2本诗集（1部未核实未计入），共计14部诗集；《中华诗词》13人未出版诗集，其中一人出版1部诗集，一人出版3部（2部为诗词相关作品）。这里也仅是以诗集为例，未计入创作者其他的文体、文本的出版情况，亦未计入个人所获得的社会职务、参赛奖项、发表情况。当然，即使计入，以笔者与该年份两家"青春诗会"诗人的接触情况而言，《中华诗词》的"青春诗会"参与者明显要"弱小"很多。

当然，我们在这里不是为了强调谁强谁弱，谁好谁坏，通过一定的对比，更多地引起我们关注、分析、借鉴，进而更加合理且成熟地摸索出一条促进诗词可持续发展、良性发展的道路。

三、如何推动青年诗词创作

面对问题，笔者认为可以采取以下措施。其一，地方诗词组织核心管理层缺少服务意识，并没有从创作者中转变过来，需要树立正确的认识定位。其二，地方诗词组织应和全国诗词组织构建全方位梯队，建立会员申报审查机制，加入中华诗词学会应由省诗词组织推荐、省级由市推荐、市级由区县推荐。例如现阶段，某某县的甲某申请加入中华诗词学会，中华诗词学会直接审批了。无外乎两种论调，第一甲某找不到地方诗词组织，不愿意加入地方组织；第二甲某加入了中华诗词学会，觉得没必要加入地方组织。结果越级上报，导致的问题就是甲某加入中华诗词学会以后，中华诗词学会找不到这个会员，这个会员所在地的地方组织也不知道，使之游离于地方组织之外，而甲某因非会员无法参加相关的诗词活动，甚至逐步退出诗词生态圈，放弃创作。其三，地方诗词组织提高对青年人的重视度，调整组织构架中的青年人比例，予以一定的话语权，提升参与度，消除诗词生态圈的"老龄化"现象，推动诗词创作后继有人。其四，增强品牌意识，运营模式紧跟时代步伐，结合社会组织实际情况，可持续发展，满口战略如何不如做好微小的事。

长期以来，我们会说青年诗词创作者人群数处于弱势状态，其实这个问题是不够客观的，更多的是缺少关注和阵地。以《雍州诗刊》《青年诗词》的数据为例。《雍州诗刊》《青年诗词》所有的编辑人员全部是无偿的志愿者，本着爱好才坚持做到现在，当然也有中途因为其他事情离开的。在此期间，志愿者没有任何的财物补贴，偶尔获得的也就个别公益老师无偿赠予的书法或者图书。此外，期刊每年印刷、邮递、赠阅，都是编辑人员捐赠的资金，不收取外部任何机构和作者的费用。志愿者们都是在生活之余，挤出空闲时间进行服务。团队年龄以 1980—1999 年为基调，职业包含了杂志编辑（代鹏飞、禹治夏）、铁路职工（柳育龙、方强）、公务员（韩宁博、王丽娟、井济华）、一线工人（李亚琦、孙娟）、大学教授（陈斯亮）、中学老师（杨菁）、新媒体（宋亚东）、销售人员（查逊）等多个群体，而编委会人员也是在各行业多年从事诗词创作的 1980—1999 年之间出生的青年，如王彦龙、韦树定、刘秉哲、李伟亮、孔长河等。自 2016 年至 2021 年该刊（纸刊）刊登 860 余人诗词作品 1300 余首，新诗 180 余人 500 余篇，评论 20 余篇。微信公众号累计推出 2500 余条信息，关注粉丝上万人。搜狐号累积点击量 70 万余次。博客、微博累积点击量 10 万余次。在全国举办以节气、节日、社会热点为主题的诗词创作比赛十余起。主办"青年诗词奖"共计六届（2022 年正在进行第七届），累积收稿 13800 余份，共产生获奖作者 109 人。众多的获奖作者，现已成为诗歌（旧体诗、新诗）创作的中坚力量。

客观而论，这组数据让我们喜忧参半。一个刊物选录的只是部分，未入选的更多。同样也存着种种原因导致一些青年诗词爱好者"出场即散场""沉默消失"，但更令我们欣喜的是，随着越来越多青年加入诗词创作，正在逐步缓解诗词生态圈中的"老龄化"的现象。

当下，笔者认为迫在眉睫的任务仍然是对1980—1999年龄段创作者的推举，对2000年以后出生人群的挖掘、发现和培养。以目前各个诗词组织的状况，难道非要等1980—1999年出生的人群退休养老了再来扛大旗？同样，事情也不会一蹴而成，创作和经营管理是有代沟，需要精力和时间来弥补，但我相信不久的将来，老中青同台唱戏，不再是梦。

作者简介：代鹏飞，笔名霜西草，陕西省诗词学会理事、陕西省秦风诗词学会副会长。

一个微刊审稿人眼中的诗坛流弊

孟祥荣

近十年来，我先后参与过多家旧体诗词平台的审稿和点评，对于当前诗坛的现状算是略有了解。尽管旧体诗词的写作无论从范围还是质量上，无不呈现出欣欣向荣的局面，但不可否认的是也存在着诸多的问题，值得引起重视。梳理一下，约略如次：

一、大面积的老干体诗

按照杨子怡教授意见，典型的"老干体"诗词，大体都指向同一种趋向：（一）形式程式化，甚至平仄都不分，是拼凑的"假古董"；（二）表达歌德化，一堆陈词口号；（三）情感空洞化，说教连篇，毫无风雅可言；（四）精神官气化，装腔作势，陈词滥调，鬼话连篇。老干体诗的出现，有历史的原因，也有现实的原因，是时代的产物，也是一个非常复杂的文化现象。本文意不在辨析，故不展开，只是拈出这一问题。就写作者身份而言，除少量退休官员之外，大多数反而是普通百姓，这一现象值得深思。它说明从古至今，这一类诗的产生土壤极其深厚，文化影响因子已经内化为人们的心理自觉。就传播阵地而言，许多诗词学会的刊物是其主阵地，也有一些自办的微刊，也是以刊发此类诗作为主。所以有人说当今诗坛，"老干部"几乎一家独大。什么诗协、诗会、诗刊、诗集、诗人，总见"老干部体"最趾高气扬，最人群攒动，声势也最为浩大。话虽难听，却也是不争的事实。正因为无论是作者还是阵地，大量的毫无艺术生命的老干体诗冲击人们的视觉，所以使得社会对当下旧体诗词的评价不高。每次审稿，被刊落的大多是此类的诗作。因为每期都要审读大量的老干体，所以诗词的审稿已经是一种对喜爱诗词的人的惩罚，成为一种痛苦，更不用说去获得审美的愉悦。如何让老干体诗逐步地退出诗坛，或者说退出写作者的思维选择，应该成为诗坛需要解决的重要议题。

二、重题材轻情感

诗词的写作，自然离不开题材，但题材不是诗歌表达的第一选择。许多作者却把题材看成诗歌最重要的因子，逢会必写，遇节必诗。每逢国家有重要的会议，有重要的事件与活动以及重大的节日，都要写一首诗，填一阕词。不是说这样的题材不能写不必写，但是你得确实要有真情实感，不能只是以诗的形式来完成一个记录。在诗里面，只看到事件的叙述，看不到写作者的情绪情感，既如此，那要诗何用？这样的诗作，在来稿中也占了相当的比重。比如三八节要来了，某一期的微刊几乎都是此一内容，或者说就是一个纪念专辑。当然不乏借此题材抒发自己的特定而独到的情感的诗作，但是大多数诗，却是毫无自己的思考与情感，完全就是为节而诗。固然这些题材与我们的生活息息相关，可以是我们诗歌写作的选择对象，但是不能无感而为。你写得无感，读者必然读得反感。

三、逐渐失衡的美刺传统

读过文学史的人都知道，中国的古典诗词，向来都有美刺的传统。"美"即歌颂，"刺"即讽刺。先秦时期，人们已开始认识到诗歌美刺的功能。如《国语·周语上》记载召公谏厉王时所说："天子听政，使公卿至于列士献诗……而后王斟酌焉。是以事行而不悖。""献诗"而供天子"斟酌"，就是由于其中包含着美刺的内容。到了汉代，以美刺论诗，成为一种普遍的风尚。清人程廷祚指出："汉儒言诗，不过美刺二端。"（《诗论十三再论刺诗》）在封建专制主义的社会历史条件下，统治者尚且在提倡美诗的同时，认识到刺诗也是帮助他们"观风俗，知得失"的一个重要方面，因此加以倡导。诗经、汉乐府、唐代新乐府运动以及大量诗人抨击时弊的诗作，无不体现了这一传统。但观当今诗坛，颂声满纸，甚至到了无节制无节操的地步，而对社会的诸多丑恶现象，对于民生疾苦，却是视而不见，避而不言。相较于古人，亦大为汗颜。真善美，固然要歌颂，但是假丑恶，也不应该回避，这不是诗人应有的立场和态度。当然，出现这一现象，也不能完全怪罪写作者。但是，让美刺的诗歌传统逐渐失衡，毕竟不是正常的现象。

四、诗中无人，诗中无我

对于这一问题，我曾在《云帆小梅有约》的访谈节目中探讨过。我觉得许多诗人在诗歌写作中，人进不去，自己进不去。这有几层意思。一是说，写景写物，诗中就只见到景物。没有人物情感置于其中。二是说，只有公共情感，而无个人的情感体验。这看起来是一个诗艺的问题，但实际上是一个认知问题。诗词写景，不是目的。写景更多的是为诗抒情创造一个环境，在这个特定的环境下装入写作者自身的情感才是目的。本来这个问题古今人论述多矣，可惜未能引起当今许多诗词作者的重视。有人诗词通篇下来，都是对景物的描绘。景写完了，诗也就写完了。或者是人在里面，也只是一个点缀，没有作者自己的情绪在。诗当然可以写景，古诗的许多名句都是写景，但是在古人那里都是为抒发感情用的。即使是单一的写景，他的情绪也总是在，不是为写景而写景。普遍存在问题的，更在于诗中无我，尤其是无自我。我一向认为，写诗是一种很自我的行为。诗是自我的诗性传达。你的喜怒哀乐，你的人生体验与感悟，是这个世界的独一无二的一份。没有这个东西在诗里面，诗就是一个空壳，犹如一个木偶，穿了一件漂亮的衣服，没有灵魂在。欲其动人，可乎？诗不传达个人情感，甚至可以说，等于丧失了写诗的意义。可惜此类没有人物没有自我没有灵魂的诗太多了，审读得不堪其苦。我分析，之所以大面积地出现这类诗词，可能还是写作者对于古人的诗词读得太少，揣摩得不够，领会得不够，也就是说在认知上出现了问题。在写作的时候很可能压根就没有想到要把自己的情绪压进去，也可能自己感动得一塌糊涂，别人却无动于衷。

五、非诗家语

《沧浪诗话》云："诗有别材，非关书也；诗有别趣，非关理也。""诗有别语"，即诗家语也。王安石也曾提出，写诗填词要用诗家语。诗家语即是诗的语言。简言之，就是形象生动且能表情达意的语言。就是诗家用凝练、含蓄、委婉、曲折以及音乐性的语言来表达自己主观情志的"诗性语言"，也有人称之为"诗语"。诗的语言，有其自身的质的规定性，否则就不成其为诗了。但是，当下大量的诗词却语言粗鄙，失却温婉含蓄；有的甚至就是标语口号；有的虽不粗鄙，但是却平铺直叙，一如白开水。当然，诗家语也可以通俗易懂，但是必须具有诗歌的韵味和感发力，符合诗语的内在要求。出现这些问题，自然和作者的艺术积累有关，也与整个诗坛老干体充斥，片面追求所谓宏大叙事、提倡正能量有关。许多诗词，没有语言的锻炼，缺少细处的打磨，都是吼出来的诗。

六、要么陈腐、要么尖新

当代人如何写作旧体诗，这是一个很大的讨论范围。是守旧，还是创新，争论也很激烈。理念不同，面目万般。就来稿看，很多诗作都很极端。泥古者，墨守成规。许多诗在立意、取象上，几乎完全趋步古人。有的即使置于古人集中，也难分辨。对于此类现象，有人喝彩，有人倒灶。守旧，也并非不对，但是得有自家面目，不能如袁中郎所言，一个八寸三分帽子，人人戴得。时代变了，诗歌的语言自然也应该有所变化。创新者，铤而走险，一味求新求奇，结果往往堕入尖新纤巧一路。创新，固然必要，但得守诗之本，得诗之体，具诗之格，更得是自己所创。由于网络资讯的发达，故而诗坛往往会出现这样的现象。一诗或语言或意象引起喝彩，立马就有人跟风，群起仿效，有人甚至直接抄袭。这种情况已经是屡见不鲜。譬如写钓鱼，有人写钓夕阳，立即就会出现类似的诗词，钓月亮钓什么，不一而足。诗人简单说得好："诗不只是此在的一种附带的装饰，不只是一种短时的热情甚或一种激情和消遣。……诗乃是对存在和万物之本质的创建性命名——绝不是任意的道说。"（引自海德格尔《荷尔德林和诗的本质》）诗歌作为一门语言的艺术，同时也是一种心灵的杰作，它更是一种生活方式的写照。诗歌不仅是诗人对日常凡俗的生活作一种诗意的逃离，更是为守护一种高洁的精神而忘我的投入。所以说，诗人是以诗歌代生命发言的。因此，诗歌创作来不得半点的投机，不能有丝毫的急功近利甚至争名夺利。但当下的诗坛，种种宣言横空出世，各类组织天马行空，各种平台充满私下的诋毁，各种争斗竞相而出，功利性行为业已成为影响诗歌创作的一大毒瘤。一些诗人总是千方百计地寻找着出名的捷径，他们不是希望努力把作品写好来赢得人们的认可与尊重，而是利用互相吹捧、哄抬、媒体炒作，或者相互漫骂、揭底甚至人身攻击，从而吸引人们的眼球，获取某些廉价的名声。越是喧嚣、越是浮躁，或许越是需要我们的诗人保持一方心灵的净地，在一泓清澈的心灵之湖中，孕育出如出水莲花一样美丽圣洁的诗篇。

当然，还有许多流弊此处没有列举。我个人认为，大面积的老干体、美刺失衡、诗中无我这几点是最突出的。如何改进，是需要各级诗词学会也包括各位写作者思考的。

作者简介：孟祥荣，广东五邑大学教授。

初学创作者常见"弊病"与"诊治"

车胜新

本人作为一名老年诗友，同时也作为一名基层诗社编委会（编辑部）人员，在审核诗友初学、创作、投稿中发现许多"硬伤"。本文结合自身参与诗社编委会（编辑部）成员在审稿中发现的"弊病"进行抽样列举，简要分析出现这些问题的主要原因，并且提出了"诊治"方法之我见。本文不注重理论色彩，立足于解决实际问题。错误与不当之处，欢迎商榷与指正。

一、基层诗社诗友初学、创作、投稿中常见"弊病"

一首好的格律诗词，最起码的要求应当是符合押韵、平仄与对仗等特征，再者，不能出现错别字等，也就是做到无"硬伤"。但是，在基层诗社创作、投稿中发现欠规范乃至出现错误之处屡见不鲜。细节决定成败，要出手优秀的格律诗词，无疑必须关注并且杜绝如下诸多细节。

1. 用韵之病。倒韵，重韵，别韵，犯韵，凑韵，撞韵，出韵，连韵，复韵，挤韵，僻韵等错误，是格律诗词初学者容易出现的谬误。初学者应当对初稿反复检查校验。此外，还存在细节之错若干。如：为了迁就韵脚，将两字词"光荣"与"荣光"颠倒使用，此两词词义相近，尚可使用。但是"光采"与"采光"词义不同，就不可以颠倒使用了。此用韵之病谓之"倒韵"。又如，非韵脚处过多使用了同韵母字造成拗口，如："朝沐晨曦晚夕阳"中的"曦"与"夕"两个字为同韵母。此用韵之病谓之"挤韵"。凡此种种，不一而足。

2. "老干体"。有的作品或许押韵、平仄符合格律要求，内容健康，但罗列政治词汇术语，徒有诗的外表，缺少诗的味道，人称"老干体"，是诗词爱好者从初学就应当远离、避免的。如：高端出口是核心，工艺改革抓创新。为了百年长久计，勇当科技带头人。

3. 新韵与通韵的异同。新韵与通韵二者均以普通话发音为依据划分韵部，但是新韵分为十四韵部，而通韵则分为十六韵部。其中尤其是应当注意新韵中英韵与雍韵的通押，如青、风、明、空、穹、雄在新韵中属同一韵部，但在通韵中，青、风、明属十四英韵部，而空、穹、雄则属于十五雍韵部。这一点初学者尤其是应当注意两者之异同。

4. 甄别词牌的思想情感。填词与写诗同样应当强调意在笔先，无病呻吟、生拼硬凑出来的东西味同嚼蜡，令人生厌。同时，词牌的选用万万不可望文生义。《满江红》《沁园春》《六州歌头》等词牌适宜表达激昂、悲壮的思想情感；《满庭芳》《一剪梅》等适合表现细腻伤惋的情思；《贺新郎》多用于抒写苍凉慷慨之情；《千秋岁》多用于抒写忧郁悲伤情绪；《寿楼春》多抒发悼亡情感。有的诗友过于随意，望文生义，用《贺新郎》词恭喜别人新婚，用《千秋岁》恭贺老人寿诞，就大错特错了。

5. 合掌之忌。出句与对句完全同义（或者基本同义），叫作合掌，此乃诗家大忌。上下联应紧紧围绕一个主题，但应选择不同内容、不同角度、不同事物、不同的时空落笔。不然，就很容易合掌了。如：华夏江山迎晓日，神州湖海沐朝阳。

6. 咏物诗应句句言"菊"不见"菊"。咏物诗有其独特的写法，即猜谜，诗题是谜底，诗文是谜面，而不能将谜底在谜面揭开。有的诗友喜爱写咏物诗，但往往忽略了这一点。

7. 音步。七言诗音步有2-2-1-2与2-2-2-1两种形式，写作中容易忽略，而出现一联中应同而不同，颔联与颈联应变而不变的情况。要么颔联与颈联两联均为2-2-1-2，要么颔联与颈联两联均为2-2-2-1。缺少变化，使得七言诗音步呆板枯燥。

8. 律绝通篇只写景状物，少有抒情寄志色彩。

9. 律诗八句谁也不挨着谁，信手拈来，太过随意，过于松散。

10. 词中的对偶往往被疏忽。"鹧鸪天"前片第3、4句与过片三言两句多做对偶，"浣溪沙"与"满江红"中也有，往往被疏忽了。

11. 结构不同用于对偶。在组合词组对仗方面，应当是偏正词组对偏正词组；联合词组对联合词组，不然则不能成对。如"圆梦想"与"笑声甜"，前者为动宾结构词组，后者为偏正结构词组；"山川"与"雨水"，"龙蛇"与"秋叶"亦不可用于对偶。

12. 用语前后自相矛盾。如："伏天秋雨吟"，夏天何来秋雨？

13. 自己造词，生涩难懂。如：祭思悠案氲旋，钱纸烧怀缅，鞭响花空，皓月升联，明芳扬展，辉耀瑰灿等，令人费解。又如：今因疬疫锁"青楼"。本意讲因为疫情居家，但"青楼"原指豪华精致的雅舍，豪门高户代称，后泛指妓院，用于此处欠妥了。

凡此种种，不一而足。

二、基层诗社诗友初学、创作、投稿中常见"弊病"的"诊治"方法之我见

1. 多读书、读好书。苏联大作家高尔基曾说过，书籍是人类进步的阶梯。保尔、张海迪等无数精英通过读书获得了辉煌的人生，成为我们学习的榜样。笔者认为，书籍是人类的良师益友。读书是一种乐趣，读书是一种享受，读书是开阔视野、增长知识、丰

富阅历、铸就美好人生的最踏实的"捷径"。读书可以使我们成为知识的富翁，读书可以使我们从阅读中获得快乐，读书可以使我们实现人生价值，能够成就人生梦想。作为诗词爱好者，应当多读《写作》《现代汉语》《古代汉语》《中国文学史》与《中国历代文学作品选》等，做好知识储备。

2. 学习格律诗词必须确定自我定位。笔者认为，学习格律诗词首先应当进行自身优、劣势分析，然后确定自我定位（确定学习目标与高度）。将成为一名真正的诗人作为奋斗目标与只是写着消遣而已，自我定位不同，将来所达到的高度肯定也会大相径庭。毋庸置疑，老年人学习诗词，多数人开卷有益，少数人修成正果。笔者认为，应当根据自身汉语基础、学识、水平、能力确立目标，就像跳高那样，确定一个合理的高度，让自己经过努力可以达成。目标太高了，有酸葡萄之嫌；目标太低了，则不能较大幅度地提升自身格律诗词创作水准。

老年诗友的共同定位应当是：学习诗词既不是附庸风雅的浅尝辄止，如票友玩票过一把瘾；也不是以此谋生赚银子，更无意于期盼成为名家大师，而是将其作为人生必不可少的艺术修养相依相伴，得以滋养人生。晚年独宠诗词，学有所成，追梦银龄人生，志在笔耕出彩。将学习诗词作为晚年人生之路的又一个目标。

3. 学习格律诗词必须培养痴迷精神。有的老年诗友一起步劲头十足，但时间一长或者遇到困难就会想"刀枪入库，鸣金收兵"。笔者认为，老年诗友学习诗词必须做到常年坚守、坚持，培养痴迷精神，有一种坚韧不拔的坚定意志。要知道，多少颗子弹方可练就一位神枪手，多少次成功手术才能成就一位外科专家。陈景润、屠呦呦、张海迪等等，哪一位不是具有超人的痴迷精神，才在各自领域内取得了卓越的成就。学习格律诗词肯定会遭遇若干拦路虎组团扑来，我们不能犹豫，不能措手不及，不能招架不住，总之，绝对不能鸣金收兵、打退堂鼓。三天打鱼两天晒网是学习诗词的大敌，不痴迷、不坚持则无法成就一位有所造诣的诗人。

4. 学习格律诗词必须学会学习。有的老年诗友善于利用碎片时间创作，有的则需要大块时间一气呵成；有的灵感来了半夜起身构思，有的则需要按部就班地从占有材料、挖掘主题、敲词炼句逐步展开。但是，条条道路通罗马，无论创作习惯与方法有何不同，能够拿出上乘作品就好，各人自有高招，学习方法与方式自然不一样。

5. 晚年筑梦，必须耐得住寂寞。伏案凝神，心神俱静，笔耕不辍，年复一年。耐得住寂寞，抗得住物欲横流的诱惑。字斟句酌，敲平弄仄，吟诗填词，追逐唐风宋雨。世人皆知诗言志，诗让人走进恬静的伊甸园，让人飘逸而富有灵气。赋诗不觉夜已深，徜徉在诗的海洋，令人心情舒畅。春夏秋冬、花开花落、云卷云舒，活在诗中又一年。

6. 用文化的一桶水来支撑诗笺上的一杯水。诗词写作强调知识储备、思考能力、个人修为等，炉火纯青的技艺来自长期的努力与坚持。诗词曲赋不是一个独立的个体存在，它们与古代汉语、现代汉语、历史、文学、音乐、舞蹈、宗教、建筑等姊妹艺术，乃至酒文化、茶文化等均有着千丝万缕的联系，需要不断地提升自身修养、学养、涵养与素养，方可在日常生活中观察美、发现美、表现美，让大自然的美好跃然于诗笺之上。

7. 制定标准与专业教材。建议上级部门像中国楹联学会制定《联律通则》那样，编制相关格律诗词规范性文件（或团体标准），杜绝或减少格律诗词写作中的"硬伤"。同时，建议上级部门编制相关具有权威性的格律诗词规范教材（专业出版社出版），防止目前诗词写作教材的多样化与不统一。

牵着岁月的衣襟，走过了人生的童年、青年与壮年时代，如今的我们正在逼近人生的花甲之年、古稀之年、耄耋之年，让我们将每天写诗填词成为必修课。这就是我们最理想的晚年生活憧憬，这也是我们正在践行着的最幸福的晚年生活。让我们每天都这样"复印"着我们的退休生活，充实并快乐着。让退休之后的生活充实、精彩，做到文化养老，老有所学，学有所成，与诗词曲赋相伴同行。一言以蔽之，我们决心在学习诗词的艺术之路上继续坚持坚守，一路前行，为大般阳、大淄博、大山东与大中华的文化繁荣助力加油。

这正是：

> 依然恁个恋书郎，未泯童心老更狂。
> 继宋承唐圆旧梦，吟诗作赋奏新章。

作者简介：车胜新，中华诗词学会会员。

清五家诗论漫评

李树喜

有清一代，诗词创作不如唐宋，曲令不如元明，但诗词理论的作者及著作诸家蜂起。他们多以诗话形式各抒己见，形成争鸣，出现空前的繁盛。王士禛的神韵说，沈德潜的格调说，袁枚的性灵说，翁方纲的肌理说以及叶燮的"正变观"，就是最具影响力的几大派别。

一、王士禛的神韵说

王士禛（1634—1711），清初著名诗人。原名士禛，字子真，号阮亭，又号渔洋山人，人称王渔洋。他生于山东桓台县，常自称济南人。王士禛官运亨通，累迁至刑部尚书，受到康熙皇帝的恩宠。王又好学博才，长于鉴别书、画，是当时诗界领袖。其于创作之外，对诗词理论进行了较为深入系统的探研。他提出的"律诗定体"，虽是寥寥数页，至今被认为是格律诗的基本范式。

在诗论方面，王士禛受到唐代司空图、宋代严羽的影响，重视兴寄和神趣，强调"味在酸咸之外"。继而强调风雅，他说："为诗先从风致入手，久之要造于平淡。"即作诗要先求有风致，经过一番营运，营造出悠然淡远、气格脱俗的境界，也就是他所提倡的神韵境界。王士禛在回答何谓"不着一字，尽得风流"时，极为称赞李白的"牛渚西江夜，青天无片云。登舟望秋月，空忆谢将军。余亦能高咏，斯人不可闻。明朝挂帆席，枫叶落纷纷"；孟浩然的"挂席几千里，名山都未逢。泊舟浔阳郭，始见香炉峰。常读远公传，永怀尘外踪。东林不可见，日暮空闻钟"。他认为，至此境界，色相俱空，余韵悠悠，正如"羚羊挂角，无迹可求，画家所谓逸品是也"。这里提到的"不着一字，尽得风流"和"羚羊挂角，无迹可求"就成为神韵说的重要概念。意思是不可肤浅直白，又不可雕琢太过，"近而不浮，远而无尽""神到不可凑泊"。通俗讲就是不即不离，恰到好处，能令人回味无尽。神韵说强调作诗要注重韵味，强调弦外之音、味外之旨，也确实道出了诗词的本质特征。诗有神韵，也便是成功作品。

王渔洋"律诗定体"对句式的归纳作为对唐宋诗律的总结是有益的，有几条基本句式可循，尽管如霍松林老人所说"还远不能概括全貌"。后世某些人以王渔洋"律诗定体"为不刊之论。其实，王渔洋先生并非自以为是，画地为牢。当时只表示他是一家之言。在诗韵问题上，他的甥婿、康熙进士赵执信曾求教于他，王却"终身不言所自。其以授人，又不肯尽也"。王还提醒过赵执信"子毋妄语人"（见赵执信《谈龙录》）。最后，赵执信对王并未全信，于诗律另有阐发；当代学者郭绍虞则认为："王士祯进一步摸索钩稽，初具眉目，只因不敢看作定论，所以不以示人"（郭绍虞《清诗话序言》）。从王渔洋推崇李白那首全无对仗的五律，并写过"卢沟桥上望，落日风尘昏"（留别相送诸子）和"松花谡谡吹玉缸，挥毫三峡流春江"（为赵执信题）这样"三平"的句子来看，说他刻板保守有失公允。后人更无须将其《律诗定体》的主张奉为圭臬。

为什么后世至于今，诗律愈来愈烦、禁忌越多呢？当代主要"归功"于某些专家教授。例如，诗词渐渐进入学校课程，进入讲座。本可以讲诗史，讲名篇，讲学习借鉴，无须复杂；但一旦成为学科、专业，讲到格律作法，就难免摆架势，学究化、复杂化，大搞教材、著作，追求"学术成果"。本来，平平仄仄的格律就那么几条，旧时是在私塾教授的，三五页或一两节课就可以过关的，现在却搞成一大学问，厚厚一本，乃至数十万言的系列讲座教材。甚至把犄角旮旯、道听途说的"禁忌"搜来罗列，繁文缛节，以表示有学问。于是，把活的讲死，简单的搞烦，结果只能是吓唬青年与初学者。

二、沈德潜的格调说

沈德潜（1673—1769），字确士，号归愚，长洲（今江苏苏州）人。清乾隆元年（1736）荐举博学鸿词科，乾隆四年（1739）为进士，曾任内阁学士。乾隆皇帝对他优宠有加，是彼时诗坛领袖。沈德潜以正统自居，于诗主张尊崇孔夫子兴观群怨之说，追求温柔敦厚的儒雅诗风，其格调说受到明代提倡复古的李梦阳等前后七子影响。他说："诗之为道，可以理性情，善伦物，感鬼神，设教邦国，应对诸侯，用如此，其重也。"（《说诗晬语》）什么是格调？格，品格和气格；调，声调和情调。体格声调属于外在，气格情调属于内在。格要高古，调要响亮。其实，在创作实践中，内在、外在并非泾渭分明，而是相互依存、渗透和影响。体格、声调正是气格、情调的外在表现。沈德潜不完全反对王士祯的神韵说，也认为冲和淡远之风是一种很高的境界，但认为冲淡只是诗之风格的一种。拓开眼界，雄浑高古才是诗之最高境界。冲和淡远讲究含蓄，雄浑高古讲究沉郁，实际都强调蕴藉而有言外之意。王士祯推尊王维、孟浩然，而沈德潜则推尊汉魏风骨和杜甫。因为从风格上看汉魏高古，而老杜沉雄。如从王国维的境界说的角度看，王士祯强调的是优美之境，而沈德潜推崇的是壮美之境。其区别是：优美之诗讲究优游从容，气韵清远冲淡；壮美之诗讲究沉重务实，气格高古雄浑。古人云："诗以气韵清高深渺者绝，以格力雅健雄豪者胜。"气韵一般偏于柔美，有清浊之分；而气格的概念偏于雄迈，有高卑之别。古人论诗经常有气清、气浊、格高、格卑之论，就是这个道理。为什么要尊古拟古？因为沈德潜认为体格、风格在盛唐已经全部具备，只有向最高水平的汉魏、盛唐学习，学习它们的格高调响，才能达到那种雄浑、高古、深沉的境界。这就有了回头看和师古的理由。怎样才能格调高响？沈德潜从古人作品中总结出一套具体的方法、规矩，即法度。他论七绝作法时谈道："七言绝句，以语近情遥，含吐不露为主。只眼前景、口头语，而有弦外音、味外味，使人神远，太白有焉。"这已经和王士祯的神韵说相近。再如他论歌行体创作时谈道："歌行起步，宜高唱而入，有'黄河落天走东海'之势。以下随手波折，随步换形，苍苍莽莽中，自有灰线蛇踪，蛛丝马迹，使人眩其奇变，仍服其警严。至收结处，纡徐而来者，防其平衍，须作斗健语以止之；一往峭折者，防其气促，不妨作悠扬摇曳语以送之，不可以一格论。"这段言论较为详细、精辟地总结了歌行的作法，强调其间的变化。如李白"君不见，黄河之水天上来"的起法，就是沈德潜所谓"起句高唱而入"之势的样板。

后之论者多以为沈德诗论潜偏于保守，实不尽然。沈德潜编辑《唐诗别裁》，于五万首唐诗中爬梳剔抉，分门别类，选定 1928 首，不但选诗客观、丰富多样，而且更注重作品的创意出新，并在序言和评点中阐发其主张。沈德潜在批点王维的五绝时赞叹说："诸咏声息臭味，迥出常格之外，任后人摹仿不到。"沈德潜肯定和赞扬"出格"，并且在"凡例"中说："然所谓法者，行所不得不行，止所不得不止。……若泥定此处应如何，彼处应如何，则死法矣！兹于评释中偶示纪律，要不以一定之法绳之。试看天地间，水流自行，云生自起，何处更著得死法！"他又说："诗贵性情，亦须论法。乱杂而无章，非法也。"从言论和实践看，他并非复古泥古而有创新意识。

三、翁方纲的肌理说

学界一般认为，有清一代诗论主要是神韵、格调和性灵三大派别。实际上，翁方纲的肌理说亦影响不小，庶几可称为一家。

翁方纲（1733—1818），字正三，一字忠叙，号覃溪，晚号苏斋。直隶大兴（今北京大兴区）人，乾隆十七年进士，授编修。清代书法家、文学家、金石学家。翁方纲曾入王士祯学门，便有人认为"肌理"说是翁方纲对王士祯神韵说的张扬与师承，而实际上翁方纲的诗学、诗作风格与王士祯大相径庭。之所以是新说，就须另立门户。翁方纲回忆说："予来山东，亟与学人举渔洋论诗精诣，而其间有不得不剖析者。盖昔之推渔洋者太过，而今之讥渔洋者又太甚"，可见他是自居中庸，有别于神韵。（见《清诗话》中华书局版第 304 页）翁主张的肌理说可以概括为："为学必以考证为准，为诗必以肌理为准。"翁方纲称他的肌理说源于杜甫《丽人行》"肌理细腻骨肉匀"。他在《言志集序》中提出过纲领性见解："在心为志，发言为诗"，诗"衷诸理而已"。首先，他强调"理"是诗应遵循和体现的内容，因为"理"是民、物、事境乃至声音律度等万事万物之根本；如同"渊泉时出"之有"文理"，"金玉声振"之有"条理"。总之，"理"是理念；"肌"

则是载体，是其表现形式。据此，我们可以理解为精神内容和表现形式的统一。

翁方纲注重对内在理念和外在形式相互关系的探讨，他引用杜甫"美人细意熨贴平，裁缝灭尽针线迹"，并极为赞赏，引申为自己的学说佐证。他认为，诗要处理好文理细部，"肌理针线""分寸量黍尺"。"经营缔构"，谋篇布局要讲章法，有条不紊；他提出"前后接笋"的概念，意指诗的章法、句法的运用和变化。又提出"虚实单双"，意指遣词用字。翁氏对"肌理"还要求"细腻"，反对粗疏。他说"诗则至宋而益加细密，盖刻抉入里，实非唐人所能囿也"，即指文理刻画抉剔得细致。他还就如何"入手""缩住"，如何蓄势、顿挫，何处用实事、用虚写等，做过细致的论述。这些属于写作技巧的小的方面的探讨，从诗学发展的角度有其积极的意义。由于翁长于史传考订和金石文字爬梳，其考据和尊古"皆贯彻洋溢其中。论者谓能以学为诗"。他又主张"必求诸古人"，这方面便与沈德潜相近，有复古倾向与形式主义之偏颇。因而被袁枚讥为"误把抄书当作诗"。

翁氏提出肌理说，其一是旨在补王士禛"神韵说"之阙，自以为比神韵说更前进了一步，更加完备。二是企图从"穷形尽变"着手匡正沈德潜"格调说"的空泛。翁方纲把自己打扮成了不偏不倚、持正全面的角色。

四、叶燮的"正变观"

叶燮（1627—1703），清文学家，江苏吴江人，字星期，号已畦，世称横山先生。康熙进士，曾任宝应令，因忤抵上司被削职。叶燮是清代著名诗人和诗词理论家。《唐诗别裁》编纂者、主张"格调说"的沈德潜就出其门下。叶燮的《原诗》洋洋三万言，涉及诗史和创作诸多方面的问题，在诗论或诗话中堪称巨著。其对诗词三千年历史溯流寻源，详为考辨，纵横捭阖，寻找规律，阐述正变，褒贬人物。于诗词理论多有发扬，其中，强调正变、主张出新，是其说的基调。

叶燮首先指出，"诗之源流、本末、正变、盛衰，互为循环"，高潮过后是低潮，然后又是高潮。循环意味着变在其中，盛衰与"正变"息息相关，从而提出"数千年诗之正变盛衰之所以然"的著名论断。

"古云：天道十年一变。此理也，亦势也，无事无物不然；宁独诗之一道，胶固不变乎？"叶燮发问，天道既变，诗道焉有不变之理？

叶燮提出"诗变而仍不失其正"，什么是正，就是诗的基本属性和基本形态；变，就是在新形势下的发展创新。具体内容涉及"体格、声调、命意、措辞、新故、升降之不同"。

叶燮正变说的着眼点在于创新。变，当然是前进而不是后退。而古今中外一切所谓复兴也不是回到过去和原点。他说："诗，末技耳。必言前人所未言，发前人所未发，而后为我之诗。若徒以效颦效步为能事，曰：此法也。不但诗亡，而法亦且亡矣。"若胶固不变，无异于像王莽变法回复周礼那样，最后一塌糊涂，身败名裂。因此要抒写性情，展示自我，反对模拟。

叶燮提出了"才、胆、识、力"的概念，并解释了其间的相互关系。"人无才，则心思不出；无胆，则笔墨畏缩；无识，则不能取舍；无力，则不能自成一家。"诗贵创新，即使精词佳句，新鲜比喻，价值只体现于首创者，若他人不断借用，"则益不鲜；陈陈踵见，齿牙余唾，有掩鼻而过耳"。这是今人值得警惕的。

叶燮极力推崇杜甫和苏轼，主要就是因其是创新之人。他认为唐诗"大变于开元、天宝、高、岑、王、孟、李。此数人者，虽各有所因，而实一一能为创"。而集大成就是杜甫，杰出的如韩愈，专家如柳宗元、刘禹锡、李贺、李商隐、杜牧、陆龟蒙等，"特立兴起"，各显性情；及宋，"如苏轼之诗，其境界皆开辟古今之所未有，天地万物，嬉笑怒骂，无不鼓舞于笔端"。《原诗》涉及宏观和微观的诸多方面，且注意小处与大体的关系。例如，大家作品不可求全责备，"片语只字，稍不合，无害也"。他列举杜诗几十处"不合理"与"不工"之处后，强调这丝毫无损杜诗的恢宏。而求全责备则无诗，必欲求其瑕疵，则古今难免，无所适从。

叶燮对诗词史上一些传统说法提出质疑，例如唐宋风格不同的问题，他说："有谓'唐人以诗为诗，主性情，于《三百篇》为近；宋人以文为诗，主议论，于《三百篇》为远'。何言之谬也！唐人诗有议论者，杜甫是也，杜五言古，议论尤多。长篇如《赴奉先县咏怀》《北征》及《八哀》等作，何首无议论！而以议论归宋人，何欤？"确实，赋比兴方式，诗中议论说理，本是古来传统，自《诗经》《离骚》以降，比比皆是。叶燮的判断是客观准确的。

当今之世，关于正变，不少诗人和评论家有不少论述和探讨。有"持正知变""求正容变""知正求变"等不同表述。虽角度有异，但皆在阐释诗词继承与创新的辩证关系。吾人主张"持正知变"，因为，"正"已有共识，无须去求；变，则是诗之传统。知之持之，"变"则自在其中矣。

唐诗研究泰斗霍松林老人指出，唐宋人对"拗"不以为意，则无所谓"救"。有时还故意为之。清人的"拗救"说，远不足以解释所有变态。何况对于"正体"来说，"拗"而不"救"是"变"，"拗"而能"救"也是"变"。霍老还指出，"新时期以来近体诗创作十分活跃，却过分拘守格律，知正而不知变"（见《唐代文学研究年鉴1983年卷》的"唐代文学研究笔谈"），这是很不应该的。

五、袁枚的性灵说

袁枚（1716—1798），字子才，钱塘（今杭州）人，世称隋园先生。乾隆四年中进士，入翰林院，曾任江南溧水等知县，以后辞官，绝迹仕途。乾隆年间创立性灵派，著述颇丰。诗论以《隋园诗话》影响最大。袁枚公开反对当时盛行的沈德潜格调说。他从诗的源头《诗经》说起,在肯定"兴观群怨"的同时,对沈德潜的温柔敦厚之说提出异议。他说:"不学古人,法无一可。竟似古人,何处著我?""《礼记》一书,汉人所述,未必皆圣人之言。即如'温柔敦厚'四字,亦不过诗教之一端,不必篇篇如是。"(《答沈大宗伯论诗书》)他把诗人的真情、个性突出放在首位,对当时倾向于复古的格调派、翁方纲的肌理派,都指名批评,力求矫枉。

袁枚的性灵说,概括为"真情个性诗才"。真情是首要条件,"诗人者,不失其赤子之心也"。他认为,古来好诗,都是性情为之,"自三百篇至今,凡诗之传者,都是性灵,不关堆垛"。情发自性,就是个性,袁枚强烈主张个性的存在与张扬,"作诗,不可以无我""有人无我,是傀儡也"。以我为本,当然就不拘古人,不盲从权贵,重要的是"以出新意、去陈言为第一着"。如此,也就不必处处为格律束缚。袁枚对人的意识灵感等进行了深入的研究,一方面,性灵又是灵感,诗人在创作时会有灵感,高潮,神来之笔。创意和佳句,常常"尽日觅不得,有时还自来"。另一方面,主张性灵,就等同重视天性。尽量不要过度雕琢,斧凿痕迹,因为"天籁最妙"。再者,诗歌要生动有趣。板着面孔"专唱宫商大调,易生人厌"。袁枚在"隋园诗话"中广泛引用大量优秀的别具特色的诗作,不拘时代、流派、作者身份、性别,尤其是引用大量女性诗作,也表现出袁枚敢于怀疑和挑战正统的精神。

袁枚认为王士禛讲究神韵是不错的。但"羚羊挂角",无迹可求,不过是诗中一格,只适用闲适的小题材。若是鸿篇巨制,就要"长江黄河般一泻千里",慷慨激昂,黄钟大吕,只有所谓弦外之响就远远不够。总之,袁枚认为神韵、格调等理论都有缺陷。

综上所述,袁枚性灵说的要义,就是作诗要有性情(个性)、有灵机(感悟)、有新意。平时要多研究古人,积累学问,而落笔时则提倡"有我"之真率精神,反对堆砌典故和处处模仿古人的形式主义。不可"抱杜韩以凌人""仿王孟以矜高"。要有感而发、贴近现实,要生动自然、清新有趣,即使语言通俗一些也无不可。袁枚自己也创作了不少作品,如:"凤岭高登演武台,排衙石上大风来。钱王英武康王弱,一样江山两样才。葛岭花开二月天,游人来往说神仙。老夫心与游人异,不羡神仙羡少年。""莫唱当年长恨歌,人间亦自有银河。石壕村里夫妻别,泪比长生殿上多!"等等,或活泼,或深沉,或奇想,都与他出新的主张相彪炳。

综上,神韵和格调两说,是士大夫之论,主观或客观都迎合了清前期王朝统治的需要。对上层文人士大夫则要求遵循传统的孔孟礼义,忠于皇朝。翁方纲表白公允,实际是站在旧派立场上稍有改进。而袁枚则独树一帜,与他们分道扬镳。袁枚不愿湮灭个性,主动离开官场,追求个性和自由,公开批评和纠正神韵说、格调说以及翁方纲偏重保守的肌理说。故其更接近文学艺术和诗学的本质,闪耀着战斗的光芒。

清代诗话诗论多矣,可谓"众说纷纭"。虽然各有侧重,有所异同,表述不一,但各有所长。其实质都没有否定性情、技巧和创意,都没有背离诗词创作的基本规律和要领。他们互相关联，互有长短，都有成为一家之言的理由。其中，袁枚的性灵说，别开生面，为清代反拟古、反考据学派的先声。较之其他，更为全面和接近为诗的本真，值得肯定和借鉴的更多，故而实际影响最大。

　　稽古视今。关于诗词及格律，我们的主张则是：删繁就简，适度宽松，持正出新。持正，就是以唐为范；出新，就是与时俱进。

　　作者简介：李树喜，中华诗词学会原副会长，光明日报出版社原社长兼总编辑。

王士禛诗论对当代诗词创作的启示

姚崇实

王士禛诗论的内容很丰富，但影响最大的是神韵说。"神韵"是中国古典美学的基本范畴之一，六朝时期书法、绘画领域流行此说，并影响到诗歌领域，唐以后逐渐在诗歌领域流行，并不断丰富和发展。王世禛在历代神韵说的基础上，提出自己的神韵说，并大力提倡，影响了有清一代。但是，从清代以来，一直有人指责他，这些指责之词虽有合理之处，但也不乏片面之言。

王士禛所说的"神韵"，很多人加以阐释，说法不一。究竟如何？还要全面看看王世禛自己的论述。他说："汾阳孔文谷云：诗以达性，然须清远为尚。薛西原论诗，独取谢康乐、王摩诘、孟浩然、韦应物，言'白云抱幽石，绿筱媚清涟'，清也；'表灵物莫赏，蕴真谁为传'，远也。'何必丝与竹，山水有清音'，'景昃鸣禽集，水木湛清华'，清远兼之也。总其妙在神韵矣。'神韵'二字，予向论诗，首为学人拈出，不知先见于此。"① 可见，他所说的"神韵"含有"清远"之意。但是，又不仅如此。他认为最好的诗就是有"神韵"的诗，而最好的诗不仅是"清远"，还有其他一些特点，这些特点也是"神韵"的具体内容和具体表现。他还说："司空表圣作《诗品》凡二十四，有谓冲淡者曰'遇之匪深，即之愈稀'；有谓自然者曰'俯拾即是，不取诸邻'；有谓清奇者曰'神出古异，淡不可收'。是三者，品之最上。"② 可见，他所说的"神韵"还含有"冲淡""自然""清奇"之意。又说："表圣论诗，有二十四品，予最喜'不著一字，尽得风流'八字。"③ 他又说："或问'不着一字，尽得风流'之说。答曰："太白诗：'牛渚西江夜，青天无片云；登高望秋月，空忆谢将军。余亦能高咏，斯人不可闻；明朝挂帆去，枫叶落纷纷。'襄阳诗：'挂席几千里，名山都未逢；泊舟浔阳郭，始见香炉峰。常读远公传，永怀尘外踪；东林不可见，日暮空闻钟。'诗至此，色相俱空，正如羚羊挂角，无

---

① 王世禛著，张宗柟纂集：《带经堂诗话》，北京：人民文学出版社，1963年版。
② 王世禛著，张宗柟纂集：《带经堂诗话》，北京：人民文学出版社，1963年版。
③ 王世禛著，张宗柟纂集：《带经堂诗话》，北京：人民文学出版社，1963年版。

迹可求，画家所谓逸品是也。"①可见，他所说的"神韵"还指"不着一字，尽得风流"，即"色相俱空，正如羚羊挂角，无迹可求"。综上所述，王世祯所说的"神韵"内涵十分丰富。从美的形态和艺术风格上来说，是指"清远""冲淡""自然""清奇"；从艺术表现方式上来说，是指不直说，含蓄蕴藉；从审美效应上来说，是指具有深远的意境，具有涵咏不尽的象外之象和言外之意。有些人认为，王世祯所说的"神韵"就是"清逸淡远"，就是"空寂超逸"，这是片面的。当然，王世祯过于强调"清远""冲淡"，忽略甚至否定其他一些风格，也有片面性。这正是引起一些人指责他的原因。

还有人认为，王士祯的神韵说脱离现实，脱离生活，导致内容空虚、形式主义，这种说法也是片面的。王世祯十分重视诗歌的"言志"，十分重视诗歌的内容。他说："《书》曰：'诗言志。'故《文中子》曰：'《大风》安不忘危，其霸心之存乎。《秋风》乐极哀来，其悔志之萌乎。'"②又说："诗以言志。古之作者如陶靖节、谢康乐、王右丞、杜工部、韦苏州之属，其诗具在，尝试以平生出处考之，莫不各有其为人。尚友千载者自能辨之。"③还说："诗有四种高妙：一曰理高妙，二曰意高妙，三曰想高妙，四曰自然高妙。"④这些论述表明，王世祯肯定诗歌是思想感情的表现，诗歌要表现作者的为人，自然也要反映作者的"出处"以及作者与这种"出处"的关系，换一句话说，诗歌自然要反映作者所处的社会生活以及作者与社会生活的关系。他提倡"自然高妙"，但也肯定"理高妙""意高妙""想高妙"，即肯定诗歌要有高妙的思想内容，要有高妙的道理、思维、想象。他所提倡的"自然高妙"也是包含"理高妙""意高妙""想高妙"的。由此可见，王世祯提倡的"神韵"绝不是脱离现实、内容空虚，他的神韵说所强调的是内容的表达要自然、蕴藉，"理高妙""意高妙""想高妙"要通过"自然高妙"表现出来。

王士祯提倡神韵说是有针对性的，与当时的诗歌发展状况密切相关。《四库全书总目提要》说："当我朝开国之初，人皆厌明代王、李之肤廓，钟、谭之纤仄，于是谈诗者竞尚宋元。既而宋诗质直，流为有韵之语录；元诗缛艳，流为对句之小词。于是士祯等以清新俊逸之才，范水模山，批风抹月，倡天下以'不著一字，尽得风流'之说，天下遂翕然应之。"⑤可见，王世祯是针对"质直""缛艳"提出神韵说的，是有积极意义的。他的神韵说确实可以纠正"质直""缛艳"的不足。

王士祯的诗论不但对当时的诗歌创作具有积极意义，而且对当代的诗词创作也有一定的启发作用和借鉴意义。这里主要谈两点。

第一，启发我们诗词创作首先要注重作品的内容，要有充实的思想感情，要有感而

---

① 王世祯著，张宗柟纂集：《带经堂诗话》，北京：人民文学出版社，1963年版。
② 王世祯著，张宗柟纂集：《带经堂诗话》，北京：人民文学出版社，1963年版。
③ 王世祯著，张宗柟纂集：《带经堂诗话》，北京：人民文学出版社，1963年版。
④ 王世祯著，张宗柟纂集：《带经堂诗话》，北京：人民文学出版社，1963年版。
⑤ 永瑢等撰：《四库全书总目》，北京：中华书局，1965年版。

发，不要无病呻吟、为作诗而作诗，不要内容空虚、形式主义。毋庸讳言，当代诗词创作存在一些缺点。最大的缺点就是形式主义。有些人缺乏对社会生活的强烈感受和深刻领悟，缺乏充沛强烈的感情和丰富深刻的思想，本无所感，为作诗而作诗，一味堆砌辞藻、斟酌声律，把作诗变成文字游戏，把诗词变成消遣、炫才、求名、获利的工具，而其所谓"作品"，感情枯竭，思想贫乏，内容空虚平庸，并因没有真情实感而矫揉造作、虚情假意，令人生厌。王世祯强调"诗以言志"，推崇"理高妙""意高妙""想高妙"，启发我们诗词创作要有感而发，要有真情实感，要表现一定的思想感情，作品要有"理"、有"意"、有"想"，要有充实、深刻、高妙、独到的内容。这对纠正当代诗词创作的形式主义显然是有益的。文学是内容与形式的统一，内容通过形式来表现，形式为表现内容服务。既要有好的内容，又要有好的形式，二者缺一不可。只有好的内容而没有好的形式，就会妨碍内容的表现，就会缺乏美感，就不是成功的文学作品；只有好的形式而没有好的内容，就没有意义，就会成为空洞的东西，也不是成功的文学作品。二者都不符合人类的审美要求。文学是人类通过审美把握世界的一种方式，文学要满足人类的审美需要，就必须既有好的内容，又有好的形式。只有这样，才能使人类在获得审美享受的同时，认识世界、认识社会、认识人生，才能使人类既受到审美作用，又受到认识作用和教育作用，才能充分发挥文学的价值。所以，我们必须纠正当代诗词创作中的形式主义缺点。孔子强调尽善尽美、文质彬彬，重视诗的兴、观、群、怨作用，发展成为中国传统诗论重视内容和形式的统一、重视文学的社会作用这一优良传统，这个传统是值得我们继承的。

第二，启发我们诗词创作要追求诗歌创作的独特规律和独特美感，要追求诗歌的意境，要有象外之象、言外之意，要有浓郁的诗味，不要粗浅简陋，一览无余，枯燥乏味。当代诗词创作的又一个缺点就是缺乏诗味。有些人的"作品"，抽象语言太多，标语口号式的语言太多，不善于形象思维，不善于借景抒情，立象见意，缺乏形象性和蕴藉性，缺乏象外之象和言外之意，不能引起读者的联想、想象和思索，不能引起读者的咀嚼、涵咏和回味，没有诗所特有的味道。王世祯强调"不著一字，尽得风流"，推崇"羚羊挂角，无迹可求"，启发我们诗词创作要善于形象思维，要善于借景抒情、立象见意，作品要含蓄蕴藉，要有象外之象和言外之意。这对纠正当代诗词创作缺乏诗味的缺点显然是有益的。诗歌是一种独特的文学样式，一般来说篇幅短小，容量的限制性较强，这决定它必须高度集中地反映社会生活、表达思想感情，必须以小见大、以少总多，必须语言高度凝炼，必须使作品和语言的容量最大化。因此，诗歌必须虚实相生，以有限之"实"蕴含无限之"虚"，必须有象外之象、言外之意，即必须有神韵，从而通过读者的联想、想象、思索和领悟来补充作品的艺术空间，使读者看到无限的社会生活，悟出无限的思想感情。这种神韵就是诗所特有的味道，就是诗味。中国传统诗词尤其如此。刘勰《文心雕龙·隐秀》主张："深文隐蔚，余味曲包。"钟嵘《诗品》提倡"有滋味"，认为只有这样，才是"诗之至也"。司空图《与李生论诗书》推崇"韵外之致""味外之旨"。苏轼在《送参廖师》《书黄子思集后》中强调"至味"。可见，诗味早已成为中国传统诗词创作的基本标准；对诗味的追求，早已成为中国传统诗词鉴赏的审美习惯。所以，我们必须纠正当代诗词创作中缺乏诗味的缺点。

总之，王士祯的诗论提倡神韵，重视言志，对当代诗词创作具有启示作用和借鉴意义，对纠正当代诗词创作中形式主义、缺乏诗味的缺点具有积极意义。

作者简介：姚崇实，河北民族师范学院教授，河北省诗词学会副会长。

宋词艺术新探

周笃文

一

　　词在宋代文学中有着特殊的地位。它由一种源自市井小唱的曲文，逐渐发展成声情佳美、魅力无穷的歌词，并且分罾诗坛成为韵文领域中极富生命活力的重要体裁。这是宋代词家贡献于祖国文学的一份珍贵遗产。这份遗产值得我们认真整理、研究和加以发扬。

　　宋词的编纂工作，当时就已开始，长沙有坊刻本《百家词》、闽刻本有《琴趣外编》等，可惜多已亡佚。现在通行的词集，大都是明清两代学者如毛晋、王鹏运、吴昌绶、朱祖谋等整理刊行的。近人唐圭璋先生的《全宋词》更是这方面总结性的成果。光从《全芳备祖》等三种类书中就辑出了佚词1300余首，使宋词总数增至2万，词家也扩至1300余家。后来孔凡礼先生又从《诗渊》中辑出逸词430余首，这都是可贵的贡献。

　　然而，对于宋词这一宝藏来说，我们的研究还是初步的。辑佚、校勘、注释和评价等方面，还有很多的工作等待我们去开展。以辑佚而论，300年前的朱彝尊就曾有感于"海内名山、苔龛石壁，宋元人留题长短句尚多"，需要去发掘，可是我们又做了多少呢？至于类书、方志、书画题记、方外语录、前人笔记中，更是大有可资采掇的。在本书的编纂中，我们对此下了一番功夫，经过同人几年的努力，先后辑出宋人佚词100余首。如安丙的《自赞词》"面目邹搜，行步蹩苴。人言托住半周天，我道一场真戏耍。今日到湖南，又成闲话靶"发泄其非罪被贬的孤愤。合押词韵五部，见《鹤林玉露》卷十，是一首生动地反映了作者之性格的佳作。另如如净和尚的《鹧鸪天》："八月十八钱塘潮，浙翁声价泼天高。尽教四海弄潮手，彻底穷渊辊一遭。重拣择，不辞劳，要透龙门继凤毛。忽然收卷还源去，万古曹溪风怒号。"随机说法，宗风峻烈，见于《如净和当经录》，也是很有特色的作品。

　　在词籍的注释上，目前的情况大都局限于少数名家词上，总计也不过2000余首，这对于作品总数超过2万的宋代词库来说，实在是太少。为了便于广大读者的研习，本书对现存宋词采取全部注释的办法，并广引名家评语附后，以供参考，希望能对词学爱好者有所助益。

二

宋词时历千年而盛传不衰，何以有如此强大的艺术生命呢？这同它为吟坛提供了一种与诗迥异的充满乐感的新体式、新技法、新意趣和新的美学诉求分不开。词不始于宋，而它的发展成熟却成于宋代。毛晋在《宋名家词序》中称："夫词至宋人而始霸，曼衍繁昌，至宋而词之名始大备。"王易在《词曲史》中更进一步说："入宋则由令化慢，由简化繁。情不囿于燕私；辞不限于绮语。上之可寻圣贤之名理；大之可发忠爱之热忱，寄慨于剩水残山；托兴于美人香草。合风雅骚章之轨；同温柔敦厚之归。故可抗手三唐，希声六代。树有宋文坛之帜，绍汉魏乐府之宗。"这些论述是基本属实的。

以词调而论，唐五代所用，据《花间》《尊前》及《敦煌曲子词集》的统计，总数不过200，而且多为小令，长调不足10首。到了宋代新声竞起，慢词、犯曲层出不穷。光柳永《乐章集》新创词即逾百首。周邦彦主持大晟乐府，又复增演慢曲、引、近，移宫换羽，其曲益繁，《清真集》新见之调即达50余种。据《词谱》统计各类词调860余种。绝大部分成于两宋词家之手，这不仅对文学而且也是对音乐史的巨大贡献。这些新声曲词大大强化了乐感，因而盛行一时，传遍四方，成了当时最流行的歌曲。

从语言上讲，它突破了整齐划一的齐言诗体，一变而为参差错落的杂言形式，既增加了活泼感与错综美，又拉近了与口语的距离，更加自然、真切与生活化。如柳永的《定风波》："早知恁么，悔当初、不把雕鞍锁。向鸡窗、只与蛮笺象管、拘束教吟课。镇相随，莫抛躲，针线闲拈伴伊坐。和我，免使年少，光阴虚过。"40余字分作9句，2字、3字、4字、5字、7字、8字、9字句都有，且七押仄韵。作者正是用这急促错落的节奏来凸现牵肠挂肚的相思。语极朴实，情极真切，读来火辣辣的，令人有一种震撼心灵的激动。再如王诜的《忆故人》："烛影摇红，向夜阑。乍酒醒，心情懒。尊前谁为唱《阳关》，离恨天涯远。无奈云沉雨散。凭阑干，东风泪眼。海棠开后；燕子来时，黄昏庭院。"这首自度曲，上片6句，25字，只两押仄韵，句短韵稀，别是一种风致。下片"凭阑干"以下七字，连用五平声，而以上去收腔，句拗而昕美，非深于审者不易到此。煞拍三句以景结情，弄姿无限，最是当行本色。再如李清照之《声声慢》上片：

> 寻寻觅觅，冷冷清清，凄凄惨惨戚戚。乍暖还寒时候，最难将息。三杯两盏淡酒，怎敌他晚来风急，雁过也，正伤心，却是旧时相识。

开头连用14个叠字。全片多以嚼齿叮咛的声吻，刻画其惝恍错愕的悲感。字字奔心，声声哽咽，令人读来酸鼻。又如《一剪梅》词，本周邦彦所创，60字，12句，上下片各押三平韵。至蒋捷则衍为句句相押，连用十二平韵之体：

> 一片春愁带酒浇，江上舟摇，楼上帘招。秋娘渡与泰娘桥，风又飘飘，雨又潇潇。何日归家洗客袍？银字笙调，心字香烧。流光容易把人抛，红了樱桃，绿了芭蕉。

读来如听春雨打篷声，令人猜想无尽。毛晋所谓"字字妍倩，真六朝喻也"其情致绵丽处，的确有诗笔难到之境。

三

词较诗晚出，作为一种新文体，自应有其独具的面目，才能自立门户，传之于后。那么词的本质特征是什么呢？关于这个问题，历来就有"诗庄词媚""词为乐章""词尚轻灵"之说，这些都是很有见地的立论。不过如果从韵致角度考察，我以为它的创作美学可以用"自然韶秀"为基本特色。王国维论词以"不隔"为美，反对堆砌典故。他所说的不隔，就是"自然"。词是诉诸心灵、配合音乐、贴近口语的艺术，以语浅、情深、音谐、意远为上。凡是脍炙人口的佳作，几乎都是天然好语。柳永的"今宵酒醒何处？杨柳岸晓风残月"（《雨霖铃》），张先的"沉恨细思，不如桃杏，犹解嫁东风"（《一丛花令》），固然如此，东坡的"明月几时有，把酒问青天"（《水调歌头》），辛稼轩的"可怜今夜月，向何处，去悠悠"（《木兰花慢》）亦何尝不如此。对工于刻画的周邦彦来说，其代表作《六丑》起句云"正单衣试酒，怅客里光阴虚掷"，结拍云："漂流处，莫趁潮汐，恐断红、尚有相思字，何由见得。"追惜落花，意折而层深，细细读来，并不幽涩。另如姜白石精心结撰的《暗香》词，起云："旧时月色，算几番照我，梅边吹笛。晚起玉人，不管清寒与攀摘。何逊而今渐老，都忘却、春风词笔。但怪得、竹外疏花，香冷入瑶席。"9句中只用了一个常典——何逊，来铺垫暮景颓唐的心绪。29个仄声字中，去声达11个之多。中间用"算""唤""但"诸领字串起，既发词，又美听，句式活泼，富于变化。上口一念，能令舌本生津，与诗迥然异趣。这些可说是词所应具的当行本色。

当然，任何艺术不会是一副面孔。风格多样才是成熟的表现，强调"自然韶秀"并不排斥艺术的多样性，而且宋代词坛本身就是不断发展衍变的一个过程。其前期以尊体立范为主，刻意创新，求与诗异。中期以后，地位已经确立，又逐渐出现了向诗赋散文的某种程度的靠近，于是开始了向雅化的某种倾斜。苏东坡就是这样一个代表。他自创的《哨遍》，简直就是《归去来辞》的改写。

> 为米折腰，因酒弃家，口体交相累。归去来，谁不遣君归……但知临水登山啸咏，自引壶觞自醉。此生天命更何疑。且乘流、遇坎还止。

杂用平仄韵相押，散文化，议论化的成分很浓。再如辛弃疾的《品令》：

更休说。便是个、住世观音菩萨，甚今年，容貌八十岁，见底道，才十八。

莫献寿星香烛，莫祝灵椿龟鹤。只消得，把笔轻轻去，十字上，添一撇。

这首寿词写得极风趣、俳谑、口语化，混押15、16、17三部之韵，也是散文化的典型作品。

词作为一种新声，比诗有更大的灵活度，除了句式的变化外，用韵上也大为放宽。如果说唐人小令还基本上用诗韵相押的话，那么到了宋代却有了很大的解放，明显地向口语靠拢。朱敦儒曾拟应制词韵16条，外加入声4部，总共不过20韵。绍兴二年刊印的《篆斐轩词林要韵》则分19部。清人戈载根据历代名词归纳成的《词林正韵》也只19部（前14部辖平上去三声，后5部为入声），基本上是从宋词用韵中概括而成的。韵的放宽，无疑是真正地松绑，它给作者带来了很大的选择余地。尤其是入声的运用上，允许跨韵相押。辛弃疾的《品令》就是一个显例。苏东坡的名作《念奴娇》也是如此。以至于清人毛奇龄发出了人声可"展转杂通"的感叹。

四

宋词在美学诉求上，也有许多创新。从形式美上讲，它巧妙地解决了多与一的问题，突出体现词的错综之美。无论从句式、韵味与章法结构上，它长言短句，韵脚多变。有间句韵，每句韵，数句一韵，平仄换韵等，寓整齐于变化中。将趋同心理与求变心理很好地统一起来。既突破了齐言体的呆板结构，又从杂富中体现规律，平衡而不对称，参差而不零乱。现存的800多调2000多体的词牌格式，可以说是变化无穷的万花筒。这不仅是各种诗体无法比拟的，而且它有极大的包容性，可以为各种语汇、情绪和物象提供恰当的表现形式。这些格式的创造都是词家苦心经营的美感经验的结晶。即使是一些不为人知的僻调，也蕴含着不少美的基因。例如《折花令》：

翠幕华筵，相将正是多欢宴。举舞袖，回旋遍。罗绮簇宫商，共歌清美。莫惜沈醉，琼浆泛泛金尊满。当永日、长游衍。愿燕乐嘉宾，嘉宾式燕。

上下片各5句26字，三押仄韵。此调见于《高丽史·乐志》本为高丽抛球乐舞队曲，仅存此一首传世。然而音节和婉，变化有致，还可见两国间古代文化交流之亲密关系。

从表现技巧上讲，宋词中许多手法有超前意识，它与现代派的某些理论十分近似。如马拉美（1842—1898）所主张的"采用错乱语法""抽调连接元素，使事象完全独立"以及庞德（1885—1972）强调："运用浓缩明彻文化面的并置""应用中国字形结构作为诗的内凝涡漩力"等意象迭加的理论，在宋词中都可找到很好的例证。范仲淹的《苏幕遮》：

碧云天，黄叶地。秋色连波，波上寒烟翠。山映斜阳天接水，芳草无穷，更在斜阳外。黯乡魂，追旅思。夜夜除非，好梦留人睡，明月楼高休独倚，酒入愁肠，化作相思泪。

上片所述诸景，几乎是没有关联词的意象并列。下片"夜夜除非"，玩味其意当作："夜夜——除非好梦留人睡"才顺。作者故意用此错乱句法，句断而意不断，来表现其惝恍、错愕的心态。以美景衬离情，遂成绝唱。贺铸的《青玉案》"若问闲情都几许？一川烟草、满城风絮，梅子黄时雨"连用三个排句，极力敷衍、堆垛，就将难以形迹的、抽象的情绪物化为鲜明、饱满、新奇而流动的意象。

至于时空交错，多重暗示等技法，在宋词中也是屡见不鲜的。如李祁的《浪淘沙》：

拍手趁西风，惊起乖龙。青山绿水古今同。唯有一轮山上月，长照江中。一点落金钟，浑似虚空。道人不住有云峰。但是人家清酒瓮，行处相逢。

山月长照江中，着一"长"字，便将时空打通，交错在一起了。上面冠以"唯有"，则表明了物在人亡的感慨。"一点落金钟"，是金钟的声音散落在茫茫的旷野，还是山月倒影在盛满清酒的金杯？都能在读者心中唤起诗意的联想，这就是多重暗示的美学效用。一个骖龙驭凤游于无穷时空的道人形象，在词中被多棱的光谱过滤，而显得熠熠生辉。僧仲殊的《诉衷情》：

清波门外拥轻衣，杨花相送飞。西湖又还春晚，水树乱莺啼。闲院宇，小帘帏，晚初归。钟声已过，篆香才点，月到门时。

词写晚归的僧人。下片六句纯用物象，将自我完全融入了浑然一体的存在。这不正是所谓"任无我的'无言独化'的自然作物象本样地呈露"吗？

意象的多重性，在宋词中表现得尤为丰满。即以"斜阳"一词而论，便有多种象喻的意义。"斜阳冉冉春无极"（周邦彦《兰陵王》），此处指时光，是字面本义，但续以"冉冉"二字，略带一点汇通时空的意味。"休去倚危楼，斜阳正在，烟柳断肠处"（辛弃疾《摸鱼儿》）则隐指国事的危急。而王沂孙的《齐天乐》中所写："病翼惊秋，枯形阅世，消得斜阳几度？"则表现出一种行将死亡的忧生之嗟叹了。"斜阳"一语，经过词人不断引述、磨勒，已获得一种新的意蕴，而成为一种语码，这是我们解读时需要细心梳理的。譬如东坡《水龙吟》中的杨花"似花还似非花，也无人惜从教坠。抛家傍路，思量却是无情有思"。这里的杨花，显然与清波门外"杨花相送飞"者不同，它实质上是指风尘妓女，是对那些被蹂躏女性所抛洒的同情之泪。

101

五

从思想角度看，宋词也颇有与诗不同的眼光与境界。比如对女性美的表现，它就不止是停留在玩赏的阶段，而是体现出了新的尊重与爱慕的成分，甚至作为某种理想化身而加以讴歌。"衣带渐宽终不悔，为伊消得人憔悴"，这是柳永的痴情苦恋；"琵琶弦上说相思，当时明月在，曾照彩云归"，这是晏几道心中的华严妙境；"冰雪透香肌，姑射仙人不似伊。濯锦江头新样锦，非宜。故著寻常淡薄衣"，这是东坡眼中的品格高绝的女性；"众里寻她千百度，蓦然回首，那人却在、灯火阑珊处"，这是稼轩的瓣香所在；"却笑英雄无好手，一篙春水走曹瞒。又怎知，人在小红楼，帘影间"，这是姜白石诚心膜拜的女神了。宋代词人的墨光所射，已荡涤了狎客的污泥浊水，赋予女性一种超凡脱俗的品格，将对异性的爱慕升华到一个新的高度，不能不说是一种很大的进步。

此外，生命意识的深化，也是宋词中值得注意的变化。诗人是敏感的群体，对生命的关注一向十分强烈。啼饥号寒，悼亡怀旧差不多成了永恒的话题。然而词人对生命的体认并不满足于此。它在对个体生命的无常与宇宙的永恒的体认上，要更为深刻。在表现流光易逝的无奈时，也更为深入、细致和成功。如晏殊的《浣溪沙》：

> 一曲新词酒一杯，去年天气旧亭台。夕阳西下几时回？无可奈何花落去，似曾相识燕归来。小园香径独徘徊。

面对无限的时空，作者深感浮生短促，而发出了"夕阳西下几时回"的喟叹。这是对生命本体的一种思考，他以黯的心情表达了自己的无奈，千余年来不知打动了多少人的心弦。宋祁的"浮生长恨欢娱少，肯爱千金轻一笑。为君持酒劝斜阳，且向花间留晚照"（《玉楼春》），虽机轴略同，而深浅有别了。此外如：秦观的《画堂春》："落红铺径水平池，弄晴小雨霏霏。杏园憔悴杜鹃啼，无奈春归。"卢祖皋的"杜鹃啼老春红，翠阴满眼愁无奈"（《水龙吟》），陈著的"雨帘高卷，见榴花，应怪风流人老。是则年年佳节在，无奈闲心悄悄"（《念奴娇》），都是敏感诗人对生命匆遽的一种叹惋。"无奈""无可奈何"，是很有力度的词语，它意味着理性对情感"误区"无法自已的顺从与溺化。"桓子野每闻清歌，辄唤'奈何！'"（《世说新语》），晏几道"别多欢少奈何天"，可说是汤显祖的"良辰美景奈何天"的语源，这种对转瞬即逝的美好光阴的依恋，必然触发缕缕悲绪，使人格得到某种净化与升华。

宋代是一个理学发达的朝代。长于理性的思考也在后期的词中时有反映，以月亮而论，辛稼轩的《送月词》"可怜今夜月，向何处，去悠悠。是别有人间，那边才见，光景东头"（《木兰花慢》），早已为人熟知。稍后的汪莘问月之作："听说古时月，皎洁胜今时。今人但见今月，也道似琉璃。君看少年眸子，那比婴儿神彩，投老又堪悲。明月不再盛，玉斧亦何为？"（《水调歌头》），亦可谓富于想象与推理了。至于东坡的《水调歌头》"人有悲欢离合，月有阴阳圆缺，此事古难全，但愿人长久，千里共婵娟"，所表现的复绝尘寰的宇宙意识，更是令人钦服不已。

宋词是一座精美辉煌的文学宝库，它凝聚着两宋词家的才华和匠心，是他们艺术生命的结晶。在这座画廊里漫游，就仿佛置身于时光隧道之中，可以形象地再现历史的情态，体味其芬芳优美的人文情怀，并获得人生的启迪与艺术的经验和巨大的美学享受。希望能有更多的爱好者与我们一道从事词艺探胜之旅。

作者简介：周笃文，中国新闻学院教授，中华诗词学会原副会长兼秘书长。

高珩的"栖云阁"诗

吕学玲

清朝初年，齐鲁大地社会稳定，经济繁荣，迎来了其文化鼎盛期。此时，"山左"（旧时山东省的别称）诗人创作极为活跃，出现了一大批在全国颇有影响的诗人，顺治、康熙、雍正、乾隆四朝成绩尤为突出。为此，乾隆朝卢见曾编纂了《国朝山左诗钞》，并称"国初诗学之盛，莫盛于山左""山左之诗，甲于天下"，且在序言中特别提到了王渔洋、赵执信、高珩等人。《国朝山左诗抄》共60卷，收录诗篇最多的前三位诗人便是王渔洋、赵执信、高珩。其中高珩独占一卷，收录诗作151首，并附有小传。

高珩是清初"山左"文人中一位独特的诗人。他身居高位却屡仕屡归；他的诗歌清丽超逸，为时人所推崇。清朝沈德潜的《清诗别裁集》、王藻的《文献征存录》、张维屏的《国朝诗人征略》、邓之诚的《清诗纪事初编》等著作皆有高珩简短的传记，王培荀的《乡园忆旧录》、钱仲联主编的《清诗纪事》、袁枚的《随园诗话》、杨钟羲的《雪桥诗话续集》、王渔洋的《池北偶谈》等皆对高珩其人其诗有极高的评价。

一、高珩其人及《栖云阁诗集》

高珩自幼聪慧异常，清康熙朝刑部尚书王渔洋称他与哥哥高玮"兄弟皆具异秉，读书一目，辄不忘"。二人小时候才学即为外祖父王象乾称奇，称"二孙虽童稚，天下才也"。时人也把两兄弟比作晋时"二陆（陆机、陆云）"和宋代苏轼、苏辙。

高珩的文学成就，主要是诗歌。古人评高珩的文学水平，说他"才高学实，随遇而作""援笔立就，顷刻可成数十章"。乾隆朝时任山东按察使的陆耀称高珩"公之于文，眼如明月，口若悬河，思如泉涌，笔如翻水"。当时的淄川县令盛百二称高珩文章"其气滔滔汩汩，如长江大河，一泻千里"。唐梦赉《紫霞先生传》记述："每有所念，洋洒成数十首，不命题亦不脱稿。"清代著名诗人宋荦《筠廊二笔》评高珩写诗："公冲口而出，皆香山、放翁高致。"

古人称誉高珩为山东文章宗伯、海内通儒、骚坛领袖。一向"恃才傲物、目中无人"、对他人诗作"少青眼"的赵执信，也称高珩"诗名绝盛"，称其遗篇"将与岱北名山同其不朽"。当时诗坛一代宗师王渔洋对高珩的人品、才学也极口称赞。

在清代文坛，王渔洋提倡"神韵说"，更注重诗歌艺术创作的技巧，推崇"含蓄"一格；而赵执信主张"诗之中须有人在""诗之外尚有事在"，提倡写真人、真情、真事，更注重诗歌的思想内容。这样一对在诗歌主张中"多有抵牾"的诗坛"劲敌"，却同时对高珩的文学成就极力推崇。这看似奇怪，但也不能不说，高珩的作品从思想内容到艺术技巧都达到了相当高的水准，因而同时契合了两人的艺术主张。

然而，高珩对自己的诗文并不在意和爱惜。王渔洋称高珩为诗"如麻姑掷米，粒粒皆成丹砂。然不自爱惜，缘手辄散去"。当时朝廷主管诗词编选的官员来征诗稿，高珩"往往笑而不应"。后辈和当时名士多次欲将其诗文结集付梓，高珩却认为没有什么价值，而情愿让子孙拿钱刊印一些济世劝善的书籍。并说："千秋后，亦未必有知其说者。"且嘱咐后人也不要辑录刊印他的诗文集，故"强半散逸"，有诗一万余首，却仅留下诗数千首、文数百篇，结集付梓者仅占其全部作品的十之一二。

高珩去世30多年后，高氏后人不忍心其熠熠文采终被埋没，乃"合力排纂，搜藏发覆""于残帙败簏中，零星缀拾"，到雍正六年（1728），高珩的三位贤孙请赵执信对其诗歌进行编选，赵历经三年，完成《栖云阁诗集》的整理。乾隆二十一年（1756），德州人宋弼找到了赵执信编辑《栖云阁诗》时所用的高珩诗歌原本，又搜拾"所遗"，辑成《栖云阁诗集拾遗》三卷。

2016年，蒲泽、高鹏点校的《栖云阁全集》出版。其中诗歌集包括《栖云阁诗集》十六卷、《栖云阁诗拾遗》三卷、《栖云阁诗辑佚》一卷。全书共辑录高珩诗歌20卷1300多首诗作。

二、高珩诗歌的思想内容

高珩的诗作不仅数量多、内容丰富，且以诗言志，以诗抒怀，以诗记史。其诗歌在总体面貌上呈现出的是山水游历与闲居生活中的闲适自然，所渗透的是自我对佛道的参悟和体验，偏向于自我表达、自我体验，体现出远离庙堂、远离现实的特点。其中贯穿了对大自然的热爱、对官宦生活的厌恶和朝代更替给自身带来的纠结、痛苦和归趋佛道的思想倾向。从中显现出的是一个思想深邃、独具慧眼、超然物外、性情恬淡纯真的诗人形象。其诗思想内容主要有以下几方面：

（一）寄情山水，抒写雅趣

古人云："诗人者，不失其赤子之心也。"正是在大自然面前表现出的这种热爱、好奇、率性、纯真的所谓"赤子之心"，才能让作者的诗歌山空水静，自然从容，意趣盎然。在高珩的内心深处，满怀对大自然和闲适生活的热爱。他渴望过一种质朴、浪漫、雅致的读书人的生活。

高珩的部分山水之作颇有王孟一派的风格，如高珩喜欢闲游，"好骑驴游村落，遇浓阴茂树，辄系驴高卧"。晚年致仕后，在城东南临般水"筑载酒堂三楹""置小舟池中，与客觞咏"。终日徜徉湖中，与客人饮酒赏花，赋诗雅谈，这大概是他理想中的生活。诗人独具慧眼和雅兴，总能将看似普通平淡的景致和生活，写得妙趣横生。《看花》《听鸟鸣》《约王子下看花》《春风》《秋月》……单从这些诗歌的题目看，就知道诗人的情趣之高雅，精神生活之丰富了。在诗人的笔下，箫声、竹影、斜阳、清风皆是吟咏的对象。清风明月在，妙笔自生花。《栖云阁诗》中有很多写闲居、闲游、漫兴的诗作，这些作品随性自适，冲逸淡泊，表现了诗人闲适自得、超然物外的心态。

如《闲游》："不必预为期，闲游日日宜。泉争溪口路，花放岭头枝。丝竹从吾好，壶尊任客持。醉呼笙鹤下，已见白云随。"徜徉于大自然中，听泉赏花，丝竹婉转动听，客人随意畅饮，在他看来这种生活真的是"日日宜"。作者把那种因身处大自然中怡然自得的心境表现得淋漓尽致。

"随日可寻花，无月亦饮酒。醉即水浜眠，狂每山巅走。"（《闲居》）在官场中"不可多说一句话，不可多走一步路"的仕人，在现实生活中不得不战战兢兢地生活，大约只有在闲适之时，才能表现自己潇洒疏狂的一面。另一首《与友人》中有"酒酣能喝月，诗就已离尘，共跨明霞去，翩翩鸿影新"的句子，把诗人"酒酣""诗就"之时的那种忘情、豪迈表现得新奇、别致，"喝月""离尘"这一类的夸张和想象，反映了诗人骨子里的英雄情结和超凡脱俗的情怀。这在性格偏于理性、沉静、低调的高珩来说，也是少有的。

高珩"性好浴"，夏日常常与一群小孩子在溪中戏水游泳。他的许多诗篇描写了其"洗浴"之乐："毅然脱衣衫，莞尔投胫足。不愁便灭顶，乍喜才及腹。"（《河上浴》）——一见到水，毅然把衣服脱掉，一边走向水的深处，一边禁不住莞尔一笑；因为水性好，所以不怕水深"灭顶"；等走进去却又让人惊喜，原来那水才及腹部。一连串的动作，像电影里的一个个分镜头，不但把人物的动作表情描绘得惟妙惟肖，而且把诗人见到水洗浴时的那种喜悦的心情表现得出神入化。

《响闸浴》描写了在北京什刹海游泳时的情景："夕阳携手浴平流，响闸滩西狎白鸥。此乐莫令朝贵觉，恐争林壑贱公侯。"身在京城，不忘下朝以后去游泳戏水。最妙的是作者的夸张和幽默：这个洗浴的好地方和这份快乐，不要让朝中的权贵们知道，要不然他们都会争相来到这里游玩，而不再拿那"公侯"之位当回事儿了。诗中那种因独享其乐而带来的自豪和快感，真是单纯可爱，古人所谓的"赤子"，大抵如此。

《访友人二首》其中之一写道："几度摄衣到门，阍（看门人）云高枕自在。恐君正友庄周，未敢便为樊哙。"在这里，不懂"庄周梦蝶"的看门人反而被作者想象成正在梦中与庄周知心交谈的道学雅客；而学富五车的诗人，却把自己比作勇武而带点莽撞的樊哙，故而说自己不愿做樊哙闯进去打搅门人的"庄周"梦。在这里，诗人更像一个天真无邪的小孩子，动不动想搞点笑。但这种玩笑，却又是那么富有文化气息和雅趣。

（二）厌恶仕宦生活，渴望归隐田园

清朝初年，高珩一度跻身于当时的政治中心。但他对这种官宦生活的意义并不认可，认为自己不过是浑浑噩噩、虚度时光，自己的政治理想和抱负并不能实现。他当官从不问升迁，且几次以省亲、营葬、养病为由请假归里。在高珩的诗歌中，表达宦游的苦闷和对官场的厌恶、渴望隐居世外的思想贯穿始终。"思一官冰冷，无心嚼蜡"正恰如其分地反映了他对官宦生活的感受和态度。

《偶成》写道："我爱王右丞，倚杖柴门外。""胸中无一累，事事是真如。"诗中羡慕唐代诗人王维归隐田园、"心中无一累"的境界，同时也反映出为官之人终日满腹心事、扰扰于心的那种愁苦之情。诗人甚至羡慕在当时地位不高的商人的那种逍遥自在和单纯的快乐，写道："商贾之乐无不至，腰有金钱心无事。"（《贾客乐》）高珩常以王维、嵇康、陶渊明等自比，以表达自己归隐田园的理想。在《简梁苍岩》中写道："帝里终何事，匆匆已暮春。从容花鸟伴，潦倒醉眠身。我惧妨贤路，君当恕放民。嵇康非漫语，慵病本来真。"在诗中，诗人对自己在京城（"帝里"）的生活并不满意，觉得整日碌碌无为。而又以怕挡了别人的仕途（妨贤路）为托词，希望皇上原谅那些辞官、弃官之人。尾联又引嵇康为同道，希望过嵇康那种自由无羁的生活。

高珩对官场的厌恶之情毫不避讳，认为自己是"溷迹京华"，在《城门行》中，他讽刺那些整日劳劳碌碌的官员为"蠕虫"，《闲居二首》之一："梦回方厌梦迷离，犹喜蒙蒙曙色迟。遮莫五更风雨恶，分明往日早朝时。"诗人写这首诗时应该是晚年致仕闲居之时了，但旧时睡眼迷离之时，拖着困倦的身体急急忙忙上朝时的情景时时出现在他的梦中，梦中总希望曙色晚一些到来。而辞官之后还经常在睡梦中突然惊醒，惊慌失措中怕误了早朝——官宦生活的苦楚，成了他人生中的梦魇。"风雨恶"一句可以见出他对官宦生活是何等厌恶！

高珩淡泊名利，博雅多才，为官清廉正直，慈悲为怀，体恤下属，颇有清名。康熙朝时曾被召至便殿，为皇帝讲授《易经》，并奉旨为朝政出谋划策。虽然身处当时的政治中心，但历经朝代更迭，使当时一直接受"忠君爱国"教育的一代仕人陷入了幻灭、矛盾和纠结之中，这种变故对高珩同样是一种巨大的打击，在新朝为官实出无奈。像他这样性格疏淡温和的人，不愿直面官场的尔虞我诈和朝中的派系争斗，俗务缠身，苦不堪言。伴君如伴虎，在帝制时代官员们往往战战兢兢，如履薄冰，但即使是这样，言行稍有不慎，依然难逃被遗弃、被治罪的厄运。这些大约是高珩厌恶仕宦生活的主要原因。

（三）归趋佛道，参透人生

在高珩的诗歌中，佛道思想贯穿始终。高珩父亲高所蕴、堂弟高碌皆崇信佛道，弃家修道。高珩虽出仕为官，但在明清易代的大背景下，个人又历经幼年丧母、李自成破京被掳、谢迁陷城等诸多劫难和打击，内心总有一种破灭感和虚无感。参禅悟道，也许能让他从中找到人生的真谛和心灵的依托。

高珩诗中充满了"三生""仙佛""劫火""香莲"等佛道意象。《晨起》中有句："自笑妻孥在，居然方外心。""更思瓢笠去，风雪坐嵩岑。"连自己也笑自己，妻子儿女都在，却常常有出世之念，也想去嵩山顶上，做一个参禅悟道的僧人。

受佛道思想的影响，高珩把人世间的兴亡、名利、甚至生死都看淡了。如："已知便作千年睡，破梦沉钟更不愁。"（《长眠》）"昨日何福仍未死，辜负天公徒为尔。"（《晨起》）高珩的这些诗句刻画了一个看透一切、淡泊名利、通达洒脱的文人形象，也反映了他恬淡自适的生活状态，真可谓"只缘阅尽兴亡事，赢得心空似老僧"！

然而，虽然常怀出世之想，但他与那个时代广大的仕人一样，又受儒家积极入世思想的影响，偶尔也有"吾生亦有极，安能空碌碌"（《东园》）之念，反映了他在现实面前复杂的矛盾心理。

（四）咏物咏史，寄托身世漂浮、人生易逝及莫名的惆怅之感，表达自己独特的思考

高珩的性格中有洒脱知足、随遇自适的一面，是一个看得透、想得开的人，但历经明清易代鼎革之难，可谓九死一生，宦海沉浮数十年并非出于本愿，内心的惆怅和身世漂浮之感时常伴随着他，让他的诗更显沧桑深沉。如《梦》："三生香烬世无涯，噩梦茫茫旧事差。纵使重来如柳絮，飞扬知复在谁家？"官宦生活的"旧事"时时在噩梦中出现，命运即使重新来过，自己还是如"柳絮"一般，命运无从把握。如《初春遣兴二首》："莺语初依弱柳，鸥波渐满方塘。细问浮生百岁，能消几度斜阳。""莺语""弱柳""鸥鸟""方塘"，即使是这些常见的美景，也能引发作者人生苦短的感慨。再如："独依危楼惆怅处，欲谈旧事更无人。"（《过故人居》）"独依危楼""欲谈无人"，那种孤独、寂寞、伤心的感觉，令人唏嘘落泪。"有恨莺花消白露，无情风雨易黄昏。""十年枫下人空老""长笛无声不断肠"——诸如此类的句子比比皆是，反映了作者心底的悲凉和愁苦。

咏史怀古诗往往感叹王朝的交替和世事无常。如："人事兴亡弹指事，不烦传语滴池君。""河山历历看来空，万古消沉向此中（《秦镜为袁松篱作三首》）。""新来燕子凭君住，莫问当年旧主人（《春燕》）。"高珩的歌行体诗如《明湖行》《后长恨歌》等深受白居易的影响，但在格调、内容上较白居易更显沉重。

《吊韩信二首》其一："古来苦乐元相倚，莫恨君恩薄如纸。五鼎食还五鼎烹，丈夫直以封侯死。族彭灭英血九原，孺子辟谷亦可怜。茹芝老叟商山笑，何事殷殷抱虎眠。"而在《感怀》中，又进一步感叹："世上英雄皆是妄，可怜垓下暗悲歌。"前者借汉朝大将韩信的遭遇，表达了对统治者的失望，对传统的忠君思想的怀疑和思考。后者借项羽的悲剧故事，表达自己对所谓建功立业、所谓英雄豪杰的一种反思。这些思想在今天看来仍有其独特深邃的一面，值得今人深思。

（五）交友睦亲，应答唱和

与亲朋好友一起游玩，赏花饮酒、应答唱和。高珩的诗篇中很大一部分反映了他这

方面的丰富生活。高珩性格随和低调，好与人结交，王渔洋、赵执信、唐梦赉、孙廷铨、王樨、冯溥、蒲松龄等一大批志趣相投的名士皆与高珩交往密切。有人说，高珩之所以动不动就请假回家，一个重要的原因是家乡有一群与他要好的朋友、兄弟，这恐怕也不无道理。《过五弟不值》《古寺行赠膺大弟》《寄怀济武南游》《留康表弟》等这一类题材在高珩的诗歌中占了很大篇幅，反映了诗人与亲友一同游玩或雅聚酬唱时的快乐生活。

清康熙十九年（1680），高珩致仕后移居宣武门松筠巷。当时的名士经常来此流连唱和、谈经论道。一日高珩最要好的朋友冯溥来访，恰巧王渔洋也在座。高珩首先赋《易斋相公过松筠庵见访》道："户倚双藤禅宇开，无人知是相公来。相看一笑忘朝市，风味依然两秀才。"冯溥和道："隐几僧寮户不开，天亲无著忆从来。而今老去浑忘却，只识维摩是辩才。"王渔洋也和道："二老前身二大士，相逢半日画炉灰。他年古寺经行地，记取寒山拾得来。"在暂时离开了市朝的拘束和重负之后，文士们之间那种交往的和谐、友谊的纯真及诗歌中表现出的那种洒脱、恬淡、单纯，都是令人称道和羡慕的。"松筠诗"一直以来被传为千古佳话。清代袁枚在《随园诗话》中评高珩诗曰："转结处更是蕴有千言万语，文风好个浪漫。"

高珩好客、喜游，居家时喜欢骑着毛驴外出。然而他希望来的都是高雅的、兴趣相投的客人，而不喜欢"俗客"："俗客祝无来，逸兴方翩翩。"（《听鸟鸣》）诗人也时常有知音难觅、知己难求的感触："好花同尽无人赏，惟有溪鸥一一知。"（《忆东池》）"尚堪携酒无多地，能解看花有几人。"（《寄怀友人》）

除以上五方面内容外，高珩诗歌的思想内容还有以下几点：一是其诗有很大一部分写了淄川的园林之盛，般河、孝妇河、三里沟等的景色之美，给后人留下了大量珍贵的人文历史地貌资料。同时他与唐梦赉等人去浙江、衡山、崂山等地游历，以诗记游，也留下了大量诗篇和资料。二是歌咏爱情的诗篇虽然很少，但从寥寥数篇中足可看出他情感的丰厚和对爱情的珍视。如"何人能免有情痴，飞絮乘风未作泥。"（《惆怅》）"人生莫作多情物，才有情时恨更长。"（《后长恨歌》）那种陷入其中无力挣脱和失去之后内心无所依托之感，让我们洞悉了诗人内心的丰富和感情的真挚，在那个男女不平等的封建时代，这一点也是难能可贵的。

另外，在现实生活中，高珩为官清正廉洁、慈悯为怀，"素有清名"，为百姓、为家乡做了不少好事。但我们现在看到的高珩的诗歌中，很少有反映社会现实和底层疾苦的内容。一方面，崇信佛道的高珩的确更注重自身的修行，"无为""自适"是他理想的生活状态，所以他直接描写现实的诗歌本来就少。另外，据高氏后人介绍，高珩诗歌原抄本中也有许多反映当时派系斗争、社会矛盾的诗篇，可惜皆未被当时的编辑者赵执信采用（据说，赵执信这样做，也是依高氏后人之嘱），这不能不说是一种遗憾。

三、高珩诗歌的风格和艺术特点

高珩的诗歌不但内容丰富，而且形式多样。从体裁上看，《栖云阁诗》以近体的绝句、律诗为多，另有古体、杂言诗更显洒脱率意。尤其值得注意的是，高珩的六言绝句诗也很成熟，而且独立成卷。高珩的诗工于对仗，巧于用典，信手拈来，抒写真情。其诗作的艺术特色和风格如下：

（一）有感而发，感情真挚，用笔率意，无雕琢痕迹

无论是写对田园生活的热爱、对官宦生活的厌恶，还是表现对生活的感悟，抑或是那种惆怅，皆出于自己真实的内心感受，可谓见情见性。从中我们能够感受到作者丰富的内心世界，能够感知那个时代的风土人情。高珩不刻意追逐字雕句琢的苦吟，也绝少有穿凿附会、无病呻吟、装腔作势的现象，其诗作似行云流水那样自然、流畅、率意。袁世硕先生评价："其诗，斯可谓之真诗；其人，斯可谓之真诗人。"

（二）语言清丽，语气平和，笔调轻松、清雅冲淡

高珩的笔下的景物，多是青山绿水、炊烟人家，恬淡清新，平静舒缓，而绝少"黑云压城"的景象。描写野趣闲情之作，充满灵秀之气。如《闲居》："远处高楼竹影，静中明月箫声。且缓三杯淡酒，先赊一枕风清。"其中一个"赊"字，令人产生无限遐想。诗中高楼、竹影、明月、箫声等意象组成了一幅清雅无比的图画，让人感受到的是一种冲淡平和的慢生活的状态。

（三）善用象征、比喻、借喻等修辞手法，以景寓情，委婉地表达自己的思想感情

"黯黯台城几落晖，掠泥新自小池归。乌衣不管兴亡事，只向朱门宛转飞。"（《寒食杂咏六首》）尾联两句，与杜牧"商女不知亡国恨，隔江犹唱后庭花"异曲同工，但这其中用了拟人、对比的手法，把燕子当人来写，把作者感情的丰富与燕子的无动于衷作对比，表达一种悲怆之感。"鸟雀不知郊野好，穿花翻恋小庭中。"（《寒食杂咏六首》）在这里，巧用了借喻的手法，借对鸟雀"无知"的讽刺，表达了自己向往郊野、不愿被禁锢于官场的思想。

高珩写诗善于用典。经史、诸子百家、名家诗文，佛道经典，他往往能信手拈来。但有些篇目也存在着用典过多、用典生癖的问题，有的几乎句句用典。而对于高珩个人而言，其诗歌创作只是他个人生活中很小的一部分，它更多承载的不是济世为政的大业，只是"怡情"而已。所写大多也只限那个文人雅士圈里的"小众"赏玩而已，并没有想到要大众传播，更没有想到要流传后世。这表面看起来是他诗歌的一个局限，但也恰恰说明他写诗除了"怡情"之外，毫无功利之心。其实，高珩并非不关心社会现实，也不回避社会矛盾，他写了大量的疏、议、论、说之类的文章，如《杜奢疏》《察贪疏》《革刁风解》《丧棚迁解》等。他力求改革司法，抨击当时的贪腐、奢靡、厚葬等恶俗，主张整治乡间刁蛮专横之黑恶势力等。许多主张在今天看来，仍然有其积极意义。

另外,高珩的诗歌善用声音和画面写景,让读者能从中体会画面和音乐之美。诗篇中有的以景寓情,有的直抒胸臆,有的笔调幽默风趣,皆能根据诗歌内容选择恰当的表现手法。

"谓公为慧业文人,而遗其糟粕;谓公为经济名臣,而志存丘壑;谓公为道学真儒,而不明濂洛;谓公为人天导师,而已解禅缚。"高珩,在王渔洋眼中这么一个智慧、洒脱、人格完美的人,其诗歌魅力也必将被进一步发现、挖掘,今人也必能从他诗歌的矿藏中撷取无限珍宝。

参考资料:

1. 蒲泽、高鹏点校:《栖云阁全集》,北京:中国文史出版社,2017年版。

2. 王培荀:《乡园忆旧录》,北京:中国文联出版社,2011年版。

3. 赵执信:《谈龙录》,赵蔚芝、李聿鑫注释,济南:齐鲁书社,1987年版。

4. 黄金元:《略论卢见曾编纂的〈国朝山左诗钞〉》,《厦门教育学院报》,2007年第2期第9卷。

作者简介:吕学玲,淄川区诗词学会副会长。

李白《南陵别儿童入京》写于
山东泗水南陵

张延龙

李白家在哪里？回答这个问题，不能简单化，不能绝对。李白一生到过很多地方，写了一千多首诗。他出生于今吉尔吉斯斯坦碎叶城；五岁时随父迁居四川江油，即今四川绵阳，二十五岁出川漫游，这是他的青少年时期；后沿江东下，在不少地方逗留过，停留较长时间的是湖北安陆，结了婚，生了女儿，一住十年，是较长的一段；由于在安陆"十年蹉跎"，他携妻女迁往山东任城城里寓居三年，后又迁居任城所属泗水县南陵村，断断续续在山东生活了二十三年，子女后人则世世代代生活在这里，直到如今。李白在山东学剑，师出名门；在山东入道，受道箓于名师；在山东入京为官，实现了他的梦想。所以，在山东的二十多年，是李白历史上最辉煌的时期。后期十多年，以开封为中心，漫游江浙、长江中下游，较长时间在金陵滞留。他多次去过安徽南陵县，曾设想在铜陵五松山住一年，也曾想在嵩山元丹丘处安家，似均未实现。李白到过的地方多，传说亦多。所到之地，人们引以为豪，说李白故里在这里，是出于对祖国传统文化的热爱，对伟大诗人李白的热爱。李白是四川的，是湖北的，是山东的，是安徽的，但最终，他是中国的，也是世界的。对李白的研究，不能以传说为据，对历史遗存，亦须辨真伪。争论是正常的，目的是尽量接近、还原历史原貌。

我在《李白入京前家在山东泗水南陵》一文中，提到了李长之先生。我读了李先生的《李白传》之后，曾产生一个很大的疑惑。我能体会到他对李白的由衷的热爱，在书中他专门用一节写"李白和山东"。他在介绍了李白在山东的游历和作品之后，举了三个根据说"李白为山东人"。一是杜甫诗中有"近来海内为长句，汝与山东李白好"（《苏端薛复筵简薛华醉歌》）；二是元稹的文中有"是时山东人李白亦以奇文取誉"（《唐故捡校工部员外郎杜君墓志铭》）；三是"《旧唐书·李白传》也称李白为山东人"。李先生说"这里有他熟悉的酒，爱吃的鱼，手种的桃树"，这些统统在泗水县中册镇南陵、西园两村。他为什么会认为李白入京前是从安徽南陵县走的呢？为什么会认为

《南陵别儿童入京》写于安徽南陵县呢？他的根据是什么呢？李先生没说，我们当然不能胡乱猜测，只理解为是地名重复的原因。

最近读到一个安徽朋友的文章，也认为李白是从安徽南陵县入京的，他举了两个依据和一个传说。认为李白"曾寓居于名不见经传的南陵县何湾镇寨山村"。根据一，春谷黄峰《孙氏家谱》和民国版《南陵县志》分别载有"开元丙寅秋与客饮寨山中作。宣州刺史骆知祥命工刻石于寨山上"。据说刻有《南陵别儿童入京》诗。寨山刻有李白的诗，这或是事实。但"开元丙寅秋与客饮寨山中作"就值得研究了。"开元丙寅"是公元726年，李白写诗进京是742年秋，诗作提前了十四年。这个矛盾，作者作了实事求是的说明。但作者解释说"当年叫陵阳山或九子山时写下《望九华赠青阳韦仲堪》诗……错误地推算成了在南陵寨山写《南陵别儿童入京》了"。既然是错误推算，县志中所列之诗，当与《南陵别儿童入京》无关。根据二，骆知祥在宣州任刺史时命工匠将诗刻于南陵寨山一侧的岩壁上。文章中作者考查了骆知祥在南陵任刺史的时间是公元901—904年，比李白入京晚了一百六十年。作者认为寨山上刻有《南陵别儿童入京》，诗就该是寨山写的，从而推断李白入京是从南陵县走。李白作品在全国有多少刻石，无法统计。在哪里有刻石的作品就是在哪里写的吗？恐怕不能这么下结论吧。作者说"宣州刺史骆知祥再命工将其镌刻在巨岩之上，虽然时间间隔较长，倒是远比一千多年以后的今天学者们的'推测'要确切真实的多"。其实，我们何需要在一千多年以后的"推测"上下功夫，只要看看唐代与李白同时期的友人们的记述和李白自己的作品就可以了，这些应该更加确切。我在《李白入京前家在山东泗水南陵》和《试说李白的家事》两文中有详细介绍，不赘述了。

安徽朋友在文章中提了一个问题："为什么偏偏要选择南陵县的寨山即通往（今天）铜陵的一处岩石上镌刻李白的诗呢？"作者接着回答说"显而易见，就是因为李白当年与南陵寨山的刘氏生活在一起了，并且在寨山安了家，且女儿平阳和长子伯禽一直生活在寨山。这才有了李白诗'寨山中作'一说……这才有了无可争辩的历史事实——诗仙李白曾寓居在今天的南陵县何湾镇寨山村，并在此'应昭'入京时写下脍炙人口的《南陵别儿童入京》诗作。"写到这里，作者并未提及该诗中哪些内容是与寨山有关，什么时间寓居寨山？在寨山住了多长时间？作者在大篇幅叙述了南陵铜矿开采和冶炼行业之后说："这些发现，也从另一个侧面，说明李白天宝元年在茫茫人海中结识南陵寨山'名家'之女刘氏，并寓居寨山，将自己和原配夫人许氏所生的一双儿女置于家中，由刘氏照料的历史事实是真实存在的。"可惜作者没给我们提供真实的史实，这"名家"是谁？什么时间成婚？他们一起生活了多长时间？许氏哪一年死的？作者一概未提及。所以我们只好把寨山故事认为是传说。我们知道的情况是，不错，许氏死后，李白是与一个"刘氏"结合过。那是在737年，许氏随李白迁居山东任城之后一年，许氏生了儿子伯禽。740年许氏病故了，当时平阳才十岁，伯禽不足两岁，仓促之中，李白与任城前朝官员刘金马的曾孙女结合了。这个刘氏与南陵传说中的刘氏不同，她自以为出身高贵，看不起李白，更不愿意抚养李白的两个子女，所以很快就离异了。这个历史事实，唐人魏万在《李翰林集序》中说："白始娶于许，生一女一男曰明月奴。女既嫁而卒。又合于刘，刘诀。次合于鲁一夫人，生子曰颇黎。终娶于宗。"而且魏万所述，是其追随李白至金陵时，李白亲自向魏万口述的，毋庸置疑。魏万所说的这个鲁一夫人，家就在山东泗水南陵村。与刘氏离异后，尽心抚养李白子女的，就是这个鲁一夫人。741 年李白携鲁一夫人和子女迁居南陵村，742 年李白奉旨入京前就是在这里写了《南陵别儿童入京》。诗中"会稽愚妇轻买臣，余亦辞家西入秦"两句，就是把任城刘氏比作朱买臣的妻子，对她因自己穷困而离异进行批评。诗中关于泗水南陵的叙述，这里亦不赘述了。

李白在京不足两年，被唐玄宗"赐金放还"，回到南陵县了吗？他的后半生是如何度过的？南陵县的作者没有说，只是告诉我们李白"且放白鹿青崖间，须行即骑访名山"了。似乎对李白与南陵没有需要说的了。历史实际情况是，李白是从山东走的，"赐金放还"后理所当然又回到了山东。他在齐州入了道籍，又回到泗水南陵村，后又搬到了南陵西面不足三里的西园村。因为他在那里买了地，盖了"太白酒楼"。在这里又与杜甫一同游历山东许多地方，在石门山灵光寺隐居，在这里送杜甫赴长安，皆有李杜诗为证。杜甫走后，李白决定再游江浙，临行前写了《梦游天姥吟留别》，南陵县作者引用的"且放白鹿青崖间，须行即骑访名山"就是这首诗里的两句，是在离开山东泗水南陵前写的。在这次南游期间，李白多次到过安徽南陵县，写了不少诗，这是以后的事情了。

读了安徽这位朋友的文章，对于李白移居山东任城之前许氏已经去世一说，对于李白入京前家在安徽南陵县一说，对于《南陵别儿童入京》写于安徽南陵县一说，似乎找到了源头。这位作者的文章，给我解惑了，这是我要感谢的。

作者简介：张延龙，山东老干部诗词学会名誉会长。

诗树当秋色愈浓

——李树喜诗词集《诗树之秋》漫评

郑伯农

　　我的朋友、著名诗人李树喜先生的诗词集《诗树之秋》已由中国书籍出版社出版。这是作者的第七部诗词著作，主要内容是2014年至2022年的诗作和诗词评论。分为上下两册，洋洋百万言，蔚为大观。

　　作者自云：古稀之年，暮秋之季，除有秋实的收获之外，依然有些小花绽放，曾有诗句云"三冬过硬春偏软，还是秋光更可人"。故以《诗树之秋》命之。

　　袁枚说过"人老莫作诗"（见《随园诗话》卷12），但袁枚没有停笔；我年逾八十，亦没有封笔；树喜年过古稀，亦握笔不辍，禁忌无多，活跃诗坛。他以至诚之心，诗家慧眼，观潮流，怀大众，写性情。兴观群怨，实话诗说。豪婉兼容，深于思考，形成了鲜明浓重的特色，自成一家。吾以为称之"好大一棵树"亦无不可。

　　树喜是诗词界的"双枪将"，一手写诗词，一手写评论。他文思敏捷。记得早年外出采风，他往往是第一个交出新作，一夜能写七八首以至十余首。虽有时不免"急就章"，却屡屡能冒出使人耳目一新的佳篇或佳句。给我印象很深刻的是，树喜很注意作品的立意，不人云亦云，不沿袭吟风弄月的老套子，动起笔来，必努力写出自己的真性情、新感悟。看似寻常的题材，到他手里，往往绽放新意或哲思。树喜还最早把诗词称为"中华文化的基因"并加以阐释。在谈到如何提高诗词创作时，他把"创意"摆在第一条。他有不少很新鲜、很能启人心智的见解和令人眼前一亮的诗句。例如《双枪老太塑像》：

> 远离烽火久，世理乱成堆。
> 老太双枪在，不知该打谁。

幽默哲思，且充满历史沧桑感，如《题鹳雀楼》：

众鸟疑飞尽，黄河几断流。

欲知百姓事，请下一层楼。

化古而出，颇具新意；又如《忆梅》诗中的"郊外已然香雪海，心头还是那一枝"，《剑梅》中的"一梅红似剑，划破千山雪"，意象俱佳，别开生面；《西风》中的"华夏正须凛冽气，西风切莫象春风"，《登黄鹤楼》中的"大江一去三千里，总在诗人心上流"，雄浑大气，洋溢着时代精神。

树喜自称"草根派"，关注民生与民瘼，许多诗为基层百姓和平凡事物而作。《清明泪》中写道"潸然泪洒黄昏里，半为乡愁半为民"；《原上草》中他写道"拼将生命越寒冬，叶又青青花又红。哪管他人怎颜色，自开自落自从容"，歌颂小草坚强的生命力；在民间采风中则直接唱出"道是阳春生白雪，莫如下里做巴人。草根毕竟是诗根"（《恩施采风与诗根》）；在《秋色》中唱出"秋色不因贫富改，最红最艳在农家"，足见其感情立场，是深深植根于大众之中的。其中某些诗句，广为流传，深有影响。

树喜先生也是诗词理论家，不但讲座著文，甚至把中华诗词讲到了纽约的石溪大学。本书的"诗论诗话"部分有 50 万字之多，规模堪称古今诗话之最。树喜推崇毛泽东诗词和毛泽东诗词观，认为毛泽东诗词引领了当代诗潮。他主张诗词反映时代，与时俱进，兴观群怨，不离大众。"细数流传千古句，皆从平白语中来"是他提炼的一句名言。树喜还探讨了当代诗词发展中的诸多重大问题：诸如继承与创新问题，反映新时代问题，作品的个人独创性问题，对诗词发展总体态势的估价问题，等等。作为长期钻研历史的学者，他不喜欢发空论。每有论断，必有丰富的事实与史料作为佐证。读他的文章，能使人开眼界、长知识。其中不但有新颖的论点，还引用了不少一般人难以见到的"逸闻"以至"秘闻"，可谓别开生面。

近年来，树喜在诗词格律方面一再呼吁，力主"删繁就简，适度宽松"，发表了《孤平是个伪命题》等颇有影响的论文。

树喜强调，诗词是将丰富的社会生活提炼、概括、韵律化的艺术，是简约的艺术。从诗词长河看，这种品性至唐代达到了一个极致，一座高峰。就近体诗而论，其格式要求亦即格律并不复杂。诗是灵性的艺术，格律也是约定俗成，没有什么绝对不可。唐宋诗词，约而不拘，故而繁荣；但唐宋以后，尤其是明清之际，理论研究渐盛，而对"规矩"愈加演绎、发挥和细化，以至出现芜杂的理论和禁忌，这就是王渔洋、赵执信、李汝襄、董文焕诸家，在"诗体完备"的借口下，将唐宋所不讲的戒条，包括五花八门的"拗救"，包括三平调、三仄尾还有孤平，甚至把南朝沈约只是提出、自己也没当真实行的"四声八病"抬了出来。这既非诗之正统，也非现实需要。由于他们的影响，使得诗词愈到后世，愈见禁忌和僵化，活力与空间愈被束缚，乃至影响到现在。某些诗词刊物平台或大赛对格律要求严苛，一首诗，尽管颇有创意佳句，如有一个字"出律"便取消了资格。故而，溯源流，去繁冗，持正施变，适度宽松，实乃延展中华诗词流脉、实现文化繁荣之要义。

中华诗词学会倡导诗词改革，提倡新声韵，实施"双轨并行"。树喜是这一主张的富有创造性的积极宣传者。他从实践中深切感受到改革创新对于诗词事业的极端重要性，尤其是声韵问题，乃诗词创作绕不过去的一道门槛。他认为诗词必须讲格律，但不能把问题绝对化，不能以律害义。至于音韵，应随着语音的变化作出新的规定，不应泥古不化。他查阅了大量资料，从古典名著中引出大量例证，说明古人既讲格律，又有变通灵活之处，大师们都不喜欢墨守成规。他第一个向当代读者介绍了南社大师、辛亥革命元老于右任关于诗词改革的主张"发扬时代的精神，便利大众的欣赏"，引起诗词界朋友的广泛注意。在声韵改革问题上，我和他在中华诗词学会共事多年，"党同"而不"伐异"。诗词的发展和改革，要靠实践去解决。怎么做更好？最终要靠创作实践来证明。在这个问题上，各种主张的自由争鸣是不可或缺的。这方面，我们都主张虚心倾听实践的检验和群众的呼声。

总之，树喜的这部新作，有丰富的内容和鲜明的个性，自成一家，相当厚重，尤其是较好地体现了其诗词理念与作品的结合，是诗界新的重要收获。

作者简介：郑伯农，著名文艺理论家，中华诗词学会名誉会长，曾任《文艺报》主编。

百丈飞流大写人

——试说沈鹏先生的"诗法"

高 昌

沈鹏先生的诗书艺术在当代艺术家中发挥的是引人注目的不可替代的作用。沈先生认为，王维的"诗中有画，画中有诗"非仅指某件诗画有特定的画境、诗意，更意味着人体眼睛、耳朵不同的感官在接受不同的艺术时具备通感。沈先生自己的"书法"与"诗法"，同样具备视听通感的接受效应，二者珠联璧合，相映生辉。沈先生的书法作品，书写的往往是自己的诗词作品，他的"书法"不仅和"诗法"紧密关联，而且在艺术理念上水乳交融，不可分割。

沈鹏先生天赋异禀，十五岁时就发起创办文学刊物《曙光》并任主编，十九岁起就长年从事美术出版工作，兼收博采，底蕴深厚。他提出的"宏扬原创，尊重个性，书内书外，艺道并进"的主张，也引起书坛、诗坛的诸多共鸣和回应。沈鹏先生认为："真正有创造性的艺术必须具备个性。人都偏爱自己的个性，也要学会尊重别人，互相评论而不独尊于一。我们有时习惯于把书法为政治、为社会服务简单化，我们的思维取向惯于大一统，缺少个性，要有点自由主义。"由此，我们也可进一步理解沈先生个性独具的书学理念和诗学理念。

关于沈先生的书法，我曾经在一首《观沈鹏先生墨宝》中谈过自己的感想，诗是这样写的：

> 凝神照雪一毫轻，落笔腾风六骏惊。
> 遥望晚荷方浴鹤，近听新柳欲啼莺。
> 寒岩秋老幽香抱，空谷春深爽气生。
> 激电轰雷蘸沧海，松筠头角起峥嵘。

这首诗请书法家缶皮先生代笔书写，参加了"荣宝斋沈鹏诗书研究会成立诗书作品展"。沈先生的书法博大精深，我这首诗写得其实还很粗浅，仅仅是用来表达我内心对沈鹏先生书法艺术成就的一份特殊敬意。我相信书法界的有识之士们，还会对沈先生的书法成就有更加精辟和谨严的阐说。而从我的个人角度来观察，沈先生的书名颇盛，而其诗名则似乎略被书名所掩。实际上，作为中华诗词学会名誉会长和《中华诗词》杂志顾问，沈先生是当之无愧的诗坛领军人物之一。他的诗词作品老辣深沉，才思遄飞，时有妙手惊心之句。我们研究和探析沈先生书法的同时，也需在进一步研究和探析先生的诗法方面做一些切实的工作。沈先生的"诗法"，也是一座引人入胜的艺术花园，很值得认真品味和深入探讨。笔者不揣浅陋，抛砖引玉，谨从个人角度，就沈先生诗法给我本人带来的启示角度略陈薄见，同时也诚恳求教于诗词界、书法界的诸位大方之家。

《中华诗词》杂志的同仁，尤其是我个人，非常庆幸能够多次近距离聆听沈先生谈诗，又因为从2011年6月一直到现在，12年间，每期都在本刊封三刊发沈鹏先生的诗书作品，从而每个月都能在第一时间欣赏到沈先生诗书艺术的新探索和新收获。这确实是一份难得的学习机会，也是何其幸运的一份特殊机缘。

沈先生诗思敏捷，总是开掘在美好生活的深处，总是走在时代艺术前列，令人钦佩。他在诗词中倾注了很多心血。我们来看他的一首《闲吟》：

坐井天庭远，观书雨露滋。

三餐唯嗜粥，一念不忘诗。

搜索枯肠涩，重温旧梦丝。

闲来耽异想，随处启新知。

虽然名曰闲吟，实则是郑重庄严的自白。其中"一念不忘诗"的倾诉多么动人心弦，而他诗词中的创造勇气和探索热情，更是启人心扉。

一

沈先生在诗词上用功颇勤，用力颇深，用情颇重。他精通诗词格律，其作品在诗词格律上也自持颇严，自律颇切。我们可以随便举出一个例子：

马 咏

疆场万里一横行，呼啸风飞龙虎声。

志遂霜蹄弄骄影，功成玉辔待新征。

枥寒旧日苦温饱，厩满今时乐太平。

报效忠诚生死事，膘肥还欲请长缨。

像"志遂霜蹄弄骄影"这种锦鲤翻波式的特殊句式之类的细节，他也非常讲究。我记得多次接听沈先生的电话，多是他想起了新作中的某个格律问题，亲自来给我讲述自己的推敲过程。有一次，沈先生写了一首《读某刊贪官榜》，初稿是这样的：

> 堂皇冠冕好贪同，革命功劳历数荣。
> 登台誓做守门犬，稳步飙升巨蠹虫。
> 贿行人托非关我，财色天然本自情。
> 法治缘何空一语，再从体制探其真。

这首诗是先生在一场重病之后写的，这首诗中的同、荣、虫、情、真分属于东、庚、真韵，不是一个韵部，但先生拳拳之情和切切之意则令人感动。可是，沈先生发现这首诗的韵部问题之后，不顾大病初愈，又很仔细地修改了一遍，改稿如下：

> 堂皇冠冕锦衣程，劳苦功成榜挂名。
> 俯首谦恭怜百姓，升官使转善纵横。
> 贿行人托非关我，财色天然本性情。
> 法治缘何疏漏网，再从体制探分明。

改稿均用庚韵，类同又再次改写了一遍，可见先生的辛苦。伴随改稿，沈先生还特意给我写来一封信："2021年仲秋，从一场重病中脱身，但昏迷的感觉仍然缠绕着。由媒体上看到反贪腐的信息，禁不住写诗，却颠倒韵脚，犯了常识性错误。虽然不代表我的水平，然而毕竟不当，感谢《中华诗词》同仁指谬，谨致以深切的谢意，并向读者郑重致歉。诗作七律重写一遍，稍改，仍请指教。"考虑到先生已是年过九旬之人，又是在大病初愈之后，他对待一首诗如此精益求精的态度，确实为我做出了一个严谨的创作示范，让我心里非常震动。

　　沈先生自己在诗词格律上要求如此严格，但是同时，他又不是机械教条地完全死守平水韵，并非丝毫不敢越"雷池"一步。比如最近我们都比较熟悉的那首《哀土耳其叙利亚地震》，就体现了他自己的用韵思考。诗是这样写的：

> 板块之间裂浅深，难防灾祸隐凶神。
> 愚庸人类相仇害，科技新型投战争。

我初次读到这首诗的时候，曾经向沈先生提出过一个小疑问："此诗韵脚深、神、争三字，分属于真、侵、庚三个韵部，一般不通押。……"我当时猜测沈先生或许是押的家乡的方言韵。病中的沈先生很快发来回复："经查，宋以后'庚''痕'可通。感谢关心。

我近期作诗太少。"我后来查了一下，先生说到的"庚""痕"，是《诗韵新编》中的两个韵部。确实，十七庚和十五痕是有通押例证的。我在佩服沈先生博学的同时，也想到当前诗词界在诗词用韵方面的一些比较深入的问题。沈先生对于诗词用韵的辩证做法，给我留下很深的印象。

实际上，现代科技不仅能够帮助诗词作者进行格律校验，甚至还能够电脑作诗，这是以前没有遇到过的新现象。电脑作的诗代替不了人脑，但是用电脑进行格律校验，却取得了很好的效果。近年来诗坛新创的作品格律越来越精严，而且越是青年作者，对诗词格律的讲究也越认真和执着。这和电脑、手机以及网络技术的发展给诗词格律校验所带来的极大便利，是分不开的。但是倘若以今人的技术去衡量二十世纪八九十年代甚至更早年间作品，或者不知道人家采用的是哪种韵书依据，就随意放言嘲笑人家不拘格律就是不懂诗云云，这种观点肯定是难以服众的。

诗词格律，是汉语诗歌的一大创举。平与仄相对相粘的规律性地有序交替，增加了作品的音乐性和节奏感，在文字排列上也展示了一种和谐优雅的图案美。诗词格律是诗人们在创作实践中自然选择的结果，是汉语语言的自然规律，是中华诗词的自然发展，而不是什么权威机构的人为的硬性规定。美国哲学家杜威论述节奏感时曾经提出了"机械的重现"和"审美的重现"的论题。他批评了一种以钟的滴答声为例证的"滴答理论"。这种"滴答理论"强调节奏是"有规则地回到同样的要素"，体现的是一种"机械的重现"，是某些孤立部分的重复、是物质单元的重复，缺乏有机的整体关系，因此降低了审美效果。而艺术节奏则表现为整体性的"审美的重现"，是关系的重现，这种关系是"总结并向前推进的"，推动着经验的完满实现，加强了经验的审美效果。同样道理：一首律诗或者词作，无论有着多么复杂的内涵，多么反复的情感变化，但都在诗词格律的动态平衡中寻找最大公约数，实现其多样性中的和谐统一。诗词格律的魅力，在这种和谐统一中唤起更多的心灵共鸣。但是这种"和谐统一"并不是机械教条，那种片面强调的"严不可犯"的格律理念，其实正是杜威批评的"机械的重现"，而不是"审美的重现"。沈先生曾经在写给我的一封短柬中说："滴答声中谈节奏，便将形式双面分。"沈先生这里提到的"形式分内在形式与外部形式"，我理解"内在形式"是诗词的内在审美规律，"外部形式"是诗词的平仄规则。平仄规则是显性遗传，审美规律则是血脉流继。诗词格律的本性是一种代代承传的有节奏的动态生长，是生活之流中的自然节奏与生命律动的感性显现，是血脉流继和显性遗传的和谐接续。诗词格律的历代承传和审美重现，不是简单的原样重复，而是不同情感需求与生命能量的重新积累与感发。

谈到"总结并向前推进"，我就想起沈先生的一句诗："未来世界向前奔"——出自他专门为冬奥会所写的一首绝句："燕都盛事梦成真，冰雪儿郎热血身。头顶蓝天冲日月，未来世界向前奔。"朴素的词句，寄寓着美好祝愿，倾注着对时代风云的热切关注，也涌动着"老骥伏枥、志在千里"的激情和雄心。同样道理，诗词写作的技法和题材开

121

拓，也一定是要遵循"未来世界向前奔"的自然顺序和演进规律的。从诗词体式格律上来说，求正就是礼敬传统、承续文脉，坚守和尊重原有的声韵美和形式美，也就是保持"外部形式"的显性遗传；容变就是略有权衡，与时俱进，但要坚守其本色和本性，不能违逆固有的古典美学和语言规律，也就是不能失其古典诗词曲式的本来面目，即保持"内在形式"的美学血脉。可以新陈代谢，但不能改弦易辙。简言之，当前还是以谨守传统诗词格律为"求正"，而在个别格律变通之处可以从当代性的角度"容变"，不过"容变"是"求正"前提下的活转之法，并不是大施刀斧的整容规制。诗词的形制虽为旧体，但倘若陈陈相因、代代复制，从而也就没有了新意和活力，其实也就从根本上失去了当代诗词的存在意义。这同样可用老树新花为喻：不改其木性和根本，也不损其芬芳和鲜丽。

正所谓求正以诚，容变以勇。不执不囿，相偕而行。容变前提下的求正，是反本开新的时代回响，是对音韵规律的基本尊重，也是诗体形制的存在意义。而求正前提下的容变，最大限度保留的是诗词的智能深度和情感温度、是对生活的特异发觉和对社会的深邃体认。

二

沈鹏先生曾经例举过贾岛"僧敲月下门"的故事，认为"诗人在特定情景下发挥个性，'推'与'敲'并不存在绝对的优劣之分。禅家之所谓'现量'，即不要有心分别计较，显现真实，不参虚妄"。他讲授书法时，专门列了一节，讲到《"活"法》。他比较了一番儿童画和儿童书法的教学之后，说道："评选儿童书画时我常有这样的感慨：不少（不是全部，也不一定许多）儿童画还保留着天真的童趣，可是绝大多数儿童书法都是'小大人'的面孔。教学者只知授人以'死'法，而不懂得'活'法。'活'法才是真正从实践中得来并启发实践的，'死'法，脱离实际却貌似艰深，可能连教学者本人也不见得能弄懂。"沈先生强调创作的"原创性"，力主在继承传统基础上发挥潜在的创造能力，求新求变。讲的是书法，对诗词写作也很有启发意义。

诗重"活"法，贵天趣。张九龄的名句"海上生明月，天涯共此时"中，为什么用"生"字，却不用"升"字？"升"字是惯性思维、寻常手段，合于"法"而淡于味，这就是"死"法；"生"字则摇曳多姿、神采飞扬，赋予了大海、明月一种非同凡俗的鲜活和生动，是诗家眼光、诗性思维，异于"法"而浓于趣，这就是"活"法。"生"字更具有"海"与"明月"为一体的感觉，接下句更妙。需要注意的是"生"字反常而合道，是真实的眼前所见和心中所感，并未脱离特定的生活情景和感情场域，妙就妙在"似"与"不似"之间。齐白石先生问他的学生："你们跟我学画虾这么久了，你们知道虾应该在第几节开始打弯吗？"见没有人回答，他说道："应该在第三节开始打弯。"齐先生这里所讲，就是艺术创造的生活根基。倘若脱离了真实的体验和观察，任何艺术的所谓"活法也只能归于臆想和臆造，同样等同"死"法。盼望诗词界能够形成反对因袭、追求原创的一种艺术氛围。正如沈鹏先生所言："原创意味着个性，意味着对自己的艺术创作提出个性化的要求，而且必须提出个性化的要求，否则，艺术的本质就失去了。"

下面例举一首我很喜欢的沈先生作品：

梅花岭史可法墓

我来梅花岭，梅花杳无影。
清气满园林，衣冠应未冷！

这首诗的前两句基本是古绝形式，口语化的句子非常朴素，但用在这里就非常妥帖顺畅，同时为后边的两个律句做了很自然的铺垫。沈先生找到了属于自己的个性化的美学发现，用得虽然是俗字俗语，却又空灵玄妙，生趣十足，这也可视作运用"活"法的一个成功例证。

再比如《逆行》：

甘作逆行者，耻听顺耳风。
逆行挺真理，顺耳不由衷。

"耻听顺耳风"就是所谓孤平句，但是掷地有声，鲜明流畅，诗人就果断地保留了下来，并未再作改动。诗人杨金亭老师曾经把那种四平八稳、味同嚼蜡的诗词称作"格律溜"。没有"活"法的"格律溜"，就如同面黄肌瘦、苍白贫血的蜡像。尽管经过了精心打扮，却也终究比不上活蹦乱跳的、哪怕有缺陷的真实生命。生命的温度就是诗词的温度。盼望诗词界能够形成一种赞赏原创、鼓励个性的艺术氛围。这也正如沈先生所言："原创意味着个性，意味着对自己的艺术创作提出个性化的要求，而且必须提出个性化的要求，否则，艺术的本质就失去了。"

王维在《初至山中》有一联："行到水穷处，坐看云起时。"后来晁补之在《临江仙·信州作》中改为："水穷行到处，云起坐看时。"王维诗浅而不淡，圆而不腻，就是活脱；晁补之词涩而不清，晦而不明，就是板滞。板滞则呆板沉闷，活脱则活泼灵动。诗词创作一刻意雕琢，就失去了自然天趣。"行到水穷处，坐看云起时"这两句诗真如小溪欢歌，轻灵悦耳。"水穷行到处，云起坐看时"这两句词则匠气十足，如渴兽奔泉，声酸辞苦。沈先生有几句名言：多一分"专门"的意念，便多一分刻意，少一分天趣，减一分性灵。他还举出陈子昂《登幽州台歌》："前不见古人，后不见来者。念天地之悠悠，独怆然而涕下。"与柳宗元《江雪》："千山鸟飞绝，万径人踪灭。孤舟蓑笠翁，独钓寒江雪。"两者对读，沈先生认为两首诗起笔天地之大，落笔却在一个"独"字。比较之下，

123

他认为陈子昂诗更加不事雕饰，没有任何着意成分，全从心胸呼号而出。究其缘由，还是"作者主体性的情感发挥在诗里最为重要"。

沈先生特别重视诗中"言志"，认为"诗，还是要以言志为根本"。他说"在相对的意义上，题材无论大小之分，'志'有高低之别。以我个人来说，希望多读点情深意切、能与读者平等交流又提高读者精神境界的诗作，至于何种体裁并不重要。写真实，指客观现实的真，而首先是作者意识中的真挚、高远。硬要为某种统一意志服务，依附某种政治口号，违背了文艺的本体特征。"这一诗学观点，同样可以用来观照他本人的诗词理念和创作追求。比照当代诗坛，很有一些所谓诗词正襟危坐，不苟言笑，集中了各种罗列堆砌和繁复形容，却远不如沈先生心灵的欢歌更加清新可爱。本来一句轻快空灵的诗，反复铺排之后反而板滞沉闷，越读越累了。从板滞到活脱，最关键是要像话。不能作者写得艰难苦恨繁霜鬓，而读者最后读起来却"不像话"，倒像是听人的梦中呓语，完全不成样子。这就如同写书法的仅仅把间架结构搭起来了，却没有写出神采和韵致。

再例举一首沈先生《吴为山君画余遇一长老》，先生在这首诗中风趣地进行了一番自我对话：

> 犹似佛禅犹似仙，偶逢歧路亦逢缘。
> 海天何处今宵宿？径陌前程几度迁。
> 汝也远离尘俗去，余兮羁绊网罗牵。
> 崎岖总有不平事，大道长留人世间。

他不是根据古人的作品进行一些重新排列和组合搭配，通过修辞练习、词句淬炼、文本映像做到水光溜滑，而是通过真实情感和现实抒写，展现真正的精神光彩、智性锐度和生命体验。他用朴素的语言把生命的疑问和盘托出，真挚透明，温暖热烈，还略带一点点风趣。这样原生态的充满生活气息的个性诗句，是再高明的机器人也写不出来的。因为机器虽然可以克隆语言，却无法克隆真实的感情波澜。他也用了歧路、羁绊、几度迁之类书面语言，却没有窒息般的板滞感觉，反而流利畅达，气韵流转，原因之一就是巧妙借用了鲜活晓畅的当代语言来表达。"俗白"和"典雅"风格，都有好的作品，也都会有失败之作，不可一刀切地划线来轻言高低，也不必贴个标签、围个圈子来呼同伐异。雅不犯酸，俗不犯贫。尊重个性，鼓励探索，各美其美，美美与共，诗词风景才能更加丰富和绚烂。

沈先生思维敏锐，笔下新意迭出，时代新词也大胆地信手拈来，别有生趣。我们可以欣赏他的几首词：

南歌子·飞机上空步晓川诗兄原玉

大地焕金黄。机上传来晚稻香。万米高空平地越。长江！江尾痴心瞰故乡。　游迹旧难忘。未及言欢叠韵狂。闻说日吟千句少。登堂！入夜庄周意更长。

清平乐·澳门威尼斯赌场

人工云彩，模样儿颇怪。文艺复兴名气在，只是精神大改。　当今游戏翻新，全凭电脑基因。老虎机张小口，吞舟还有长鲸。

沁园春·吴哥古窟

热带丛林，一马平川，古窟列张。望灵岩雕琢，崔嵬佛阁；苍穹变化，剥蚀华堂。斧钺天开，国师谋略，牛鬼蛇神到此狂。乘豪兴，有同来众侣，慷慨宫商。　千年风雨无常。念往昔、干戈动八方。纵物移星换，土埋陈迹；时来运转，璧合重光。庞贝墙垣，泰姬陵墓，万里长城一帝王。文明史，尽苍生汗血，睿智流芳！

他对人类文明的思考，对现代社会的忧思，对时空浩渺的沉醉，都给我们带来意味深长的惊喜和启迪。万米高空、老虎机、文明史等现代词汇隐现词中，妥帖自然，水乳相谐，展示了非常新奇的时代境界。而与之相反，现在诗坛上，还有一大波自以为是的诗人以还原古典诗词为能事，而其致命缺陷就是没有独创的能力和生活的发现。有些读古书很多、写作诗词很早的诗人非常自信（或曰偏执）。他们觉得自己出自古人诗集或者"秘藏""类书"之类的熏陶之后模仿复制出的假古董，才是正宗诗词，他们毫不妥协地坚持着单向度的固执输出，既不顾及当代读者的阅读感受，也不接受现代诗人的理性提醒。只是绕着圈儿说些古色古香、"无一字无来历"的车轱辘话，这样的写作有什么意思呢？对于这样的诗词风习，倒可以赠送给他们沈先生这首《景山古槐》：

> 古槐毁去易新槐，随处移来随意栽。
> 苦嘱后人常记取，乔装陈迹隐疑猜。
> 欲云真假真痴绝，不识存亡存劫灰。
> 今日新枝苍翠滴，槐花应记几回开！

此中有深意，欲辩已忘言。希望其中的弦外之音，能够给我们的诗坛某些热衷制造"假古董"的先生们带来一些警醒和反思。诗词写作，其实也就像盖房子要打地基，诚挚的创作态度就是这房子的地基。无论怎样的花言巧语，如果离开了地基，这语言的房子就不牢靠。与其花时间在怎样装修上，还不如先扑下身子，把工夫花在打好地基上。

三

读沈先生的诗词，不由自主想起"境由心造"这四个字。他的诗词往往在描摹日常生活中建构雄浑奇瑰的意境，同时又打下了鲜明的个人印记。比如《吊瓶输液》：

> 吊瓶何物若张扬，哂尔权充滴漏忙。
> 我有灵犀通六合，尔当捷足退三江。
> 恼人春色慵开眼，入梦诗情委断肠。
> 愧对白衣频嘱咐，贪灯开卷又清狂。

小小病房，在他的笔下境界大开。"我有灵犀通六合，尔当捷足退三江。恼人春色慵开眼，入梦诗情委断肠"，这两联描写的是病床"神游"，实际上也就是生活感悟的一种自然流露，但是到了诗人笔下，则随意挥洒出江天辽阔的精神气象，塑造的是活泼的心象和心镜，抒写的是审美想象点染下的达观淡泊的心灵世界。诗人以心开源，以意成境，以情为画，以朴入醇，确实暗暗契合了"无意于佳乃佳"的传统艺术美学的有机生成规律。

诗词如果独具意境，出手自是非凡。关于沈先生诗词的协和造境之妙，我理解有以下五种常见表现技法：

（一）庄谐协和

印象中，生活里的沈先生磊落悲悯、严谨郑重，而诗词里的沈先生却童心洋溢，不时调一下皮，展示先生内心深处风趣幽默的另一重魅力，颇有迅翁遗风。比如《临江仙·有油画山寨恶搞〈蒙娜丽莎〉》：

> 休问她来源是啥，一尊傻胖娃娃。任凭戏弄减和加。啊呀曾似识，画底隐名家。
> 早见她胡须上翘，把微笑乱涂鸦。而今又计出歪邪。咱们点燃圣火：供蒙娜丽莎！

"啊呀曾似识，画底隐名家"这两句惊叹，在淘气的调笑中展示了辛辣的讽刺力量，欲抑先扬，巧妙拿捏。亦庄亦谐的文字风格，使这种讽刺更能够收获深入人心的实际效果。

再比如《夏日偶成二首》其一：

> 似水韶华日夜流，案头二十五春秋。
> 心潮时共风雷激，腕底曾驱虎豹游。
> 偶羡沙鸥飘碧海，甘随孺子作黄牛。
> 微躯窃喜犹能饭，握笔如戈意未休。

这首诗本来是庄重地抒写"雄心壮志"，前六句也确实是不疾不徐、一板一眼，然而到了第七句"微躯窃喜犹能饭"，却突然打破了固有行文节奏，淘气的"窃喜"二字破空而来，忽然出现在诗人笔下，进而又与"能饭"的典故衔接在一起，如此"庄谐协和"，使笔墨悠然多了几折波澜变化，同时又没有破坏整体的语言风格，体现了深厚的诗歌功力和表现力。

（二）情景协和

寓情于景和寄意于象，也是沈先生经常使用的艺术手段。他笔下的景物描写，常常带有浓重的情感色彩和象征寓意。比如《浪遏》：

> 浪遏礁群去复回，朝朝暮暮不停摧。
> 礁群兀立任磨击，瘦漏青苍丑亦佳。

每次想到沈先生这首《浪遏》，我常会同时想起艾青先生的一首新诗《礁石》：

礁 石
艾 青

> 一个浪，一个浪
> 无休止地扑过来
> 每一个浪都在它脚下
> 被打成碎沫，散开……
>
> 它的脸上和身上
> 像刀砍过的一样
> 但它依然站在那里
> 含着微笑，看着海洋……

这两首诗描写的中心意象都是礁石，艺术结构上也同样采取了卒章显其志的手法，诗篇的场面设定也有着极其相似的鲜明背景——同样是波飞浪卷，礁石屹立，层层巨浪压过来，又在礁石身上撞成碎末，纷纷散开。波浪给礁石身上留下各种粗糙的凹凸印痕和各种各样的奇怪伤疤，但是风浪停息下来之后，性格倔强的礁石依然站立在天地之间。艾青先生从中提炼出漩涡深处的从容气度，而沈鹏先生则提炼出"瘦漏青苍丑亦佳"的美学感悟。两位诗人这种"情景协和"的表现手段虽同，表达的主题内容则各有心曲，迥然而异。这种有趣的"异曲同工"和"同工异曲"，倒可以成为比较美学中的一个有趣课题。限于篇幅，此处不再赘述。不过通过以上对读，我们也可以再次阐释和体味"情景

127

协和"的艺术风韵——景与情合，情以景生，景象同构，情理并臻，确实收到了言有尽而味无穷的表达效果。

（三）叙问协和

沈先生的创作中，常常喜欢在叙述句式之中突然插入疑问句、设问句、反问句等句式，从而留下一个更加丰富的思维空间去让读者去品赏，进而获得更加鲜明和突出的艺术感悟。比如《上海黄浦江夜游》："十里洋场夜幕降，楼船来往织梭忙。骄阳消息寻何处？散入吴淞七彩光。"第三句问，第四句答，这种自问自答，有声有色，让平面的场景有了立体声和蒙太奇的神妙效果，别呈妙相而又别开生面。另外，这种叙述中插入的问句，有时候是只需会心体味，不需要直接回答的，比如《解佩令·华尔街股市》：

　　荧屏飞蛊，万头蚁动。不应分计，但知争秒。刹那连城，更许是、百般皆了。闹纷纷、梦牵魂绕。　　街名华尔，楼高蔽日。弹丸场、主金融脑。过客匆匆，脚底下、街心磨老。向谁言：月圆花好？

这篇作品在生动形象地叙述了华尔街的见闻之后，结尾处忽然冒出一句"向谁言：月圆花好？"语气强悍地表达了作者的思考和忧虑，同时精心创造出一种异军突起的强烈说理效果，而又比增加一万句直接议论更具感染力量。这里的这个问句就没有在文字中再进行直接回答，而是留下深长的韵味为读者营造悠远的思考空间。

再比如《水调歌头·到纽约后三日》：

　　昨日汗如雨，一夜雨成秋。太平洋上飞渡，纽约寄遨游。信步中央园地，十丈盘根老树，众鸟竞啁啾。来往穿梭客，天地与同俦。　　赏雕塑，呼白鸽，美轻鸥。暂离尘网，真个是百虑全休！回旅舍翻日报，惊悉领居咫尺，玉女堕朱楼。初识名城面，几许乐和忧？

结尾一句"几许乐和忧"的疑问酣畅地抒发出万千感慨，不需要多余的回答，却水到渠成地另外拓开一重新境，使作品的思想含蕴更加厚重。这也是沈鹏先生经常使用的一种很别致的结构方式和语言习惯，含蓄，深沉，颇为引人入胜。

（四）物我协和

沈先生的诗词经常赋予动物、植物或其他无生命的事物人格化的情感和动态，采用拟人、移情、通感等等修辞手段，实现物我协和、动静灵变的丰富的艺术表达。比如《厦门胡里山炮台》：

重金利器国民穷，昂首今犹向太空。

膛内弹头余震怒，奈何不得歼枭雄！

第三句"膛内弹头余震怒"是个化静为动的精彩句子。自然界的弹头是没有感情的，诗人眼中的弹头则倾注了强烈的感情力量，从而使无生命的弹头获得了急剧"震怒"的情绪，让一首很容易写成口号式样的作品陡然风波四起，气象万千。古人说："必能状难写之景，如在目前，含不尽之意，见于言外，然后为至矣。"沈先生在这首诗中把"易写之景"写出了深度，把"难写之情"写出了亮点，其中的以我体物、以物言我的天然妙手，尤其让人惊叹。

再比如《上海南京路漫步》：

又是春风拂柳腰，比肩接踵亦逍遥。

新铺路石应知否，五卅枪声黄浦潮！

第三句"新铺路石应知否"同样是个"以我体物、以物言我"的精彩句子。无生命的路石经过诗笔点染之后居然获得了超越时空的感知能力，而且还渲染着浓厚强烈的感情，表达了离乱流年的记忆中焕发的一种特殊悲凉。这种"通感""通变"之中展示的物我协和，巧妙地实现了"意在笔先""笔断意连"的那种不可言传的气韵和神韵。

（五）言文协和

这里的"言"，指日常说话。这里的"文"，指的是书面表达。这里的"言文协和"，指的是"四个怎么"：怎么看就怎么想，怎么想就怎么说。沈鹏先生的诗词有意识地从书面文字中脱化出来，热烈拥抱和深入体味社会人生和时代风云，直接书写自己的内心世界。比如《自述杂诗》其一：

熟读唐诗尊二杜，郁苍清隽各风流。

何当生我千年上，旦夕追随与共游。

这四句诗想到什么说什么，一出口就能让人感动和记住，这也正如袁枚所言："诗者，人之性情也。近取诸身而足矣。其言动心，其色夺目，其味适口，其音悦耳，便是佳诗。"而这也正如一个演员的演出，哪怕演技再高，其在表演中的真挚感也是最重要的。下面我再邀请读者朋友和我一起分享一首充满"挚感"和"实感"的《余不善饮，诗以自解》：

"生来不偏食，独隔杯中物。席上谈笑浓，举杯顿转讷。或谓多艺者，无酒不得活。我羡饮者能，吞海方止渴。陶潜、李、杜辈，诗思水云阔。欧阳永叔翁，《醉翁亭记》曰：邀客来此饮，饮少而醉辄。旭、素最颠狂，醉后书怫郁。小杜多隽言：诗名非饮得。

129

我虽不善饮，能解饮情结。举杯或迟迟，灵感常不辍。五代杨疯子，狂草多突兀。尝谓草圣书，未须因酒发。笔端解化龙，馀事皆其末。此言拨千斤，情真意尤切。醇酿我不贪，心头火沸热。欲问何以故？诗情早入骨。以此视金樽，墨韵浓于血。写我真性情，含泪自汩没。不见管鲍交，如水之通脱。"

我同样不善饮，所以读沈老这篇平白如话的五言作品，就感觉非常有共鸣。全诗挺长，诗人娓娓道来，敞开胸襟，最大限度地接近了诗的妙谛，从而也终于让我们发觉其实好诗并不神秘、不玄妙，不过就是自然感发、表情达意和朴素叙述、回归生活而已。正所谓炼字不如炼意，炼意不如炼气。诗词的化境，还是要回到素以为绚这个证悟上来。

明代徐上瀛的《溪山琴况》中说："不味而味，则为水中之乳泉；不馥而馥，则为蕊中之兰芷。"诗词的高低，不在于堆砌多少华丽辞藻，装饰了多少典故知识，而是要考察你是否找到了最自然贴切的表达方式，也就是要求做到人诗合一。《红楼梦》中的香菱拿王维的作品举例说："我看《塞上》一首，内一联云：'大漠孤烟直、长河落日圆。'想来烟如何直？日自然是圆的；这'直'字似无理，'圆'字似太俗。合上书一想，倒像是见了这景的。要说再找两个字换这两个，竟找不出这两个字来。"这里似无理的"直"字，似太俗的"圆"字，就恰好可以作为"言文协和"的生动例证。

诗词写到一定程度，有了一定积累，写出几首像模像样、格律周全、辞藻华美的东西也不是太难。到了这时候，诗人如果自以为是，泥古不化，陶醉于所谓摹唐摹宋，就会如同袁枚讽刺的那样："贸贸然抱《乐府解题》为秘本，而字摹句仿之，如画鬼魅，凿空无据；且必置之卷首，以撑门面，犹之自标门阀，称乃祖乃宗绝大官衔，而不知其与己无干也。"创作进入了这一阶段的时候，就要警惕油滑，力避花哨，认真思考如何像武功修炼一样做到"以无招胜有招"，也更需要进行一番大胆地返璞归真式样的艺术寻根之旅。

旧体诗虽然是代代承传的文体形式，但在表现内容上却绝不能满足于拼凑各种陈陈相因的类书辞藻，否则越是"遣词求工"，就越是"去法愈远"。而越是成熟的诗人，越是要抑制住炫技的冲动，力戒儿曹语，舍得露平直，回归淳朴纯挚的本真状态。这种本真状态"非奇非怪，剥落文采，知其妙而不知其所以妙"，同样如同沈老在《余不善饮，诗以自解》诗中所言，只有"诗情早入骨"之后，"写我真性情"才"如水之通脱"，虽尺幅茧纸却偏能发志高望远之情、收波澜万里之势。

四

诗人节

不枉诗人饰桂冠，应从三问启新篇。

汨罗犹作潺湲语，世事民生毋忘艰。

沈先生是个有着忧患意识的诗人。读了这首直抒胸臆的《诗人节》，我们就能直观了解先生笔下那些充满悲悯的文字背后所背负的沉甸甸的世事民生情怀。他还曾经写过一首辣味十足的《索书》：

> 工具由人好支配，侈言"心画"不由心。
> 眼下纷纷求索者，惟追"福""寿"抵黄金。

记得虎年春节前夕，我和诗友一起去拜访沈鹏先生。先生提到这首诗，笑谈某些人索书，现今最时兴的可能在"福""寿"二字。他说自己一向不大喜欢书写"福""寿"，不过又幽默地表示"为迎合'需要'，不伤'感情'"。他认为书法以汉字为本，书法创作者以汉字的形美发挥为艺术，具美感和高尚的意境。书法本身不含功利目的。人活着实在远非为着"福""寿"。"尤其是面对损人利己、党同伐异、毁坏自然等，还要想方设法谋个人福、寿，如何了得？"

《索书》这首诗叙述的是先生书法创作时遇到的一些现实景象。从另外一个角度来解说，一些人前来索求书法，不是注重内容，而是追求浮泛的福寿之类的吉祥话。这就是舍本逐末、买椟还珠。书法如此，作诗又何尝不是如此呢？人心是肉长的，诗心是有温度、有热量、有疼痛感的。南朝梁·刘勰《文心雕龙·时序》有言："文变染乎世情，兴废系乎时序。"染乎世情就是与世态人情的现实变化互相感应、心心相印，系乎时序就是与时代风云的晴晦起伏紧密联系、息息相关。时代是多棱镜，生活是万花筒，不同时代的作品有不同时代的母题基调、精神底色和美学特色。这种不同时代的社会经验、身份体察、生命意识与审美差异，是无法固化的动态系统和复杂流转，是机器人那种线性的复制、调校和拼接所无法更新和嬗变的。

见假花中掺饰真花
> 看似鲜花非是花，乱人耳目杂泥沙。
> 弥天大谎当真说，故著半枯浓绿遮。

石 言
> 米颠遇石躬身拜，我所爱兮生性顽。
> 有日人心非似石，石言最厌雨云翻。

这种个性化的情感状态，才是真正的"志之所适，万物感焉"，也才喷发出"云日相辉映，空水共澄鲜""表灵物莫赏，蕴真谁为传"之类独特的审美体验和艺术发现。这种独特的生态感知、天人互动，才是独一无二的艺术创造和舍此其谁的生命活力、"诗意栖居"。

其中很多寻常的词句因为倾注了彻骨深情，传递出内心的澎湃热量和力量，还有一种非常强烈的辽阔、锐利和清寒。这种神隐气清、清发兴会的作品旁逸斜出、摇曳多姿，力避板涩，强调生趣，讲究"不整为整"和"活脱自在"，更加看重另创新境和有机活力。所以我呼唤胸襟和气度，呼唤包容和宽容，呼唤异质探索和自家面目。

现在的一些有雅兴的诗人，是很讲究"诗意地栖居"的。他们用诗词来感时伤世，喟叹人生，寄情山水，其乐融融。在这种"诗意"着的诗人的笔下，重复的是古人的意象和意境，读来读去，终究还是如同才子佳人书案前的小摆设一样，仅仅供把玩和清赏而已。这种"诗意"不是来自真实的生活体验，也不是生命的真实感受。因而也就像塑料花一样，尽管很漂亮很精美，但是没有芬芳。虽然诗歌出版物和诗歌网站日益增多，虽然那些所谓写新诗或者写旧体诗的诗人们自己闹腾得也挺欢——互赠封号、互相吹捧、互相发奖……但是另一方面，读者对这样的诗歌和诗人们也越来越"敬而远之"。倘若对生活没有切实地观察和体验，诗句中安放的就不是真实的灵魂，而是懒惰的陈陈相因的惯性思维。

我们来看一首沈先生的《贺妻寿》：

> 偶然尘世两相逢，便有灵犀共趋同。
> 一袭白衣勤问切，满身正气育清风。
> 昔年纤手忙终夕，今日银丝盘顶峰。
> 米寿无愁家有米，尚期煮得茶更浓。

这首诗纯用白描手法，描叙老妻的生活状态和个人的生活体验，流淌在文字中的是温暖、风趣、真挚的朴素音符。不是宏大叙事的华彩交响，不是花腔男高音，确是和谐真切的生活的旋律。我们欣赏他的诗，其实也是在感应他的情感，他的感悟，他的看不出诗艺的诗意和充满诗意的诗艺。这也才是真正意义上的诗意的栖居。我们为什么作诗？最重要的是要展示我们的内心情感、生命体验和人性底色，而不是排列组合那些类型化的精巧手段和精致妆容。老子曾用"埏埴以为器，当其无，有器之用"为例，来解释"有之以为利，无之以为用"的道理。诗歌的格律，也是只有和"无"辩证地配合起来，才能在诗歌的创作和传播中起到应有的艺术作用。过分绝对地片面地强调和坚守，反而会因其刻意和矫揉造作而直接减弱诗歌的表现力和感染力。诗歌是诗人心灵深处发出的光芒，这光芒不是来自格律、平仄等技术性的手段，而是大写的"人"字在激情燃烧。这光芒不是只用来炫耀和消遣的装饰品，而是能够投入社会人生中去的真情的火炬……

要写好旧体诗，需要才情、学识、文化修养、诗词知识、语言技巧……而这其中更重要的，我认为还是要有一颗向真向善向美的敏感鲜活的赤子之心。现在有一些旧体诗词作者的艺术修养达到了很高的境界，出现在他们笔下的句子也很精美，对仗工整，平仄和谐，但是，主题、意境、词汇、句式都给人以似曾相识的印象，总感觉其中少了点什么东西。少了什么东西呢？就是少了作为当代人的诗人自己对人生对社会的体验和观察，或者说是自己的思想和情感。这样的诗篇虽然看上去很美，但是因为没有核儿，也就失去了重量和血性。

沈先生有一首著名的作品，题目就是《罗丹"思想者"》：

何处天涯路？沈思地狱门。

弯腰缘重担，蹙额为灵魂。

举世咸娱乐，斯人独失群。

百年苦求索：底事闹纷纷？

沈先生的诗词，透明清澈，轻灵活泼，宛如天籁，但绝非轻飘飘，更不是空洞无物，而是在字里行间充满了思想者的光彩，其文字是有分量的，文字中间是有"核"的。我们在沈先生的这些诗中，到处读到生活的真实倒影。比如《贺妻寿》《头条》《奥运会滑冰》……诗人真正地挖掘到了生活的深处，真正认识人民身上那种蓬勃的创造力和昂扬的精神状态，真正理解了他们坚韧顽强的生存信念和苦辣酸甜的内心世界。写新诗的郭小川说过："诗是一条闪光的、叮咚作响的河流。"假如这"河流"仅仅在自我的"诗意"之中"栖居"，那就不是河流，而是微弱的小溪，甚至还有可能成为死水一潭。我们诗篇的核儿，应该在哪里寻找？答曰：从滚烫的内心出发，到广阔的生活中去。

"最好文章惟本色，是真富贵不繁华"，当代诗词从复苏到复兴再到振兴，离不开时代思想的激扬和现代精神的滋养。沈先生曾经说："古人评诗，常归结到格调。格调的低下尤以'俗'为大忌。也有以'浅'为病者，可能要看何等意义上谈'浅'。倘若'浅近''浅显'并无不可，甚或是长处。倒是表面深奥莫测，不知所云，掩盖着实际的'浅俗'与'肤浅'最为可怕。"沈先生的诗词摒弃流俗，字必己出，表现了优异的审美功力和圆熟的抒情技巧，但是更加侧重理性的思考和情理的交汇，尤其是越到晚年作品，越多了哲思和沉思的意味。情是诗人对日常生活的敏锐感应，是灵魂深处的波澜起伏和风雷悸动。情是诗之华，无情不成诗。没有情感的诗，就是死魂灵。而有了情感的诗，就有了温度和色彩。理是诗人心路的走向和倾向，是社会生态的整体感悟和多角度关照，是生命本体的深邃思考，是世事人情的深化和升华。理是诗之干，无理难立诗。有了理的核心元素，诗就有了寄托，有了重量，有了支撑。诗的艺术感染力，在于诗人对情与理的均衡准确的审美把握，情辞蕴理，理辞留情，情理成趣，相促相生，多角度融合。在当下的诗词热中，冷静思考和深入研究一下沈鹏先生的诗法和心法，相信是很有现实意义的。

诗词作者不能人为钝化了思想的锋芒。没有思想锐度，形同僵尸敷粉。不过，需要特别说明的是，这种思想不是直着脖子喊出来的，而是诗人内心直觉的自然显现。记得我曾给沈先生看过一篇短文，题目叫《著一直语》，我在文中提道："诗词之道易也，见所见、闻所闻、书所书而已。有的作品是嚷出来的，有的作品是想出来的，有的作品是仿出来的。脱口而出者妙合无垠，最为高超。"沈先生耐心指点，还特意亲笔帮我在文中加了这样一段话："这里涉及创作的直觉性，也涉及评论的理性。此二者有区别，但从根本上说，也具有一致性。潜意识——显意识，二者均来自生活的感发和理念的积累，可以互相转化、相辅相成，相较而言，潜意识更接近于艺术创作的本真本色之态，更注重妙手偶得之趣。"这一段话，或许为我们研究沈先生的诗词艺术更多一份直接的理解和感悟。先生自己的诗词作品，也确实均是本真本色之作。而他关于潜意识和显意识的辩证分析，则给我带来更多的浮想联翩和美好收获。这正如神秀和慧能辨禅，一个说"时时勤拂拭，莫使惹尘埃"，一个说"本来无一物，何处惹尘埃"，而人们至今还是公认"本来无一物"比前者更加高明。

说到底，我们写在诗中的情与理，实际就是写人心。有什么样的情和什么样的理，定格在诗中的就是什么样的智慧、什么样的境界、什么样的襟怀。言情和言理，最后都归于言人——即沈先生多次强调的"诗言志"。诗人的精神等级、思想层次、人性亮度、情感温度，诗人所独立发现的生活真谛和社会真实，才真正代表着诗歌的质量和重量，是写作的高度和深度，同时更可以成为评判诗歌的一种关键的艺术尺度……最后，引用沈鹏先生的一首《黄山人字瀑》，作为本文结尾：

> 久雨初晴色色新，山光峦表逐层分。
> 路回忽听风雷吼，百丈飞流大写人。

的确，上下求索，左右探寻，风雨跋涉，悲喜交集，大千世界的光怪陆离，百年沧桑的阴晴圆缺，最后浓缩成一首简单的诗——题目也仅仅只有两个简单的笔画，叫《人》！

作者简介：高昌，《中华诗词》杂志主编、中国文化报社理论部主任、中华诗词学会副会长。

聂绀弩体浅说

星　汉

聂绀弩先生的诗作，新奇而不失韵味，幽默而满含辛酸，被人称为"聂绀弩体"。"诗而成'体'，不仅要是方家、名家、大家，而且要极具独创性，有鲜明的艺术个性、特色。'特别'到一看即知为某某人作，而绝非古人，也绝非当代任何别的人所能作。聂绀弩的诗，就具备这个特色，从内容到形式，都有与众不同之处。"（侯孝琼《也说聂绀弩体》）斯语良是！笔者所知，胡乔木、钱钟书、启功、夏衍、梁羽生、黄永玉、黄苗子、李慎之、李锐、王蒙、程千帆、施蛰存、钟敬文、吴祖光、冯亦代、舒芜、端木蕻良、廖沫沙、张友鸾、何满子、周有光、邵燕祥、周而复、罗孚、钱理群、章诒和等文化界名人都对聂诗赞赏有加。打开互联网，输入"聂绀弩"三字，有关信息就铺天盖地而来。中国知网查到关于聂的文章就有220篇。仅《中华诗词》上就发表10数篇文章。聂诗编辑、出版也有多种，主要有1999年由罗孚等编注，学林出版社出版的增补本《聂绀弩诗全编》，2005年由武汉出版社编、武汉出版社出版的《聂绀弩旧体诗全编》等。但据笔者所知，迄今收集最全、注解最详、对聂诗研究用力最勤者，当是侯井天先生搜集、整理、笺注的，2009年由山西人民出版社出版的《聂绀弩旧体诗全编注解集评》，共收聂诗653首。有关聂绀弩的著作、年谱、全集等可谓洋洋大观，从1935年由上海天马书店出版聂的短篇小说集《邂逅》至今，数量当在70种以上。研究聂诗不能不读其杂文、小说、古典文学研究，乃至于信函、佚事和其在"文革"中的交代材料，否则论述聂诗将失之偏颇。"我相信许多的读者会像我一样敬仰一个有血、有肉、有骨、有魂的文化人，会为他激发内心的一种感动。"（寓真《聂绀弩刑事档案》），笔者作为聂诗的一位读者，当然也"会为他激发内心的一种感动"。余生也晚，面对聂绀弩本人的著作和后人对其研究的成果，"前人之述备矣"，笔者实在难以置喙。本文只能在前人、他人不言或是少言的领域，略陈浅见。

聂绀弩作诗，谨于格律却不被格律所拘。在用韵上，聂绀弩往往是刻意用平水韵的同一韵目作诗。比如《阔猫》："日攘一鸡扰户庭，坐观群鼠倒油瓶。笑它鼠辈真多事，计议赠君九子铃。"三个韵字全用"九青"，而不杂以在普通话上没有区别的"八庚"和

"十蒸"。再如《割草赠莫言》："长柄大镰四面挥，眼前高草立纷披。风云怒叱天山骇，敕勒狂歌地母悲。整日黄河身上泻，有时芦管口中吹。莫言料恐言多败，草为金人缚嘴皮。"首句按格律，可用邻韵"五微"，其余四个韵字，以普通话读来虽然不和谐，但是都是平水韵的"四支"。但是，聂诗并不完全如此，有时也会突破平水韵而为之。比如《挑水》："这头高便那头低，片木能平桶面漪。一担乾坤肩上下，双悬日月臂东西。汲前古镜人留影，行后征鸿爪印泥。任重途修坡又陡，鹧鸪偏向井边啼。"其中"漪"字用"四支"，其余却是"八齐"。聂诗的律绝二体，大都合律，但是有些句子，却出现了"病句"，前面所引"长柄大镰四面挥"就是"孤平"句。再如《和钟君感赋次韵》的颔联："役北大荒一城旦，共钟三弟两书生。"出句中"大"字仄声，"一"字仄声，"城"字平声，此句只能是律诗中的拗句了。《无题》中的颔联"孙行者脱火云洞，猪八戒过子母河"，和《麦垛》中的颔联"散兵线上黄金满，金字塔边赤日辉"，其对句都是典型的"犯孤平"。如果我们再看看"共钟三弟两书生""孙行者脱火云洞"和"散兵线上黄金满"的巧妙的对仗，谁还会去计较它的拗句和"犯孤平"呢？聂诗的律诗中出现了诗家大忌的"三平调"。如《伐木赠李锦波》："终日执柯以伐柯，红松黑桧黄波罗。"出句为孤平，对句的"黄波罗"，即三平调。再如《情景》颈联"到四分场泥滑滑，进人事室风萧萧"中的"风萧萧"三字即三平调。聂绀弩的绝句、律诗，在同一首诗中还经常出现重字。比如《锄草》："何处有苗无有草，每回锄草总伤苗。培苗常恨草相混，锄草又怜苗太娇。未见新苗高一尺，来锄杂草已三遭。停锄不觉手挥汗，物理难通心自焦。"56个字中，竟然出现了5个"苗"字、5个"草"字。绝句、律诗一首诗中，一般不宜有重复的字，但是此于前人也难以杜绝，如崔颢《黄鹤楼》、李白《登金陵凤凰台》、李商隐《夜雨寄北》等。就是老杜七律《曲江二首》也有"花"字和"日"字的重复。毛泽东七律《长征》中，"军""水""千""山"四字均是两次出现。所谓避免重字出现，是指一定程度上描摹事物避免相同意象的多次取用，由此造成的平白、拖拉、重复，或者是观察角度单一、缺少变化。只要表达清晰、精炼，有无重复不是重要的事。法度也好，修辞也罢，都是为表情达意服务的。如果是塑造艺术形象和表情达意的需要，重复用字非但不应该指责，还应该肯定。聂诗所用重字，就应当予以肯定！对于聂绀弩的突破格律，笔者持肯定态度。聂诗在当今的诗坛上，犹如一个活泼健康的少女，这个少女也许扣错了某个纽扣，也许头发有点儿乱，但她身上的活力是无法抹杀的。当今有些诗词家，对于格律可谓"一丝不苟"，无可挑剔，但那只是仕女图上的美人儿，纵然是古色古香，也闻不到她身上的"人味儿"。对于以上所引聂诗，恐怕没有读者说它不是"诗"！聂绀弩在语言运用上超过了词坛苏辛。清人赵翼在《瓯北诗话》中说苏轼："才思横溢，触处生春。胸中书卷繁富，又足以供其左抽右旋，无不如意。"清人吴衡照《莲子居词话》赞美辛弃疾："辛稼轩别开天地，横绝古今，《论》、《孟》、《诗小序》、《左氏春秋》、《南华》、《离骚》、《史》、《汉》、《世说》、《选》学、李杜诗，拉杂运用，弥见其笔力之峭。"聂绀弩读书甚富，腹笥丰赡。其高于苏辛处，在于除书本外，还博采现实生活中的种种语言素材，包括谚语、俚语、成语、口头禅等，融合于诗作之中，形成一个自然真切、色彩斑斓的语言世界，致使其诗在语言上汪洋恣肆，波澜层出，犀利通透。一般来说，小说内容鲜有进入诗词者，吴衡照所言《世说新语》虽为"志人小说"，但是所记人和事，是在真实的基础上用简洁隽永的文字突出其特征，因而它不仅在文学艺术上有其重要意义，而且具有重要的史料价值，稼轩用其内容，尚在古人视野之内。聂诗中出现了古典小说、现代小说中的人物，甚至还有"洋人"小说中的人物。

聂诗的语言特点，在用典和对仗上就能充分显示出来。聂诗用典而不为典所用，颇见新颖鲜活，当代诗人尚无出其右者。胡乔木说："作者所写的诗虽然大都是格律完整的七言律诗，诗中杂用的'典故'也很不少，但从头到尾却又是用新的感情写成的。他还用了不少新颖的句法，那是从来的旧体诗人所不会用或不敢用的。"（《散宜生诗》序）上文所引聂诗的"日攘一鸡""九子铃""敕勒狂歌""地母""黄河身上泻""金人缚嘴皮""汲古镜人留影""征鸿爪印泥""鹧鸪啼""孙行者脱火云洞""猪八戒过子母河""金字塔""伐柯""风萧萧"等，皆含典故，细心人不难体会。再举聂诗"拉杂运用"数例：

> 百日皆夸茅屋暖，一冬尽与赤松游。
>
> ——《伐木赠张先怡》

如不深究，也只是说：一个冬天，晚上住在温暖的茅屋里，白天去伐红松。但是仔细琢磨，当含有杜甫《茅屋为秋风所破歌》中"安得广厦千万间，大庇天下寒士俱欢颜"的情怀和反用《史记·留侯世家》的"愿弃人间事，欲从赤松子游耳"的典故。读者如果不去细心体会，便辜负了作者的一片苦心。

> 风雨满城曾昨夜，江山如画又今朝。
>
> ——《九日戏柬迤冬》

这是重阳赠友人诗作的颔联。此联看似平淡无奇，实则书卷气极浓。出句含有惠洪《冷斋夜话》潘大临的"满城风雨近重阳"诗意；对句源自苏轼《念奴娇·赤壁怀古》中"江山如画，一时多少豪杰"句。个中所含意蕴，学问家陈迤冬岂能不知？

> 看我一匡天下土，与君九合塞边泥。
>
> ——《脱坯同林义》

> 高士何需刘秀榻？东风不揭少陵椽。
>
> ——《草宿同党沛家》

> 老牛舐犊犊呼母，春水黏天天在池。
>
> ——《放牛之三》

以上三联，有的明用典故，有的却暗用典故。作者用了《史记·齐太公世家》中的"九合诸侯，一匡天下"，《后汉书·严光传》中的"朕故人严子陵共卧"，杜甫《茅屋为秋风所破歌》中"风雨不动安如山"，《后汉书·杨彪传》中的"犹怀老牛舐犊之爱"和黄庭坚《赠陈师道》中的"秋水粘天不自多"诸典。

> 吉诃德定真神勇，竟敢操戈斗巨人。
>
> ——《风车》

> 脱缰赢马也难追，赛跑浑如兔与龟。
>
> ——《马逸》

> 英雄巨像千尊少，皇帝新衣半件多。
>
> ——《怀张惟》

堂吉诃德是西班牙塞万提斯长篇小说《堂吉诃德》中的人物。其中有堂吉诃德将转动的风车当作妖魔怪兽，便不顾一切冲上前去，同"妖怪"搏斗的故事。第一例便源于此。第二例对句用古希腊《伊索寓言》龟兔赛跑的故事。第三例对句用丹麦童话作家安徒生《皇帝的新装》的故事。在当代传统词中用"洋典"者盖寡。以上三例，聂诗大胆使用洋典，且紧扣题目，天衣无缝。

> 嵩衡泰华皆0等，庭户轩窗且Q豪。
>
> ——《九日戏柬迩冬》

这里，作者用了洋字码和英文字母，对句当然源于鲁迅《阿Q正传》，出句当是为了迁就对句而作"0等"，倒也相得益彰。聂诗对仗工整而又宽松自如。聂诗的对仗，其妙处往往叫人拍案叫绝。请看：

文章信口雌黄易，思想交心坦白难。

——《挽雪峰》

这里"口"和"心"是对仗中的形体小类相对，"黄"和"白"是对仗中的颜色小类相对，故称工对。年龄如笔者或是长于笔者的人，对于"信口雌黄"和"交心坦白"两个词可就太熟悉了。可是谁也没有把他连在一起，组成对仗。这是几十年来历次运动中的绝妙写照。那些曾做过批斗对象和被迫作过违心批斗发言的人们，看了这一联，都会含着眼泪苦笑一下。

红烧肉带三分瘦，黄豆芽烹半碗油。

——《中秋寄高旅》

此联菜肴名对菜肴名，个中有颜色对和数字对，都是诗词家认为的工对。"字字对仗，俗而不伤雅"（王希坚《喜读〈散宜生诗〉》）。《中秋寄高旅》一律作于1962年，在香港的友人高旅给作者捎去两个罐头，作者写信表示感谢后，说明自己生活"富裕"，并且写诗让老朋友放心。这一联就是在"夸富"。这种伙食，当时也只能偶尔为之，从尾联"此腹今宵方不负，剔牙正喜月当头"的出句就能看出来。红烧肉肥中带瘦，用半碗油来炒黄豆芽。这种菜肴，在今天摆上餐桌，年青人肯定摇头。但如笔者一类的"过来人"，读至此，恐珠泪暗抛矣。此类佳对在聂诗中颇多，如"一双两好缠绵手，万转千回缱绻多"（《搓草绳》）；"一担乾坤肩上下，双悬日月臂东西"（《挑水》）；"把坏心思磨粉碎，到新天地作环游"（《推磨》）；"阳春白雪同掩鼻，苍蝇盛夏共弯腰"（《清厕同枚子》）；"一丘田有几遗穗，五合米需千折腰"（《拾穗同祖光》）；"口中白字捎三二，头上黄毛辫一双"（《女乘务员》）；"自由平等遮羞布，民主集中打劫棋"（《赠周婆》）；"丈夫白死花岗石，天下苍生风马牛。大雪翻飞黄鹤杳，万山重叠赤杨秋"（《挽必松》）；"昔时朋友今时帝，你占朝廷我占山"（《钓台》）等等。个中妙处，懂诗词的读者自能体会，不必笔者在这里饶舌。但是，这些绝妙的对仗的句子，如果不去"知人论世"，不去考虑当时的时代背景，只是从文字上着眼，其感染力就会大打折扣。如果我们"尖刻"一些，不难发现，聂诗中的对仗，有些并不是很工整。例如"荒原百战鹿谁手，大喝一声豹子头。零下更低三十度，丈夫焉用肃霜裘？"（《排水赠姚法规》）。"结构相同"，是对仗的基本要求。在一般读者的眼里，"荒原百战"是状中结构，"大喝一声"是动宾结构，对仗不够工整。"零下"一联中"零下"对"丈夫"、"三十度"对"肃霜裘"，都不够工整。"明日壶觞端午酒，此时包裹小丁衣。"（《拾野鸭蛋》）此例中"壶觞"和"包裹"词性不同。"男儿脸刻黄金印，一笑身轻白虎堂。"（《林冲·题壁》）此例中"男儿"和"一笑"，很明显不能构成对仗。笔者对这些对仗句子，都给予"宽容"。因为古

139

人对此都不在乎，何况我辈？皎然五律《寻陆鸿渐不遇》，通篇不对仗，有谁说它不是好诗？崔颢《黄鹤楼》中"黄鹤一去不复返，白云千载空悠悠"一联，又何尝工整？苏轼《和子由渑池怀旧》中"泥上偶然留指爪，鸿飞那复计东西"一联，不也是脍炙人口？笔者颇为信奉曹丕的《典论·论文》中说"文以气为主"。倘如当今某些孜孜于字句，自封为"诗词大家"的诗作，对仗工整稳妥，但"引气不齐"，谁又能记住他的一联半句？

以上笔者所言，只是聂诗的细枝末节。聂诗成"体"，还是寓真《漫谈聂绀弩旧体诗的艺术特色》一文中所说的：主要在他的丰富的阅历，自由的思想，不屈的气节；其诗的灵魂，在于其思想性、现实性、战斗性、创新性。聂绀弩的生活阅历是他的不幸，但又是对"聂绀弩体"的玉成。聂绀弩本身是彗星式的人物，聂绀弩的诗作是彗星式的作品，二者都不能重复第二次。曹丕的《典论·论文》还说，文学这个东西，"虽在父兄，不能以移子弟"。胡乔木说："聂诗的特色也许是过去、现在、将来的诗史上独一无二的。"（《散宜生诗》序）既然"将来"都是"诗史上独一无二的"，就是说，"聂绀弩体"后人想学也学不来；既然学不来，也就不必去学。因为聂绀弩所处的时代，聂绀弩的身世不可能再复制一次。

作者简介：星汉，新疆师范大学文学院教授。中华诗词学会第二届、第三届副会长，现为中华诗词学会顾问。

诗情画理的艺术畅想

——读《赵英杭诗词稿》

朱印海

非常高兴收到赵英杭先生大作《赵英杭诗词稿》，当翻开印刷精美的诗集时着实喜出望外。整书所选诗词近三百篇，蔚为大观。作品内容丰富，题材广泛，篇篇佳作，字字珠玑，令人爱不释手。

我作为一个教书匠，本不擅长诗词创作，由于有喜好风雅的毛病，加之学生阎增山的不断撺掇怂恿，就误打误撞地加入了聊城市诗词楹联学会，被选为会长。没想到学会里面人才济济，高朋雅集，也正是在这里得以与赵英杭先生相识。一来二去相交甚欢，说起来后才得知赵英杭先生在二十世纪八十年代初曾就读于聊城师范学院中文系（后改为聊城大学文学院），论起来还有师生之谊，实际上当时我只不过是毕业没几年的年轻教师而已。再细论起来我们还是临清同乡，更加倍感亲切。这样在后来的学会工作中，他作为副会长兼秘书长与我相互配合，学会工作颇有起色。英杭先生多年从政，工作成绩卓著，然而他在工作之余更热爱的是格律诗词创作，临近退休结集出版了《赵英杭诗草》（中国文联出版社2008年出版）。退下来后，英杭先生更是有了践行读万卷书行万里路的理想与宏愿，他似闲云野鹤，东荡西走，周游世界，遍览历史名城与文化古迹，行走于名山大川，用诗词记录游历的轨迹和感受，抒发着满腔的激情，完全沉浸在诗词创作的艺术天地里，这册由北京团结出版社出版的《赵英杭诗词稿》则是他近些年来于诗坛辛勤耕作的心血结晶。

常言说一方水土养一方人，赵英杭先生是在鲁西大地上成长起来的诗词作家，也是聊城市格律诗词创作方面的领军人物。鲁西平原千里平畴深受齐鲁文化的熏染；唐宋明清以降，因得运河之利，这里经济繁荣，文化昌盛，形成了鲜明独特的文化品格，并造就了包容、质朴、阳刚而又不失儒雅的鲁西国学风貌。大运河横贯南北的白帆清流，凤城湖柔美的千顷碧波；清渊人的精明智慧、质朴踏实等这一切都铸就了英杭先生的生命特征和鲜明个性，而这又在多年的艺术创作实践中，使得其诗词作品形成了鲜明独特的艺术风格。文如其人，也像布封所讲的"风格即人格"。艺术风格就是在作品中体现出的总体格调与情绪色彩。其内涵与特征是：个体性与社会性相统一；稳定性与变异性相统一；一致性与多样性相统一，而最终形成独具个性特点的艺术气象。据此来看，英杭先生作为一位现实主义诗人，他的聪慧、耿直、大气、儒雅的性格特征也使其作品总体上表现出清新、淡远和温婉的艺术风格特质。

一、时代雅韵，为人民放歌

读英杭先生诗集，让人总感到诗人是脚踏实地地行走在鲁西大地上，他的心是紧贴着时代脉搏的，其作品在不断地追寻前进的风帆。英杭先生一生尽管是工作优秀，事业辉煌，但一路走来人生也是坎坷跌宕，有和顺，也有逆境，然而他总是能够非常清醒地给自己以定位，努力工作，不断进步。更难能可贵地是他有一种积极向上的审美理想，因而他总是会立在时代潮头，尽力去捕捉那不断发展的、向上的和闪光的生活浪花，关心大众疾苦，讴歌不断奋斗的人民，进而去开拓自己艺术创造的新领域。

常说艺术离不开生活，艺术是诗人所处时代与社会生活的体验和升华。诗人词家只有深深地扎根于现实，才能真正触摸到生命的脉动，才能理解当代人的生命状态和生活境地。特别是搞古典格律诗词创作的人们，绝对不能只沉浸于古人的心境与语境之中，而与我们正在飞速变革的社会与数字化的现实生活相脱节。也难怪我们读一些当代格律诗词，读了半天竟然不知他写的是哪个时代的人物、生活与情绪，你说是唐代亦可，明代亦可，但就是不像当代人的生活实境与心绪，一言以蔽之，缺乏时代感。就当前来说，全国性的诗词大会，各种诗词诵读和比赛遍地开花，随处可见，这对于我们承传古代传统诗词文化显然是大有裨益的。然而这种大规模的诗词文化张扬与当代古典格律诗词的创作虽有联系，却是两码事。如何运用好古典格律艺术形式去反映当代人的现实生活，确实是问题重重。现实有两种突出的情形：一种是诗词创作中格律形式运用没问题，可就是写不出时代感，没有当代人的生活气息；另一种情况是作品涌现得不少，却不合诗律，到处是蹩脚的律诗篇什，破坏了格律诗的形式美。

说到此，这实际上是一个中国古典诗词的传承发展、与时俱进的命题。因为传承是发展的前提；发展是传承的继续。离开了传承，发展将是无源之水、无本之木；离开了发展，传承就变成了模仿和供奉，那将是诗词艺术的穷途。当然，传承与发展又是辩证的统一体，不同的文学样式，其传承和发展的侧重点与具体内涵又各有不同。作为植根于中华民族古老文明沃土上的格律诗词，是中华民族文化艺术的精髓，也可以说是国粹中的国粹。因而，传承发展古典格律诗词艺术是历史发展的必然，也是时代发展的要求。在传承的基础上求发展，就必须不断注入时代精神，反映新的社会生活内容，这是格律诗词发展的生机与活力所在。关于艺术随时代的变革，历代理论家和思想家都有明确论述。魏晋时竹林七贤之一的阮籍在其所著《乐论》中说道："昔先王制乐，非以纵耳目之观，崇曲房之嬿也；必通天地之气，静万物之神也；固上下之位，定性命之真也。故清庙之歌，咏成功之绩；宾飨之诗，称礼让之则；百姓化其善，异俗服其德。"据此又说"礼与变俱，乐与时化"。南朝梁文学理论家刘勰在《文心雕龙》中指出："时运交移，质文代变""歌谣文理，与世推移"。南朝梁史学家萧子显在《南齐书·文学传》中则说："若无新变，不能代雄。"唐代诗人白居易更是强调："文章合为时而著，歌诗合为事而作。"清初画家石涛说过："笔墨当随时代。"这些古往今来的至理名言，大家已熟记于心。在这里，我想再转引国民党元老于右任先生在1955年台湾诗人节上说的话："盖违乎时代者必被时代抛弃，远乎大众者必为大众冷落。再进一步言之，此时代应为创造之时代。伟大的创造，必在伟大的时代产生。……此时之诗，非少数者悠闲之文艺，而应为大众立心立命之文艺。"可见，诗词要适应时代、继承求变，诗人词家们要在深入生活、走向大众、为社会服务这一基点上做出努力。在这方面英杭先生为我们做出了榜样。他的很多诗篇寄怀抗日战争胜利、中国共产党的诞辰；讴歌英雄志士、祖国建设伟业；写工人农民，颂辛苦的环卫保洁员等等。诗词篇篇主旋律奏响，清音激越，豪情满满，动人心弦。如《神舟七号飞船发射成功》：

> 千秋逐日路迢迢，今日神舟上九霄。
> 火箭轰鸣方岳动，太空凛冽国旗飘。
> 纵身万里飞天宇，屈指来年揽玉娇。
> 戊子悲欢多少事，临风把酒雨潇潇。

首联写国人空怀嫦娥奔月和吴刚捧出桂花酒的美丽梦想，千年上下求索。然真正实现遨游浩然宇宙，登临月宫却是当代人努力拼搏和科技发展的结果。曾记得几十年前我们还是洋油洋火度日的艰难，没承想今天在共产党的英明领导下，国家飞速发展，日益强大，这才有了颔联和颈联所咏的地动山摇火箭一飞冲天，浩瀚太空飘荡五星红旗的壮丽景象。回想民族的多灾多难，为了奔向月球的这一天，有多少人的艰苦探索和付出，当看到宇航员出舱展示彤红国旗的动人画面时，不免令人把酒狂欢，泪雨飘洒，激动万分。

二、诗情画意天然融彻之美

读英杭先生的诗，文字语言沉稳雅气，画面感和空间感极强极美。无论是写远山松涛，还是柴扉小景，花簇楼榭，都给人一种诗情画意的天然融彻之美。

苏轼在评论王维的诗与画时说道："味摩诘之诗，诗中有画。观摩诘之画，画中有诗。诗曰：'蓝溪白石出，玉川红叶稀。山路元无雨，空翠湿人衣。'此摩诘之诗，或曰非也。好事者以补摩诘之遗。"苏轼在这里讲的是诗与画的相通之处，作为语言形象的诗歌创作要能够体现出现实的空间感和画面性，而作为平面感极强的绘画，也要流露出浓浓的诗意和意境来，这应是诗词创作的最高境界。苏轼举出王维《山中》这首诗就颇具典范性。诗中让人看到了由白石粼粼的小溪、鲜艳的红叶和无边的浓翠所组成的山中冬景，色泽斑斓鲜明，富于诗情画意，毫无萧瑟枯寂的情调。和作者某些专写静谧境界而不免带有清冷虚无色彩的小诗比较，这一首所流露的感情与美学趣味都似乎要更积极奋进，更具有勃勃生机和积极向上的精神。英杭先生的不少诗篇也很好地体现出了这种诗情画意融彻相通的美学特色。他的作品能够达到如此诗格，除了其较高的文学修养外，更是其常年艺术创作磨砺的结果。试看《天池》诗与画天然融彻的空灵之美：

> 飞湍万壑响轻雷，雪映碧波天阙开。
> 翠雾飘飘仙境里，纯情神女踏云来。

天池在新疆的天山里，伫立池边，近处万壑峭壁，飞瀑流湍，晶莹如练，湖水平阔，清透见底；远看碧波如镜的湖面倒映着连绵的雪山，犹如天阙大开，令人神往。诗人沉浸在葱翠的山壁与雾霭的缥缈之中，苍翠的山色本身是空明的，不像有形的物体那样可以触摸得到，然而漂浮于其中的轻雾也如同染上了翠绿的色彩，在一片青翠中诗人仿佛朦胧地看到了美丽的神女翩然而至。诗人用触觉表达视觉感受，让诗产生别样生机，与恬淡闲适的心境相适应，最终形成视觉、触觉、感觉的综合作用所产生的一种似幻似真的画面美感，一种心灵上的快感。"翠雾"和"仙境"、"碧波"与"神女"虚实相间，在这里作者精于调色，善写感觉，也成就了这首作品诗、音、画谐调一致的极美境界和韵味。

诗词是表情的，不同于说理文字。特别是艺术家更是徜徉于江海之上，放情于高山之巅，诗词里面流溢着诗人们对人生世事的感悟与情愫。王国维曾在《人间词话》里说道："昔人论诗词，有景语情语之别，不知一切景语皆情语也。"又说："词家多以景寓情。其专做情语而绝妙者，如牛峤之'甘作一生拼，尽君今日欢'，顾夐之'换我心为你心，始知相忆深'。"从古至今很多论家都谈到过诗词表情的问题，这里不一一提及。人是社会的人，是情感的使者，常言道无情不丈夫。在漫长坎坷的人生路上，每个人都会经历成功、失败、挫折、跌宕，以至喜剧与悲剧。每个人也都会在极其复杂的现实环境中产生无常的机遇和爱恨情仇。然而面对这种人生的无情和有情，爱和情等，每个人都会怦然心动，产生极其复杂的内心激荡和情感，进而做出自己独特的艺术思考和表现。在这一点上英杭先生以其精美的作品给我们很好的展示，他的很多诗词作品都蕴藉着充沛丰富的思想感情。请看《咏荷其三》：

> 花开并蒂梦难圆，粉嫩娇红空自妍。
> 昼永谁知岑寂苦，愁愁孤影送流年。

初夏时节，水波荡漾，连天碧叶，满湖荷花，随风摇曳，婀娜多姿，美艳动人。作者在写荷花冰清玉洁的同时，思绪却更进一步，从另一侧面写出了娇美红荷的忧郁和尴尬——"花开并蒂梦难圆，粉嫩娇红空自妍"。就荷花生成的本身来讲，大都是单茎单花，而单茎开出双花形成并蒂莲实属难寻，但也不是说没有。据人研究荷花在自然长成并蒂的概率也只有十万分之一，因此如若发现，则被称作是荷花中的珍品，也被看作是植物界的"双胞胎"。有研究表明，荷花专家将并蒂莲的藕种和并蒂莲蓬中的种子反复进行试验，最终都没有培育出并蒂莲花，可见并蒂莲是极其难寻的。荷花大都是单茎孤花，作者在人们习以为常的孤茎荷花上大做文章，发人所未见，在赞美荷的娇妍的同时，又深情地叹息荷的岑寂与孤苦，双叠两个"愁"字，深深道出了对娇嫩荷花的无限忧心与愁虑。移情于此，心同此景，戚戚然使读者共生怜悯之情，共感幽婉动人之美，如此别样地写荷花真是极其少见，不免令人感叹系之。

三、高骨亮风思理之妙

赵英杭先生一生精彩丰富，做过许多社会工作，又历经社会的多次巨大变迁，他持恒做人底线，积极向上，乐于奉献。平时性耽深沉善思，本人也早已参透了社会本质和人生真谛，及至读他的很多诗作，其中显然有不少篇什是说理诗，但你从这些说理诗中总能感到他作品中隐蕴着对社会的评判和思考，透露着他对生命价值的探索。而他的这些人生理念入诗从不直说，而是能够很好地通过绚烂多姿的艺术形象在诗中审美地流露出来，让接受者流连忘返，长思不已，深受启迪。

诗词说理古已有之，宋代朱熹："半亩方塘一鉴开，天光云影共徘徊。问渠哪得清如许？为有源头活水来。"诗的寓意很深，其实就是讲道理，以源头活水比喻学习，要不断吸取新知识，才能有日新月异的进步。如何在诗中说理，而且讲得有趣，说得艺术，这是很见功力的。在诗中把道理讲得生动有趣，这叫理趣，这可以说是说理诗的最高美学境界。诗的理趣，不仅应托物起兴，赋物明理，而且物象与意理应有不可分离的契合性：即物即理，浑融无间。"理趣"一词初见于唐代释典，初与文艺无涉，由禅学术语转化为诗学术语，当始自宋人。包恢在《答曾子华论诗》中云："古人于诗不苟作，不多作。而或一诗之出，必极天下之至精，状理则理趣浑然，状事则事情昭然，状物则物态宛然。"包恢认为凡"状理"好的诗，必能做到"理趣浑然"。这个问题的提出，是和宋诗的特点有密切关联的。宋诗由于受理学泛滥和韩愈"以文为诗"的影响，与唐诗以抒情为主的特点截然不同，它比较侧重于说理。过分强调说理，有可能使诗歌变得枯燥、乏味，产生概念化的缺点，所以应予匡正。

清中期诗人沈德潜在《清诗别裁集凡例》说："诗不能离理，然贵有理趣，不贵下理语。"这句话可说是概括了古典诗学对说理诗审美特征的基本认识。他在评谢灵运《游京口北固应诏》一诗时说："理语入诗，而不觉其腐，全在骨高。"这"骨高"，即指人格秉性对理念形成的关系，或者说是对理趣质的决定。理趣之"趣"，清人史震林说是"生气与灵机也"。袁宏道则形容为："趣如山上之色，水中之味，花中之光，女中之态。"可见鲜活的生趣、蓬勃的生气、形象的生动是"趣"的精神所在。理趣便是深邃的哲理和生动的诗趣的完美统一。至当代大家钱钟书先生则对"理趣"诗的作法和最高境界作了令人信服的总结性的阐释：诗词创作"乃不泛说理，而状物态以明理；不空言道，而写器用之载道。拈形而下者，以明形而上者；使寥廓无象者，托物以起兴，恍惚无联者，著述而如见。……举万殊之一殊，以见一万之无不贯，所谓理趣者，此也。""理在于诗，如水中盐、蜜中花，体匿性存，无痕有味，现相无相，立说无说。"（见《谈艺录》）即诗说理有道，也有趣，能感发读者的审美思索，不能像玄言诗那样"理过其辞，淡乎寡味"，要充满趣味与韵味，言有尽而意无穷，含不尽之意，见于言外。

赵英杭先生写诗会经常将其所感所思融入诗的意境和形象之中，不时迸发出哲理的火花，且让你既感到思理极深，悄然而发，又像是随手拈来，趣味无穷。例如《菏泽牡丹其二》：

> 雍容娴静自香醇，不入污泥不染尘。
> 信任骚人称国色，无心独占九州春。

牡丹是我们的国花，人人喜爱，每到四五月都赶赴牡丹园赏花，乐此不疲，醉心其中。牡丹花形硕大，娇美华贵，"雍容娴静自香醇，不入污泥不染尘"，这两句实写了花的形状与高贵特质。然而诗人笔锋一转，"信任骚人称国色，无心独占九州春"，显然这里不是写花了，而是由物及人，写人的精神境界与高格。每个人都应该对自己有一个清醒的认识和定位，绝不要万人赞美就飘飘然了。无论有多少人赞美你，你只是众香国里的一朵小花，要做的是不能占尽九州春色。由花及人，振聋发聩，令人警醒，这该是多么深刻的做人至理啊！再看《浮萍》一诗：

> 碧鲜温润吐琪华，碎首糜躯奉万家。
> 相望江湖风浪里，清流澹荡走天涯。

碧绿的浮萍是美的，随水面飘荡起伏。我们在湖面、池塘、溪流或者小水沟总少不了与浮萍的邂逅。成片绿豆大小的叶片紧紧密密地漂浮在水面，清风袭来，浮萍荡漾，满目葱翠，甚是养眼。然而随着工业化的发展，江河湖海受到污染，水中腐殖物增多，浮萍却疯长起来。当浮萍完全霸占一片水域，大肆繁殖祸害碧水清波时，你还觉得有意境美吗？此时我们真的有点讨厌满水面的浮萍了。然而诗人对浮萍的描写却是另一幅情景：浮萍本身是美的，"碧鲜温润吐其华"，然而当它疯长了，你也不必讨厌它，收集打捞上来，加工后它可以入药，可以做肥，还可以做家畜饲料，浑身是宝，甘愿"碎首糜躯奉万家"则是浮萍的一种献身精神美德。然而浮萍的植物天性却又是相抱于大海江湖，自由自在的"清流潋荡走天涯"，这又像人们所推崇向往的一种无拘无束的自由生命状态，在这种自由状态下，你更可以随心所欲地做好自己想干的事业。四句小诗清楚地告诉我们，你就算是一棵小草，同样可以奉献于社会，不要因渺小而自卑放弃，你同样可以自由自在地四处追索生命的真谛，努力去实现自己美好的梦想。

读罢《赵英杭诗词稿》这部诗作，欣喜陶醉之余，不免掩卷深思，感慨良久。我与英杭先生已进入生命的暮年，鬓飞霜雪，佝偻蹒跚，岁月不饶人。然英杭先生依然精神矍铄，壮心不已，诗思喷涌，佳作迭出，至今他依然默默地耕耘在诗坛，执着于诗词的创作和研究。纵观他几十年的创作经历，可以说诗词艺术成了英杭先生精神世界的灵魂与支柱，是他的生命符号，沉醉其中，乐此不疲。诗词稿中很多精品佳作都凝结着他的心血和含蕴着对社会、对人生的感悟和思考，也展现着他正直坦荡、积极向上的精神境界和审美理想。

我非常喜欢唐代诗人杜牧的《山行》里面的"霜叶红于二月花"的诗句，如果我们把晚年人生和季节联系起来，深秋的红叶更值得赞美。现实中的英杭先生更似彤红的秋叶，老而弥坚，生命更加精彩。恰似枫叶流丹，层林尽染，满山云锦，如烁彩霞，它比二月的春花还要火红灿烂，动人心魄。英杭先生对生活的认真、对艺术的挚爱，使我们看到了他人生的秋天依然可以像春天一样是热烈的和生机勃勃的，依然可以徜徉于诗海，再写佳篇。我们期待英杭先生在今后的岁月里继续行进在诗词艺术实践的道路上，努力创作出更多，更好的优秀诗篇，以飨食人民大众。

作者简介：朱印海，聊城大学文学院教授，山东诗词学会理事，聊城市诗词楹联学会名誉会长。

参透常然身自轻

——林建华先生绝句赏析

高福林

　　林建华先生系山东诗词学会副秘书长兼创作部部长、省直分会会长，获"山东省优秀诗人"称号。同时，他也是《丁芒文学艺术研究》顾问团成员。在他的作品中，绝句占据重要部分。他的绝句深得古人之法，不但眼界高、境界阔，而且追求创新，格调激越，在当前诗坛甚有影响。下面，我们通过实例进行赏析。

一、结构美

　　清沈德潜《说诗晬话》中写道："诗贵性情，亦须论法，杂乱而无章，非诗也。"懂得诗的章法，更有助于我们对诗歌丰富内涵的把握。结构也称意法，任何文学作品的内容都必须通过一定的内部结构和表现手段表达出来。诗的结构意法也就是指诗的谋篇布局。对此，前人总结的经验很多，但归结起来一般不出"起""承""转""合"四个字。林建华先生的不少诗作，即体现出这样一种结构美，如《春天入桃乡》：

　　　　百里桃花扑面来，香风引我入瑶台。

　　　　神魂出窍人皆醉，诗叟狂吟似小孩。

此诗意在描摹桃乡的春天，运用夸张和奇想，写得随心所欲，清新飘逸，不假雕琢，自然天成。

　　"百里桃花扑面来"中的"扑面来"三字，描写桃乡桃花旺盛之气，为全篇描写花势顺风流香快速渗透这一动态蓄势。"扑面来"的"扑"字写得极妙，既是拟人，把"百里桃花"比喻成热情的主人，又暗喻场面之宏大。试想"百里桃花"扑面而来的壮观景象，你能不被感动岂不是咄咄怪事！假如没有这一"扑"字，不要说"百里桃花"，即便是千里桃花也是死寂的，正是有了这一"扑"字，于是下面几句中写"我"的去向、游人的形态、"我"的形态，才一一有了着落。

148

"香风引我入瑶台"中的"香风"和"瑶台"，以无形之味与想象之状作映衬。这里，巧妙的地方在于那个"引"字。"入"，进入的意思。它不仅表现出诗人乘着"香风"而进入"瑶台"胜境的痛快，也隐隐透露出"我"对桃乡的挚爱。桃乡虽非诗人的家乡，而"我"却亲切得如同回乡一样。

"神魂出窍人皆醉"，诗人在这里突然宕开一笔，着意作视觉描写，来这里的人成千上万，但这些人都被这美丽壮观的桃乡弄得神魂出窍、陶醉了。诗人说"人皆醉"，是因为他被"香风"引上"瑶台"，以俯视之开阔的眼光作全景性摄入，所以说境界更为神妙，这是《春天入桃乡》最为浓墨重彩的一笔。"人皆醉"使得桃花和春天在耳目之间成为"浑然一片"，这就是诗人"入瑶台"感受最深的情景。身在"瑶台"中、俯拾桃花海和如痴如醉的游人们，诗人感到十分畅快和兴奋。第三句之妙，正是能使通首精神飞越之故。

"诗叟狂吟似小孩"，为了和"人皆醉"场面相谐，诗人除了用"狂吟"来烘托，还给"诗叟"添加了一个注脚："似小孩"。直说"诗叟似小孩"，那便显得笨拙；而这个"狂"字，却别有一番意蕴。桃乡之美已然使得"人皆醉"，诗人此时还能不"狂吟"吗？"似小孩"，是诗人自然而然地表现出来的风流状态，既形似，也神似。这最后两句，写景、比兴，因物兴感，精妙绝伦。

绝句的结构一般有四种，即并列式，如杜甫《两个黄鹂鸣翠柳》；承接式，如刘禹锡《山桃红花满上头》；因果式，如王昌龄《闺怨》；转折式，如李白《早发白帝城》。此诗首二句写初见百里桃花、深入桃源看桃花，第三句忽然写游人，垫一步作转折，然后收合。第三句转折很妙，是此诗的诗眼所在。

二、语言美

《汉书·礼乐志》："其威仪足以充目，音声足以动耳，诗语足以感心，故闻其音而德和，省其诗而志正，论其数而法立。"宋刘攽《和杨十七伤苏子美》："穷途诗语尤慨慷，暮年笔法加豪逸。"诗是文学体裁的精品，通过有节奏和韵律的语言反映生活，抒发情感。绝句因为字数极少，更要精益求精。

落花吟

曾几芳鲜春满园，烈阳侵碎撒修原。
劫花落地清香在，静待来年汝再繁。

林建华先生的这首诗是借咏物抒怀的作品。其含义主要体现在两个方面，一是客观描写落花的物象，二是抒发对落花的认知和理解，流露了作者深沉丰富的思想感情。

诗中的"清香在""汝再繁"两句尤为经典，一方面是诗人言志抒怀的心声，另一方

149

面也可以为广泛意义上的崇高人格道德境界的出色写照。诗的开拓为表现自己面对落花的丰富感情，诗人用了"曾几"一词来形容往日的"芳鲜"，旨在强化与"落花"的对比，又体现出诗人傲然不羁的内心思绪和个性特点。紧接着的"烈阳"句，恰到好处回归本题中来，并形成了两句相呼应的艺术效果，仿佛能感受到诗人此时此刻此情此景中的心情。最后则笔锋一转，用形象生动的比喻抒发胸臆，使全诗浑然一体动人肺腑。

诗的前两句叙事，运用通感，触觉引发视觉，一方面在回放的镜头中展现"芳鲜春满园"，一方面用现场直播"烈阳侵碎"的落花场面。一远一近，形成对所咏之物的极限烘托，在对比中，一下把读者拉进了诗人设定的环境中。这样，兴叹就和欣赏交织在一起，既有"春满园"，又有"撒修原"；既有落花的残破，又有花开的盛景。这两个画面相反相成，互为映衬，正是诗人要进行"落花吟"的真实心境。

诗的后两句以落花为喻，表明自己的心志。"劫花落地清香在"写出了诗人超出直观意象的更高境界。自然现象的更替，虽然可改变事物的外在形态，但不会改变其本质，花虽遇"劫"了，但"清香"永在，它会永远地存储于人们的脑海中、记忆里。"静待来年汝再繁"诗人笔锋一转，由抒发感叹转入寄托情志。"清香"，本指嗅觉的体验，但是，并不是没有感情的东西，即使会在冬天消散，还会有"来年"，花还会盛开，清香还会再来。"静待"在这里是一种坚定和自信。"汝"是指花，也是自喻，也就是说诗人是不会缺席每一个灿烂的春天的意念宣誓。

纵观全诗，与龚自珍的《己亥杂诗·其五》应在伯仲之间，特别是后两句"劫花落地清香在，静待来年汝再繁"与"落红不是无情物，化作春泥更护花"有异曲同工之妙。都是以落花有情自比，表现诗人不为独香，而为护花的情怀，是一种极高的人生境界。

三、意境美

古人格外重视文学意象创造中的"意"与"象"的有机融合，重视创造出"情中景，景中情"的审美意象，而追求的最高标准就是从意象中升华出境界，即意境。诗歌创作离不开意象，意象的选择只是第一步，是诗的基础；组合意象创造出"意与境谐"的诗的艺术境界才是目的。

小满联想

冬麦辞春竞亿盈，人生求满路长行。

红尘百度难穷尽，参透常然身自轻。

小满，是二十四节气之一，在每年公历 5 月 21 日前后。此时夏熟作物的籽粒开始灌浆饱满，但还未成熟，只是小满。小满是夏天的第二个节气，小满后气温开始逐渐升高，预示着炎热的夏季就要到来了。诗人以小满为题的这首诗，充满了联想，别出新意地通过对小满意象的理解，道出了自己修身养性，不以物喜、不以己悲的人生追求。

首句"冬麦辞春竞亿盈"的"辞"字，通过拟人化的描写，点明了时令，给人以活泼灵动之感。诗人用"冬麦辞春"作为季节的见证，着墨不多，意味深长。就像听着抒情歌曲游园，让人心情愉悦。"亿盈"，汉语词典解释为满溢，此处应该是借指冬麦众多，争相辞春的意思。

承句"人生求满路长行"，则把"冬麦辞春"形象地表现为"人生求满"。这里的"满"实际已被诗人移花接木为圆满之"满"了。句中的"求"字正是对"满"字之意的诠释，追求圆满不是一蹴而就，而是"路长行"，直至不知日之将夕，表现了诗人为人处世的至高标准和情态。诗人通过对"冬麦"的竞进步伐，自然联想到人生，似较元稹《菊花》"秋丛绕舍似陶家，遍绕篱边日渐斜"有过之而无不及。"求满""长行"，把诗人追求完美，坚守信念的情态和诗人对事业的由衷喜爱真切地表现了出来，字里行间充满了坚定不移。前两句景、情、联想兼具，活脱脱地勾勒出一幅诗人站在小满的麦田前，纵向思考，沉浸不返的画面。

"红尘百度难穷尽，参透常然身自轻"，这两句非常有哲理，以否定之否定句式陡地一转，揭示了事物发展的前进性与曲折性的统一，表明了事物的发展不是直线式前进而是螺旋式上升的。只有参透了"红尘百度"，才能迎来每一次曲折和艰难后的坦然，放低姿态的人生更有情趣和价值，才是人性的回归。没有抱怨，只有快悦，没有迟滞，轻装前行，人生或许和一切事物一样，最后都会凋谢，一旦到了凋谢时，回首往事，不因虚度年华而悔恨，也不因碌碌无为而羞愧，这就是对"参透"人生的最好赞美。

这首诗从咏"小满"这一平常题材，发掘出不平常的诗意，给人以新的启发，显得新颖自然，不落俗套。在写作上，用语淡雅朴素，饶有趣味。笔法也很巧妙，首句以"冬麦"作喻，对小满进行实景刻画，为渲染人生的气氛做铺垫；第二句便笔锋一转，过渡到"人生"，三四句进一步迎合，跌宕有致，最后吟出妙句"参透常然身自轻"，使意境无限膨胀，极大地增强了诗的艺术感染力。

四、画面感强

张舜民在《跋百之诗画》中认为，"诗是无形画，画是有形诗"。其实，自有唐以来"诗中有画，画中有诗"早已是共识。当绘画的直观感受和诗歌的情绪表达一经结合，便能让读者通过多感官体验，在时空交错的艺术情境中，感受诗中的画意，经过画面的不断变幻组合，构建蕴藉丰富的内部意象叠加生成虚实相生意境，这就形成了诗中一种独特的"画面感"。林建华先生能诗能画，对诗的"画面感"领悟更深。

趵突泉吟

昼夜突喷奔不息，泉波醴水灌明湖。

古城蒸润春常在，景致妖娆胜浙苏。

"济南泉有七十二，趵突泉当第一流"，汪广洋这两句诗，足以说明趵突泉于济南的地标地位。也正因如此，古今文人墨客咏趵突泉的作品多如牛毛，可见，于中想出乎其类，拔乎其萃并非易事。

（一）镜头感（视觉引起触觉）

仔细欣赏这首诗是一幅绝美的画，诗人通过镜头的角度变换，一点点把读者拉进画面意境中来。

启句突出了时间、地点、动态，济南的名胜趵突泉，是对这一名胜拍的特写镜头。

承句是对扩展、体察的中景特写，"泉波"把镜头扩大，加了环境和物态，"醴水"，形象化，是说趵突泉流出的水，不但清透如蓝，而且甘爽甜美。这些甘甜的泉水都"灌"入了大明湖中。让读者看到在趵突泉"突喷"的背景下，清澈甘美的泉水一股脑儿地涌灌的延时摄影。

转句虽也是中景特写，但镜头却给出了画外音，这时，趵突泉泺源堂悬挂的赵孟頫"云雾润蒸华不注，波涛声震大明湖"的一副楹联出现在镜头中。"云雾润蒸""波涛声震"是一种夸张的修辞手法，此刻，被诗人借用过来，正因为时代不同，所得到的感受也不同，诗人眼中看的和心中想的趵突泉喷涌形成的水气，滋养的是济南永远的春天，这就冲破了古人笼罩的意念，使得整个画面焕然一新。

第四句是全幅完景，相当于画画收笔，将画面拼接完整：趵突泉开启了泉城之胜，明净美丽的大明湖，娇艳多姿的济南城"四面荷花三面柳，一城山色半城湖"，这景致俨然赛过江南啊。

（二）色彩搭配（视觉触发味觉）

整首诗来看，诗人只表现了两个鲜明的颜色：绿水，春（红）花。绿和红是对比色，也是主色，属于高级范畴，很容易给人以鲜艳感。诗中的绿色具有丰富的层次及空间感，泉的喷涌是稀释的淡绿；湖波里掺杂了柳荷的颜色，因而是碧绿的；傍晚由于阳光的逐渐收敛，树影拉长，加之泉水特有的雾气和水汽给画面再铺上一层朦胧，这时就是墨绿或深绿。当然，红色是在春的气息中，是在妖娆的景致中。这些要素集中起来，就让红绿两个颜色和谐而美好，清幽感也就出来了。

（三）动静相合，主次明显（触觉联动听觉）

诗中包含两个动态：一是喷奔不息的泉水，二是润蒸的汽升汽散。泉是给画面朦胧的水汽做贡献，也是为了让波涛点燃古城的灵气。但是这个动态和声音都只是画面的背景，是次要的，因此整首诗只用了一个"泉"字一带而过。诗的主角是常在之春。虽然春到第三句才出现，但每一句都是从不同角度、不同姿态去铺垫它，由静到动，由小动到大动，一点点展现春的美丽。总之，只有春天妖娆的景致才能"胜江南"。

（四）简练干净（触觉搭配嗅觉）

第一句讲泉，第二句说湖，第三句写城，第四句就是与江南的比较。看似各自为句，但是每一句都是其他句子的依仗。而颜色只有两个，水到之处和春的颜色都是通用色，声音就只有一个涌动的泉水。所以说，行文简洁而又干脆，一点也不拖泥带水。

梅圣俞说："必能状难写之景如在目前，含不尽之意见于言外，然后为至矣。"（见《六一诗话》）这两句话恰好可以说明此诗在艺术上的特点。一、二句写景，紧紧围绕泉而展开，"突喷""灌"二动词很有气势。三、四两句抒情，含蓄蕴藉，很耐人寻味。诗中虽没有一句抒情的话，但"春常在""胜江南"那种寄托与期望相交织的真切感情均蕴含于言外。此诗构思巧妙，语言质朴流畅，描物写景与叙事抒情相结合，呈现出灵动之姿，颇动人心魄。

五、动静有致

动静结合，是诗词创作中常用的写作手法，通常作为一种写景方式，描写动态与静态的景物，以动景衬静景，以静景衬动景，动静相结合，显得更加和谐。

春笋图

春雨无声冻土开，萌芽鲜嫩露头来。

万胎攒动盈庭满，偶见琅玕院外徊。

《春笋图》是一首题画诗，以一幅富有生机的自然美景切入，给人营造出一种清新轻松的情调氛围。前两句，诗人以不同的角度对这副美景进行了细微的刻画。"春雨"浇开冻土，催促了笋的萌动，所谓雨后春笋，是初春时节万物复苏生机时的声响。"鲜嫩"是一缕淡淡的绿色，"开"和"露"相继而出；一横一纵，就展开了一个非常靓丽的自然景色。第二句的"鲜嫩露头"最为传神，运用了拟人的手法把春笋描写得更加生动活泼，这是在静中寓动的生机，是一种向上的奋发。再者，首句写"春雨无声"，暗喻一种甘做绿叶的高尚风格。春雨不是主角，主角是"春笋"，但春笋的茁壮离不开春雨。因为春雨不想抢主角"春笋"的风头，所以"无声"，主角需要展示，故而必须"露头"。这样由内而外，由静而动的安排，使读者所能看到、感受到一个生机充盈的和谐早春。

第三句则由一点到全面，写万笋竞动的场面。"万胎攒动"，所以"盈庭满"。"盈庭"应该解释为到处都是的意思。"胎"字表明此景仿佛还是操动于母腹，正待一朝分娩的一幅图画。所以，十分值得品味。

末句用"偶见"的场景作结，镜头放远，由一个庭院引起连锁反应，小院是春天了，春笋冒出来了，外面也一定是春天了。"琅玕"，竹的雅称。"院外徊"，诗人触景生情，

153

用"院外徊"三字，有其深意。他心中始终存放着春天，希望这个春天充满每一个庭院，每一个家庭，每一片原野。而从春笋到琅玕，则暗示了从时间到空间的距离，是对成长的期待。

全诗看起来一句一景，是四幅独立的图像，但诗人的内在情感使其内容一以贯之，以清新轻快的景色寄托诗人内心的情绪，构成一个统一的意境，随着视线的游移、景物的转换，春笋仿佛在画面上破土而出，就像电视快进镜头一样迅速长成了翠竹。本诗运用了化动为静、化静为动的手法，将《春笋图》之美，尽情地展现在读者的视线中。

林建华是诗家也是画家，诗的体量大，且体裁齐全，他的诗内涵丰润，通俗易懂，语言典雅，结体自然。假如读者多去关注，定有所得。

作者简介：高福林，山东省作家协会会员，聊城市作家协会顾问。

论南广勋散曲艺术的审美特征

郭顺敏

在当代著名散曲家中，南广勋京味散曲素以题材广泛、构思巧妙、活泼灵动、风趣幽默、特立独行、雅俗共赏而享誉曲坛诗界和网络，被誉为曲中汪曾祺、丰子恺、黄永玉。他成功地将戏曲宾白、小说构思、国画写意、漫画幽默、新诗造境、诗词蕴藉、口语俚趣等多种文学艺术表现形式和创作手法综合运用于其散曲创作中，把中华美学精神和当代审美追求相结合，不仅独树一帜，形成了一派曲风，而且深刻影响了当代散曲的创作风尚和审美取向，撬动和激活了散曲的创造力，丰富了表现力，增强了吸引力，扩大了传播力。其布道之功不可谓不高，其独特贡献不可谓不大。

南广勋散曲，据粗略统计，共四千余首，创作时间跨度约二十年，作品题材丰富，包罗万象，有如一出当代民俗生活的全景戏、一部故事集、一座大观园、一卷风俗画，尤以亲情、友情、家庭生活、山水田园、旅游见闻、四季风情类的散曲作品最脍炙人口。本文从三个方面论述南广勋散曲艺术的审美特征。

一、以凝炼晓畅浏亮之语发散曲新声——语言之美

元周德清在《中原音韵》附《作词十法》中说："造语必俊，用字必熟。太文则迂，不文则俗。文而不文，俗而不俗。"南广勋散曲是在深刻研究理解元散曲"通俗、谐趣、辛辣、直白、'文而不文，俗而不俗'，甚至谐谑调侃、使酒骂座的泼辣文锋及市井化的亲合力"（南广勋语）的前提基础之上的再创作。他一贯强调要继承元散曲的精神实质，而并不仅仅是其程式化的躯壳和外在表现形式；倡导运用时代语言和新韵进行创作，以过人的胆识与才气、发展创新的勇气践行着他的散曲创作理念与主张。其曲作语言之美体现在以下三个方面：

（一）鲜明的诗性底色

"墙头阙处，补座青山。"（《〔双调·殿前欢〕贺志德新居落成》）"羊铲扛肩哼一曲，帽边插朵野菊花。"（《〔南吕·骂玉郎带过感皇恩采茶歌〕再游广武汉墓群》）"雾腾腾落雨抛珠，马萧萧地震山呼。"（《〔越调·寨儿令〕观壶口瀑布》）"桃蹊李径惹行人。掐

一根，细细品尝春。"（《〔中吕·喜春来〕香椿生芽》）"老妻换掉绣花鞋，寻梅去也。"（《〔正宫·醉太平〕初雪》）"天作穹庐地作台，竹签撸出火花来。"（《〔正宫·双鸳鸯〕在蓝旗草原李国华请吃羊肉串》）"陌头生绿草，岸柳摆青绦。满山腰，似雪非雪小山桃。"（《〔仙吕·四季花〕春日出游》）

这些极其浪漫唯美的佳句，一是有真趣，富想象，美在意似之间；二是有真情，富人情，美在虚实相生而有味；三是擅用典，如水中着盐，融化剪裁，不露痕迹；四是能出新，师古而不泥古，化古为新，化常为奇。在南广勋散曲中俯拾皆是，不胜枚举。

（二）纯熟的虚词活用

明李东阳《麓堂诗话》云："诗用实字易，用虚字难。盛唐人善用虚，其开合呼唤，悠扬委曲，皆在于此。"南广勋散曲之语言美的又一显著特征，是他既能够很好地继承元散曲衬字、虚词的定格规制，又能加以活学活用，通过精巧构思，使得其作品初读如行云流水、浑然天成、自然流畅，就像聆听邻家大哥聊天般亲切朴实，再读如陈年老酒，内涵丰富，韵味十足。如《〔双调·水仙子〕临朐女县委书记》：

> 观花走马看临朐，掌印当家是"小姨"。四梁八柱千条绪，咋分身将线儿提？
> 笑听她泄露天机：把女人当成老爷们儿，将男人使作借来的驴。哈哈，还都很积极。

作品末句"还都很"就是典型的虚词，"哈哈"是添加的衬字语气词，在曲作中自然运用，语言不隔，从而对整首作品起到了很好的润色和逗转作用。再来看《〔双调·水仙子〕元宵》：

> 桂花糖块儿水喷潮，米粉筛中转着摇。竹筛摇动珍珠跳，桂花糖成糯米桃。沸水中煮软才捞。老外吃一口，直摸后脑勺：这汤汁儿咋也能包？

将"老外、这汤汁儿""直摸、咋也"这些衬字和语气词穿插使用，有的位于开头，有的位于句子中间，对中心部分内容起着说明、限制、修饰、强调的作用，强化了散曲通俗化、口语化的特色，也增加了作品的曲趣和曲味，凸显了作品的艺术灵性。

（三）浓郁的诙谐曲趣

朱光潜《诗论》说："诗人的本领就在能谐。""丝毫没有谐趣的人大概不易作诗，也不能欣赏诗。"散曲诙谐之曲趣的形成，有"前代唱赚艺术和滑稽词的遗传，主要还是受到杂剧的深刻影响。时至今日，剧作家们为了活跃表演气氛，引观众发笑，经常使用插科打诨的手法，或相讥，或自嘲，或装疯卖傻，或自作聪明，或故意曲解人意，或故意夸张某些人的言行和特征，从而产生出一种谐趣效果"（赵义山《元散曲通论》）。在西方文艺学理论中也有个名词叫作"戏仿"，又称谐仿或谐拟，属于后现代主义的创作手法，戏仿的对象通常都是大众耳熟能详的作品与人物。这种手法也在南广勋散曲创作中被运用得活灵活现、精彩纷呈。如《〔双调·水仙子〕过"圣诞"》：

> 洋节引进任铺排，土灶柴锅烧起来，粉条猪肉熬白菜，直吃得肚儿歪。见熟人把手一抬：好啊右，顾的白，恭喜发财。

曲作"见谐趣"。借用著名评论家郎晓梅的话来评说："炼词出人意料而妥帖，极富词趣。"对"好啊右""顾的白"这两个国人所熟悉的英语问候语的音译处理，选用了令人意想不到的汉语口语化俗字谐音，音准极近老百姓的日常口语，令人捧腹又感到亲切；"好啊右，顾的白"与"恭喜发财"中西两组语词同时使用，并行对立，又相映成趣，不落俗套。再看《〔正宫·塞鸿秋〕看山桃》：

> 今生空在江湖混，双足未践风流阵。老来误入桃源郡，方知红粉妖娆甚。扑鼻阵阵香，贴面层层印。咱平白交了桃花运。

南广勋散曲擅用白描，古谚俚语、时尚新词全不避忌，自然活泼，生机无穷，教人只觉其趣不觉其俗。这首散曲最突出的特色，不独依古今俗语"桃花运"来进行创意构思，而且用活比喻、夸张却不失文人雅趣，作品清新脱俗俏皮。结句"咱平白交了桃花运"，典型的虎头加豹尾，其俗语翻新的手段和创作思维值得称道。

二、融传统现代中西之技法抒散曲意趣——意象之美

诗乃有声画，画为无声诗。当白描、写意、勾线、留白……，这些中西融合、沟通人天、启迪灵性的艺术手法和创作技巧，被散曲艺术家南广勋所领悟和掌握，其构图、造境、铺陈、抒情的笔墨就焕发出了新奇的艺术生命力，并被赋予了兼具个性化和时代感的审美意趣。

（一）视觉之美

文学艺术无疑和视觉艺术、听觉艺术结合最为密切，这一联系能在有着细腻感受和人文修养的文学家、艺术家的作品里看到其深切的关联。苏东坡曾赞美王维："味摩诘之诗，诗中有画。观摩诘之画，画中有诗。"诗画同源同质，情趣与意象相互契合。有专家评论说，南广勋是一位散曲小说家，笔者认为，南广勋是一位散曲漫画家、国画家、油画家、水粉画家同样适合。请看下面这两首散曲：

〔双调·折桂令〕大寒日大雪

大寒日、瑞雪飘飏，老柳悬银，冰柱垂枪。遥望西山，水洇墨淡，一片迷茫。

157

出院门、我身披大氅，紧随身、她一套红装。我真想、循着梅香，信步徜徉，牵着毛驴，驮着婆娘。

〔中吕·朝天子〕诗人西山雅会

上坡，下坡，玉柳芽初破。诗翁个个脸儿酡，相与青山坐。花满长柯，香飘碧落，黄莺犹唱劝酒歌。快活，快活，醉了铺云卧。

这些意境优美的作品，其中无处不在的色彩、线条、浓淡、远近、明暗、冷暖、大小、形状，无一不是绘画的专业技法和构图要素，而那一个个神来之笔，又呈现出一种优雅的"音节散漫化的状态，使曲作的语言和句法更加淳朴天然，活生生透着一股子仙风道骨"（尹日高语）。

（二）形象之美

人物形象是文学形象的核心，而审美意识和情趣是形成形象美的重要因素。善于刻画各类人物可谓是南广勋的拿手绝活。作品中那些着墨不多，却呼之欲出、神形兼备、过目不忘的人物形象，每每吸引着我们情不自禁地走进南广勋精心营造的散曲大观园。请看南广勋笔下的人物形象：

〔双调·水仙子〕干休所老人

推车拄杖步槐荫，眼袋垂兜发卷银。蹒跚小步艰难进，呼吸喘不匀。咳一声、如虎啸龙吟。青春梦，斗战魂，曾叱咤风云。

〔正宫·塞鸿秋〕湘妹背影

青花小袄坡肩袖，辫花垂在纤腰后。过膝裤脚稍稍瘦，芙蓉鞋面些须旧。偶尔一回眸，明月云间露，山茶一朵红初透。

上述曲作所刻画的人物形象神态各异，呼之欲出；多种艺术手法并用，有正面描写，有侧面描写；有服装外貌的描写，有动作眼神的描写；有色彩反衬，有声音渲染；有表情夸张，有心理刻画；动静结合，虚实得当。仅举此两例，我们便可充分领略到其手到擒来的散曲真功和白描手法已经运用得炉火纯青，出神入化。

三、以简约浅淡禅意之境求散曲真谛——意蕴之美

南朝梁钟嵘《诗品》以自然淡远为诗歌的审美基础，自然之美为诗歌的最高艺术魅力。宋人严羽《沧浪诗话·诗辨》有云："盛唐诸人，惟在兴趣，羚羊挂角，无迹可求。故其妙处，透彻玲珑，不可凑泊。如空中之音，相中之色，水中之月，镜中之象，言有

尽而意无穷。"南广勋散曲继承了以关汉卿为代表的北曲本色派的通俗自然、明白如话这一雅化后的散曲本色语，又擅用豹尾效果，作品充满奇思妙想。那些丰富的手法、聪明的调侃与智慧的幽默着实耐人寻味，余韵无穷。

（一）化俗为雅，大俗大雅

〔黄钟·人月圆〕山乡年关迎归人

灶间檐下绳悬肉，松柏火熏香。别时小犬，携儿带女，坐望村旁。（幺）年糕糯米，醉糟腌腊，翁媪频忙。背篼娃笑，花簪云鬓，少妇依窗。

这是一首反映湘西、四川、云贵一带民俗风情的散曲小令，由前篇和幺篇组成一幅色彩丰富、画面温馨、人物鲜活、寓意吉祥的唯美油画："松柏火熏香"了"灶间檐下绳悬肉"，"别时小犬""携儿带女，坐望村旁"；还有一位竹篼背娃"花簪云鬓"的依窗少妇，想必是在眺望在外打工即将回家过年的丈夫和亲人吧。这首散曲的艺术表现手法既包含传统艺术元素之大写意，又吸收借鉴西洋油画的浓墨重彩、重细部、重细节，并与中国古典绘画的艺术精神和古典文学创作的基本要素与审美取向有机融合，虚实得当，呈现出一种神秘、厚重、宁静、别致的艺术质感，读来令人向往和沉醉。

（二）升华意境，语浅味厚

〔双调·水仙子〕题和老婆秋林小照

林中秋叶落纷纷，老俩已经白发人。笑谈犹忆出村镇，专钻小树林。记得也是秋深，红叶红如火，黄叶黄似金，落了一身。

这首作品的主题本是最平常不过的婚姻家庭与爱情，所选意象也是最常见的：深秋时节，落叶缤纷，老两口林中散步，笑谈青春往事。但是，当你读到"记得也是秋深，红叶红如火，黄叶黄似金，落了一身"这充满灵性与才气，充满艺术张力与表现力以及人性光芒的文学语言，你一定感动了、陶醉了，一定会感受到生命的庄严、尊贵与短暂，从而激发出对美好生活的珍惜热爱之情。

当然，我们研究南广勋散曲艺术，是抱着学术研究与艺术探讨的目的，也就不应回避问题和某些不足。如：或许受生活阅历所限，南广勋散曲对重大社会题材的关注与表现似还有待进一步强化；有的作品还比较表面，意蕴及余味还可进一步挖掘。需要强调的是，诗词散曲等韵文体式流传于民间，最初都具有一种本色质朴之美，一经文人染指而雅化后，表现手法便日益含蓄蕴藉、精雕细刻。元散曲发展中后期，以词绳曲之风日盛，最后散曲演变成远离民众、阳春白雪般的纯案头文学，成为文人的专利、小众文化，最终导致其鲜活性与生命力式微和衰落。进入二十一世纪全媒体时代，南广勋京味散曲以其通俗自然、谐趣俏皮、雅俗共赏的本色之风及其为人民写作、为时代发声、为散曲开路的长期探索和不懈努力，业已结出了丰硕果实，为中华散曲在当代的普及、传播与复兴做出了独特的贡献，值得更多的专家学者关注和研究。尤其在大力提倡"传承发展中华优秀传统文化，不断培育和创造新时代中国特色社会主义文化，推进文化繁荣和文化自信"的时代背景下，对南广勋散曲艺术的关注与研究，更具有特殊的学术价值和积极的现实意义。

作者简介：郭顺敏，中华诗词学会理事，山东诗词学会常务理事兼散曲专委副主任，潍坊诗词学会会长。

雷海基军旅诗的时代感

蔡大营

时代感，是指一定时代的社会生活及其所形成的时代形象、时代精神、时代审美等在艺术作品中的体现。不同时代的作品，具有不同的时代感。反映在军旅诗方面，由于人类战争形态从古代冷兵器战争、近代热兵器战争、现代机械化战争向当代信息化战争形态转变，当代军事领域涌现了大量新事物、新生活、新特点、新元素和新词汇，为军旅诗创作在题材选取、形象塑造、感情抒发、语言运用、思维方法等方面，提供了丰富源泉。"文章合为时而著，歌诗合为事而作。"著名军旅诗家、诗评家雷海基先生以其军旅诗人的使命与担当，紧贴新时代我国军事的伟大实践，创作了大量具有鲜明时代感的新军旅诗。其"新"体现在以下几点。

一是新题材。军旅诗是特殊环境下的产物。古代冷兵器时代，军旅诗的题材往往是常见的剑戟战马之类。立足于当今信息化时代，雷先生密切关注我国军事发展动向，注重把我国军事活动中重大事件和尖端科技成就作为军旅诗的创作题材。

如《闻我舰机绕台湾岛巡航作》："舰机列队向台湾，绕岛巡航去又还。云淡风清宜放步，丈量祖国好江山。"取材于现代兵器军舰、飞机及其特点，用海上空中"放步""丈量祖国好江山"的从容自在，表现了我军如今装备升级、"鸟枪换炮"后的强悍军力和随时可以"向台湾"的自信豪迈。

又如《闻国产航母海试喜作》："一声军令远离湾，百丈龙腾天海间。小试即平波万顷，来年昂首卫江山。"取材于我军航母下海试航，化用"小试牛刀"成语，用"小试即平波万顷"的举重若轻，来歌颂国产航母的巨大威力，表达作者对我国诞生军中重器的喜悦心情。

还如《东风导弹》："不分昼夜深山竖，万里神州由我戍。只待中军号令颁，飞身直取黄龙府。"取材于我军制敌"杀手锏"东风导弹，这是能够远距离打击陆地和海上任何目标、对于维护我国国家安全和主权具有巨大战略意义的新式武器。绝句化用"直捣黄龙府"典故，用"飞身直取黄龙府"形容东风导弹的威力无比，通俗好懂，简明易记。《昨夜神舟八号飞船与天宫一号对接》："昨夜远非别日同，神舟飞渡入天宫。从今往返寻常事，亦可长年住太空。"取材于我国航天科技具有里程碑意义的中国空间站。空间站不仅在科技、民生方面具有重要意义，还在军事领域中具有重要意义，因为"亦可长年住太空"，将有助于我军随时发射出奇制胜和所向披靡的太空武器。

二是新形象。冷兵器时代军旅诗囿于军兵种单一，诗人描写的对象大多只能是抽象的武士、将士和一般战争场面等。如今，我军早已由新中国成立初期的以陆军为主、兵种很少的状况，逐步发展为当代多军兵种联合协同作战的军事体制，客观上为军旅诗创作提供了众多对象。雷先生的军旅诗，有不少诗作就是展现新时代特种兵形象，热情讴歌他们坚韧、勇敢、奉献等优秀品质的。

如《电子通信兵》："百旅雄兵睡正浓，电波一缕掠星空。令符飞抵关山外，手键轻敲帅帐中。"《互联网络卫士》："虚拟空间暗战生，隐形盗匪亦横行。身边万户早沉梦，网域三军正成城。轻点鼠标擒木马，谨防毒病入兵营。时而敲键声声起，黑客谁人敢试锋。"电子通信兵是担负军事通信任务的专业兵种。用电波、令符、手键等专业词汇，配上掠、飞、敲等动词的细腻描写，把电子通信兵的工作特点和重要作用写得形象生动，人物形象可感可视、栩栩如生，令人难忘。网络干扰和反干扰（也包括电子战），是看不见硝烟的战线。在当今信息化时代军事斗争新型战场中，网络卫士首当其冲，发挥着先期制敌铁拳尖刀的作用。作者通过使用"轻点鼠标""时而敲键"等具体描写，生动描述了"网域三军"在虚拟空间的作战场景：在"万户早沉梦"中，"擒木马""防毒病"，构筑网络长城，从而显现和讴歌了我军在信息化战争中特有的新型战士形象。

又如《看电视采访西沙水兵生活》："风敲耳鼓浪敲窗，夜夜涛声扰梦乡。遥望南天云水动，清晨上哨挎长枪。"《空降兵》："哪怕风狂万炮开，挽霞伴月傲高台。纵身一跃从天降，展翅穿云破雾来。"古代没有远离大陆的海军，更没有能翱翔蓝天的空军。"风敲耳鼓浪敲窗，夜夜涛声扰梦乡"，生动逼真地描写了我国海军官兵的日常生活情景。"遥望南天云水动，清晨上哨挎长枪"，则是具体描写水兵们日常练兵情况：密切关注"南天云水"（南海风云），随时准备着上战场。而写空降兵，则是写他们面对各种恶劣天气（"风狂"）、冒着炮火朝夕演练，从而练就"纵身一跃从天降，展翅穿云破雾来"的精湛跳伞技术。两首诗让我们形象地领略了当代海空军战士的习武精神和爱国情怀。

还如《翟志刚太空漫步》："浩渺高天脚踩空，步行万里数分钟。百般惊险从容对，更把红旗舞碧穹。"建成中国太空站，是我航天事业的重大里程碑。翟志刚是我国载人航天的第一位指令长，第一位出舱航天员，成功地完成了三次太空行走任务。绝句生动描写了翟志刚在空间站出仓活动进行"太空漫步"的场景。"步行万里数分钟"，令人想起伟人"坐地日行八万里"诗句，虽感夸张却并不虚幻。因为地球赤道全长为40076千米，24小时自转一周，即便"坐地"不动也可"日行八万里"，何况太空站还同时在飞速转动呢！绝句热情讴歌了以翟志刚为代表的我国航天员无与伦比的勇气和职业素养。

以上这些当代军人形象，是中国有史以来没有的，是具有时代感的鲜明的，崭新的形象。

三是新词汇。每个时代都有反映当代社会劳动，社会生活的新词汇，每个时代的军旅诗都会反映当代军事生活的特点。古代军旅诗传承至今、经久不衰的原因之一，就是直接使用了作者所处时代的社会用语、军事用语和所有代表那些时代的劳动创造、科技成果、战斗生活的先进物件等。我们今天所处的时代，科技成果和社会生活日新月异，各种新词汇层出不穷，军旅诗只有使用我们当代的新词汇，才能反映我们这个时代的特征，才有流传价值。关于新词汇，古诗一般都是直接使用当时社会用语和物件本名，比如，我们经常看到的剑戟、干戈、刀斧等"十八般兵器"，青海、楼兰等地名，战马、朝廷、子弟兵等名词，并没有如当今所谓"诗化"处理。同理，我们今天的军旅诗，虽可以借用古人词汇，但更应该运用当今词汇。雷先生的军旅诗，就非常注重当今新词汇的运用。

如《内蒙前哨技术侦察》："大漠边陲烟雾浓，一双火眼细巡空。黄昏塞外兵车动，已入值班日记中。"《代除夕哨所士兵作》："巡逻站岗岂嫌长，华夏新年夜未央。坐看银屏春晚热，边关谁不更思乡。"《忆内蒙前哨值勤》："深夜朔风紧，哨孤未觉单。身旁窗积雪，塞外敌藏奸。心逐天波去，目随屏幕观。天明敲电报，千里话平安。"值班、站岗、春晚、电报等都是现代词汇。银屏虽是古代词汇，但古代是特指镶银的屏风，而今天特指银幕或电视屏幕，与古代的意思完全不同。用这些现代词汇写现代军旅诗，使人感觉很直接、很真切，也很生活，还为后人写军旅诗提供了新的词汇参考。

还如《题首艘航空母舰》："辽宁舰是水兵家，敢立潮头开浪花。只要中军一声令，营盘可驻到天涯。"《我军"翼龙"无人机》："高空日夜自巡航，导弹追踪鹰眼光。纵是无人在机里，依然万里卫边疆。"辽宁舰、导弹、无人机等都是现代军事词汇，直接把这些现代词汇写进军旅诗，具有鲜明的时代特色，当代人一看就懂，后人读诗就能了解我们这个时代的兵器种类。因这些兵器古代都没有，如果不用这些现代现成词汇，非要进行一番所谓"诗化"语言处理，则很难找到相应词汇表述。如果硬要找一些相近意思词汇表达，比如将无人机称之为"神火飞鸦"（明代），读者听起来就会如入云里雾里，不知所云。

还有《武警除夕巡逻》："十里华灯染彩云，礼花爆竹映门神。家家春晚台前看，楼外军靴雪印匀。"《天军吟》："万里空天任我行，耕云犁月数星星。外人有胆来偷渡，能过机前一小兵？"用礼花（古代称烟花、烟火）、军靴（古代称战靴、铁鞋）、偷渡（古代称潜济）等现代词汇入诗，而不是用古代词汇表述，读起来很接今日地气，通俗易懂。如果沿用古代词汇，虽然也能懂得，但读起来会与今天生活用语产生违和感。烟花、烟火虽然今天仍有人在诗词里用，但生活中并没有多少人这样说，大家基本上都是说礼花。后人在考证词汇发展时，也可以通过三者的称谓变化，感受和论述时代的变迁。

四是新感情。在军旅诗中，写军人思念妻子、妻子思念服役丈夫的那些真挚的爱情、亲情的诗不少，也最打动人心。比如古代最早写军人思念妻子的诗："扬之水，不流束薪。彼其之子，不与我戍申。怀哉怀哉，曷月予还归哉？"（《诗经·国风·王风·扬之水》节选）最早写妻子思念服役丈夫的诗："采采卷耳，不盈顷筐。嗟我怀人，寘彼周行。"（《诗经·国风·周南·卷耳》节选）后来各朝代（特别是唐朝）都有不少这类描写感情的军旅诗。但在古代军旅诗中，除了描写这种感情外，写军人思念妻子（或未婚妻）与热爱军队忠于使命担当的感情冲突、写母亲思念当兵的儿子与不愿影响儿子军务的感情冲突的诗几乎没有，写战友之情的诗也少而又少。在雷先生的军旅诗中，却有不少是描写这种新感情的作品。

如《永暑礁士兵致女友》："夜夜高床梦故乡，梦中思你又思娘。莫嫌我是黑肤汉，铁血男儿戍海疆。"这是一首描写南沙群岛守岛海军战士的绝句。守岛战士都是有血有肉有情有爱有义的年轻人，他们远离祖国大陆和家乡，远离母亲和女友，难免夜夜梦故乡，思母思女友。但他们都是"戍海疆"的"铁血男儿"，为了军队为了国家，必须驻守祖国的南沙群岛，哪怕天天面对惊涛骇浪、狂风暴雨、皮肤黝黑，也不辱使命。

又如《娘》："常面地图指海疆，几番上路又彷徨。非愁票贵旅途远，怕扰小儿军务忙。"《江城子·除夕夜》："老娘默默伴孤灯，坐中厅，候铃声。移步窗前，皎月伴天星。念万里巡航舰队，茫茫夜，逆风行。　　儿同战友正南征，炮身横，战鹰升。雷达扫描，细细理军情。百丈蛟龙如铁马，将四海，浪犁平。"儿子永远是母亲心中的牵挂。《娘》生动形象地塑造了一个以国家和国防利益为上，正确处理家国关系，平凡却又令人肃然起敬的军人母亲形象，是军旅诗中描写军人母亲的难得佳作。《江城子·除夕夜》描写军人母亲在除夕夜这个万家团圆的特定时间段里，因等儿子电话久候不至而"移步窗前"，眺望儿子部队所在方向，想象着儿子和他的战友们正驾驶战舰，乘风破浪护卫海疆的场景，期待他们"将四海，浪犁平"的捷报。绝句和词都生动地描写了深厚的家国情怀。

还有《去广州战友聚会途中》："离京南下恰天晴，楚水粤山步步迎。人在如飞车上坐，兵心早已到羊城。"战友情，是军旅生涯中一种特殊经历结成的一种特殊情谊，终生难忘，历久弥新。此作写作者对即将与天南地北的老战友们在广州聚会，充满着喜悦和期待，"聚"心似箭的心情溢于言表！整首绝句轻盈明快，一气呵成，真实而又艺术地记述了作者离京南下途中的情感片段。

又如《致密云五十周年西安聚会诸校友》："相逢话语不嫌多，话了渭河话海河。莫憾西安言未尽，请君上网递情波。"诗再现了老战友五十周年聚会的感人场面，大家久别重逢，共同回忆过去的军旅生涯和战友情谊，然时短情长，言犹未尽、意犹未尽。一句"话了渭河话海河"，惟妙惟肖，妙趣横生，战友之间无话不谈亲密无间的情形跃然纸上。

五是新思维。随着科技发展，人类的视野更开阔，更深入，远可以观银河系，人登上了月球；深可以潜入大洋万米；大可以探视宇宙；小可以见原子，量子。此外，还发现了时光隧道，时空穿越。这些都改变了人的思维。超时空、超现实等新的思维产生了。雷先生运用意识流、超现实、时空穿越、过度压缩等思维方法创作了不少令人称道的军旅诗。

如《警卫哨兵》："立守门前稳似山，一身绿色满园鲜。青春种在军营里，数朵兵花开上肩。"《天宫号空间站核心仓入轨》："座落蓝天靓过花，一宫赢得世人夸。百年党庆添新礼，我在太空安个家。""青春种在军营""兵花开上肩""在太空安个家"，想到什么就写什么，写法随意，不受传统逻辑约束，也无须遵循传统结构，但形散神不散，这就是意识流思维。这种借鉴小说、戏剧的意识流创作的手法，自然流畅，跳跃性强，改变了读者的阅读习惯和认知结构，无理而妙，使诗词产生一种独特的艺术效果。

又如《歼-20战机升空》："双翅斜张头部尖，机声动地五星鲜。扶摇直上青云去，六尺男儿顶破天。"《警卫哨兵》："华灯渐暗柳风轻，数缕晨曦唤鸟鸣。双眼迎来半边日，一枪挑落满天星。""六尺男儿顶破天""一枪挑落满天星"，在现实生活中显然无法做到，诗人在诗中却能做到，这就是超现实思维。这种思维，起源于欧洲的一种艺术与文学超现实主义的现代派运动，通过伏笔、自由联想、梦幻重现、失真、夸张等，将不同领域的知识、文化、艺术等进行融合创造。超现实思维，不是简单的艺术夸张。夸张是指在客观现实的基础上，有目的地放大或缩小事物的形象特征，以增强表达效果的修辞手法，其基本前提是要"在客观现实的基础上"，而超现实思维则不受正常的逻辑和条理以及现实情境的限制。

《天军吟二首》："万里空天任我行，耕云犁月数星星。外人有胆来偷渡，能过机前一小兵？""寂寂清空片片云，片云长系我丹心。信中父母曾叮嘱，你守蓝天是守门。"其中的"耕云犁月""蓝天是国门"，把人类在地面上日常活动的思维方式，运用到天上，非常形象地描述了"天军"军种的特点，这是运用跨界思维进行创作。跨界思维，原本是哲学、管理学术语，是指运用多角度多视野将不同领域的知识、经验和概念进行跨界整合的思维方式。运用跨界思维方式写诗，就是要打破固有思维的界限，用跨界的眼光看待和描写所吟诵事物，以达到诗词灵动、意到神随的效果。

《乘火车返部队过南京长江大桥》："车碾钢桥道，寒灯掠暖窗。梦中回故里，枕下过长江。"《延安枣园毛泽东旧居窑洞》："枣园窑接井冈楼，窑里谁人日夜筹。莫看案头光似豆，油灯一盏照神州。""枕下过长江""枣园窑接井冈楼""油灯一盏照神州"，运用压缩思维，用词高度简练，中间省略了很多过渡性语言，却好读易懂、生动形象，令人耳目一新。所谓压缩思维，就是借用物理的压缩原理，将一句话、一段话进行归纳，提炼出最精炼却能让读者一看就明白的词汇（不是生造词）或诗句，达到辞简意赅、言简义丰的艺术效果。

军旅诗词的时代感，是一个动态概念，随着时代的发展而发展，随着军事的变化而变化，需要军旅诗人对新时代的军事发展、军旅生活、军人情感等，具有敏锐的观察力、感知力和表现力。要写出具有时代感的军旅诗，绝不仅仅局限于上面所说的几种方式方法。但雷海基先生对新时代军旅诗创作所作出的探索，无疑为我们新时代军旅诗创作提供了有益的启发和借鉴。

唐代边塞诗创造了中国军旅诗的高峰。但时代变了，军旅诗的大环境也变了，时代要求有属于自己时代的军旅诗，超越前人的诗。当代有大量新元素的优秀作品，就是对前人的超越。雷海基先生这些具有新元素的军旅诗，在当今军旅诗人中，在新题材、新语汇、新形象方面，很有代表性。从创新维度上看，是超越了历史的诗。因为更适合现代人阅读和欣赏，反映了当代历史的真实。

中国诗史由不断出现的新诗现象构成。诗没有创新，就会消亡。这也是雷海基先生富有时代感新军旅诗的意义。

作者简介：蔡大营，北京市军休干部，北京市诗词学会理事。

从高处著眼，悟天地奥秘

——我的旧体诗创作体会

胡迎建

我作旧体诗始于二十岁，其时我被迫调往型砂矿劳作。船行在浩荡湖波上，我写了平生第一首诗，其中两句是："岌岌山危压小躯，翻腾波上融寒泪。"后来有人请我为他家造房帮工，问我需要什么，我索要他家《唐诗三百首》一册，也想效颦写旧体诗，那时涂鸦几十首，主要是哀叹身世、苦役劳作以及描写鄱阳湖风光之类。

我后来考上江西师大，师从胡守仁、陶今雁、朱安群三先生学唐宋文学，先生督促学生作诗，才真正明白作诗的途径。陶先生教杜甫诗之章法，并以为，若作诗须从杜诗入；胡守仁先生教韩诗，他作诗拜倒在韩黄两家；朱安群先生讲唐宋诗之比较，使我们明白了宋诗为唐诗一大变，而变之枢纽即在杜甫开创的变调，韩愈为接力棒，力破盛唐余地。

近人学诗重在门径，师从某几家。以同光体诗派一些重要人物为例，陈三立师法韩愈、黄庭坚，郑孝胥师法韦应物、梅尧臣，而陈衍师法白居易、陆游，陈曾寿师法韩愈、李商隐。当代有的人学诗，以为熟读唐诗三百首甚至学了毛泽东诗词即会写诗，我以为不然，真正要想作诗有成就，是不能泛学的，一定要学有所本，从摹到创，先从一两家入手，如法名帖，打下基础，然后广采诸家。我早年即犯了泛学的毛病。

从杜甫入手是好办法，因为杜诗有章法可循，开后人无数法门。李太白诗飘逸奔放、苏东坡诗畅快狂放，但李苏以才气为诗，难以效法。杨万里认为：苏东坡、李太白诗无待于诗法，神明变化莫测；杜少陵、黄山谷诗有待于法而又不依赖于法，有门可入，有法可循。

古风以杜、韩为正格。我尤喜欢韩诗古风。韩诗云："我愿生八翅，百怪入我肠。"他把大、奇、怪、丑的意象，鲜血淋漓的东西写入诗中，有金刚怒目式的奇崛美。我那时学作《咏怀》如："草木萌新绿，往事倏如烟。惊蹶还坐起，孤枕难成眠。蝇利无所恋，惟求学业奠。暗悯三十余，仍为分数战。无力穷一经，何能悟新变。树凋复满绿，眼角爬纹线。朱颜日渐凋，成就叹遥遥。几番见嘉树，风来亦萧萧。"即学韩诗

167

的《秋怀》。

古风重在记叙，但忌平铺直叙，宜有跳跃性，跌宕腾挪。可运用排比句或反复叠用相同字眼，也可用少数骈句。《咏湖口石钟山》诗云："冰川造化日，地层渐陷下。唐时成巨浸，容纳五河泻。周遭八百里，水天互混漾。涵泳星河汉，倾倒匡庐嶂。山锁江湖间，俨然石钟状。撑持石巉峭，白鸥有依傍。石窟噌吰响，其声激于浪。湖口如咽喉，吐纳势奔放。或洪波舂撞，鬼嚎声凄怆。或清黄可辨，豁眸送浩荡。或琉璃凝碧，天水共澄亮。或湖洲裸露，石脚瘦骨样。神工驱鬼斧，劈此奇境贶。"先写历史变迁，次写鄱阳湖景，极力夸张。一连用了五个或字领头的排比句，学韩愈的《南山》诗。中山大学陈永正教授来信即言此诗学韩黄。拙作《九天大溶洞》诗中云："或如峰林攒，斑白洒霜淞；或如高原阮，有马失其控。或如侣相依，或如晨鸡哶。或如黄牛饮，或如悬翔凤。"《游福建将乐县玉华洞》："或流沙砾金，或泻丝飘练。匦堆晶玉螺，镶精美花钿。"亦前用排比，后用一四句法。又《游温州江心屿》："一塔傲千古，雄镇东岬头。一塔体黄瘦，柯密遮四周。"连用排比。

古风中不妨有骈句。拙作《游汉阳峰》："足踏落松针，棘曳迅行胫。茅丛露未晞，云锦花犹炯。"《游大散关》中的："铁马奋秋风，儒生上前线。从知世事艰，翻笑志士贱。"《白城行赠三狂居士》写其草庐："篱架葡萄累累挂，池台芙蕖冉冉香。秋千摆荡风拂拂，茅亭坐观雨茫茫。"《终南山南五台行》："大壑濛濛元气藏，层峦嶙嶙剑齿挺。"

古风与歌行略有不同，歌行重在婉畅，古风重在崛健。初学者宜先学结构布局，然后求流畅生气，既要避免支离破碎的毛病，也要注意克服四平八稳、平铺直叙、章法板滞平钝而无生气的毛病。

我的《贵州黄果树大瀑布》一诗云："丛嶂苍莽云烟开，我如鹏搏颠簸来。湍流奔喧穿幽壑，石骨蟠结耸崔嵬。忽闻昆阳激战鼓，银河倒泻白龙舞。虞渊冥晦翻地轴，铁马盘涡震天宇。万钧霆斗日月摇，激涧波涌海门潮。驱蛟走鼍供鞭笞，悬注奔啸崩雪涛。瀑藏玲珑水帘洞，坐观六窗纷翥凤。龙须带雨天花坠，猴王借扇仙风送。跳珠腾雾气淋漓，日光来射五彩霓。金光玉色相荡诵，虹桥蜃景变幻迷。噫嘻海内名瀑以百数，何独推尊黄果树。乃知天意属贵州，游览业成致富路。我欲携取灵源水一壶，去救东篱菊半枯。又盼水击轮飞发电足，千家万家焕明珠。"熊东遨评："写得黄果树瀑布如此气势，令人心往神驰不已。结尾四句怀济世之心，尤见高格。蔡厚示先生谓此作'卓荦不凡，自具手眼'，自是的论。"（载《我看诗词百家》）李木简评："此诗大气磅礴之笔力源于大气激扬的襟抱、不凡的气质与丰厚的学养功夫。此诗前二十句状景于虚、实之中运用赋比兴、夸张、想象、烘托、置换韵部诸艺术手段，情景交融，境界阔大，佳句迭出，于空灵中呈飞动壮美之势，形神兼备，激荡人心。后八句抒怀饶有余味。诗中作者的生命质量之歌，信而不诬也。"（《贵州诗词》2007年第三期）李木子何许人也，我不清楚，所评言过其实，我不敢当，但可给学古风者拓展思路。

作诗不可仅仅写景而无主观性情的抒发。若是写景再好，也不是成功的诗，必然单薄无厚度。我在2008年所作《游五老峰下李氏山房歌》最后说："仰望岩岫列峣嶕，嶙峋傲骨摩青霄。恍如逸士与天语，云浮隐隐露峻高。下窥泱潒远浩淼，左蠡依稀落星小。平陆丘峦走蜿蜒，万象不可瞒五老。我盼一年半年闲，坐观风云栖此间。但愿心神能澹定，天地奥秘悟二三。"从仰望五老峰到鸟瞰鄱阳湖，最后要抒发议论，认为天地朗耀光华，尘世间无论何事都不可瞒却五老峰。我盼望在此山中隐居，悟天地奥秘。如果诗中仅仅是写美景，赞美景，就景赞景，那就单薄无意味了。

议论最好要联系当前现实。我为纪念屈原所作《天问阁遐思》诗，写屈原之问天，联系到中世纪哥白尼的太阳中心说，又联系到当代宇宙天体学："一自诞生哥白尼，始知地球绕日驰。尔来科学创辉煌，或可了却灵均疑。如今层出新奥秘，星云黑洞谁能窥。何日飞船翔宇宙，一释人类之好奇。"

拙作《赣州通天岩行》一诗，记叙明代王阳明、聂豹、后有蒋经国过往此地的遗踪，最后发议论："高贤遗躅犹可觅，德治能手今有无？坐看岩壑静窈窈，傍崖佛殿香袅袅。玉兰舒卷天地心，道旁芜草倩谁扫？"叹今日有无前贤那般的治政能手，道旁芜草则象征社会上的杂乱现象，不知有无能手为之扫除。

拙作《登长白山看天池》诗想象远古之时，"千万年前火山喷发吉边陲，熔岩四迸林海灰翻飞。獐死熊埋虎跑鹿窜踪迹绝，一时星沉月死日敛威。山巅形成大盆凹，神山谁赐名天池"。最后认为清军入关使中国有了幅员辽阔的版图。否则东北如另立国，则此世难得逢此大国盛世气象："对此大笑复缅想，女真崛起神助之。寰海混同版图阔，不然难得逢盛时。"

当前的贪腐现象，民众为之痛心疾首。我在咏古之作《辛卯清明前五日参加祭扫文天祥陵园过富田镇》的最后，言及"世犹多腐恶，何以慰英灵"。《游大散关有怀陆游》："如梦醒思今，犹有百虑煎。盛世万蠹贪，海疆两夷缠。锵锵警钟篇，还待鸿笔彦。"从万蠹贪婪写到邻国两夷即越南、菲律宾两国蓄意侵占我国南海岛屿，如此方有忧患意识。

近作《哭钱明锵先生》，我力求写出逝者的身世、个性："海内诗侠名，西溪高标显。早岁受株连，命运忒偃蹇。释放获自由，闯荡避白眼。致富成儒商，报刊印万版。发奋攻诗学，嘤鸣交友善。汲取古今知，旷兼秀多产。嵚奇磊落气，一一溢篇卷。举世作诗者，大都趋熟软。君挺立其间，芜丛力刈剪。金石声铿锵，抉微妙理阐。老而愈精进，辞赋灵心撰。丙年蒙造访，诗坛论侃侃。会稽与井冈，几番相约践。酣嬉淋漓馀，十杯饮辄满。近年鱼雁稀，闻疾肠百转。忽惊山木颓，抒衷泪流泫。"

李宗保评说："胡迎建古风比其律绝写得更好，这来自他深厚的古文功底。他为人写的序跋，不少是文言，多骈句，文采华茂。他的《游五泄国家森林公园》，起句'高坝隔断仙凡界，俗虑都抛九霄外'。一语截断众流，泄漏天机也。接着按游览路线将所见的琉璃湾、山隘平地、茂林翠竹、飞瀑清潭等场景一一展现。以锃亮的眼光打量自然，以心灵偎依自然，亲吻自然，用比喻、夸张、拟人等修辞描绘自然，情景相生，诗情画意流露于字里行间，把游览时超凡脱俗、旷观山水、天人合一的心情表现得淋漓尽致。最后以'留得云水行吟踪，日已西斜返无奈'深化主题，点睛之笔，余音缭绕，让人感到物我无间。"

再以律绝举例谈谈体会，要努力从生活实景中观察。我的《德兴途中告别少华山》首联云："敛热日如丸，飘飘雾霭间。"观察早起时的太阳，在雾中收敛了热能与刺目的光线，就像圆丸一般，故有此句。在黄山晨起观日出，"忽然天亮泛缥碧，金霞迸射天之东"。在华山观日出："风浸似冰青女近，日升如璧紫霞低。"在武功山金顶观日出，有诗云："眼底尘寰沉睡醒，天边喷薄金玉丸。"写出不同形态与感受。

我在登峨眉山时遇雨雾有诗云："石径萦纤着力跻，雨帘遮挂众峰鳌。浓云塞似蒸笼满，苍柏耸疑鬼阵迷。"写雨如帘之"遮挂"，云浓如"塞"，也都是结合实景炼字。

七绝则重在轻巧，不必用典。我早年之作《过蚌湖》："浅水滩边小艇嘈，沙鸥惊起脚鱼逃。天光云影悠悠晃，水碧如油草碍篙。"朱德群点评云："首句写湖边小码头杂乱无章而又繁荣兴旺的景象；次句'逃'句不但使人觉得置身浅水滩边，使人直觉置身水底；第三句'晃'字虽未直说，却使读者知作者已在湖中船上。末句'碍'字看似寻常，实则极致，倘无水上生活经验与对生活的细致观察，绝难想象得出来。"

《闽北道中》："路自林中牵不断，峰从雾里露峥嵘。""牵"字写路之曳状。《张家界吟草》中的《水绕四门》："峪口相交到此奇，苍岩拔地比高低。壑抽万木森森处，中有清清不断溪。"熊东遨评此诗曰："'峪口相交'奇景凸现。次句一'比'将拔地苍岩写活。结句活水源头，潺潺不尽，亦是题目中意思"（《我评诗词百家》）。赖华先认为："抽"字警绝。壑由抽拔之木而显幽深，由壑深而显森森之气。一"抽"字将深壑森森、中有清溪之景象盘活，犹如一幅幽壑清溪之山水画。

要重视炼字。我的五律句如："清音敲静阗，人影带微喧。昼短丛林瘦，峡深万绿存。"（《自水绕四门入金鞭溪》）炼"敲""带"字。五古如《游温州江心屿》："骤雨滴梦破，如涛音渐休。"炼"滴"字。

律句若一句仅一意，则太滑而无曲折，所以我往往注意一句含二意。如"黄沙漫舞风催涕，漏瓦寒侵雨湿灯"（《四十初度咏怀》）；"波涌江河浮日白，石攒矛剑斫天青"（《安徽铜陵杏山葛仙洞》）；"嵯峨峰笋拄天立，浓密丛篁夹岸青"（《广西宜州壮族山寨风情一日游》）；"坝锁狂澜轮转电，波浮层翠峡奔雷"（《重阳后一日游宝峰寺过小湾水电站》）。或一句中前有本体，后出现喻体。如："林莽鸣蝉雷阵吼，芭茅封径剑刀棱"（《游大游山》）；"樟阴隔岸青云覆，蕉叶出墙绿扇摇"（《范坚先生招集诸多作家学者于其别墅，在八大山人纪念馆对岸》）；"密松翠沁衣襟冷，嶙壁高留日色温"（《游甘肃兴龙山时在午后》）；"幽径穿林松鼠窜，澄潭卧月鹭鸶翔"（《长春净月潭国家森林公园》）；"层林影浸金溶水，一线天开斧劈山"（《泰宁金湖游览未毕，即乘快艇返码头》）。

对古代优秀诗人要心存敬重之意，有了"敬意"才能切实体会到古人创作的功夫，才能认真学习到一点古人的长处。今日作诗如果不学古人，不重继承，仅靠其思想敏锐，终难成大气候。我在《湖星集自序》中谈过自己的观点："创异标新，人之所好，奢言改革，终如沙上造塔。诗不学古谓之野，古之大家如杜少陵之沉雄、黄山谷之奇崛、近世陈散原之奥莹，吾辈虽不能得其万万分之一，然取径于此，庶无野狐禅之讥，然绝非泥古拟古，泥之则腐，拟之则赝。生于斯世，当有斯世之面目气息。"我以为，必须在学古的基础上再谈创新。强调学古，并非拟古、泥古，摭拾古人陈词，而是多读古诗，方知其妙处，而亦知在我之先，有古人常用之意、惯用之词，则力求不用，知有所避与有所创，观察生活，体验生活，然后可望推陈出新。舍此而求新，只怕是缘木而求鱼。

我曾作《论诗二绝》云："妙象还从高著眼，芜辞莫自作聪明。寒风一扫繁枝叶，初绽梅花始玉清。""律求工稳意求新，开合回环布置辛。灵府若无涵养志，林深气茂有谁臻。"中国社科院杨义院士在其《感悟思维与诗词创作》一文中引述拙诗评论说："在诗词创作中，感悟实际已成为我们众所心领神会的写诗的思维方式。曾写过《民国旧体诗史稿》的江西学者胡迎建，写过《纪念王渔洋诞辰三百七十周年感赋》：'诗坛萎靡三百年，一瞥几为瓦砾填。吟风弄月无兴寄，模山范水纷雕镂。渔洋山人侣神韵，万法之中得真诠。羚羊挂角求无迹，凤翔千仞龙潜渊。山之空灵在云水，花之风神孕鲜妍。书无气韵墨猪似，画韵意趣如悟禅。而今我辈为诗者，慎勿为物形迹牵。襟怀涵咏在高远，光灵荡摩神理绵。'他从《王渔洋》的神韵说入手，谈论感悟思维方式的广泛渗透，贯穿于书画各领域。"

我生性怯懦，不事张扬，是诗启我思，壮我胆。倘无诗，人生精神将枯涸。自信诗是灭亡不了的，因为它可以澡雪精神，净化心灵，使人得到高层次的文化享受。创作中，冥思苦想，一旦吟安一字一句后，如释重负、心境开朗的痛快感，非局外人所能得知。

翻阅旧作，岁月如流，却能借诗一一回忆当年场景与作诗时的苦思。而我写过的文章也好，论文也好，大多却回忆不起来，可见诗不易得，不易忘。吾祖父雪抱公曾说："盖诗乃以寄怀抱，淑心性，沉博精丽，通乎鬼神，伟奇灵妙，模于造化，非如实验科学，徒夺观听，照耀于人间世也，可废乎哉！"我很敬重社会上的不少诗人，他们的职业并非古代文学研究者，但他们酷爱诗词，涵濡诗词之际，感发自己的性情，大写狂写。相形之下，当今高校与科研部门中不少从事诗词研究者却甚少作诗，我认为这是很惋惜的事。

作者简介：胡迎建，江西省社科院首席研究员，现为中华诗词学会副会长，江西省诗词学会常务副会长、《江西诗词》主编。

山东省优秀诗人问卷调查

宋彩霞等

为了活跃山东省诗词工作，发现、推介山东优秀诗人，培养壮大山东优秀诗人队伍，山东诗词学会分别于2019年、2021年举办了第一届、第二届山东省优秀诗人评选活动。评选先由省学会与18地市诗词学会推荐、报送候选人；后经省学会委托第三方，组织全国著名专家，以诗歌质量为标准，进行两轮匿名盲评，最终科学、公正地评选出"山东优秀诗人"。两届共52位诗人，名单如下（见表1、表2）[①]：

表1　第一届山东省优秀诗人（30人）

地区（单位）	名单	人数
省学会	嵩峰、宋彩霞、布凤华、胡桂海	4
济南	李宗健	1
青岛	孙燕	1
淄博	张德祥[②]、张文富、胡力菊	3
烟台	姜艳霞、贾乐玉、蔡红柳、汪冬霖、雷振斌、张敬爱	6
潍坊	范旭梅、郭小鹏、郭秀珍、包美荣	4
济宁	杨孔鑫	1
泰安	牛银生、肖力勇	2
日照	陈彩祥	1
滨州	卢玉莲	1
聊城	李兴来、高怀柱、谢玉萍、国金超、李艳霞	5
菏泽	刘娟	1

[①]　两次获得"山东优秀诗人"荣誉称号有19人，其被山东诗词学会评为"齐鲁诗词名家"，不再参与第三届评选活动。同时，这些"山东优秀诗人"，不仅限于山东籍的诗人，客居于山东的优秀诗人也在列。如烟台地区汪冬霖、雷振斌分别是江西庐山人、山西平遥人，潍坊地区包美容是吉林人。

[②]　张德祥，生于1937年，2019年去世。

表2　第二届山东省优秀诗人（41人）

地区（单位）	名单	人数
省学会	蒿峰、宋彩霞、布凤华、林建华	4
省老干部学会	王明兰	1
济南	李宗健	1
青岛	张云磊、孙燕、梁孝平	3
淄博	张文富	1
烟台	汪冬霖、张敬爱、蔡红柳、贾乐玉、金旺、左云、朱本喜	7
潍坊	郭顺敏、包美荣、郭小鹏、陈延云、邢建建	5
济宁	杨孔鑫	1
泰安	王安全、牛银生	2
威海	王月芳	1
日照	冷为峰、陈彩祥	2
滨州	马明德	1
德州	安立红、张栋	2
聊城	高怀柱、李艳霞、谢玉萍、路孟臣	4
菏泽	薄慕周、尹正仁、朱宪华	3

2021年底，山东诗词学会下发《关于开展两届优秀诗人调查问卷活动的通知》文件，设计10个问题①，较为深入地了解诗人、诗坛的相关情况。调查问卷共52份，收回49份。根据问卷，据不完全统计，这52位诗人：（1）性别上，男性32人，女性20人。（2）年龄上，平均57岁，最大82岁，最小33岁，其中30后1位，40后3位，50后16位，60后10位，70后15位，80后7位。（3）开始创作格律诗的年龄上，平均40岁，最小12岁，最大65岁。（4）作诗数量，平均1000余首，最多4000余首，最少100余首。（5）区域上，烟台13人次、潍坊9人次、聊城9人次获奖，位列前三名。（6）学历上，研究生学历5人，大学学历（包含大专、本科）38人，中专学历3人，高中学历5人，小学学历1人。（7）退休前从事职业上，涵盖公务员、事业单位职工、教师、编辑、企业管理人员、一线工人、下岗工人、画家、狱警、农民等；其中公务员数量最多。

---

① 这10个问题是：1.本人简历，包括姓名、性别、出生年月、籍贯、最高学历、政治面貌、现工作单位、职务、工作经历。2.你是怎么对诗词感兴趣的？3.你什么时间、什么方式学写诗词的？4.你在什么媒体发表过多少诗词作品？出版过什么诗词集？5.社会和诗词圈子对你的作品如何评价？列出对你的评论和所获荣誉。6.你对当前诗词界创作、评论、各类大赛有何看法？7.你对诗词的传承与创新怎么看？8.你认为当代诗词创作的路应该怎样走？9.你对诗词创作的思想性和艺术性怎么看？10.你认为山东的诗人群体有什么共同的特点（思想上和艺术上）？

　　由数据与相关事实分析，与古代优秀诗人中女性数量稀少的情况相比，当代优秀诗人中女性的数量大幅上升。退休人员、老年人仍是诗词创作主力。中青年诗人队伍，特别是青年诗人队伍需要加大培养力度。综合年龄来看，诗人群体学历较高，这与创作诗词需要一定的文化素养相符。诗人们普遍进入中年才开始创作诗词，大都出于兴趣，有家学渊源的较少；这也说明学诗作诗不计年龄，兴趣是最好的老师。诗人们的创作量普遍较大，创作热情很高。引人注意的是，公务员系统中集聚了大批优秀诗人，他们在传承弘扬中华优秀诗词文化中发挥了重要作用。做官与作诗的古代诗学脉络，在今天薪火相传。

　　问卷中，"山东优秀诗人"的创作经验、诗坛观察等内容，百家争鸣、充满真知灼见，现予以精简，分主题整理如下，我们从中可以发现当前诗词创作的规律，也能够更好地展望、谋划诗词未来的发展。

对当前诗词界创作的观察

宋彩霞：

　　当前诗词界创作呈现井喷式，数量之巨大是以往所没有的。当代诗词大多作者写一些旅游观感、吟风弄月、伤情离别的诗作。从这些诗词中读不到民间疾苦、历史沧桑、现实风云、人类情怀。诗语的陈与旧，并无明显界限，很多词语沿用了几千年，仍具有相当活力。有些词语，相对陈旧，阅读这些诗作给人一种"百首如一首，卷初即终卷"之审美疲乏。集中反映出的问题大致有如下几点：语言雷同现象严重。空乏呆滞，缺少灵动与想象，体现在唱和诗一类作品中；诗品低下诗风不正。沉浸儿女私情，文辞令人肉麻，粉质气浓，有伤大雅；缺乏时代气息，通篇都是小我，失之浅，失之瘦，没有大众意识；仿多创少。往往就景论景，形象干瘪，爱写大场面、多事件千篇一律，有如白开水，寡而无味。没有自己的深切感悟和个性语言，缺乏独立之精神；章法结构缺少布置，现象罗列，一直说下去，一泻无余，显得平铺直叙，章法呆板，没有起伏变化，没有跳跃性等等。

　　当前旧体诗情思的不良倾向是"情思萎靡化，导致其诗陈腐化"。这种倾向集中表现在为数不少的青年和女性写的诗词中。"满眼是寒塘、冷月、寒鸦、孤雁、落花、泪眼、沉醉、慵倦、情囚、痴魂、残荷、瘦影、残梦、幽恨……随处可见。""'别梦悠悠吹玉箫'、'花已随人心渐老'、'轻锁梦，暗含愁'、又是江南离恨天，西风到处换流年'……总之，一片萧索灰暗。""哪里有一点时代气息？说穿了，无病呻吟也！而现代的诗词作者们，坐沙发乘快车出入华堂高厦，却偏偏要做出一副'寻寻觅觅冷冷清清凄凄惨惨戚戚'的样子，假得令人生厌！更不用说激发读者共鸣了。"

　　诗是最具独创性的精美的语言艺术。陈言套语，是当今诗坛的大病。

布凤华：

当前诗词创作存在浮躁情绪，快餐性强，思想不够深刻。

胡桂海：

当前诗词的创作两多两少。即作品数量多，令人应接不暇；应时应景作品多，非深思刻骨之作。反映生活真谛、触及心灵深处的作品少；倾注心血、精心打磨的作品少。

李宗健：

好大喜功，不能求真务实，不能真正地贴近生活，融入感有待加强，静心创作的人不多。

张文富：

对当前诗词界的基本判断是：整体水平不高，有平原，无高峰。原因有三：一是由当代教育的特点决定的。一般都缺少专门的训练，特别是缺少年轻时的积累。二是交流的便捷，反而会降低了诗词的门槛，水平不高也有市场，而极少数人容易满足于自我炒作。三是诗词本身所具有的特质，使之易于表现个人的内心世界，难于表达重大题材。所以越是重大题材，越少有高水平的作品。名家多不敢措手其间，怕搞不好砸了个人的牌子，也不排除其中会有认知问题或立场问题。

贾乐玉：

当前，懂诗词的人少，真正热爱诗词的人更少，古诗词的受众也不多，但诗词创作的数量却很多。一些写古诗词的人耐不住寂寞，坐不住冷板凳。一些诗人（包括一些诗词名家）一天写数首或数十首，片面追求数量，甚至把作品创作的数量等同于诗人的水平，不注意炼字炼句，逞才炫技，粗制滥造，这导致诗词作品数量多但高质量的作品少。

蔡红柳：

创作方面：我认为，一方面，诗词界的创作总体是富有活力的，传统诗词创作得到了较大的发展。另一方面，创作应该发自内心，先有真情实感，再付诸笔端，方可感人。而有一部分作品并非如此。比较理想的做法是能够将命题诗词创作与真情实感结合起来。

汪冬霖：

观照时代、观照人民、为人民群众喜闻乐见的精品力作所占比例还不大。

雷振斌：

诗词创作方面，格律诗词本身是农耕时代的产物，现在工商社会，新事物层出不穷，格律诗词对表达工商社会的短板很明显，所以，当今的格律诗词内容多为山水田园，与工商社会的生活实际相差较远。但是，另一方面，格律诗词不失为一种超越世俗红尘、净化心灵的工具。所以，它可以补充工商社会的不足，未来也会继续有其一席之地。

张敬爱：

诗词创作良莠不齐，精品力作还是太少，即便也出现了很多名家大咖，但其比例还是微乎其微。诗词创作队伍中，沽名钓誉者有之，滥竽充数者有之，缺失家国情怀者有之，很多创作者，只凭一时喜欢，只凭简单拼凑，满足于自己所谓的"小情怀""小情结"，缺乏崭新时代赋予创造者的精神要求。

郭小鹏：

诗词一直属于小众文化，且喜爱者年龄总体偏长。近年来呈繁荣向上之势，是大趋势，但全面普及，路犹长也。

郭秀珍：

真诗人和佳作不多，说到底诗人有风骨，诗作方有深蕴、方可品味。

包美荣：

要想把诗词从高原发展到高峰的水平，尚需大家努力。

杨孔鑫：

一些创作者追求作品数量而轻视质量，作品多停留于入门阶段，未能登堂入室，精雕细琢、有深度的作品相对较少。

肖力勇：

诗人要有责任担当。要首先解决这个问题，由业余爱好、兴趣渐进到诗人的责任担当，才是真正的新时代的诗人。增强文化自信，应是我们学习和创作的指导思想。

陈彩祥：

要用诗词的表现形式来表达自己想要表达的主题。既不能写成口号式的老干体，也不能躲进小楼成一统，只写些风花雪月。理想目标是用比较典雅诗意的语言，反映当今真实的生活。

卢玉莲：

真正能让人眼前一亮或过目不忘，进而引发深思的作品少之又少，从这一方面来看，如何提高诗者文学素养、端正写作态度、提高写作能力，成为当前诗词界迫在眉睫的事情。从格局上要小中见大，既要体现出"小我"，又要处理好和"大我"的关系，让读者充分感受到作者的审美和情趣、襟怀和气度；从立意和题材上看，要把自己的作品融入当今时代，通过艺术化的写作技巧把作品写得兼具时代性、思想性和文学性。

国金超：

一是艺术性亟待提高。普遍的问题是，有的罗列政治术语、政治口号，热衷于图解政治，语言干干巴巴，生硬老套，千篇一律。有的不注重艺术手法的运用，把诗词写成了"顺口溜"。二是格律不严谨。借口诗词需要改革，不遵循艺术规律，漏洞百出。三是语言晦涩难懂。有的故弄玄虚，炫耀学问，专爱用生僻词语。有的用典过多过滥，让人不知出处，不明白作者意图。

李艳霞：

当前诗词界，表面上异常鼎盛繁荣，沉下气来，好好写诗词的有，但毋庸置疑的，诗词界也存在着浮躁之气。

王玉宝：

写出的诗词应该像诗词，不应该像民歌。目前的诗词创作表现为三种倾向。一是仿古派。用词、意象非常典雅，缺少整体构思，缺乏格调境界。二是"老干体"。倒也直抒胸臆，酣畅淋漓，但缺乏诗词语言，谈不上艺术感染力。三是二者的结合。内容记录当下，语言鲜活生动，作品典雅，内容鲜活，正如毛主席的诗词一样。

封学美：

为什么常提示，写诗要注意文字功底和生活阅历的自身积累。写诗是全面表达认识和情感的一种能力，这上面要有充足的准备和积淀，不能搞单纯的灵感主义，仅仅凭简单的感觉写诗。那种跟着感觉走，来了念头就一边写，一边搜索词语，匆匆组织句子，胡乱立意，盲目引申，写到哪里算哪里的做法，是最糟糕的。即便在初学写诗时，一般就是练习着写，也不该为写诗而写诗，这会导致一开始就脱离了生活，少了自由表达自我的初始训练，自然而然会养成不健康的写诗积习，而且严重影响观念和认识，如那些从速成班出来的一样，最终也改不掉固有习惯，并带着扭曲的认识和观念，无一例外都成了玩诗壳子的天桥把式。

有念头，不是不可以化作灵感，也不是不可以写诗，但要分这个念头出现在谁的脑袋里。这方面人人都应有自知之明，不能图下笔抬高自己，搞无中生有，无端呻吟。

对认识和情感把握深刻的人，一般都有对生活良好的阅历、态度、热情、思考和关注度，通常也不乏文笔能力，故什么念头在这样的人看来，都是灵感，都能有为此做好的充足准备和积淀，也就如闸门一样，既能滔滔不绝，又能随时收得住。

此外，有些人过于从功利角度写诗，老想一语惊人，给结尾带来了不应有的压力。这种情况会导致结尾扭曲，割裂内容和主旨，进而扭曲真情实感或没有真情实感，如无端之响，空穴来风，是最不可取的。

写诗一定要本着熟悉什么写什么的原则，不熟悉之处千万别碰，碰就等于作茧自缚，搬石头砸脚，而且要选择情感充沛、认识深刻的东西来写，只有这些地方，才会留有作者最真实的足迹和洞彻心灵之感，也就最不缺独到的感受和倾泻之语。

金　旺：

作品有真情实感和具有深度的不是太多。有些高产凑篇以多取胜，写景不能令人耳目一新，抒情不能动人心肠。有些是刻意仿古，以嵌典、生僻字入诗，卖弄掉书袋而已。邯郸学步，偏离自己却越来越远了。其实两者不过"诗匠"与"诗人"的区别，一个是机械式流水线作业，一个是记录自己内心情感。熊东遨老师说：诗应心中流出，而非笔上得来。就是这个道理。

左　云：

目前诗词界创作的认知来说是：仍需净化和沉淀。

朱本喜：

当前诗词界创作大体有几个突出问题：群体庞大，水平参差不齐，诗词成为拿来玩的文化；老干体严重，作者自我陶醉，不思进取学习；花式创新迭出，口水诗横行，缺乏内涵；诗词实用性下降，除了出诗集、发专辑、参加赛事，诗词成为书斋文化，应探索更宽领域的诗词应用。

郭顺敏：

当前中华诗词创作，是"五四运动"以来最活跃最繁荣的时期，好作品层出不穷，但是缺少权威性认可、推荐与整理保存，往往淹没于大量平庸作品之中。希望能有权威机构和权威专家编辑出版《当代诗词三百首》之类的足以传世的诗词名篇。本人支持马凯副总理提出的"求正容变、双轨运行"的创作导向与原则，理解支持中华诗词学会旨在推动当代诗教发展的《中华通韵》改革，拥护并自觉引领践行"为时代放歌、为人民写作、为民族复兴大业贡献力量"的创作理念与导向。鼓励并坚持精品创作，认真学习研究当代一流诗词大家的精品力作，努力攀登当代诗词的高原与高峰。

马明德：

参差不齐的作品充斥各种媒体，一般受众难于辨别优劣，但对那些质量太差的作品印象太坏，嗤之以鼻。所以，出版单位、各种媒体，收紧出版、发布的口子很重要。群众性活动相互交流，无可厚非；作为出版单位，尤其是各级诗词学会，必须把好关口，尤其在平面媒体上发布作品，要切实在提高质量上下功夫。

张　栋：

首先说创作存有"三多三少"问题，即：作品多，精品少；小我情怀多，家国情怀少；概念化熟语多，形象化诗家语少。

路孟臣：

就网络诗词创作来讲，大概百分之六十以上的人有时间有兴趣但不懂格律，所谓诗词只不过是顺口溜；就已入门槛的来讲，大概有百分之六十以上的人不懂章法和门径，所谓诗词，不过是有句无章；大概有百分之三十的人懂格律知章法但笔力不逮，所谓诗词比较粗浅直白；可出精品者可能不足百分之十。

对当前诗词评论的观察

宋彩霞：

诗词界评论滞后于诗词创作。一方面，许多优秀诗作得不到上乘的诗评；另一方面，众多不知所云的诗词作品却莫名其妙地得到吹拍，甚至反复炒作，严重误导了人们对诗词的欣赏。

其一：白开水似的手法。具体的就像投赞成票一样。其二：平地拔高的手法。人为地提升作品的高度。诗评真正的文学评论应该是很严肃的，应该：一是，运用一定的理论和欣赏视角对诗词作品进行探讨、分析、评价、研究的活动。其成果在于解释现象中的审美价值和文学艺术含量。其意义在于进一步探索诗词创作的规律性的成分，以推动诗词创作水平和欣赏水平。二是，评者要读懂诗词。三是，评论观点要鲜明，要用确凿的材料的阐析去支持观点。

布凤华：

存在观点普遍性多，独特性少，图解多，阐发不够，理论性少，个别观点牵强附会，与作者创作初衷不符，对作品说长不说短的现象等等。

贾乐玉：

相当一部分的诗词评论都缺乏实事求是的精神。

汪冬霖：

诗词评论是短板，创作多、评论少。而且多数评论为褒扬、奉迎之作，较少挑刺、诊病，没有形成百家争鸣的良好氛围。

张敬爱：

目前依旧局限在诗者评论诗者。评论内容大都局限在：格律是否严谨；对仗是否工稳；起承转合是否流畅自然；语言风格古朴抑或新潮；大部分都是就着格律诗词的创作方法去做一些点评，诗词本身的思想性以及作者的精神追求，往往被轻易忽略。

王玉宝：

目前对诗词的评论太少，落后于创作，理论滞后且不系统。理论界应该对诗词创作给以关注，应该对现行的作者、现行的作品进行研究、赏析，以引领今人的创作。

朱本喜：

当今诗词评论难有深刻的分析，背后深层次的问题很少触及，诗词之病难以根治。大家仅从字面理解，也多为无关痛痒的解读，而且互相照顾面子，鲜有尖锐辛辣的评论。

郭顺敏：

各级各类专业诗刊，对诗词评论都是相当重视的，也做出了不懈的努力，进行了可贵的探索与尝试。但是诗词评论作家队伍显然少得可怜，评论在刊物中所占版面与篇幅也少得可怜，导致缺乏学者、专家、名家参与的评论充斥于网络与自媒体。值得一提的是，民间公认的"当代诗词三大家之一"的熊东遨先生个人注册的公众号《忆雪堂说诗》之"忆雪堂诗联讲习录"，以权威性、实用性、经常性、艺术性、可读性取胜并高居名家榜首。杨逸明老师的诗词创作讲座和当代诗词佳作系列短评，也取得了极佳的口碑。由于许多杂志为了杜绝关系稿而采取了因噎废食的政策，规定不得发表当代诗人和健在诗人的综合性评论和诗集序言，所以诗词评论专刊的开发、创建与使用就显得迫切而必要。由于诗词评论很难发表，加之评论专家稀缺，发表的平台和渠道相对狭小，又导致了评论栏目多为诗词大家和名家所占据、表扬多于批评、溢美多于指谬现象的出现和泛滥。当务之急，是尽快建立一支自觉关注当代诗词、自愿研究当代诗词、能够精通诗词理论、矢志推广当代诗词、数量规模可观的诗词评论家队伍。

马明德：

从目前看，诗词评论一般是被动的、应邀的多。

朱宪华：

诗词评论对诗词的发展有很关键的指引作用，当前诗词界的评论还是有欠缺，缺少有分量的诗词赏析和评论文章。比较好的有熊东遨《诗词医案》、宋彩霞《白雨庐说诗》、钟振振评点当代诗词、归樵的《一诗一得》《孤狼诗话》等。很多评论还大多局限于圈子、人情。网上所能看到的也多是导师在点评自己的函授班学员的作品。

李艳霞：

我认为诗词评论不应该把目光只放在格律上，更要放到诗词的内容上。

关于诗词的传承与创新

宋彩霞：

现在诗坛有一种观点，认为诗体的改革是创新，我认为这是一种对创新的误解或片面理解。创新，应该表现在对诗的内容的开拓和扩展，是向生活的深度和广度的探索、向更高更美境界的升华。当代诗坛泰斗臧克家谈到诗词创作时，也提出了"思想新、感情新、语言新"的三新原则。诗词必须以诗笔反映时代生活，不能"与人民生活无涉"。"诗无杰思知才尽"（陆游），"语不惊人死不休"（杜甫）。清代诗人赵翼在《论诗绝句》中说："诗文随世运，无日不趋新。""不薄今人爱古人，清词丽句必为邻。"大师们的这些创作原则，值得我们牢记和践行。语言贫乏是写不好诗的。语言是诗词的载体，一切深情美意都赖之呈现。除了"思想新、感情新、语言新"外，还要构思新、有鲜明的个性、表现手法新、语言风格新。

马凯同志在《求正容变》一文中讲得好。有两个"千万不能"。一是"千万不能丢掉传统"，丢掉传统，不讲基本格律，中华诗词就不成其为中华诗词。二是"千万不能没有创新"。没有创新，中华诗词就会丧失活力，就会脱离时代、生活和大众，也会被边缘化。

布凤华：

诗词首先要继承，在深刻理解并把握诗词的语言表达方式和内在联系以及写作技术之后，再结合当代生活，融入新的语言和内容。本人倾向于诗词要区别于白话，保持其独有的语言艺术魅力。

胡桂海：

传承首先是"承"，无"承"何以"传"。"承"需学，非学无以"承"。学需有师，师可解疑释惑授业。我的自学经历与多数人相同，走了许多弯路，概因无师指教。在众多微信群里，点赞的多，直陈问题的少，除少数悟性高的人可以"近朱者赤"，多数人收获有限。因此，需切实解决承与传的问题。其方法在拜师学艺上，若优秀诗人们每人择三五小徒授之，数年后或有可成者。

纵观诗史，其开拓新径，引领新风者，皆一时鸿儒巨擘。我们所言创新，恐多指内容、笔法层面，至于体式、制度方面非旷世奇才不能为点。

李宗健：

在继承中创新，结合时代的主旋律，奏响民族的最强音。与时俱进，不断完善诗词创作的途径。

孙　燕：

传承和创新其实是一回事。传承，就是要传承诗词的格律、韵味，就是要享受那种"戴着镣铐跳舞"的乐趣和成就感；创新就是要与时俱进，要紧跟时代步伐，用诗词这种独特的形式讴歌新时代，讴歌新精神。这其中可以有"创新"，比如口语入诗，但创新的前提还是传承，还是要雅俗共赏，要贴近大众，不媚俗，不低俗。

张文富：

诗词必须继承前人的传统，否则就不是传统意义上的诗词，除非另起炉灶，重创新体。所谓继承、传承，一是思想层面上的家国情怀、正义观念、高洁情趣以及积极向上的生活态度等等。二是具有规定性的形式上的东西，如格律、用韵和合理的规矩等等。无论是古体诗、近体诗、词、曲，各有其基本面貌，都有必要继承和发展，用以为新时代新生活服务。

诗词也必须有创新。因为当代社会生活变化太大了，迥异于此前数千年几乎一成不变的生活格局。各种品物，即所谓诗词意象，大不相同；语言的变化也非常大。创新可逐步探索。《新韵》《通韵》就是极其有益的尝试。某些人以现代诗思维写旧体诗词也是可行的路子。

姜艳霞：

只有自己竭尽所能，身体力行，才能将自己所学的知识传给身边热爱诗词的每一个人；再就是从小培养孩子们对诗词的热爱，开展诗词进小学，诗词进幼儿园等等活动。

作为新时代的诗词创作者，如何将新时代元素巧妙融入诗词中，让诗词读起来不是口号，读起来还是那么有诗味，有蕴藉，这就是一个诗词创作者所需要追求的。

蔡红柳：

一、诗词的传承与创新非常重要。传承的一个重要途径是进行诗教。诗词可以作为载体，将优秀传统文化传承下去，善莫大焉。

二、关于创新，我认为可以有多种途径。如利用网络技术传播诗词文化、利用多媒体手段举办形式多样的诗词活动；将诗词与旅游产业结合起来，让诗词为名胜"点睛"等。

汪冬霖：

传承就是"扬弃"，好的东西必须继承与发扬；创新就是与时俱进，但切忌"颠覆式"，过度标新立异。传承不能"泥古不化"，创新不能"背叛根本"。把握好这二者的关系非常重要。

雷振斌：

诗词的传承与创新，从广义上看，都应该顺应社会发展的需要。不必为了传承而传承，也不必为了创新而拒绝传承。

张敬爱：

诗词创作必须在学古的基础上再谈创新。强调学古，并非拟古、泥古，拾取古人陈词，而是多读古诗，方知其妙，然后才可立于时代，感受生活，推陈出新。关于诗词的创新，不外乎这几点：立意新；取材新；用情新；造语新；手法新。

范旭梅：

诗词要传承，要创新。旧瓶但一定要装新酒。我秉持白居易的"文章合为时而著，歌诗合为事而作"的创作原则，创作就是要与时俱进，体现时代风貌，展示当代的人生观、价值观、审美观。

郭小鹏：

在传承与创新过程中，要摈弃迂腐，抑制陈词滥调，提倡用新韵，提倡用时代用语，赋予诗词时代性和正能量。诗者应：长怀浩气，但咏真心！

郭秀珍：

诗词的传承与创新，简而言之前者是格律的遵循和文言形式的借鉴，后者是时代元

183

素的融入。挣脱了格律束缚的作品，起码不应称其为格律诗词（古风体作品另当别论），以"泛白话体"创作格律诗词或失之简洁、文雅，继承自然也就无从说起；而缺乏了时代元素，必然脱节于社会和受众，诗人和诗词作品不接地气，也就没有了生命力。

杨孔鑫：

时代在改变，今非昔比，诗词的探索、创新完全必要，在创作题材、语言词汇、表现手法上求变、求新是必然的，但传统格律、用韵、赋比兴手法可以基本保持不变。

牛银生：

从诗经的朴实到楚辞的浪漫，再到唐诗、宋词的典雅，每个时代都有时代的风貌，我们对于诗词传承应当遵循取其精华，去其糟粕，在继承优良的基础上创新，在创新的架构上传承优良，不可舍本求末。

陈彩祥：

诗词既需要传承，也需要创新。我们觉得应该向那些历史上的诗词名家学习他们的表达方式、诗性思维，学习他们如何用诗意的语言来反映现实。也就是说，学诗词，要先"入得进来"。当然，学习古人，并不是泥古，我们还需要进行诗词创新，把古典诗词与现代生活好好进行整合，用诗词的形式，反映我们现代的新生活，也就是说，学诗词的目的最后还必须得"出得出去"。

卢玉莲：

诗词创作必须继承传统。我们学习古人，并非一味地拟古、泥古，撷拾古人陈词，而是通过读古诗知其妙处。诗词创作必须要在继承传统的基础上有所创新。这里的创新说的是立意的创新、题材的创新和写作艺术和技巧上的创新。

李兴来：

只有深入学习古人，才能做到有价值的创新，缺乏深厚学养、没有传统支撑的创新，只能是无源之水、无根之木。文学艺术，只能求好，不能求新，为创新而创新，最终不过过眼烟云。

高怀柱：

在诗的形式上必须在遵守旧体诗词基本规律的前提下，创造出更加优美、更具有表现力的新形式。语言要紧跟时代的发展和人民的需要，必须使用现今读者读得懂又喜爱的语言。

谢玉萍：

实行了古韵新韵并行的原则，通过现代传媒传播古诗词的韵律美，使古诗词不仅在外在形式上，在内在神韵方面也有独特之处。诗词创作，要丰富创作者的古文学素养，恰当地运用艺术手法赋予诗词新的内容和思想，从而使诗词的意境更加灵动宽广，更加趋于完美。

国金超：

我们目前的主要任务是学习继承，勤奋实践，努力探索艺术规律，创作好的作品，灵活运用这一艺术形式，为现实生活服务，而不是奢谈什么创新。

李艳霞：

在格律上传承，在内容上创新。

刘　娟：

诗词的传承需得从少儿做起，借助诗词进校园活动，做好校园古体诗词的普及，激发孩子们诗词学习、创作的热情，鼓励孩子们不仅学习、阅读、鉴赏，还要锻炼创作，开辟古诗文创作园地等。诗词的创新，坚持旧体诗词与新体诗词的双重引导，积极推进新声韵，推广用当代汉语语法体系，开展诗词创作，将诗词融入当代民众的生活，推动古典诗词与时代同步。

王明兰：

诗词的格律用韵是旧的，意象、风格是现代的，这样的作品才符合时代的要求。

张云磊：

关于传承，诗词创作必须继承传统，多读古诗词，从中汲取知识、经验。吃透、摸透古人写诗的精髓，方能推陈出新。在没有做好积累传承的基础上，妄谈创新实乃可笑之举。在传承的基础上加以创新，"为时而著，为事而作"才能有更好的发展前景。

王玉宝：

格律章法，是其区别于其他文体的基本属性。这是我们要继承的。同时，创新原则应该坚持：师古不泥，守正出新，崇尚自然，记录时代，反映生活等等。具体说，第一、形式上，格律、词谱、章法必须遵守；第二、内容上，要反映生活，记录时代，与时代同频共振；第三、修辞上，用语要现代，要当下，要鲜活；第四、风格上，要崇尚自然。

185

金　旺：

形式上可以学古人，但内容上要歌唱出属于我们自己的时代面貌。

左　云：

诗词的格律可以创新，但决不能抛弃；诗人虽活在当下应讴歌时代，但作品可历千年不朽；所以，传承精华，去其糟粕，以"旧瓶装新酒"，为这个时代、更为自己写出更多传世佳咏。

朱本喜：

诗词格律应推广应用新韵和通韵，逐渐退出平水韵，因为大陆现代汉语普通话已经基本定型，平水韵与之多有相悖，年轻人不易接受，影响诗词的推广；适度鼓励以现代视角、现代思想、现代话语体系来创作诗词，但应把握尺度，避免口水化、口语化、俏皮化、庸俗化；把握今人的思维习惯和语言特点，鼓励创新的格律、词牌、曲牌等，甚至将一些群众性说唱形式纳入诗词范畴，诗词本就是一种高度概括的流行语言艺术；诗派式微源于多年的缺乏重视和推广不够，当今诗词发展形势较好，中国各地域特色鲜明，具备形成诗派的条件，可逐步推进，但目标都应通过传播地域文化，以不同特色展示中华文化。

郭顺敏：

中华诗词正面临着巨大的考验与挑战。一是来自文体语言由文言文到白话文的转变，二是来自大规模生产方式和生活方式的转变，三是来自信息交流由缓慢到快速的转变，四是来自传统诗词理论一统天下到东西方文艺理论共治天下的转变。谈中华诗词的创新，必须直面这几个问题，寻求改变和适应的策略。

今天，对古典诗词传承路径的新探索接连不断，古典诗词正以多种面貌融入我们的生活，持续绽放魅力，唤醒更多人的诗情与诗心。具体体现在以下几个方面：一是，学校对传承中国古典诗词起着基础性作用；二是，古典诗词与现代传播媒介融合，走向广大受众，让古典诗词既通俗易懂，又不失悠远意境；三是，诗词文化还融入文旅事业发展中。

邢建建：

诗词的传承与创新需要读者。诗词创作关键还是要读者认可，歌曲有听众，小说、散文有读者，而诗词则"无"读者，好的作品需要读者。

王安全：

守正容变；培养新生力量。

马明德：

"求正容变""倡今知古"，我是举手赞成的。所以，我的作品主要用平水韵、词林正韵，也有少量新声韵。但无论如何灵活运用，诗词的黄金格律是不能有丝毫马虎的。诗词犹如京剧，京剧如果没了流水、二黄等规范，还能称为京剧？

张　栋：

要努力做到"三新"即，内容新、境界新、语言新。与时俱进。

路孟臣：

逻辑上应该是先传承后创新。传统诗词，只有进得去，出得来，方能有所斩获，有创新。进不去，谈不上创新；出不来，创新也就是一句空话。

朱宪华：

我们还是要对主要的规则保持敬畏，去遵循它。各种变体要接纳，至于在继承"押韵八戒、学诗五忌、论诗八病、绝诗四忌、律诗九忌"的同时，要理解为什么提出这样的要求，在使用中也不可太苛刻。

创新是必须的，是要写出新意。时代的新元素要不断注入诗词中来。不同门类的文化也在相互影响中，推动诗词的发展。

关于诗词的创作

宋彩霞：

诗词创作的路应该这样：创作有筋骨的诗词。对于文学而言，"筋骨"是气血文脉所在。有筋骨，是指作品风格刚健遒劲，是把字摔到地上能弹起来，把字放在地上能站稳当。要看上去有精气神，要顶天立地，要能"立"起来。创作有道德的诗词。《道德经》有："万物莫不尊道而贵德。"在中华民族的文化传统中，道德文章自古一体，文品人品合而为一。有道德的东西写出来，就能起到诗词的教化作用。创作有温度的诗词。作品的温度来自沸腾的生活。在创作中，不管是什么风格，首先表现出来的那种志趣，要有温度，使人感到温暖。

布凤华：

要向古人、向历史，向经典学习，提高自身的知识素养；向身边人学习，向现代名家学习，向生活学习，增强诗词的当代性，在古今语言、意象、意境的融合上做些有益的探索，进而走出一条新路子，并逐步形成自己独特的风格。关注与时代息息相关的国内外大事，创作具有时代烙印的作品，风花雪月、时序节令也可写，贵在能写出自己独有的见解与体验。

胡桂海：

自主性与专业性相结合。自主性即让诗人自由创作，以扩大积累，增加尝试。专业性即学会制定写作计划，以年为单位，完成写作任务。

李宗健：

拒绝老干体；防止新古董体泛滥；不提倡创作公式化、概念化的套取网络检测工具来写诗词；创作缺乏地域观照和审美观照，不要形成山头主义；对于一些所谓的旅游诗过于平庸，喊口号似的保持距离；诗词创作不要回避社会矛盾，对人民群众最关心的社会问题，采取绕开走的态度。只强调诗歌的审美价值，忽略了诗词的社会功利作用。中国传统诗词历来关心人民群众的疾苦和社会的现实问题。家国之怀与民生之忧，是诗词的主题。写诗词不是闭门造车，而应深入生活，关注民生和社会存在的问题，进行反思，警醒世人。

孙　燕：

可以继续大力开展"诗词进校园"活动，让更多的老师和学生认识诗词，了解诗词，爱上诗词，创作诗词。近几年，涌现出了许多高学历、高水平的年轻人。他们起点高，头脑灵活，才思敏捷，触类旁通，写起诗词来得心应手，体现出了很高的造诣。所以，对他们要善于挖掘，积极培养，精心指点，让诗词在新一代年轻人手里发扬光大！

张文富：

首先，应当从年轻人开始抓起，至少不能从退休后开始培训。其次，要注重学习和培训，特别是重视知识的积累。再次，要创造条件使有前途的人能够跳出诗词小圈子，与更广泛的更高水平的诗人词人交流，获得更大范围的学习机会。

姜艳霞：

要不断地学习，多读书，多思考。同时考虑当代的各种正能量元素，融入其中，这样既有诗味还具有时代特色。另外，多出去采风，因事因景而发的感慨更贴近生活，更符合创作要求。

贾乐玉：

一是学会要引领扶持：通过学会的引领扶持，让写作诗词的人获得价值感和成就感，找回对诗词写作的自信，找到个人发展的方向，成就诗人对诗词写作的坚持；二是当代诗人、诗家要勤于学习，善于学习借鉴古代诗词、当代诗词以及新诗的创作技巧、表现手法、表现内容，勤奋求进，刻苦磨炼，互相取长补短，力求形成自己的特色、自己的风格。有了自己的特色、自己的风格，作品才会有影响、有生命力。

蔡红柳：

一是鼓励作者多积累，多读古今优秀作品；二是鼓励作者写出真情实感，弘扬正能量，让作品可以温暖读者的心灵，给人带来希望、带来美好。三是提倡百花齐放的风格。

汪冬霖：

当代诗词应该姓"当代"。诗词创作不能沉溺于自我情调和个人悲喜，不能沉溺于语言内部炼金术的小伎俩，应该是艺术自觉和自省，从当代中国的伟大创造中发现创作的主题、捕捉创新的灵感，为时代画像、为时代立传、为时代明德。坚持以人民为中心，注重现实书写，把握时代脉搏，观照人民的生活、命运、情感，表达人民的心愿、心情、心声，写出更多让读者可以感知时代温度的作品。

雷振斌：

诗词创作，永远是个人化的东西。诗词创作是创造独特的美。作者只需要努力发现生活中的美，就可以写出动人的诗。不必刻意迎合某些潮流，不必担心诗词没有前途，只需要写出自己独特的个性就可以了。

张敬爱：

新时代下的诗词界，要取得更大的繁荣，应坚持"精神创作"：发乎热爱，源于真情，源自生活，歌颂时代；修炼品性，肩负使命，体现责任，勇于奉献；兼容并蓄，拆除藩篱，学会包容，善于交流；心怀敬畏，规范约束，敢于创新，务求严谨；持之以恒，敏而好学，戒骄戒躁，综合提升。

范旭梅：

推陈出新。格律要遵守，这个脚镣一定要戴，但是内容一定要突破前人，而非因袭。要体现当代人的生活方式、思想变化、生活环境，尤其是语言和意境的创设，要鲜活、接地气，而非拟古。

郭秀珍：

诗风是个体诗人在长期学习、创作中逐渐形成的，诗格和诗品则关乎诗人的自身品格。诗风雅正、诗格高尚、诗写我心、诗寄情怀，终究是作品的灵魂所依，在诗词创作中不可或缺。诗者各自有路，个体诗人对诗的认识和把握程度注定了各自的诗路能走多远，不可能整体划一。

包美荣：
既要保留和发扬古人的创作方法，也要有时代的气息。

杨孔鑫：
学诗词者首先要熟读历代名家名作，充分了解相关的历史文化知识，积累丰富的词汇与典故，掌握各种诗词体式与格律，言志抒情、写景状物方可得心应手，逐渐升堂入室。继承的遗产越多，创新的力量就越大，历代名家无不是在博采精华的基础上创立风格，开拓境界。学诗不能仅读名家作品，还需博览古今中外文化经典，具备文史哲之通识，才能创作出好的作品。

肖力勇：
一是坚持创作原则，政治标准与艺术标准尽可能完美统一；二是坚持为时代服务，弘扬主旋律，讴歌真善美；三是坚持为人民大众服务，让人民听懂、看懂，又不失诗词的高雅。

卢玉莲：
我个人认为：当代诗词创作之路需求正创新。求正，即守传统格律诗词之正，具体体现在诗词的平仄格律和依韵依谱上。创新，即创思想性之新，立意角度之新，用韵之新。求正是写作的基础，创新是发展的前提。二者相辅相成，缺少任何一方面，当代诗词都不会有好的大的发展。

李兴来：
立足时代，深入传统，反观自我，放眼未来。

高怀柱：
诗词必须在继承的前提下创新，基本的规矩、基本的规律不能打破，但在语言、用韵上不应永守旧制，要跟上时代的发展，为时代服务，为人民服务。

谢玉萍：
一、记得叶元章老先生曾这样说：笔下不蘸苍生泪，枉为诗人一世名。所以坚定正确的政治方向很重要，诗词作品就是要服务天下百姓。二、诗词创作要以"我"为中心，以"我"的视角看大千世界，并根据社会的需要，写出摄人心魄的作品，感动他人，感染自己，从而达到服务人民，唤醒苍生的目的。三、诗词创作不仅要有多样性，而且要有包容性，在不违背法律的前提下，既能张扬大我，亦能包容小我。不仅需要反映社会主流的大作品，也能包容个性化分明的小作品。提倡百花齐放，百家争鸣。这样诗词的路才能越走越宽。

国金超：

一、在遵循艺术规律的前提下，鼓励各种艺术风格的涌现和探索。提倡题材和艺术形式的多样化，为诗词曲赋等文学样式的创作提供平台和发表途径。二、进一步普及繁荣诗词文化，致力于培养形成更多的学诗爱诗懂诗写诗人的群体。鼓励和创造条件，组织诗人走出书斋，走出圈子，投入参与到生产建设管理和现实生活中，开展各类采风交流等活动，创作出更多有价值的好作品。三、开辟更多的诗词平台，除了自发形成的各类圈子和途径，有组织地开展诗词创作研讨和经验交流评选活动。开展省以下（市、县）优秀诗人评选活动，为优秀诗人出版专辑。四、注重青少年诗词创作队伍的培养，逐步形成以中青年为主的创作梯队，避免出现诗词队伍的老龄化和断层。积极开展诗词进学校、进课堂活动，组织诗词行家到学校开设诗词讲座，或在大学开设有关课程，培养大学生学习创作诗词的浓厚兴趣。五、开展诗词评论，组织引导有关大学教授和专家对我省诗词作品进行评论，促进诗词创作水平不断提高，使我省涌现更多的好作品和优秀诗人。

王明兰：

首要无非是立眼界。眼界在哪里，也会决定你以后能走到的高度，要取法乎上。读书汲古是重中之重，从古人的优秀诗词中，汲取写作的法度、手法、构思、立意乃至语言修饰的技巧等等，对于创作而言，是极为必要的。

张云磊：

当代诗词创作如果还是停留在一些简单的题材上面，写出新意，写出深度，实难为之。想要发展就要有所创新，需要探索出新的路径，那就需要更高层次的探寻生与死、把对人类命运的思考，把生、死、爱深刻地体现在诗词作品中。对现代人处境关注，写出有哲理、有深度、有思想的诗词作品，尤为重要的是要把家国情怀放在首位，自觉践行社会主义核心价值观，做真善美的追求者和传播者。

王玉宝：

一、坚持按诗词格律要求进行创作，下得苦功夫，打好基本功。二、师古不泥，守正

191

出新。从表现内容到修辞造句都要体现时代特征，写出新意。三、个人创作和组织引领相结合。四、体裁可以多元，一味律、词，篇幅局限，不免束缚。可以倡导类似于古风式的创作（但要注意避免流于快板、顺口溜），鼓励辞赋的写作等等。

朱本喜：

我认为当代诗词创作应：一、多推名家，形成示范带动后进，营造精研诗词、主动提高的氛围；二、纳入教育，支持地方在中小学中设置诗词文化必修课，名家诗教走进学校；三、诗赛降温，将诗词从运动的狂欢中解救出来，精简诗赛，注重诗词质量；四、鼓励创新，对传统诗词进行改良创新，在多推名家的同时，多推新人；五、推广应用，挖掘诗词的实用性，开发文创产品，贴近社会和民生。

陈延云：

要从感时而伤、无病呻吟的小圈子跳出来，融合在社会中，要有正能量，在真善美上下功夫，写出自己的家国情、社会情、亲情、友情及对大自然的热爱之情。

薄慕周：

一、我认为诗人应当做时代的鼓手，人民的歌手。二、诗人要有大格局，大手笔。三、诗人首先应该是读书人。

尹正仁：

对大多数诗人和诗词爱好者而言，最基本的是学习、掌握，先练好基本功。如果对近体诗一知半解而奢谈创新、改造，只能是盲目跟风、自不量力、走偏方向。

关于诗词创作的思想性与艺术性

宋彩霞：

我们可以把诗的情感对着群众，用诗笔去反映他们的喜怒哀乐。平凡的人们身上有着可贵的品格，有艰难中的奋起、面对挫折时的乐观。将这些故事挖掘出来，写得饱满、写得感人、写得契合人心。人们对发生在自己身边和周边的事情，往往看得最清，感受最深刻，对自己经历的故事、痛苦和喜悦，最容易感同身受。反映他们奋斗精神的作品，最容易打动人心、最容易产生共鸣。要写悲怆后面的希望、苦难中的光明，这样才能"接地气"。不管你是什么风格，首先你表现出来的那种志趣，要能感动别人，也能打动自己。每一位诗人，因为所处环境不同、经历不同会有不同的人生经验，但这些具体琐屑的人生经验永远满足不了诗人理想与情感的饥渴，他渴望超越。灵性书写，就是诗人实现精神超越的一种途径。中华诗词是语言的艺术。日常生活的"口语体"替代了优美典雅的"书面语",包括方言、俗语、行话、广告用语、网络语等普通口语,强化和扩大语言魅力以便精确地表达、剖析和阐释内心世界和生活细节。没有现代意识、没有温度的作品是难以立足的,是不会被社会认可的。

我们生活在这个时代,写作就是为这个时代的。历史并非滋生幸福的土壤。诗是哭泣的情歌,大凡留传后世的伟大诗篇,都不是为统治者歌舞升平、为豪门描绘盛宴之作,而恰恰是与底层人民息息相关的。这绝非偶然。底层总是与苦难相伴,而苦难则往往孕育出动人的诗篇。伟大的诗人都有一种苦难意识,这里不单有对社会生活的苦难体验,更有诗人在精神上去主动承受苦难的一种人生态度。关注弱势群体的写作不应只是一种生存的呼求,它首先还应该是诗。也就是说,它应遵循诗的美学原则,用诗的方式去把握世界、去言说世界。伟大的诗歌植根于博大的爱和强烈的同情心,但同情的泪水不等于诗。诗人要将这种对底层的深切关怀,在心中潜沉、发酵,调动一切艺术手段,用美的规律去造型,达到美与善的高度协调与统一,也许这才是关注弱势群体的诗人所面临的远为艰巨得多的任务。在创作中,不管是什么风格,首先表现出来的那种志趣,那种思想,要有温度,使人感到温暖。

布凤华:

思想性是内在之魂,艺术性是外在之形,深刻而有见地的思想,如果没有好的表现形式,就难以引起读者的兴趣。反之,华丽的外表之下如果没有丰厚的内涵,就像白开水、塑料花一样,没有回味的余地而让人失望。

胡桂海:

诗词创作应该坚持思想性与艺术性相结合,过分强调某一方面都是不合适的。

李宗健:

郊寒岛瘦,两句三年得,一吟双泪流,在寓意文字上注入思想和艺术特色。

张文富:

高水平的诗词一定是思想性与艺术性的统一。二者不能偏废。

思想性是灵魂。这里所说的思想性所指的范围是宽泛的,包括政治的、社会的、时代的、生活的方方面面,不能理解太窄了。它应该是向上的,积极的,而不是卑下的,颓废的。由于艺术性的要求,它不能是平淡的直白的。有一位哲人好像说过,政治观点隐藏得越好,艺术性越高。这里说的隐藏,当然必须是可感的。

艺术性是诗词的生命。诗词有非常多的艺术手段,可以使得诗词优美、含蓄、有味、富审美情趣。这可能是当下诗词最为薄弱的一个环节。古今诗话和各种诗评诗论,多是

193

从艺术性上说事，虽然有不少故弄玄虚的成分，仍然有不少东西可供遵循。

胡力菊：

这两点都非常重要，而思想是前提。一件诗词作品，立意最关键。首先要明确创作意图，根据所要表现的情思、景致、事物、事件等题材，确立作品所表达的主旨。有了主题，才能具体地构思和完成创作。立意要正确、鲜明，还要志趣高远，忌庸俗，不浅薄。然后看艺术形式。讲意境，掌握和运用赋、比、兴的三种表现手法；掌握谋篇布局的技巧；掌握以小见大和虚实变换；掌握夸饰或用典等艺术技巧。创作出或含蓄，或直率，或简约，或繁丰，或明快，或婉转，或清新自然，或绚烂绮丽，或雄奇奔放，或沉郁，或幽默，或空灵等等风格不同的作品。

姜艳霞：

一篇好的诗词作品，犹如一个生动的画面。创作思想是首要，你想表达什么？然后如何用带有诗家语表达出来，既通俗易懂，又蕴藉含蓄，给人以思考和想象的空间。思想性和艺术性缺一不可。

贾乐玉：

诗词的思想性与艺术性是相互联系、相互统一、相辅相成的，任何一首诗词都是思想与艺术的统一体。一方面，没有脱离思想的艺术，另一方面，诗人的思想（包括情感、情绪、感受等）必须艺术地表达出来，才能称得上是诗词。当代诗词既应该旗帜鲜明地拒绝那些忽视思想内容、一味仿古拟古的"假古董"，旗帜鲜明地反对那些"为赋新词强说愁"的无病呻吟之作；也应该旗帜鲜明地反对那些不讲艺术而一味堆砌口号、罗列语汇的肤浅粗鄙之作。

雷振斌：

思想性，不等于政治正确。艺术性，也不等于矫揉造作。思想性和艺术性统一于"美"。人情人性之美就是思想性，语言之美就是艺术性。用美的语言表达美的人性，就是思想性与艺术性的统一。

张敬爱：

诗词的思想性重要性体现在：一是其现实性。必须反映社会现实，具有鲜明的时代色彩。二是其人民性。作品代表人民利益，为人民而诗，为人民而歌，歌颂伟大的党，伟大的祖国，伟大的时代，伟大的人民，唯有如此，作品才会有生命力。三是其能动性。好的诗词作品会启迪人、鼓舞人、激励人和教育人，具有强大的感召力。四是其战斗性。揭露腐败和黑暗、鞭挞邪恶和丑陋，如同战歌号角，鼓舞和激励人民奋勇前进；如同手术刀，切除肿瘤消除病毒，使社会肌体痊愈健全；如同钢刀，针砭时弊，击中邪恶要害。

我觉得，诗词创作，要同时提高作品的艺术性和思想性，努力锤炼自己，深入生活，方能写出艺术性高、思想性强、具有现实意义、具有时代色彩的好作品。

范旭梅：

文学是陶冶人的情操的，因此诗词创作要有思想性。就是内容要健康、积极向上，能给人以思想的启迪，品行的约束。这就要求诗人首先有正确的人生观、审美观、价值观，拒绝低级庸俗，更不能以诗词谩骂他人。

诗是给人读的，易懂、无歧义，进而要爱读、耐品。这就要求表达要准确、凝练、形象、生动，讲究艺术性。

郭秀珍：

诗词作品和其他文学作品一样，没有思想性的诗词作品就没有了灵魂，也就没有了创作价值，因而创作讲求思想性是必需的前提；艺术性呢，从"作品"二字上就可以感受到了，没有艺术性的作品，是寡淡无味的，更不用说"言有尽而意无穷"了，艺术性赋予作品的意蕴、余味、感染力、生命力，就像人的肌肤血肉，使作品鲜活。

包美荣：

首先一首作品要有思想，才有活力。艺术手法就是为了表现这个思想而服务的。艺术表现手法多种多样，无非有的深刻，有的浅显。好的艺术手法更能和读者产生共鸣。

杨孔鑫：

诗品取决于人品。成就卓越的诗人词家，除才华、学养、生活阅历等必备条件外，更重要的是具备仁者之心，由此才能产生忧国忧民的意识、悲天悯人的情怀以及独立不迁的风骨气节。而艺术性是表现思想性的手段，要想写出感人的诗词，发挥诗词感发教化的力量，则需要在声律、修辞、体裁、语言等方面下功夫。总之，好的诗词应当融情感之真、品德之善与文辞声律之美于一体。

牛银生：

思想与"艺术源于生活，又高于生活"，个人以为"以自然之眼观物，以自然之舌言情"，当为创作的基础，不忘初心，理性创作，雅郑虽异，无须排斥，"音声相和，前后相随，恒也"。

国金超：

当前存在的问题是，有些诗词作品普遍缺乏艺术性。为了表达政治观念，单纯追求所谓思想性，因而在表现手法上，过于平淡，直白，简直就是把想表达的观点直接说出来。写出来的东西没有了诗意，就没有生命，读者不愿看，不愿读，其思想性也就无从谈起。

当然，"诗言志"，我们一定要充分注意作者的政治倾向。对于那些政治立场不正确，思想不健康，或格调低下，与当前的主旋律不合拍甚至背道而驰的作品要严格把关，不予发表，以免造成不必要的负面影响。

刘　娟：

要创作好的诗词，大概从鉴赏力、文字技巧、思想艺术三个方面培养。培养鉴赏力是基础。诗人要有一颗"诗心"，培养对事物的鉴别、欣赏能力，要学会以物传情、以情发声；培养文字技巧是方法。即写出的文字是诗词，熟悉掌握诗词规则；培养思想艺术是灵魂。艺术的灵魂在于思想境界，一首优秀的诗词要有"灵魂"，一个优秀的人要有"思想"，只有思想达到了一定的高度，才能创作出具有灵魂的诗词。诗词的思想性和艺术性相辅相成。

王明兰：

思想性——我认为作品的选材和立意应该紧扣时代脉搏，反映时代新声，充满了正能量和时代进步意义，为社会进步欢呼。另外诗要多写身边事、眼中景、胸中情，要接地气，这样的作品才鲜活、生动，能与读者引起共鸣。

艺术性——一首真正的好诗词应该具有艺术的美感。从外在的词语、内容到内在的意蕴、情致等等，要求必须是精美的，带有修饰性的一种精巧之美。而这些美的特质来源于对先贤作品反复精读，没有读熟若干首古人的诗，不宜急于习作。这也是对传统诗词传承之要点。

王玉宝：

坚持思想性，提升作品的灵魂格局。思想性是作品的筋骨。思想性首先是时代的主流意识，包括政党意识、国家意识、民族意识，这是向美向善积极向上的时代主旋律，引领社会变革发展进步的力量。对这种民族感发的共同意识的认知程度和把握高度，决定了人的政治格局和人生境界，反映到作品里，便分出了作品的格局。作品的思想性还应该包括作者的个人修养、道德品行、爱憎好恶等等个人德行操守、胸襟境界，这都会影响着作品的高度，所以，自古便有"文如其人"之说。

封学美：

我认为，思想性和艺术性完美结合的艺术效果就是诗歌的意境。好的诗歌，诗中有画，画中有诗。也就是说没有意境，就没有灵魂，没有诗词的生命力。意境是诗词所表达的思想感情和所描绘的生活画面融会贯通而形成的一种艺术境界。也有人说是诗与画相辅相成的艺术境界，包括两个不可分割的因素。一是"画"，即"境"的意思。这是作者创造的可以看得见、感觉得到的具体生活画面。形象是意境的基础，要求形神兼备。二是"诗"，即"意"的意思。就是作者创造的艺术形象中所表达的主观思想情感。情感是艺术的内在生命。艺术形象的神似，体现了作者的主观精神。这种诗与画、情与景的有机统一，就形成一种美好的艺术境界，使读者能从有限的画面中，感受到形象之外的更深刻更丰富的景象。所谓弦外之音就是有艺术意境的意思。这就是说一首好的诗词作品必须具备思想性和艺术性的完美统一。

左　云：

诗词创作如不能达到较高水平、无法兼具上述两者，那也至少应该具备其一，要么艺术性极高，要么思想性很浓。

朱本喜：

思想性和艺术性的统一，尽量兼顾，坚持三个创作基本原则：表意（表达准确、让人读懂）、表情（感情真实、不做无病呻吟）、表理（崇尚理趣，读之有味）。

郭顺敏：

只有把美的价值注入美的艺术之中，作品才有灵魂，思想和艺术才能相得益彰，作品才能传之久远。

邢建建：

根本还是需要读者的认同。

王月芳：

诗来源于生活，许多诗家用现代语入诗，与生活比较接近，从而与读者产生心理上的共鸣与共振。关于艺术性，除却立意，炼字是关键。诗词不但是用高度凝练的语言抒情，还要有极其形象生动的现场感，更要注重结构的唯美，节奏的鲜明，音律的和谐，动静相衬，虚实相生，情景交融等等。

马明德：

内容和形式的关系。思想性是诗人必须坚守的底线，格调不高或格调低下的作品没有生命力。诗词的艺术性，更是诗人必须高度重视的课题。如果缺乏艺术性，或大话、空话堆砌，或白开水一碗，或晦涩难懂，即使立意再好，也是垃圾一堆。以形象说话，这是诗词创作的基本要求。在注意律绝的起承转合、词的构架铺陈的同时，化实为虚、化直为曲、化大为小、化繁为简、化静为动等，都是诗人应熟练掌握的基本功。

安立红：

诗词应该具备美学，有思想，有内涵，有哲理，有艺术欣赏性。读后可以是一幅画，可以悟出一个哲理，可以引起读者共鸣，回味尤甘。

张　栋：

作品的思想性，不是通过概念化的口号、顺口溜来直说的，而是通过形象、意境、情趣、诗家语等艺术手法来展现。艺术性越强，所展现的思想性越有感染力。

路孟臣：

这也是对立的统一，当然思想性是第一位的。但是，没有艺术性，诗词就成了标语口号、新闻联播，失去了存在的意义。

薄慕周：

我认为诗词创作的思想性重于艺术性。诗词作品只有健康的思想，才能具备教育人民，鼓舞人民，催人奋进，使人昂扬向上的功能。

关于山东诗人群体

宋彩霞：

山东的诗人群在整体上还是呈平稳的、向上的态势，但参差不齐。有的诗人比较活跃，积极参加国内各类大赛，积极投稿和参加一些诗词培训班活动。但与有的省份相比，还是相对少一些，感觉没有走出来，走向全国，影响力不够。

还有一种值得关注的倾向，是真善美的缺失。有的诗人一味追求所谓"新潮"和"前卫"；还有一些青年诗人，诗词创作似乎降为一种亚文化式的存在。写诗绝非集邮、钓鱼一类的私人兴趣，应在写作中主动地建立与当代社会之间的连带感，因为写作的活力并非空穴来风，也不是仅凭阅读和写作的一味积累就能实现，而是要在与周遭世界的有机关联中生成。不能运笔干巴巴、冷冰冰。还出现了一些所谓"唯美"的倾向，有部分诗人热衷于在诗词论坛上，写些风花雪月一类的作品、写些无题之句，热衷于唱和。

写些小我一类的小情小调，与社会脱节，与大众脱节，那样的作品不会被大众认可，陷于一种自我陶醉的小我写作氛围。那样的作品价值是有限的，要注意引领力度。

布凤华：

总体来说属于豪放一派，视野开阔，题材多样，有一定深度。艺术上呈现多元化，神灵派与实力派并存，豪放中亦不乏婉约，表现手法上赋比兴兼备。但与全国其他省市相比，豪放的特点比较突出，文如其人，诗如其人，这也是山东人的性格所决定的。

胡桂海：

诗友们自觉自律，随和谦让，少有争论；特立独行的观点比较少，随大流的多；中规中矩的作品多，敢出"惊人句"的作品少；坚持某一领域、某种风格的少，追风应景的多；理性持重的多，恣意张扬的少；格调高古、震撼心灵、一骑绝尘的作品和诗句少，工于章法、句法、字法的"精品"多。

李宗健：

既有泰山文化和黄河文化，又有创建仁义、礼制思想的孔孟文化；有早期商业文明的运河文化；有忠义、刚烈的水浒文化；有开放、纳新的海洋文化；有新工业革命的城市文化；有忠诚、奉献的沂蒙文化；有兼容并蓄的对外交流文化等。山东诗人不同的地域文化既各具特色，各领风骚，又相互影响，相互融合，铺就了广袤无垠的齐鲁文化大地，支撑起坚实巍峨的齐鲁诗人群体。

张文富：

山东诗人群体，目前看不出有什么独特的思想倾向和艺术特点。循规蹈矩的多，创新求异的少。网络诗词兴起后，风格演变是非常明显的，如喜欢律诗的似乎在逐步减少，喜欢富哲理性绝句的似乎在逐步增多；北宋那种清新畅达风格的词在减少，南宋那种被称为雅正风格的词在增多，而在山东诗词人群体中的表现并不明显。

胡力菊：

我认为山东的诗人大多无私，善良，谦和，也团结。品德高尚，思想进步，有正能量。诗词作品多赞美，也工稳，正儿八经。也有些人喜欢写老干体，这也挺好的。

姜艳霞：

我认为不光是山东诗人群体，各省市也都是这样共同的特色。那就是思想大都停留在日常"小我"的境界，没有把如何融入时代特色，如何考虑我们这个时代的诗人是否

199

应该有自己的特色，让自己的诗写得更有诗味作为一个课题。

贾乐玉：

山东诗人在思想上尊崇正统，在艺术上尊重传统，语言典雅，走的基本是宗唐宗宋的路子。

蔡红柳：

在思想上，山东诗人都比较侧重弘扬真善美，体现正能量。在艺术上，我认为是多种多样的，每名作者都有自己的风格和习惯的写法。

雷振斌：

山东诗人，思想上积极向上，艺术上百花齐放。但容易将思想性简单化为"政治正确"，成为某种口号的变体。

张敬爱：

山东诗人好像律诗写得多一些，关于绝句的创作偏少了一些。我有个感觉，绝句比写律难，怕表达不全，不能彰显思想，要达到写景灵动、抒情自然、说理机巧，真的很难。

杨孔鑫：

山东诗人群体较为关心政治，家国情怀强烈，有传统诗人的责任担当。思想上紧跟时代潮流，心忧邦国，情系苍生，以诗词努力讴歌新时代。不仅思想内容有革新，还在诗词的表现手法和由此形成的风格、境界方面，有更多的开拓和创造。

肖力勇：

齐文化重功利，鲁文化重伦理；齐文化讲求革新，鲁文化遵循传统。像济宁、泰安等地，优秀诗人出得甚少，不仅是文化传统没继承好，革新求变的精神确实不如烟台、潍坊等地，也就不怪乎烟台、潍坊出了较多的优秀诗人。共同特点：浓郁的家国情怀，由于山东是革命老区，加上山东人正直、豪爽、侠义，大家讴歌革命历史，对家乡的一草一木充满了敬畏和倾情。因此，这类的诗词大家创作比较多，而含蓄委婉、清新灵动的作品较少。

卢玉莲：

在我心目中，山东诗人群体兼具以下两个主要共同点：一是受儒家传统思想的影响，在思想上相对传统俨正；二是受一方水土养一方人因素的影响，在个性上又不乏豪放洒脱，爽利干脆；三是受二安等历代文化名人的影响，作品相对端庄、厚重、大气，风格上亦婉约与豪迈并存。

高怀柱：

在思想上过于古板，灵活不够；在艺术上创新意识不强，过于传统，这些都需要我们认真加以克服。

王明兰：

山东诗坛的现状，有很多优秀名家的作品值得学习和品位。但也存在一些比较粗浅的作品遣词造句粗糙，凑句凑韵，诗词的美质，扫荡殆尽，不知艺术为何物。这样的诗词，除了格律是诗词的格律，其他无一符合诗词的美质。故而这叫"有格律的文字"，实质上并不能称为真正的诗词。而语言修辞是一切的载体，是基础之基础，因此语言表达的程度，其所展现出的神采，是很重要的。

封学美：

我们山东省是孔孟之乡、礼仪之邦，儒家思想厚重。主要表现在其作品张弛有度、工稳规矩；锋不外露、内敛含蓄；婉约有余、狂放不足，多数在思想和艺术升华上难以突破禁锢，缺乏创新之作，这也是今后我们共同追求的目标！

左　云：

山东诗人通常受孔孟之道影响较重，儒家文化深入山东诗人内心，所以山东诗人及其所创作的作品，以体现儒家思想、忠肝义胆等情怀居多，情感饱满、真挚，家国情怀浓烈；但在作品的艺术性上体现得可能就相对较少，总体上在这方面可能略逊于南方诗人。

朱本喜：

思想上，山东诗人传统观念较重，崇尚正统，注重家国情怀，对文化的追求比较纯粹，具有传统文人知书达理、略带保守的性格；

郭顺敏：

一、守正、敦厚，作品比较本色。二、创新意识与创新能力不足，作品总体水平与南方部分省份有差距。三、艺术个性、艺术鉴赏水平不高，精品意识、破圈意识不强。

安立红：

山东诗人共同特点：宣传正能量，受儒家文化影响比较大。很多诗人作品见物抒怀，很有艺术性，欣赏性；也有很多老干体，口号诗，干瘪无味。

张　栋：

总的看山东诗人群体比较传统守正，对作品的思想性、家国情怀重视程度高，在审美和艺术表现手法上底蕴、功力、创新思维尚显不足。深入学习，不断提升的氛围还不够浓。因此，明显存有作品多、精品少的局面。

关于山东诗派的创建

宋彩霞：

关于山东诗派问题，可否考虑叫"齐鲁诗派"？这个工作需要时间和诗词精品势力，需要在全国打造影响力，用5年至10年时间应该可以形成。我认为有以下几项举措可以尝试：一、打造好地域品牌这张牌。二、加大《历山诗苑》编辑编风编德教育，要有自律性规定。三、继续坚持每两年举办优秀诗人选评，各地市学会要把当地真正的写手推荐出来参评。会长不能带有个人偏见和爱好来推荐诗人参评。四、发挥齐鲁诗词名家人员作用，加担子，给压力，各地市要使用培养他们，真正发挥他们的带头创作引领的作用。五、发挥优秀诗人的创作热情，安排他们参加一些采风活动，前期一段时间的采风作品质量不容乐观，凑数者多，要严格把关质量，差的不要刊在《历山诗苑》上，实在影响山东诗词的整体水平。六、充分发挥《历山诗苑》《联合日报》《齐鲁晚报》《老年生活报》《老朋友》杂志的创作平台作用，鼓励带动新老会员积极创作投稿。七、依托中华当代诗词研究中心开展"齐鲁诗词名家"和"山东省优秀诗人"作品研讨会，扩大山东诗人的影响。八、完善创新学会官方网站、微信公众号和在中华诗词学会官网的第二门户网站的内容和形式。开办山东诗词学会自媒体账号，制作短视频宣传片，及时宣传学会县市区服务和重大主题诗词活动等主体工作。九、要打造一个公众号，专门刊发优秀诗词。名字就叫："齐鲁名家"微刊，取代现在的"海岱诗声"微刊。要有名家把关入选诗词，真正打造齐鲁精品。十、加大新媒体力度，利用新媒体办刊。杜绝影响山东声誉的诗词出现在微刊和诗苑上。加大监督机制。微刊不仅要发布诗词，更重要的是要多发布评论文章和诗词点评，让国内诗坛见证山东风采。

李宗健：

一段时期内很难，主要是缺乏推进的力度，融汇的广度，扛鼎的维度。

孙　燕：

要培养和造就山东诗派，可以从以下几方面入手：一、形成自己的特色。二、开展诗词交流和讲座。要形成一个有特色的诗派，就要求诗人们的思想性和艺术性往一起靠，要变自由活动为共同作战,要聚沙成塔,要点石成金。三、开展诗词采风和唱和活动。参加采风能让人兴奋,能激发人的创作潜能。事实证明,每次采风大家的收获都很多,且容易出精品。

张文富:

一个地域的诗词是否形成特色,完全取决于领军人物的诗词特色。目前,国内堪称有地域特色的大概有四个地区:以杨逸明为代表的上海地区,倡导时语入诗,标榜为上海诗派;以聂绀弩杂文风格为诗的湖北地区,继之以廖国华领头,虽不标榜但风格独特;以刘庆霖等倡导的旧体新诗的东北地区,也有特点;还有新疆的星汉等提出的新边塞诗,在诗词内容上有地域特色。

有人领军,有影响力,且追随者众多,是形成地域诗派的必不可少的前提。山东地区在历史上只有明末清初诗词人物繁多且最具广泛影响力的时期,堪称一大地域派别。目下言山东诗派还为时过早。

汪冬霖:

山东诗词一定能形成一个有鲜明地域特色的诗派,并成为全国诗坛的主流,产生举足轻重的影响,但有一个较长时间的积累过程。要从政府层面重视起来,把山东诗派的打造作为山东文化大省的文化建设重点工程,在舆论上造势,从财政上助力,培养精英队伍,建立专家库,充分整合全省诗词社团的力量,有规划、有步骤、有评估,夯实基础,扩大影响,循序渐进。这方面,应该向湖北(如宜昌、襄阳、荆门三市,分别倾全市之力擦亮屈原、孟浩然、聂绀弩三张诗词文化名片。全省诗词文化活动遍地开花,规模大、规格高。湖北俨然已成为中华诗词全国副中心)、浙江(其提出建设浙东唐诗之路、大运河诗路、钱塘江诗路和瓯江山水诗路"四条诗路",打造有灵魂、有美景、有历史、有文化的现代版"富春山居图",开全国之先河)等省份学习。

张敬爱:

培养和造就山东诗派,有一个切入点,那就是齐鲁诗人写齐鲁。在爱党爱国的大旋律下,歌颂家乡,歌颂齐鲁。包括歌颂历史名人,歌颂齐鲁胜迹,宣传齐鲁文化。

范旭梅:

培养造就山东诗派的措施:一、内容上具有地域特色:多表现本地的风土民情,发展变化。二、风格上具有地域特色:山东人豪放,且豪放词人苏轼在密州做过太守,辛弃疾是济南人,所以可以继承发扬苏轼、辛弃疾的豪放风格。三、把山东的优秀诗人聚拢起来,互相切磋,共同提高,是最行之有效的措施。四、可定期集中培训诗词理论知识。

肖力勇：

讴歌新时代，弘扬真善美，这是诗词创作的永恒主题，也是全国诗词界应当具有的"共性"。我们需要认真研究和探讨的是具有山东地域文化特色的"个性"，由此而锁定"山东诗派"的特征。

陈彩祥：

我认为山东诗词能形成一个有鲜明的地域特色的诗派。经常聆听一些大家的培训，在思想上高度认可，用以指导日常创作，在艺术上追求个性化，形成百花齐放的局面。

李兴来：

山东诗人群体，目前缺少地标性的人物，也缺少鲜明的特色，在全国诗词作者群体中不够突出。如打造山东诗派，一是根植传统，深入挖掘山东诗词传统；二是营造氛围，为诗词创作创造良好的环境；三是海纳百川，积极争取诗词组织之外的诗词高手。

谢玉萍：

对如何培养造就山东诗派，我提几点建议：一、鼓励组织诗人积极参与学会的各项活动，比如采风，诗词交流等。二、让诗词进驻学校，让诗人将华夏古典诗词的种子播种在孩子们心中，既增长孩子们的知识，同时也是对诗人的一种历练。三、借助媒体对山东诗人及优秀作品进行宣传。四、给诗人们出版诗词集。另外，也要有专家和学者写出评论，这样有诗有论、有继承有创新，自会形成一派，独步天下。

国金超：

近年来，随着山东诗词学会各项工作的加强，山东诗词队伍逐步走向组织化、规范化、群体化，一个有鲜明地域特色的诗派正在形成。

我认为当前和今后要做好以下几项工作：一、继续做好和进一步规范优秀诗人的评选工作。除评选省级优秀诗人以外，各市以及县、市、区乃至行业单位都可评选本地本单位的优秀诗人。二、为诗人的成长和涌现提供更多的平台。例如办好诗词刊物，提高质量；交流创作经验，举办各类讲座；培育评选诗词之乡、文化之乡；组织采风，与经济文化主体互动；培养青年诗词人才，评选优秀青年诗人，为优秀诗人出书；鼓励山东诗人走出山东，在全国拿到更多奖项；加强对外宣传，向外推介山东优秀诗人的作品等等。三、利用网上课堂、微信平台、公众号、开辟刊物专栏等平台和渠道，举办各类专题讲座，在有关刊物设立新人创作专栏，刊登新手作品，以老带新，让专家为新手指导修改作品等，努力壮大诗词创作队伍，努力提高诗词创作人员的写作水平。

刘　娟：

山东是辛弃疾和李清照的故乡，二人又是宋代词坛最具代表性的人物，辛词是豪放派之龙，易安词是婉约派之凤，被后人称为"二安"，是宋代文坛史上的"明珠"。以"二安"词为代表，以弘扬齐鲁文化为依托，形成有鲜明地域特色的山东诗派。一是加强"二安"词派的研究。通过研究，提高鉴赏能力。二是加强"二安"诗词的推广。通过推广，加大"二安"诗词的影响力。三是提高诗词创作水平。通过学习逐步提高诗词的艺术性和思想性，把"二安"诗词的风采发扬光大。四是挖掘地方文化，以地方风土人情为依托，创作具有地方特色的诗词作品。

王玉宝：

现在诗歌界流行一个诗歌概念：文化地理学。我没有研究这个概念，望文生义，应该是说文化底蕴、地理特色是产生优秀作品的摇篮。我们山东，人文荟萃，物华天宝，没有形不成特色诗派的理由。一、坚持优秀作者的培养。二、加大宣传、推介力度，"人为拔高"。三、加强理论引导。成立的中华诗词研究中心就是很好的措施。除了研讨古人的作品或宏观的理论之外，能够结合现下我省的作者和作品，给以理论的梳理和引导。既可以对作者进行较全面地剖析介绍，也可以对某一具体作品进行赏析，《历山诗苑》开出专栏，连篇累牍持续不断地开展研究。打造"山东诗派"，作者、作品、理论三位一体，齐头并行。

左　云：

有李清照、辛弃疾、张养浩等历史大家的影响，崇文重教的当代山东诗词必定能形成一个有鲜明地域特色的诗派，近两年从赵会长、蒿会长和孙会长等领导多次讲话中了解到领导具有宏伟设想、长远抱负。我坚信如能坚持8—10年，山东诗派必然可以形成。在培养和造就山东诗派的过程中，个人所见：首先应加大对山东历代诗词名人名家的专业研究、产出研究文章；其次还应该鼓励和引导优秀诗人、齐鲁诗词名家各自锤炼、打造出自己相对鲜明的"诗词标签"（可提倡一专多能、一枝怒放、群芳争艳；也鼓励全方位发展；因人而异），而后根据标签分类、设置若干个虚拟小组（也可以域内历史名人来命名研究组或引导诗词风格细分群），在同类或贴近的创作风格或题材之下，做精做强！山东诗派的整体标签首先需要体现地域人文历史和诗词传承，其次则应该结合这诸多的个体或分类标签，而后经过一定阶段的引导和着力打造，提炼、升化，以期最后形成整个诗派的特色。

朱本喜：

关于如何培养山东诗派，一是要有鲜明的品牌意识，打造响亮的诗派品牌语言；二是培养大量基于山东诗人若干特质的人才队伍，各地大力发展老中青诗人梯队；三是参与全国的诗派交流和互动，树立鲜明的山东诗派特色，不断推出成果，强化和提炼诗派特征。

郭顺敏：

从目前情况看，山东诗派形成的土壤与基础是存在的，但是相对薄弱。齐鲁诗词名家和山东优秀诗人中在全国有较大影响、具有很高艺术造诣的诗人还不够多。有一部分游离于诗词组织体系外的自由诗人以及山东籍当代著名诗人水平较高。倘若想打造山东诗派，就需要破除门派偏见，摒弃个人恩怨，采取有效措施，把他们吸纳进诗词组织里来，共同加以研究、评论、包装、推介。而且山东诗派的领袖人物、领军人物不单是要求擅长创作，还要拥有与自己的艺术创作相一致的艺术理论，并且能够得到诗词界、学术界的广泛认可。因为诗坛领袖不是自封的、不是命名的，是自然形成的、需得到齐鲁诗坛和中华诗坛公认，天时地利人和缺一不可。这就需要规划、组织、培养、训练、推介和时间。总之，本人对打造山东诗派有信心并寄予期待，愿意在自己有生之年，在山东诗词学会的引领下，进行积极探索和不懈努力。

邢建建：

清时有济南诗派，而此时未形成一个有鲜明地域特色的诗派，从古至今山东的诗家，诸如辛弃疾、李清照等，诗、词作品可代表当时，但并非有明显的地域特征。如今，如果要打造山东诗派，除了需要齐心合力，还需要独树一帜，可以培养自己鲜明的特征，诸如山东的诗路之风、东岳之风等。

路孟臣：

要先形成一个相对固定的诗词群体，提供一个自由平等、畅所欲言的交流平台，在交流和碰撞中逐渐形成代表人物，再以代表人物为核心，逐渐形成诗词流派。

薄慕周：

打造山东诗派要注意发现培养诗词新人，壮大诗词队伍。加强诗词培训，加强诗词交流，培养诗词领军人物，打造诗词名家。充分发挥他们的带头引领作用，逐步形成齐鲁诗派。

朱宪华：

山东诗词是可以形成一个有鲜明特色的诗派的，但是，任重道远。

　　至少要具备几个条件：一是要有几个领军人物。二是需要一个评论家群体的支持。三是要高手如云，形成一定的规模。四是加强宣传。山东是一个诗词大省，古往今来涌现了很多优秀的诗人。要加大宣传力度，如今给优秀诗人出专辑，就是很好的举措。

　　（山东师范大学文学院中华当代诗词研究中心整理）

从唐圭璋先生学词记

钟振振

词是我们伟大祖国古典文学百花园里的奇葩，我从小就喜爱它。但由于十年浩劫，初中毕业我就下乡插队了，没有机会系统地学习，更谈不上研究。四人帮粉碎之后，国家于1978年恢复了研究生培养工作。当年，我有幸考取为唐圭璋先生的第一届硕士生。后又于1983年考取为他的第一届博士生。1988年毕业并获得博士学位后，就留在唐老身边工作，协助他指导博士生。直至1990年唐老仙逝，师从他研治词学达十二年之久。十二年中，或在唐老左右，亲聆教诲，濡染于耳目之际；或蒙唐老赐书勉励，爱护之情充溢在字里行间。唐老执教七十年，辛勤培育过的学生何止万千？这里所记录的笔者个人从唐老学词的经历，不过是他提携青年，沾溉后学无数事迹中的一两个片段罢了。

难忘的第一课

入学一年后，专业基础课进展到了唐宋词阶段，将届八十高龄的唐老以羸弱之躯认真备课，亲自讲授。1979年10月6日下午，在唐老家中，我们几个研究生围坐在身边，他吩咐外孙女给我们每人沏上一杯热茶，拘束感霎时间为亲切温暖的气氛所取代。唐老与大家拉了几句家常，然后清了清嗓门，开始侃侃而谈。

这是唐老给我们上的第一课，它深深地铭镌在我的记忆中。这倒不仅仅是因为一群初学者第一次聆听一位全国第一流的词学专家讲授词学，更重要的是因为一位爱国的、忠于人民教育事业的老学者语重心长地教导子侄辈乃至侄孙辈的中青年学者应该怎样治学，如何做人。这第一课的题目是"研究词学的态度和方法"。

唐老首先教导我们，要树立雄心，下定决心，要有信心，有恒心，还要虚心。

他回顾了"文革"十年中林彪、四人帮摧残民族文化，造成古典文学研究领域百花凋零、万马齐喑局面的惨痛教训，指出祖国优秀文化遗产在世界上的地位相当重要，欧美、日本等国的学者一直在努力研究，更不用说香港、台湾了。他们的物质条件好，轻工业发达，书刊出版发行便利，我们这里的图书资料，无论精粗美恶，他们都竭力搜求。因此，我们如果不努力，就要落后。我们一定要树立雄心，下定决心，把古典文学研究搞上去，决不能让外国学者先我着鞭。

他又说，现在学术研究的形势和条件都很好，学术并非高不可攀，你们年富力强，来日方长，要有信心。另一方面，学术道路是曲折的，世界上没有一蹴而就的事，不能遇难而退，须知登高必自，只要不畏崎岖，一步步攀登，总能到达光辉的顶点，这就要有恒心。孔子说："人而无恒，不可以作巫医。"（《论语·子路》）学术不是一朝一夕的事，要靠积累，日积月累，月积年累。

他还说，做学问要虚心，戒骄戒躁。旧习文人相轻，同行是冤家，这怎么能做学问？学术是科学，是真理，要实事求是，拿出证据来，你对我就服从。孔子能做到"毋意，毋必，毋固，毋我"（《论语·子罕》），我们也要做到这"四毋"。毋意，就是不要臆断；毋必，就是不要自以为是，一言堂；毋固，就是不要固执己见，坚持错误；毋我，就是不要主观主义。

关于治学方法，唐老着重讲了两条：首先是要有正确的理论作为指导思想；其次就是要广泛阅读古籍，大量占有资料。资料是不断出现的，过去没有现在有，现在没有将来有，国内没有国外有（欧美、日本有些善本秘籍，为国内所无），公家没有私人有（不少稿本、孤本为私人所收藏），地上没有地下有（出土文物）。凡此都要留心，不断发现新资料并加以收集、整理、研究。

他还强调，做学问是一个循序渐进的过程，一是从无到有，二是从少到多，三是从浅到深，四是从普及到提高。（三天后，唐老第二次讲课时，又补充了一条：从非到是。）

唐老一席话，无论是在思想上还是在作风上对我们都有很大的教育和帮助。从此，我们立志为继承和开发祖国优秀的文化遗产而贡献自己的聪明才智，克服种种困难，刻苦攻读，以致学各有成。追本寻源，这和唐老的教诲及师表作用是分不开的。

唐老指导我作学位论文

1980年，我开始作硕士论文。起初，我自选的研究课题很大，属于词史和总论的范围。但唐老认为，如果对具体作家作品尚未进行过深入、系统的研究，一动笔就作词史或词论，容易流于浮泛，难中肯綮，遂要求我还是脚踏实地，先从个别作家作起，扎扎实实练好基本功。现在回想起来，唐老的这一指导思想非常正确。宋王直方《诗话》记载："刘咸临醉中尝作诗话数十篇，既醒，书四句于后曰：'坐井而观天，遂亦作天论。客问天方圆，低头惭客问。'盖悔其率尔也。"我当时真要作了词史或词论，是难免坐井观天、不知方圆之弊的。

唐老对近代词学研究的形势了如指掌，他列举了若干重要的词家，都是前人研究不足的薄弱环节，供我选择。我从中挑了宋代的贺铸。唐老告诉我，贺方回是宋词中的大家，在北宋与晏小山、秦少游、周清真齐名，当世的评价甚高。近代以来，则褒贬不一。贬之者如王国维，认为北宋名家中以方回为最次（见其《人间词话》），而胡适《词选》

竟没有选一首贺词。为此，龙榆生先生三十年代专门写过一篇《论贺方回词质胡适之先生》。此后，还没有什么关于贺铸的专论和专著。在词学研究中，这是一项空白。唐老还具体地教我研究方法：首先为贺铸的词集作校勘、笺注、编年、辑评，并尽可能地搜集全有关贺铸家世、生平、著述的资料；然后在此基础上撰文系统论述其人其词。这一整套治学的程序，兼顾了考据和义理两个方面，包括了史学、语言学、文献学、文学等领域里各种基本技能的训练，是老一辈学者的经验总结。我遵照唐老的指示去实践，果然受益匪浅。

先说校勘。起先，我觉得贺铸词已经有前辈学者多人校订，不必再校了，这工作很枯燥，且未必能出什么成果，想跳过去算了。但唐老坚持这是治学的第一步，非走不可。于是我只好硬着头皮坐下来，在北京、南京两大图书馆的古籍部泡了一两个月，以八部善本对校，还真发现了不少问题。为此，我写了两万字的札记。唐老一一审读，作了眉批。例如《拥鼻吟》一词，《贺方回词》最早的底本清鲍廷博知不足斋抄本有这样几句："大艑轲峨，越商巴贾。葛恨龙钟，篷下对语。""葛恨"不辞，后人认为"葛"是"萬"字之讹，故改为"萬恨龙钟"。我读《全唐诗》，发现贺词是用李端《荆门歌送兄赴夔州》诗"船门相对多商贾，葛服龙钟篷下语"，方悟鲍抄本"葛"字不误，所误者实为"恨"字，乃"服"字之形讹。后人误改作"萬恨"，好比医生拔牙，蛀牙未拔去，反拔掉了旁边的好牙。对于这条校记，唐老大为夸奖，批了"创获"二字。这对我——一个刚开始走上治学道路的研究生来说，不啻是莫大的鼓励！

再说笺注。起初，我只知道查《辞海》《辞源》等工具书，还有就是从老辈学者的宋人别集注本（如邓广铭先生的《稼轩词编年笺注》、王仲闻先生的《李清照集校注》等）里抄资料。唐老则指示我，要广泛浏览经史子集四部中的主要典籍，十三经、二十四史、诸子百家、历代文学总集、别集，典故语词、名言隽句之渊薮不外乎是。此外，还要求我多读笔记小说、方志类书。其主要精神就是要掌握第一手资料，注出高质量、高水平，而不能邯郸学步，拾人牙慧。我按照唐老的教导，老老实实读了一系列古籍原著，大大开阔了眼界，增长了见识。例如贺词《行路难》"作雷颠，不论钱"，前人都说"雷颠"是宋教坊雷大使，舞急如颠，故称。而我读《后汉书》，发现这是用雷义事："雷义……尝济人死罪。罪者后以金二斤谢之，义不受。金主伺义不在，默投金于承尘上。后葺理屋宇，乃得之。金主已死，无所复还，义乃以付县曹。……举茂才，让于陈重。刺史不听。义遂阳狂被发走，不应命。""不论钱"及所以称"颠"（即"狂"），都有本事。我将这一收获报告唐老，唐老很高兴，予以首肯。

唐老所布置的任务，读硕期间未能做完，攻博三年又接着做。由于是遵照唐老的教诲一步一个脚印地去做的，一点也没有投机取巧、偷工减料，故硕士论文《论贺铸及其词》被选入全国研究生论文集（江苏人民出版社出版）。博士论文之一《北宋词人贺铸研究》在台湾文津出版社出版，之二《东山词校注》在上海古籍出版社出版。其部分内容还曾在《文史》《文学遗产》《中华文史论丛》等权威学术刊物上发表。它们都得到了学术界的好评。

我的外祖父语言音韵学家施肖丞先生，与唐老是同乡，又是南京师范学院中文系的同事，有通家之好。我本人则比唐老要小五十岁。因此，按学术辈分我虽是唐老的嫡传，按年龄辈分却应算作侄孙。1982年报考唐老的博士生时，我曾有七绝一首拜呈：

> 老柏铜柯叶自香，为薪煮海炼飞霜。
> 孙枝未即堪传火，请续荧荧一缕光！

第一句用杜甫《古柏行》"孔明庙前有老柏，柯如青铜根如石"及"香叶终经宿鸾凤"以譬唐老。第二句以煮海为盐为喻，述唐老编《全宋词》及《全金元词》事。"飞霜"，盐也。柳永《鬻海歌》有"自从潴卤到飞霜"语。第三四句，"孙枝"，笔者自指，就是叙年龄辈分。《庄子·养生主》曰："指穷于为薪，火传也，不知其尽也。"师者，薪也；学术，火也。薪尽而火传。唐老博大精深的学问，非我辈后生小子所能拟于万一。但虽不能至，心向往之，愿学焉。传不得一片火，能续一缕光也好。

有一缕光之续，火是会越烧越旺的。何况，续一缕光的学生正多。唐老的学术生命，将通过他的学生们，一代又一代地永远延续下去。

呜呼谁谓先生死！

作者简介：钟振振，南京师范大学教授、博导，中国韵文学会会长，中华诗词学会顾问，中华诗词学会原高副会长。

诗学随感

张应中

1. 诗写什么？马一浮以"诗人四志"加以统摄："一曰慕俦侣，二曰忧天下，三曰观无常，四曰乐自然。"诗的功用何在？孔子以四字括之："兴观群怨。"诗的最高标准是什么？当是"真善美"的统一。

2. 学诗当从何体开始？有人主张从古体入手，如计甫草（由云龙《定庵诗话》）、吴闿生（《诗说》）、胡先骕（《评尝试集》）、瞿蜕园（《学诗浅说》）、徐英（《诗法通微》）等；有人主张从近体入手，如黄生（《诗麈》）、冒春荣（《葚原诗说》）、詹安泰（《无庵说诗》）、俞律（《诗海初渡》）等，皆不如日本广濑淡窗说得清楚明白："学诗之前后，童子无学之辈，先学绝句，次律诗，次古诗。若学力既备而后学诗者，则由古诗入而及律绝。若先古诗后律绝，由本及末，则顺；若先律绝后古诗，由末及本，则逆，不如事之顺。然古诗非学力不能作，故不得不先律绝，亦所谓倒行逆施也。"（《淡窗诗话》）

3. 绝句正格押平声韵，第三句尾字必用仄声，以求得尾字平仄相间的效果。押仄声韵的绝句为古绝句，第三句尾字一般用平声，但也可以用仄声，如北宋文同《露香亭》："宿露濛晓花，婀娜清香发。随风入怀袖，累日不消歇。"苏辙《遗老斋绝句》："久无叩门声，剥啄问何故。田中有人至，昨夜盈尺雨。"均是。因属古体，平仄本不计较。

4. "平头"作为诗病，有两义。一指"四声八病"之一病，即五言诗第一字、第二字与第六字、第七字平仄相同，拿近体诗"粘对"的要求来说是失对。到清代，"平头"又有一义，指相邻两联开头部分语法结构相同，也叫"同头"。毛润之《长征》诗"五岭""乌蒙""金沙""大渡"平列四地名，即是"平头"，避开为好。

5. 长律起结固然难，而中间转处尤难。长律中间各联均须对仗，宜围绕某一对象来写，一气直下，如果诗中转换对象，再起话题，则需兼顾两者，承上启下，还得用对仗句，所以难度尤大。杜甫善五言长律，诗中转折高妙自然，如《上韦左相二十韵》先写对方再写自己，至"才杰俱登用，愚蒙但隐沦"一联，上句收束赞颂对方之意，下句引出自己，此转折处最见功夫。

6. 台湾诗人洛夫云："诗和禅都是一种神秘经验，但却可以从我们的日常生活中体验到。我对禅的理解是：从生活中体验到空无，又从空无中体验到活泼的生机。诗与禅都在虚虚实实之间。"此话可以拿来阐释王维的《辛夷坞》。"木末芙蓉花，山中发红萼"是"活泼的生机"，"涧户寂无人，纷纷开且落"是"空无"，一切都在"虚虚实实之间"。

7. 李白《长干行》前六句："妾发初覆额，折花门前剧。郎骑竹马来，绕床弄青梅。同居长干里，两小无嫌猜。""剧"，一般注释为"嬉戏""游戏"之类，稍显笼统。余疑为"演戏"，演什么戏？演"过家家"的游戏。"妾""折花"扮新娘，坐于"床"上，"郎骑竹马来"娶新娘。此亦为后文作铺垫，"十四为君妇"，便真的结婚了。

8. 白居易《白云泉》诗云："天平山上白云泉，云自无心水自闲。何必奔冲山下去，更添波浪向人间。"清代赵俞《溪声》诗云："结庐何日住深山，竹月松风相对闲。却笑溪声忙底事，奔流偏欲到人间。"后者从前者脱胎而来，然各有胜处。

9. 刘长卿"荷笠带夕阳，青山独归远"（《送灵澈上人》），石延年"意中流水远，愁外旧山青"（《筹笔驿》），二诗"远"字俱有远韵，然后者不如前者。

10. 李贺诗有时颠倒主客关系，造成生新的效果。鲍照有诗模拟亡者说话，李贺反过来说"秋坟鬼唱鲍家诗"。又，本意写密集的笙声如洞庭的雨脚，却说"洞庭雨脚来吹笙"。又，本是铜人离开汉宫花木而去，却说"衰兰送客咸阳道"。

11. 马一浮云："和诗有次韵、和韵、同韵之别。次韵以原作韵脚为序，一字不可移；和韵虽用原韵，而不拘次序；同韵则但韵部相同，不必原字。唐人不用次韵，荆公、东坡、山谷始多为之。"语载《语录类编·诗学篇》。按："唐人不用次韵"一语不确。元白之间次韵诗便不少。如元稹《戏赠乐天复言》七律，韵脚字"徂、孤、无、卢、湖"，白居易《酬微之夸镜湖》七律即次元稹诗韵，元稹《重酬乐天》《再酬复言》复次前韵。

12. 宋李公麟有绝句云："画出离筵已怆神，那堪真别渭城春。渭城柳色休相恼，西出阳关有故人。"结句改王维诗句"无"为"有"，翻出新意。"渭城"二字重，可改"青青柳色休相恼"。

13. 爱伦·坡在《致B先生的信》中说："小说赋予可感知的意象以明确的情绪，而诗所赋予的是不确定的情绪，要达到这一目的，音乐是一个要素，因为我们对美妙音调的理解是一种最不确定的概念。音乐与给人以快感的思想结合便是诗，没有思想的音乐仅仅是音乐，没有音乐的思想，凭着其确定性则是散文，因为它的情绪是明确的。"这段话可以用来解释诗词的格律。诗词的音乐美主要体现在格律方面，而格律的美感是朦胧的，它的情绪是不确定的，所以它适用于任何题材、任何主题的诗词作品，也即诗词有了格律，就有了朦胧的美感。

14. 叔本华在《文学的美学》一文说："我们若能看到诗人的秘密工厂，将不难发现，韵脚求思想比思想求韵脚多出十倍以上，换言之，韵脚还在思想之先的场合为多，若思想在前，而又坚决不让步，则就难以处理了。"诗词也存在"韵脚求思想"的现象，类似"为文造情"。在写作过程中，"思想求韵脚"与"韵脚求思想"交互作用，反复推敲求得和谐，看不出雕琢的痕迹便好。

15. 古人写梅子熟时的天气，有云"黄梅时节家家雨"，有云"梅子熟时日日晴"，有云"熟梅天气半晴阴"，于此可见，诗当写自家体验，不必人云亦云。

16. 汤显祖《有友人怜予乏劝为黄山白岳之游》诗云："欲识金银气，多从黄白游。一生痴绝处，无梦到徽州。"有人不察诗意，以为后两句是赞语，拿来宣传徽州。桐城汪茂荣先生曰："所谓痴者，即是迂也、不通世务也。徽州多为宦为商者，汤氏说自己一生痴绝，连做梦都不曾到徽州，实是指自己并不羡慕徽州人那样的荣华富贵。明为自嘲，实为自负。"此方是正解。

17. 郁达夫《谈诗》云："做诗的秘诀，……我觉得有一种法子，最为巧妙。其一，是辞断意连，其二，是粗细对称。"辞断意连固然是，至于粗细对称，郁达夫举杜甫咏明妃一联"一去紫台连朔漠，独留青冢向黄昏"，说前一句"广大无边"，后一句"细小纤丽"。实际上，一粗一细、一大一小并不对称，可称"粗细对举"。在创作中，粗细一致、大小相当者更为常见。

18. 陈如江《古诗指瑕》一书专门辨析古人诗之毛病，于学诗赏诗颇有助益，然该书亦有瑕疵。杨万里《闲居初夏午睡起二绝句》之一诗云："梅子留酸软齿牙，芭蕉分绿与窗纱。日长睡起无情思，闲看儿童捉柳花。"该书《时空错乱》一篇云："'日长睡起'承'梅子留酸'而来，时间未变，但所对应的空间却是'儿童捉柳花'，初夏之际，安得复有柳花可捉？诗人之失检如此。"实乃冤枉古人。柳花春末夏初均有，古诗中也屡见不鲜，如邵亨贞《贞溪初夏六首》有云："雨后深林竹笋肥，渡头风急柳花飞。"陆深《初夏四首》有云："入砚柳花还碍笔，扑帘槐雨欲沾衣。"华兰《江乡初夏即景》有云："细雨新晴斜日好，柳花桥畔卖鲥鱼。"于此可见体物不可不细，断语不可不慎。

19. 人工智能做诗，只是根据诗题和格律拼凑，无个性，常常令人啼笑皆非。《蘲华》五绝云："一片秋霜叶，纷飞满地红。莫愁家万里，只在月明中。"四句与荷花毫不相干。"莫愁家万里，只在月明中"却碰上天然好句，可写入月夜思乡诗中。《屁》七绝云："一声霹雳动乾坤，万里长空白昼昏。我是人间无事者，不知何处觅龙孙。"令人昏倒。

20. 吾论诗有六字标准曰："合律、通顺、有味。"二字标准曰："自得。"一字标准曰："美。"

21. 黄山送客松下的标牌录一诗云："卓立峰颠观苍海，松下道上客徘徊。风摇枝动揖相送，还盼日后君再来。"诗意平平，且用词不稳，多处违律。试改如下："守望峰巅伴云海，绿阴遮处客徘徊。风摇枝动如相揖，日后还期君再来。"稍觉稳妥。

22. 新词入诗，不隔为佳。杨逸明先生诗句"小楼停泊烟云里，零距离听春雨声"之"零距离"，"梦好难追罗曼蒂，情深可上吉尼斯"之"吉尼斯"便不隔。

23. 杨启宇先生诗有思想，见风骨，然用韵颇宽。其《奇石杂咏》组诗之一《木石前盟》云："月下花前笑语温，最怜反覆是人情。羡他顽石枯藤恋，足证天荒地老心。"韵脚字分属三个韵部。余试改如下:"月下花前不负卿,最怜反覆是人情。羡他顽石枯藤恋,足证天荒地老盟。"未知可否。

24. 湖南危勇《咏鸡》诗:"鸡,鸡,鸡,尖嘴对天啼。三更呼皓月,五鼓唤晨曦。"据说此诗获第二届"农民文学奖"。"三更呼皓月",这不是半夜鸡叫吗?殊不正常,可改"四更呼皓月"。有学生不同意我的意见,认为这首诗很好,后两句对仗工整,整体音韵和谐。可见诗之格律作用大矣,有时可以掩盖内容之不足。

25. "小楼听雨诗刊"第五届"人间要好诗"诗赛二等奖获得者黎宇清《暑月还家》诗:"湖海经年志未伸,萧条家计老双亲。归来深自藏辛苦,强作春风得意人。"诗写隐忍之情,颇能动人,惟诗中看不出"暑月",扣题不紧,可改诗题为《还家》。

26. 王夫之说:"身之所历,目之所见,是铁门限。"(《姜斋诗话》)歌德说:"真正的诗人生来就对世界有认识,无须有很多经验和感性接触就可以进行描绘。"(《歌德谈话录》)这两种说法是否矛盾呢?王国维的话可以解释:"客观之诗人,不可不多阅世。阅世愈深,则材料愈丰富,愈变化。""主观之诗人,不必多阅世。阅世愈浅,则性情愈真。"(《人间词话》)王夫之所说偏重"客观"的一面,歌德所说偏重"主观"的一面。

27. 高适《别董大》首二句云:"千里黄云白日曛,北风吹雁雪纷纷。"余曾疑之,大雪纷飞的时候还有南飞雁吗?壬寅年十一月二十二日晚,余在室中读书,忽闻雁鸣,急出视之,但见天宇一队大雁飞过,呈巨型人字,白亮耀眼。是时节气在大雪与冬至之间,因知高适诗乃实写,古人诚不吾欺也。

28. 余曾作绝句《昙花》云:"月色溶溶夜气清,花开如雪近三更。今宵且任君相赏,一到天明便绝情。"有人云:"此写一夜情。"余闻之大笑,是所谓"作者之用心未必然,而读者之用心何必不然"(《复堂词录叙》)。

29. 钟振振先生《西湖》诗:"四时花气酿西湖,细雨噙香淡若无。一似春宵少女梦,最温馨处总模糊。"《赛里木湖》诗:"雪岭云杉各有枝,其姝静女自情痴。一湖水酽千年梦,恨不知她梦里谁。"两诗佳处皆在比喻、拟人的运用,化实为虚,虚处传神。赛里木湖少有人写,固佳;古今咏西湖之诗不计其数,名作亦多,钟诗翻新出奇,尤为不易。

30. 张潮《幽梦影》有一则云:"予尝偶得句,亦殊可喜,惜无佳对,遂未成诗。其一为'枯叶带虫飞',其一为'乡月大于城',姑存之,以俟异日。"余试为之对:"昏鸦驮日下,枯叶带虫飞。""芒鞋轻胜马,乡月大于城。"安徽章绍斌先生对云:"寒禽衔果落,枯叶带虫飞。""江声高过岸,乡月大于城。"甚佳。

31. 作诗常先得句,再足成全篇。余曾作《人到中年》诗:"光阴浑似昨,双鬓已星星。懒唱新歌曲,偏忘旧姓名。思多眠渐少,事急气犹平。负轭牛耕地,无劳叱一声。"是先得颈联"思多眠渐少,事急气犹平",再作反省,乃悟中年心态,于是借用谌容的小说名为题,瞻前顾后,补充相关内容,遂成一首。

32. 戴望舒1944年作《萧红墓畔口占》诗:"走六小时寂寞的长途,/到你头边放一束红山茶，/我等待着，长夜漫漫，/你却卧听着海涛闲话。"余光中《评戴望舒的诗》一文称《萧红墓畔口占》语言纯厚自然，富于中国情韵。余光中独具智眼。此诗真有绝句风味，"口占"二字亦是旧诗中常用字眼。余试改戴诗为绝句云："长途跋涉不辞劳，一束山茶慰寂寥。浅水湾中消永夜，孤坟无语对波涛。"庶几近之。

33. 李白《望庐山瀑布》："日照香炉生紫烟，遥看瀑布挂前川。飞流直下三千尺，疑是银河落九天。"徐凝《庐山瀑布》："虚空落泉千仞直，雷奔入江不暂息。今古长如白练飞，一条界破青山色。"苏轼作绝句评此二诗云："帝遣银河一派垂，古来惟有谪仙词。飞流溅沫知多少，不与徐凝洗恶诗。"李诗雄奇浪漫，有盛唐气象。徐诗刻露，固不能与李诗相提并论，然徐诗后两句颇具绘画美，非一般人所能到。坡老评为"恶诗"，亦过矣。

34. 郑谷《十日菊》诗："节去蜂愁蝶不知，晓庭还绕折残枝。自缘今日人心别，未必秋香一夜衰。""十日"，九月十日是也。"节"，指重阳节。重阳节与蜂蝶无涉，言蝶"不知"则可，言蜂"愁"则不当，故非指蜂愁节去。试将前两句合起来读，便知蜂蝶不知节去，但愁菊枝折残耳。"蜂愁蝶不知"乃互文见义。

35. 山水诗能写出对象的特点方为合格，含有情趣或理趣则更佳。余曾作《珠峰》绝句："积雪千重岭万重，撩开雾锁破云封。高原浩瀚根基厚，造就人间第一峰。"在写出珠峰特点的基础上有所发明。周啸天先生《珠穆朗玛峰》绝句："八千米雪柱晴空，休把寒冰语夏虫。剧怜孔子小天下，未识人间第一峰。"《孟子·尽心》说孔子"登泰山而小天下"。该诗替孔子惋惜，也有所发明。杨逸明先生《题喜马拉雅山脉》绝句："雪域神奇多少山，无名无字耸云端。随移一座中原去，五岳都须仰首看。"该诗也有所发明，但给人的印象更深，为什么？顾随说过"说明不如表现"（《驼庵诗话》）。前二诗结尾是说明，杨诗结尾是表现，且富有想象力。

36. 曾少立网名"李子梨子栗子"，其词被人称为"李子体"。"李子体"有鲜明的个性，试读他的几首"人类词"。《临江仙》："你把鱼群囚海里。你跟蛇怪纠缠。你教老虎打江山。因为你高兴，月亮是条船。//然后他们就来了。他们举火寻欢。他们指认鼎和棺。他们摸万物，然后不生还。"《风入松》："天空流白海流蓝，血脉自循环。泥巴植物多欢笑，太阳是、某种遗传。果实互相寻觅，石头放弃交谈。//火光走失在民间，姓氏像王冠。无关领土和情欲，有风把、肉体掀翻。大雁高瞻远瞩，人们一日三餐。"《临江仙》："你到世间来一趟，他们不说原因。一方屋顶一张门。门前有条路，比脚更延伸。//一块石头三不管，你来安下腰身。远离青史与良辰。公元年月日，你是某行人。"这些词在两个方面进行尝试。一是主题思想方面，大约受现象学和存在主义哲学的影响，回到事物本身，关注人类的生存和命运。二是语言和修辞方面，尝试口语化写作和陌生化、物理性写作。读者对"李子体"颇有争议，我觉得李子有想法，有办法，尝试无妨，胡适曾说"自古成功在尝试"。

37. 写绝句需有灵感，抓住一点不及其余，天工大于人力。写律诗需有学养，围绕主题敷衍成篇，人力大于天工。古诗难言，大抵短篇天工大于人力，长篇人力大于天工。历代名家各有胜处，大家则无所不能。

38. 吕碧城词"吟到中华以外天"（黄遵宪诗句），其"海外新词"最为人称道。其词写海外风光，每用中国典故，余初读其词觉其"隔"。如写日内瓦之铁网桥有云："渡星娥、鹊群休傍""为问倚柱尾生，可忏尽、当年情障"[《玲珑四犯》（虹影牵斜）]，写阿尔卑斯山有云："何处巫云吹卷？指依样嵌崎，蜀峰攒剑"[《月华清》（雕影横秋）]，写纽约港口自由神铜像有云："衔砂精卫空存愿"[《金缕曲》（值得黄金范）]。余曾向祖保泉先生请教，祖先生云："没有办法，她是中国人，熟悉中国的典故。"现在想来，吕碧城写海外风光，以中国的典故作比，似也无妨。

39. 汉代《古诗》："步出城东门，遥望江南路。前日风雪中，故人从此去。我欲渡河水，河水深无梁。愿为双黄鹄，高飞还故乡。"前半写客中送客，后半写欲归不能。语言质朴，感情沉郁。元代揭傒斯《晓出顺承门有怀何太虚》："步出城南门，怅望江南路。前日风雨中，故人从此去。"是截取《古诗》前四句，改动三字变为怀人之作，抄得好！

40. 程志淳为黄生《唐诗摘抄》作序，言及诗律有云："气以律而清，词以律而隽，文以律而成。匪唯近体，即歌行、古风，莫不有律，如行师之有纪律焉。"此说甚佳。余亦有一比，近体诗材料如同黄豆，近体诗内容如黄豆磨成豆浆，施以格律如加石膏，诗成如豆腐。无格律，近体诗不得成型也。

41. 2023年中国诗词大会第九场开场时，点评嘉宾郦波教授念了四句诗："十年前是樽前客，忧患光阴速可惊。鬓华已改心无改，试把金觥旧曲听。"这四句系压缩欧阳修《采桑子》（十年前是樽前客）而来，可算折腰体绝句，但最后一句殊觉别扭，一时不明其故。隔数日忽然明白，七言句如果并写两事，句法结构一致则顺畅，句法结构不一致则拗口。如"秦时明月/汉时关""云想衣裳/花想容""绿叶成阴/子满枝""杨花落尽/子规啼"等等，各句皆有两事，句法结构一致，读来顺畅。"鬓华已改/心无改"，读来也顺畅。"试把金觥/听旧曲"，顺畅，但无韵。"试把金觥/旧曲听"，合律，但拗口。郦波教授似乎没有注意到这一点。

42. "一个孤僧独自归，关门闭户掩柴扉"，词意重复啰唆，传为笑谈。"蝉噪林愈静，鸟鸣山更幽"，句意合掌，却是名句。后者以动衬静，意境突出，反而掩盖了不足。《入若耶溪》为南朝梁代诗歌，还没有后来近体诗的精致讲究，近体诗一般都能避免句意合掌，像"独有英雄驱虎豹，更无豪杰怕熊罴"这样句意合掌的诗句毕竟少见。

43. 明胡应麟《诗薮》云："对结者须意尽，如王之涣'欲穷千里目，更上一层楼'，高达夫'故乡今夜思千里，双鬓明朝又一年'，添著一语不得乃可。"此言绝句。清初黄生《唐诗摘抄》评岑参《奉送李太保兼御史大夫充渭北节度使》尾联"弟兄皆许国，天地荷成功"云："对结以意尽为佳。"此言律诗。近体诗以对仗句结尾似未完篇，"意尽"

当为意思完整之意，并非说含蓄、有言外之意不好。两处"意尽"是从祖咏作《终南望徐雪》故实中来。

44．诗是一个生命体，时时要瞻顾，处处有关联，首尾照应，血脉贯通。如郑燮《为侣松上人画荆棘兰花》："不容荆棘不成兰，外道天魔冷眼看。门径有香还有秽，始知佛法浩漫漫。"第一句紧扣诗题的"荆棘兰花"，第四句"佛法"照应诗题的"侣松上人"。第三句照应第一句，"香"从"兰"字来，"秽"从"荆棘"来。第四句，"佛法"对应第二句的"外道天魔"，同时又收束全篇，体现一诗之主旨。

45．李商隐《乐游原》："向晚意不适，驱车登古原。夕阳无限好，只是近黄昏。"首句写心情不畅。次句写驱车登览，排遣愁绪。三句陶醉夕阳美景，情绪当然高涨。结句又猛然跌落，回归惆怅，意蕴却比"不适"更为深广。小诗开阖变化，写出了情感的曲线。一二句声情上大有讲究。"向晚意不适"为拗句，五字全仄，读来喉咙紧张，生理上也有不适之感。"驱车登古原"，"登"字该仄用平，救出句的"意不"二字，此句一仄四平，读来轻松，紧张的喉咙即刻舒展开来。声韵与情绪完全一致，可谓妙手偶得。

46．歌德说："鉴赏力不是靠观赏中等作品而是要靠观赏最好作品才能培育成的。"（《歌德谈话录》）所谓取法乎上，诗的鉴赏力也要靠观赏最好的诗才能培育。

47．如何判断诗中好句？四川邓小军先生在一次讲座中提出三条标准：一是词句警人；二是描写传神；三是言有尽而意无穷。符合其中一条即为好句。如何训练判断力？邓先生说有两个步骤：一是每读一诗，不假思索地判断最好句；二是有条理地说出所以然。

48．毛泽东《采桑子·重阳》："人生易老天难老，岁岁重阳。今又重阳。战地黄花分外香。//一年一度秋风劲，不似春光。胜似春光。寥廓江天万里霜。""人生易老天难老"，反用李贺"天若有情天亦老"（《金铜仙人辞汉歌》）之意。"战地黄花分外香"用岑参"遥怜故园菊，应傍战场开"（《行军九日思长安故园》）之形象，但充满乐观之情。"不似春光。胜似春光"化用刘禹锡"我言秋日胜春朝"（《秋词二首》）诗意。三处用典，一反用，二正用，皆妥帖自然，不见雕琢之痕迹。

49．南宋张道洽《岭梅》诗："到处皆诗境，随时有物华。应酬都不暇，一岭是梅花。"空洞、抽象，没有梅花的具体描写，前三句意思重复。清张景星等将这首绝句选入《宋诗别裁集》，不知何故。

50．崔颢《黄鹤楼》诗："昔人已乘黄鹤去，此地空余黄鹤楼。黄鹤一去不复返，白云千载空悠悠。晴川历历汉阳树，芳草萋萋鹦鹉洲。日暮乡关何处是？烟波江上使人愁。"严羽《沧浪诗话》云："唐人七言律诗，当以崔颢《黄鹤楼》为第一。"杜甫《登高》诗："风急天高猿啸哀，渚清沙白鸟飞回。无边落木萧萧下，不尽长江滚滚来。万里悲秋常作客，百年多病独登台。艰难苦恨繁霜鬓，潦倒新停浊酒杯。"胡应麟《诗薮》云："杜'风急天高'一章五十六字……此诗自当为古今七言律第一，不必为唐人七言律第一也。"从格律上看，崔诗颔联平仄、对仗不工，有古风特色。杜诗不但中二联对仗工稳，而且首尾两联也对仗，首联句中自对，真可谓"晚节渐于诗律细"。气度上，崔诗浑成，至尾联气力不衰。杜诗前三联固是大手笔，尾联堆垛形容词，写自身琐细，有难以为继之感。不以一眚掩大德，二者皆一流好诗，未易分优劣。然则，何诗为古今七律第一？依愚所见，杜甫《蜀相》或可当之。

51. 律诗的一般章法是起承转合，其中又分两种：一是四联分别对应起承转合；二是一二七八句对应起承转合。孟浩然《过故人庄》："故人具鸡黍，邀我至田家。绿树村边合，青山郭外斜。开轩面场圃，把酒话桑麻。待到重阳日，还来就菊花。"一二七八句对应起承转合，中二联围绕诗题铺叙、描写，缴足题意。绝句的一般章法也是起承转合，试将《过故人庄》一二七八句摘出能否成为一首绝句呢？"故人具鸡黍，邀我至田家。待到重阳日，还来就菊花。"显然不行，还没到田家就写再来，成什么话？可见，此诗中二联少不得。安徽刘彪先生《谒岳飞墓》："老柏森森拱岳坟，西湖俎豆永飘馨。忠昭日月千秋颂，祸累河山半壁沦。百代冤奇三字狱，十年国误一帮人。心香难息风波恨，今古同悲有佞臣。"一二七八句对应起承转合，中二联交错写岳飞、秦桧，充实内容。试将一二七八句摘出来读："老柏森森拱岳坟，西湖俎豆永飘馨。心香难息风波恨，今古同悲有佞臣。"除了韵脚稍宽以外，内容上倒是一首完整的绝句。

52. 诗韵入声分十七部，词韵合并邻韵，入声分五部。上海古籍出版社出版《诗韵新编》云：杜甫《自京赴奉先县咏怀五百字》《北征》"为我们今天入声全部通押开了先河"。经查，杜甫这两首长诗所用韵脚字，主要在入声"质""月""屑""曷"四部。个别韵脚字在"锡""物""黠"三部。有的是诗中换韵，有的是邻韵通押。如果以后世的词韵验之，它们都属于词韵第十七部与第十八部，并没有入声全部通押。愚以为，诗韵放宽可用词韵，但不可入声全部通押。试问，入声全部通押还有韵吗？

53. 一句诗言及两件物事，有并列关系，有主客关系。后者如"石矶西畔问渔船"，"渔船"是主，"石矶"是客。"朦胧树色隐昭阳"，"昭阳（宫）"是主，"树色"是客。"竹外桃花三两枝"，"桃花"是主，"竹"客。"也傍桑阴学种瓜"，"种瓜"是主，"傍桑阴"是客。有主无客，形影相吊，内容单薄。可见，客的烘托、陪衬作用自不可少。

54. 元代孔齐《静斋至正直记》卷四载：一生作诗喜用对句，有云"舍弟江南死，家兄塞北亡"。人惊问其故，云唯有一身，未尝有兄弟也。时人续之曰："只求诗对好，不怕两重丧。"成为求切对妄作诗的笑话。

55. 王国维《浣溪沙》词："本事新词定有无。斜行小草字模糊。灯前肠断为谁书。//隐几窥君新制作，背灯数妾旧欢娱。区区情事总难符。"该词写一个女性窥视丈夫写作而有此感。她将丈夫所写的新词与自己的本事相比照，觉得新词与他们的情事不符。可以推测，丈夫另有隐情。该词角度特别，感情微妙，颇有创意。顾随先生说："这首词很怪……可视为静安自己批评自己之作，两重人格。"（《驼庵诗话》）似觉迂远。

56. 黄山迎客松天下闻名，咏此松者不计其数，然意必己出者不多，余曾录得数首，如许士舟《咏黄山迎、送松》："岩前伫立任晴阴，送往迎来古到今。试问广交千万客，个中多少是知音？"江兴皖《题黄山迎客松》："迎客居然有古松，人来无语枉相逢。一株苍老寻常树，长在名山便不同。"陈旭光《黄山迎客松》："本同梅竹密无间，啸傲烟霞乐自然。岂料一朝膺美誉，逢迎便不敢偷闲。"

57. 艳情诗偶涉男女性事者，当戒淫亵，写法可从李渔《闲情偶寄》所言："说半句，留半句，或说一句，留一句"，或者"借他事喻之，言虽在此，意实在彼"。元稹《会真诗三十韵》"戏调初微拒，柔情已暗通"至"留连时有恨，缱绻意难终"是用如此写法，合乎人性且有文学上的美感。

58. 唐诗人钱起（一作钱珝）《江行无题一百首》（其六十九）："咫尺愁风雨，匡庐不可登。只疑云雾窟，犹有六朝僧。""六朝僧"云云，唐朝离六朝未远，可做如此悬想。今有人作《山中》诗云："仄径拨云入，茶烟袅碧岭。忽闻疏磬响，疑隐六朝僧。"六朝距今一千四百余年，犹作如此悬想，便隔。

59. 当今写旧诗的人很多，掌握了格律，但普遍的毛病是缺乏新意。写新诗的人也很多，比较有新意，但普遍的毛病是缺少对语言的锤炼。旧诗、新诗可以相互借鉴、学习，旧诗可以学习新诗的创造性和陌生化手法，新诗可以学习旧诗语言的锤炼和韵律美。

60. 艾青被新诗界称为大诗人，他的诗有深厚博大的胸怀，有绘画美和雕塑感，捕捉生活细节的能力也很强。但他鄙弃旧体诗，不学习、借鉴旧体诗的优长，从而限制了他的诗歌成就。他提倡新诗的"散文美"，但很多诗只做到了"散文化"，如《大堰河——我的保姆》《雪落在中国的土地上》等名篇，句子松散、拖沓，食洋不化。

61. 厉志《白华山人诗说》云："到一名胜之所，似乎不可无诗，因而作诗，此便非真性情，断不能得好诗。必要胸中本有诗，偶然感触，遂一涌而出，如此方有好诗。"杜甫是"胸中本有诗"，他的忠爱之思、悲悯之情、身世之感，触到任何事物都可能发而为诗。

62. 绝句可以写得单纯，也可以写得复杂一点，所谓螺蛳壳里做道场。余曾作《连日看学生论文，用眼过度》一诗："楼下樱开我正愁，隔窗观景泪双流。非因花好欢而泣，乏味文章看未休。""用眼过度""我正愁""乏味文章看未休"是主线。"楼下樱开""隔窗观景""花好"是副线。只围绕一条线来写便觉味薄，以"泪双流"将两者结合起来，构成起承转合的关系，便觉有意思。

63. 苏曼殊1909年作《本事诗十首》，第九首云："春雨楼头尺八箫，何时归看浙江潮。芒鞋破钵无人识，踏过樱花第几桥。"第二句情景没有承上第一句，颇感跳跃。叶嘉莹1942年作《晚归》："婆娑世界何方往，回首归程满落花。更上溪桥人不识，北风寒透破袈裟。"则无此弊病。

64. 元稹《刘阮妻二首》其一："芙蓉脂肉绿云鬟，罨画楼台青黛山。千树桃花万年药，不知何事忆人间。"前三句分写仙女的美、环境的美、花草的美，三句并列，后一句陡转陡结。李白《越中览古》："越王勾践破吴归，义士还家尽锦衣。宫女如花满春殿，只今惟有鹧鸪飞。"前三写过去，后一写当今，也是前三后一结构。两诗都扣题。今人作《元宵》诗："电烛花灯人似潮，斑斓五彩闹元宵。一声蓦地冲天炮，不及飙升物价高。"也是前三后一结构，结句陡转陡结，但物价飙升与元宵无关，便觉游离。

65. 王仲至召试馆中，试罢作一绝题于壁云："古木森森白玉堂，长年来此试文章。日斜奏罢长杨赋，闲拂尘埃看花墙。"荆公见之甚欢爱，改为"奏赋长杨罢"，且云："诗家语如此乃健。"（《苕溪渔隐丛话》）"日斜奏罢长杨赋"是正常语序，"日斜奏赋长杨罢"是倒装语序，"奏赋"后的"长杨""罢"再做两次补充说明，拗峭有力。新诗中亦有此做法。戴望舒《到我这里来》最后两行："而我是徒然地等待着你，每一个傍晚，/在菩提树下，沉思地，抽着烟。"其中，"而我是徒然地等待着你"是主句，后接四个小分句，补充交代时间、地点、情状，增加情感分量，深得倒装之妙。

作者简介：张应中，安徽师范大学文学院讲师，安徽师范大学中国诗学研究中心研究员，《学语文》编辑部主任。

咏物诗说

于海峰

一

花草可以使人明心目，长精神。对于花草的喜爱不独今人，古人尤是。花草本身足可令人喜爱，而花草背后所隐藏的一些东西更使人欣慕。像兰花"好在幽兰径，无人亦自芳"。说无人自芳的是兰花本身，但又何止是兰花本身，这分明是在说人。如果你在家里种了一盆兰花，就好像是在告诉别人自己就跟这兰花一样，无人也自芳，实际上花草与人有着很微妙的关系。由于对花草本身的喜爱人们更加容易发掘其超越本身以外的美好，且会因此而更加喜爱花草本身。花草及人，人及花草，双方彼此都是那样的美好。花花草草皆是物，以物感心，以心感物，心之所感发而为诗，故诗词中多有一种题材为咏物诗，这要占诗词帝国中很大的比例，是很重要的一部分。

实际上以物感心、以心感物的物不止花花草草，花鸟鱼虫等皆为物，皆可咏，其大体是相同的，皆是有感而咏之。如果没有所感，那怎么用心去咏呢？就是想要强行赋诗而咏，那最起码也要了解这个物的一些基本本质。若咏张三把李四的一些东西硬往上加，那就不伦不类了，更会贻笑大方。若了解其本质之后，再赋之以诗，在这个过程中得诗的还是一个"感"字。"感"很重要，那么何来之感呢？如果你对什么物都很麻木的话是作不了诗的，起码是很难作诗或作好诗的。

《道德经》云：观之于物而知身。《大学》云：格物致知。这个物往大了讲是一切事物，是要探究一切事物的真理，然后对于自己本身是一种帮助与提升。往小了讲可以是一花一鸟，一草一木。孔夫子讲《诗经》亦说可以多识于草木之名。《诗经》时代的古人就已经非常重视这个物了，《诗三百》的好其中也要好在这个物，里面的物可以说是不计其数，以物起兴，以物作比，物与人之间的相同处相通处，古人的理解是非常透彻的，可以说是用了心的。多了解及观察这个物是写好咏物诗的一种很好的方法，在了解的同时，这个感也会不自觉地出来了。就是当时没出来，在以后的某一个时刻说不好它也会出来的。

二

多了解物是写咏物诗的一种方法,同时还不止于咏物诗,还不止于诗。多了解及观察物还有一个好处,也是咏物诗的关键,便是真实。这样自不会出现张冠李戴的局面。咏物是可以超越物,但不可以离开这个物,也就是真实,不然就是瞎扯淡乱吹牛了。

咏物诗有很多种,而实际上大体也就两种,即本物与超物。本物是物即是物,不管是赋形还是写神,它所呈现的多是物内之象。超物是是物但又不止于物,是有物内之象同时亦有物外之象,有物外之意,有言外之情。不是说超物就一定要比本物好,本物与超物不可以用谁胜谁负,孰高孰低来下定论。本物本身就是一种美好,而我只是单纯地发现及赞美这种美好,那对物来说是一种美好,对我来说也便是一种美好。就像对于美人她本身就是一种美好,我赞美她并没有言外之意,只是单纯地觉得她很美好;她很美好,这种美好使我心情舒畅,故而对自己来说也是一种美好。这一切本就归功于物体它本身的美好。

譬如贺知章《柳》:"碧玉妆成一树高,万条垂下绿丝绦。不知细叶谁裁出,二月春风似剪刀。"多么的唯美,虽然不止咏柳,还咏二月春风,但这不属于超物的范畴,因其没有太多的言外之意,只这本物就是一种美好。如果非要言外之意,理解成柳之所以美好还要靠二月春风的帮助再延伸到人事上来也不是不可,不过却觉得是有些过度解读了。像《诗三百》有些是过度解读了,过度解读反而不好,我认为这首就是一种本物的美好,给人的第一印象就是这种。就算不是,我只当它是本物诗,因为它本物要比超物还要美好。刘禹锡《赏牡丹》:"庭前芍药妖无格,池上芙蕖净少情。唯有牡丹真国色,花开时节动京城。"雍裕之《芦花》:"夹岸复连沙,枝枝摇浪花。月明浑似雪,无处认渔家。"李峤《风》:"解落三秋叶,能开二月花。过江千尺浪,入竹万竿斜。"还有李白《夜宿山寺》:"危楼高百尺,手可摘星辰。不敢高声语,恐惊天上人。"这首实际上也可以当作一首咏物诗来看,句句所言山寺极高。林和靖:"疏影横斜水清浅,暗香浮动月黄昏。"这首也只是本物而已,是写神大于赋形,偏重的主要是梅的风骨神韵。这些本物难道没有超物好吗?诗情无伯仲,诗境有不同。不是说万国衣冠拜冕旒的高大上就比夜静春山空的低小闲要强,就像叶嘉莹先生讲的关键在于有无起到感动兴发的作用。也就是说你有没有呈现出来一个象,或者说是形象,呈现出来的这个形象有没有感动到我,有没有起到那种兴发的作用,那有这个象便是好诗。诗要有形象,而不是一味地叙述,叙述有时也可,但需是诗家语,最不可取的是说一些概念性的话。什么是概念性的话,像一些老干体实际就是概念性的话,少形象。所以我认为本物与超物是同样平等的,就看写的好不好罢了。

三

本物诗有其本身的美好，那超物诗自有其超越的美好。如于谦《石灰吟》："千锤万凿出深山，烈火焚烧若等闲。粉骨碎身浑不怕，要留清白在人间。"郑板桥《竹石》："咬定青山不放松，立根原在破岩中。千磨万击还坚劲，任尔东西南北风。"王冕："吾家洗砚池头树，朵朵花开淡墨痕。不要人夸颜色好，只留清气满乾坤。"这种是很明显的借物言志，说它是本物很正确，但又不只是本物，说物即说人，是一种超物。诗人很巧妙地用了一种技巧就是"双关"，若这几首诗不去管物，把物忘掉，只拎出来最后两句单独看，那就是直接在说人，且很通顺，逻辑亦非常严谨。像这些诗的背后所指明显是超越了的。

不是双关同样也是超越的，像曹邺《官仓鼠》："官仓老鼠大如斗，见人开仓亦不走。健儿无粮百姓饥，谁遣朝朝入君口。"边外的战士与城中的百姓都填不饱肚子，而官仓里的老鼠却能吃得饱饱。是谁在庇护这些大老鼠呢？背后其实指的是官家那只大老鼠。刘克庄《落梅》："一片能教一断肠，可堪平砌更堆墙？飘如迁客来过岭，坠似骚人去赴湘。乱点莓苔多莫数，偶粘衣袖久犹香。东风谬掌花权柄，却忌孤高不主张。"此实讽嫉贤妒能、打击人才的当权者。毛主席《卜算子·咏梅》："风雨送春归，飞雪迎春到。已是悬崖百丈冰，犹有花枝俏。俏也不争春，只把春来报。待到山花烂漫时，她在丛中笑。"这是梅花的形象，其背后也正是革命战士的形象。这些都是超越。

实际上本物与超物也没必要分得太清，之所以在前面把它们细分梳理了下，是想要让人明白有这一回事。本意还是说不管本物或是超物都有一样的美好，关键在于能不能写好。有的诗也很难分得清超与不超，那就不要去分。像王安石《梅》："墙角数枝梅，凌寒独自开。遥知不是雪，为有暗香来。"这里有背后所指，除去背后所指外，但只本物也确乎为一首好的本物诗，说是一首本物诗也是可以的吧。己有诗《月季》："气寒凛冽已然冬，一望东林花事空。惟有恒心霜月季，依然彤艳北风中。"月季恒心，不畏严寒，傲立北风。像这首如果不刻意去解释的话，有时是超与不超不明晰的。超？不超？不用管它，只当是本物诗看它应该也是一种美好吧。

四

咏物诗为什么要咏物，咏这个物是因为你认可它，认可它所以才去咏它，在咏的这个物就反映了自己认知上的一些东西，这个物就好像是自己的代言了，就像咏史诗多是咏古而比今，看似咏古其背后则是在说今。杜甫一生多咏诸葛亮，是因为杜甫认可诸葛亮，咏诸葛亮的同时就像是在说自己一样。即便不是在说自己，也是反映的自己的认知，自己的一些志向。不管本物还是超物，这里面多多少少总会有种朦朦胧胧若即若离说不清道不明的一些东西，这便是咏物诗的妙处。

五

　　粗略地说一下写咏物诗的几个技巧。古人多以花比人，以人比花，这放在现在同样适用。如果能用得好，写出来的诗当会是十分生动的。王安石《木芙蓉》："水边无数木芙蓉，露染燕脂色未浓。正似美人初醉著，强抬青镜欲妆慵。"一位吃酒初醉，强抬青镜欲梳妆的美人形象就是木芙蓉的形象。像苏轼"欲把西湖比西子，淡妆浓抹总相宜"同样是以花比人的手法。

　　咏物的另一个技巧是律诗多以一半对一半的原则，即一半写本物本身，一半要转出来，宕的开。像杜甫《房兵曹胡马诗》："胡马大宛名，锋棱瘦骨成。竹批双耳峻，风入四蹄轻。所向无空阔，真堪托死生。骁腾有如此，万里可横行。"前两联写本物马本身的形象，后两联宕开来写本物马本身以外的神气，总体即形与神的描写，确乎为一首好的咏物诗。

　　许多咏物诗多是把自己的主观意识施加于物，通过写物以物象来反映自己的意识，也就是反映的人象。还有一种写法是人与物合在一起写，像李商隐的《蝉》和骆宾王的《在狱咏蝉》都是这种写法，写到最后有时人是人，物是物，有时就分不清是物是人了。人和物很圆润地成为一体，这种效果很好，古人已介绍得太多，就不再重复。这两首也是超越了的。

　　写咏物诗的方法有很多，方法也只是方法，方法与技巧也只是一种手段，有时写诗根本就不会特意去在意这些手段。灵感来时，一篇写成是不论什么手段的，自然天成，诗好怎么样都行。就像庖丁解牛，得心应手，游刃有余，它中间还要记得用什么方法吗，是已经浑然一体，根本不用细究什么方法了呀。就像一盘剁椒鱼头放在面前，吃过了很好吃，在吃之前还要去考虑怎么个吃法吗。

六

　　方法可以忘，但咏物诗对这个物的理解是很有必要的。我在写咏物诗时，都是绕过仔细观察，格物致知后才写出来的。为了更好地了解物，自己曾经买来《植物生物学》来看，买来《本草纲目》观摩，更要去大自然里实际去体悟，总之是为了更好地去格物致知。随园曰"咏物必有寄托"，也就是超物，对这点我是有不同观点的。有寄托是以心找物而映情，或者说是以物比心而共情；无寄托是以心观物而见情，或者说是以物感心而生情。如果真正喜爱上了这个物可以不用有所寄托也是很好的。就像有的人养兰花只是喜爱兰花本身而已，至于说文人讲的空谷幽兰不因无人而不芳那一套，根本就是不相干的。《本草纲目》最专注的也只是本草本身。王维的一些山水诗之所以好，就好在对于山水本身美好的描写而已。如果你非要有所寄托的话，那么我只能说你还没有真正地十分热烈地非常执着地喜爱和了解这个物吧。如果真能喜爱这个物，就这个物当时一瞬的感动兴发所呈现出来的即使无寄托自也是好的。当然有所寄托会有另一层美好，对这个物有深刻理解那么对想要寄托的情志自能更好地匹配，终会是有益的。所以我个人总结了咏物诗其中也是最重要的一点，即了解、观察、体悟正是写好咏物诗的一些根本原则。如《文心雕龙》里的一句话："积学以储宝，酌理以富才，研阅以穷照，驯致以怿辞。然后使元解之宰，寻声律而定墨；独照之匠，窥意象而运斤。此盖驭文之首术，谋篇之大端。"简而言之，只有平时的学问及经验积累，还有仔细对事物真理的探究与体悟总结，才是轻松地写出一篇好文章的前提，是基础。写诗也是，写咏物诗亦然。其实不止对于写文章，写诗，对人生各方面这一基础都能适用。那么写好咏物诗，对这个物的了解观察体悟，也即格物致知，又怎能不得到很好的重视呢？

作者简介：于海锋，苏州博世汽车部件苏州有限公司职工。

论诗语

杨守森

一

写诗，要用诗语，只有出之以诗语，才会有诗意。

何谓诗语？"太阳落山时，倦鸟归巢了"，不过是一自然景观的实录，因而不是诗语。同样的景观，刘大白在《秋晚的江上》所写的"归巢的鸟儿，尽管是倦了，还驮着斜阳回去"才是诗语。"民不聊生的国家，到处都是社会问题"，不过是对社会问题的陈述，因而不是诗语，同一问题，辛笛在《风景》一诗中所写的"列车轧在中国的肋骨上一节接着一节社会问题"才是诗语。

文学之谓文学，要则即在于是"语言的艺术"。人类的语言，原本是一种交际工具，因而需要直截了当、清晰明确，文学语言则不同了，首重的已不再是交流信息、传播知识之类功能，而是唤起想象、激发情感、创造审美世界的功能。用德国哲学家叔本华的话说："文学最简单，最正确的定义应是'利用词句使想象力活动的技术。"①因而文学语言往往呈现出不同于一般日常语言、媒体语言、科学语言的形象化、扭曲化、陌生化之类特征。被视为"文学中之文学"的诗歌，对语言的要求，自然要比小说、散文等其他文体更高，即要尽力弱化其陈述性、说明性、实录性与概念性成分，要更重美学操作，要设法加强直觉化、想象化与情感化表达。刘大白、辛笛的诗句正是如此，不是事实记录，不是问题陈述，而是直觉化、想象化与情感化表达，因而才是文学，才是诗语，才有诗意。

再举几个例子：

李白的"狂风吹我心，西挂咸阳树"（《金乡送韦八之西京》），如果胶柱鼓瑟，仅就字面想来，不仅会感觉有点血腥，还会以为不合事理：人的心，怎么能让风吹出来，挂到咸阳的树上？但读来不仅无不适之感，反觉情真意切，脍炙人口，因为在懂诗的读者那儿，明白这是想象化的诗语，诗人不过是在表达对朋友的不舍与关爱之情。

---

① ［德］叔本华：《生存空虚说》，陈晓南译，重庆：重庆出版社，2009年版，第189页。

张继"江枫渔火对愁眠"（《枫桥夜泊》）中的"江枫"与"渔火"，无所谓"愁"，也无所谓"眠"，更说不上"对愁眠"的，但没人会质疑其假，因为读诗的人明白，这不过是诗人缘于忧愁落寞之情，对"江枫"与"渔火"的直觉感受与想象，体现的正是诗语之特征。

同是写梅，"梅蕊腊前破，梅花年后多"（杜甫《江梅》）；"幽谷那堪更北枝，年年自分着花迟"（陆游《梅花绝句之二江梅》），虽出之于大诗人之手，亦缘其止于实，而够不上诗语，没什么诗味。出之于明人高启笔下的"雪满山中高士卧，月明林下美人来"（《梅花九首》其一）就大不一样了，诗人是写梅花，但又跳出了眼前的梅花之实，将梅花想象为"山中高士""林下美人"。面对这诗句，读者会眼前一亮，精神为之振奋，进而体悟到梅花的高洁与静雅。在这诗句中，呈现出来的亦正乃诗人由喜爱梅花的情感催生的对梅花的直觉体认，而这才是妙不可言的诗语。其诗，也就缘此而成为中国历代写梅花的诗中的翘楚之作。

二

诗语，不能以事理视之，科学视之，不能太较真。

若较真，李白"白发三千丈"是在瞎说：世上哪有"三千丈"的白发？陈毅诗云："此去泉台招旧部，旌旗十万斩阎罗"（《梅岭三章》），一位马克思主义者、无产阶级革命家的陈毅，怎么可能相信死后还有一个"泉台"世界，还有什么"阎罗"？

诗语，甚至不能以通常的语法规则视之。若检测其语法，缺乏主、谓、宾的"鸡声茅店月，人迹板桥霜"（温庭筠《商山早行》）；"枯藤老树昏鸦，小桥流水人家，古道西风瘦马"（马致远《天净沙·秋思》）这样的意象罗列，是构不成语句的，但谁又能否认《商山早行》《秋思》是好诗？

由于诗语之特征，一位斤斤计较者，一位工于算计者，一位小心翼翼、谨小慎微者，一位满脑子原理公式、语法逻辑者，恐是不易成为诗人的。

三

诗语，要力避直白，这是中国传统诗学一直强调的基本原则。

写诗，固然应如白居易所力求的连"老妪"都能读懂，但诗的语言毕竟不同于日常语言，不能是谁都会说的直来直去的大白话。如"肩上挑着一担水"，不是诗，出于聂绀弩笔下的"一担乾坤肩上下，双悬日月臂东西"（《挑水》）才是诗；"黄河流进大海了"，不是诗，在孔孚笔下出现的"我寻找黄河/连条线也不见//在这里它缩成一个音符/颤动着"（《渤海印象》），才是诗。

用深谙诗理的德国美学家黑格尔的话说：与一般散文不同，"诗的表现方式可以被看成走弯路或是说无用的多余的废话"[1]。黑格尔这话说得有点轻俏，有点调侃，但实在是说到点子上了。诗语，不是为了陈述某一事实，交流某一信息，传授某一知识，而是要创造出一个能够给人以诗意陶醉的想象空间，这就需要诗人变着招儿，用比，用兴，或借助夸张、拟人之类的修辞技巧，拐一点弯，抹一点角，指山卖磨，声东击西，不惜来一点"废话"，设法将寻常的事物写得不寻常。黑格尔举过一个诗语的例子："当晨曦女神伸出玫瑰色手指的时候"，认为这才是诗，实际上，这句诗说的不过是"朝霞在东方出现的时候"。比较可见，后一种说法，虽文字简约，直截了当，明白易解，但因只不过是事实的陈述，也就难以让读者进入一个能够为之陶醉的诗化世界了。而前一个句子，虽"啰唆"了一点，"废话"了一点，但让人超越"朝霞"的实象，想象"晨曦女神"了，想象女神"玫瑰色"的"手指"了，会让人为之心驰神往了，因而也就是诗境了。

同理，由陈述事实的角度看，聂绀弩拐弯抹角地"担乾坤""悬日月"之类，写的不过就是"肩上挑着一担水"；孔孚笔下那"颤动着"的"音符"之类，写的亦不过就是人们在黄河入海口都能看见、都能说出的"黄河流进大海了"。但若止于此，世界上就没有诗，也没有诗人了。南朝诗论家钟嵘在《诗品序》中讲过，诗要写得"使味之者无极，闻之者动心"。"动心"，才能激发读者想象，"味之者无极"，才能令读者陶醉。"肩上挑着一担水""黄河流进大海了"之类，因止于直白的事实陈述，是难以激动人心，难以有味，更说不上"无极"之味的，因而不是诗。而"一担乾坤肩上下，双悬日月臂东西"，则大为不同了，会让读者不由自主地想象到：那位挑水者，不是凡人，而是一位顶天立地的巨人，一位健步于宇宙的豪迈乐观的强者。如果你对诗人因"右派"之罪在北大荒劳改的身世有所了解的话，会进一步体味到，尽管身处逆境，诗人并未心灰意冷，悲观绝望，仍在以自我调侃的方式，宽慰着自己的灵魂，抗拒着命运的不公。这样一位诗人的生命人格与生命个性，无疑会令我们崇敬，会坚韧我们的生命，鼓舞我们的人生。这样的诗，也就不能不令我们品味再三了。波澜壮阔的黄河，通常是以"伟大"来形容的，但阅读孔孚的《渤海印象》，我们会产生一种想象与体悟：与浩瀚的大海相比，黄河又算得了什么？汇入之后，"缩成"的不过是一个"颤动"的"音符"而已。当然还可以是体味：即使为大海所吞没，不屈的黄河，仍在发出自己"颤动"的声音。正因能够给人以人格修为、生命意志等方面的人生启迪，这样一首《渤海印象》，也就如同钟嵘所说的，能够"使味之者无极，闻之者动心"了。

四

五四新文学运动时期，促进了"白话诗"兴起的"我手写我口"的主张，自有不容否认的历史进步意义，但也不无矫枉过正之弊，导致了诗语的直白浅露，弱化了诗之诗

---

① ［德］黑格尔：《美学》第三册（下），朱光潜译，北京：商务印书馆，1981年版，第59页。

意。在一些"开创"性、"旗帜"性诗人那儿，我们看到的竟是：或以"我们常常这样吵嘴，/——每回吵过也就好了。/今天是我们的双生日，/我们订约，今天不许吵了"（胡适《我们的双生日》）之类随意撷取的口语为诗；或以"我飞奔，我狂叫，我燃烧。/我如烈火一样地燃烧！/我如大海一样地狂叫！/我如电气一样地飞跑！"（郭沫若《天狗》）之类的空泛喊叫为诗。流风所及，口号化、概念化一直在危害着百年来中国诗坛的声誉。尤其是了无意趣的口语化，几成痼疾，至今已演化为更为等而下之的"口水诗"一路。一些名声颇高的诗人，也往往缘此而影响了其创作成就。如当我们在穆旦的诗中读到大量诸如："我见到那么一个老木匠/从街上一条破板门。/那老人，迅速地工作着，/全然弯曲而苍老了；/看他挥动沉重的板斧/像是不胜其疲劳"（《一个老木匠》）；"我的叔父死了，我不敢哭，/我害怕封建主义的复辟"（《我的叔父死了》）；"下午两点钟，/有一个学习会。/我和小张，我们拿着书和笔记，/一路默默地向着会议室走去"（《去学习会》）之类诗句时，不能不怀疑对这样一位诗人的评价有过高之嫌。当我们在于坚的名作《尚义街六号》中读到"老吴的裤子晾在二楼/喊一声　胯下就钻出戴眼镜的脑袋/隔壁的大厕所/天天清早排着长队"之类诗句时，不能不怀疑这样的名作是否真正得到了读者的喜爱。

五

诗语，当然不是绝对不能直白，历史上有不少为人喜爱的名诗名句，也是有点直白的，如李白的"床前明月光，疑是地上霜"（《静夜思》）；杜甫的"黄四娘家花满蹊，千朵万朵压枝低"（《江畔独步寻花》）；王维的"明月松间照，清泉石上流"（《山居秋暝》）；岑参的"马上相逢无纸笔，凭君传语报平安"（《逢入京使》）；白居易的"独出前门望野田，月明荞麦花如雪"（《村夜》）；杨万里的"小荷才露尖尖角，早有蜻蜓立上头"（《小池》）等等。新诗中，也有不少浅显易懂，直白如话的名作，如艾青的《大堰河——我的保姆》、臧克家《老马》、流沙河《故园九咏》等等。但分析一下这类好诗，会发现这直白是有条件的。

（一）要白得新颖，白得深刻。古今中外，数不清有多少诗人写过思念故乡的诗，但从来没人像李白那样，由"床前明月光"着笔，仅用20个字，就恰到好处地写出了对故乡的思念之情；同是思乡之情，岑参则呈现给我们这样一个催人泪下的特写镜头：远赴西域，充安西节度使高仙芝幕府书记的作者，于颠沛流离中偶遇一返京使者，一时没有纸笔写信，只好托使者给家人报一个平安的口信。在古代，这种景况，应当是常态，但唯岑参，抓住此情此景，信口成诗，虽用语平实，但因诗境独到，遂成绝唱，正如明代学者谭元春所评："人人有此事，从来不曾写出，后人蹈袭不得，所以可久"（《唐诗归》卷十三）。中国现代诗人臧克家那首用语亦算得上直白的《老马》，之所以成为名作，则不仅因其诗中写出了一个前人不曾这样写过的老马形象，且意蕴深刻。作者通过"总得叫大车装个够，它横竖不说一句话""眼里飘来一道鞭影，它抬起头望望前面"之类言此意彼，看似写马，实乃喻人的诗语，既深刻地概括了忍辱负重的中国农民形象，亦深隐不无哲理意味的对人生无奈之类的慨叹与思考。

（二）要白得鲜活，白得亮丽。如"黄四娘家花满蹊，千朵万朵压枝低"，在这近乎民谣一样浅显的诗句中，展现出的是一个光彩夺目、花团锦簇、令人渴望一游的世界；生活在这样一个世界中的黄四娘，也诱人产生美好的遐想。另如"小荷才露尖尖角，早有蜻蜓立上头"，这初夏时节的荷塘景观，本身并不新奇，但那刚从水面冒出，尚挂着水珠的小荷；那似乎一直在惦念着小荷，赶早而来的蜻蜓，构成了一幅别具生机与意趣的画面，惹人不能不驻足观望，并生出对大自然的热爱之情。这样的直白，缘其鲜活亮丽，撩人情思，也就照样"白"出了醉人的诗意。

（三）要白得深情，白得动人。如"明月松间照，清泉石上流""独出前门望野田，月明荞麦花如雪"之类的景物描写，之所以动人，是因作者非为写景而写景，而是寓洁身自好或孤寂落寞之类深切的情感意绪于其中，使之成为诗人的生命体验与生命个性的外化，从而抵达了王国维在《人间词话》中所说的"一切景语皆情语"之韵致。在艾青的《大堰河——我的保姆》中出现的"大堰河，今天我看到雪使我想起了你。/你用厚大的手掌把我抱在怀里，抚摸我；/在你搭好了灶火之后，/在你拍去了围裙上的炭灰之后，/在你尝到饭已煮熟了之后，/在你把乌黑的酱碗放到乌黑的桌子上之后……"之类诗句，不仅直白，且有点絮叨，但因其中喧腾着诗人对其奶妈的深切依恋与追念之情，那些重复的句式倒是恰好形成了不断撞击读者心灵的力量，从而使之具有了动人肺腑的艺术魅力。在流沙河的《故园九咏》中，我们会读到："爸爸变了棚中牛，/今日又变家中马。/笑跪床上四蹄爬，/乖乖儿，快来骑马马！……莫要跑到门外去，/去到门外有人骂。/只怪爸爸连累你，/乖乖儿，快用鞭子打！"（《哄小儿》），这类诗句，虽近于顺口溜，但因表现了作者内心滴血却又不能不在不懂事的孩子面前强颜作欢的凄惨处境，而使之具有了撕心裂肺的震撼力。

与上述虽然直白但极具艺术感染力的诗句相比，在我们当今的诗词作品中，时常读到的诸如"归心似箭还，唯愿长相聚！""国运祝长久，华夏共婵娟""无分种族与肤色，相交何必论厚薄""一家生计费经营，下得夜班天欲明""举杯不敢思儿女，一在兰州一广州""好难禁受是乡愁，教我这头思那头""云开峭壁峰如削，车转羊肠路似悬"之类①，则或因用语陈旧，或因缺乏鲜活亮丽的意象，或因情感泛泛，或因景中乏情，也就让人感觉直白有余，而诗味索然了。这类现象，新诗尤甚，已成病态，在诸如"下午四时，东北的暮色就来了。/我没有病，没有饿，没有冷"（桑克《我有的东西》）；"抽烟时/找不到火柴/找不到打火机/找不到任何/与火有关的东西"（李伟《点不着的香烟》）之类几欲

---

① 摘自 2020 年度 12 期《中华诗词》杂志评选出来供《新作点评》栏目点评、候选年度好诗词的 47 首作品。

泛滥成灾的"口水诗"中，你会感到，只剩下"口水"，没有"诗"了。

六

诗语，也不是不可以口号化，但有诗意的诗语，一定是非常人能道之语。这口号，也就应是诗人对社会、人生、历史与现实体验的创造性概括，而不是照搬自报刊社论、会议文件。北岛在《回答》一诗中写下的"卑鄙是卑鄙者的通行证，高尚是高尚者的墓志铭"就不无口号意味，但因这口号中融入了诗人体悟到的深沉的历史与时代意蕴，属于诗人独特的语言创造，因而也就成为新时期以来的中国诗坛上难得的震撼人心的名句。"路曼曼其修远兮，吾将上下而求索"（屈原《离骚》）；"人生自古谁无死？留取丹心照汗青"（文天祥《过零丁洋》）；"我劝天公重抖擞，不拘一格降人才"（龚自珍《己亥杂诗·其二百二十》）；"苟利国家生死以，岂因祸福避趋之"（林则徐《赴戍登程口占示家人》）亦均可以口号视之，之所以成为诗之经典名句，除体现了诗人的伟大情怀与人格气度之外，从艺术创作角度而言，关键正亦在于：是相关诗人拥有专利权的、他人不可重复的语言创造。

诗语，也不是不可以口语化，但作为诗，不能止于口语化，而是要设法口语化出诗意。请看徐玉诺的《小诗》：

> 太阳落下去了，
> 山，树，石，河，一切伟大的建筑都埋在
> 黑影里；
> 人类很有趣的点了他们的小灯；
> 喜悦他们所看见的；
> 希望找着他们所要的。

这首小诗，用语平易，娓娓道来，如话家常，也该算得上口语化了，但呈现出来的则是这样一个耐人寻味的诗意世界：黑夜是有点恐怖的，只不过轻轻一"埋"，大地上的一切便杳无踪迹了。但人类毕竟是伟大的，他们不慌不忙，从容地点亮了灯盏，欣悦于借助灯光看见了白天所看不到的东西，亦"希望找着他们所要的"东西。其中涌动的对"很有趣的"人类的赞美之情，不仅温暖了读者的心灵，也会激发起读者对人生的热爱。而这才是值得学习、值得推崇的"口语诗"。

张爱玲有一篇散文《炎樱语录》，记录了她的同学、好友炎樱平常随口说过的一些话。作为小说家的张爱玲，为什么会钟情于并非作家的炎樱的一些也该算得上是口语的话呢？我们从其中"每一个蝴蝶都是从前一朵花的灵魂，回来寻找它自己""月亮叫喊着，叫出生命的喜悦、一颗小星是它的羞涩的回声"之类可知，这类随口道出的口语，应

是妙不可言的诗啊！

打破了旧诗戒律的新诗，原本就出之于趋近口语的白话，因而要做到诗语化，较旧体诗更有难度。正如当代诗人孙静轩这样意识到：旧诗"可以掺假，以色彩、韵律和技巧掩盖诗的真情的贫乏"①，缺少了形式掩饰的新诗，自然更需要以"诗语"本身的诗意赢得读者。遗憾的是，不少新诗作者，乏此难度意识，反倒误以为写诗、成为诗人太容易了，而缺乏对诗语的悉心追求。结果，不少诗作，只是止于"口语"，而没有"诗"了。

七

诗语，不能太真、太实，而是要假一点、虚一点、玄一点。"晨锄紫练山，晚钓李家湾"之类的生活流水账纪录，不是诗语，而不怎么可信，有点虚玄的"朝饮木兰之坠露兮，夕餐秋菊之落英"（屈原《离骚》）才是诗语；"小草上挂着露珠，秋风吹过了芦苇"这样的景物写实不是诗语，出之于田汉笔下，拟人化的"草儿扶白露同眠，芦叶捉清风私语"（田汉《七夕》）才是诗语。

诗语，旨在创造迷人的诗境。如"滋植渊深藏雪藕，淤泥不染守初衷"这样的诗句，不过是对尽人皆知的赞美荷花"出于污泥而不染"之名言的改写，作为诗语，就不怎么合格了。同是写荷花，在李白的"荷花娇欲语"（《渌水曲》），辛弃疾的"红莲相倚浑如醉"（《鹧鸪天·鹅湖归病起作》），赵嘏的"红衣落尽渚莲愁"（《长安晚秋》）中出现的感觉化、情感化、人格化的荷花意象建构，才是诗语。

诗语，更不能是"炎黄子孙奔八亿，不蒸馒头争口气"；"中国梦，奋斗着。路犹长，难亦多"；"全国人民齐奋斗，抗疫胜利在眼前"之类尽人熟知的概念化的标语口号。这类时常可见于报刊墙壁，随处可闻于电视广播的标语口号，意义自是重大，但不是诗语。同是表现中华民族的雄心壮志，"可上九天揽月，可下五洋捉鳖"（毛泽东《水调歌头·重上井冈山》），这样生动的意象化表现才是诗语；同是与抗疫有关，"坐地日行八万里，巡天遥看一千河。牛郎欲问瘟神事，一样悲欢逐逝波""借问瘟君欲何往，纸船明烛照天烧"（毛泽东《送瘟神》），这样的想象创造才是诗语。

八

在我国传统文论中，有所谓"诗画相通"之说，但实际上，最具诗之本质，最富有"诗意"的诗句，往往是无法直接转换为肉体感官可感的视觉画面的，正所谓"诗到绝处不可图"。如李白的"狂风吹我心，西挂咸阳树"，如何画出来？杜甫"无赖春色到江亭"（《绝句漫兴九首》其一）中的那"无赖春色"，如何画出来？秦观《春日》中的"有情芍药含春泪，无力蔷薇卧晓枝"，如何画出来？冯至"我的寂寞是一条蛇……它月影

---

① 山东师范大学文学院编：《孔孚诗论》，济南：山东友谊出版社，2020年版，第97页。

一般轻轻地／从你那儿轻轻走过；／它把你的梦境衔了来，／像一只绯红的花朵"（《蛇》）这样迷人的诗境，如何画出来？孔孚诗中那"颤动着"的"音符"，如何画出来？

有些美妙的诗句，即使可以画出来，也亦非诗之意象了。如"雪满山中高士卧，月明林下美人来"，如果画出来，只能是异于梅花的"山中高士""林下美人"了；"一担乾坤肩上下，双悬日月臂东西"，如果画出来，只能是一个人挑水了；"草儿扶白露同眠，芦叶捉清风私语"，如果画出来，只能是挂着露珠的"草儿"，为清风吹得倾斜的"芦叶"了。

诗中画不出、不可画的部分，也就是唐人司空图所说的"象外之象，景外之景"。"象""景"可画，而"象外之象，景外之景"是画不出或不可画的。而正是这画不出或不可画的"象外之象，景外之景"，才能让人耳目一新，叫人想象为之活跃，情感为之激动，心灵为之陶醉；才能如同严羽在《沧浪诗话》中所说的"言有尽而意无穷"。

对此诗画之别，中国当代著名美学家宗白华先生早有论析，他曾以王维的（或系他人补在王维画上的）"蓝溪白石出，玉川红叶稀。山路元无雨，空翠湿人衣"一诗为例指出，前两句可以画出来，后两句就无法直接画出来了，"假使刻舟求剑似的画出一个人穿了一件湿衣服，即使不难看，也不能把这种意味和感觉像这两句诗那样完全传达出来。……画和诗毕竟是两回事。诗中可以有画，像头两句里所写的，但诗不全是画。而那不能直接画出来的后两句恰正是'诗中之诗'，正是构成这首诗是诗而不是画的精要部分。"[①]宗白华这儿所说的作为"精要"的"诗中之诗"，往往亦正乃一首诗中最能体现"诗意"之处。正是据此，我们不妨认为，可画与不可画，可视为判定一首诗有无诗意，用语是不是"诗语"的一个重要准则。

九

诗语的成功，有时往往缘于一个字眼、一个词的选用。

卞之琳的那首名作《断章》，其迷人魅力，便是与绝妙地使用了"修饰"二字相关：

> 你站在桥上看风景，
> 看风景的人在楼上看你。
> 明月装饰了你的窗子，
> 你装饰了别人的梦。

第三、第四句的实际情景不过是：

---

① 宗白华：《艺境》，北京：北京大学出版社，1987年版，第236页。

　　　　　　　　明月照亮了你的窗子，

　　　　　　　　你进入了别人的梦。

　　但这样写，就缺乏艺术魅力了。用了"装饰"二字，效果就大不一样了："明月"不是一般地照亮了"你的窗子"，而是很用心地"装饰"了"你的窗子"，这会让人想象到，月亮不再是自然界的存在，而是一位人格化的艺术设计师了，且这位设计师，似乎也对美丽的"你"情有所钟，所以才会很用心地"装饰""你的窗子"。"你"不是轻描淡写地"进入了别人的梦"，而是由"你"的美"装饰了别人的梦"，"你"究竟有多美？这个被你"装饰"的梦有多美？读者尽可以自由想象了。正因"装饰"唤起了读者关于月、关于你、关于梦的难以尽言的美好想象，这首诗就会使"味之者"无极了，就会令人过目难忘、为之陶醉了。据此，我们甚至可以说，如果没有了"装饰"二字，卞之琳的这首名作，恐怕就不会那么"名"了。

　　臧克家在谈创作体会的文章中讲过，他的《难民》中第二句初稿为"黄昏里扇动着归鸦的翅膀"，次稿改为"黄昏里还辨得出归鸦的翅膀"，最后定稿为"黄昏还没溶尽归鸦的翅膀"。比较可见，这定稿确乎高妙：前二句中的"黄昏"，尚只是一普通的静态的时间概念，"扇动着归鸦的翅膀""辨得出归鸦的翅膀"，亦是一般人都能看得见的眼前实景，因而也就难以让人感兴趣了。定稿句则不然，作者正是通过一个"溶"字，将静态时间概念的"黄昏"具象化、且动态化了，让人想象出，那个正在"溶"但还没有"溶尽"归鸦翅膀的"黄昏"，仿佛正在与"归鸦"进行着顽皮的追逐嬉闹，也许是你死我活的争斗。这样的空中一幕，就惹人耳目了，就激活人的想象了，因而也就富有诗意了。

　　在诗歌创作中，自然不乏得力于灵感爆发，一蹴而就成佳作的现象，但"文章不厌千遍改"，相信绝大多数好诗，还是字斟句酌、反复修改的结果，故而我国古代诗论中才形成了值得高度重视的"推敲"之说。我们当今的诗词创作，之所以存在作品数量多精品少的不足，诗人们缺乏古人那种"吟安一个字，捻断数茎须"（卢延让《苦吟》）推敲功夫，恐是重要原因之一。

十

　　一首诗，总要有铺垫、过渡，引导之类，因而不可能做到句句是诗。但要写出一首有味道的诗，其中总需有诗语。事实上，历史上的许多名诗，之所以为后世传诵，很大程度上便是得益于其中最富有诗味的名句。如"举杯邀明月，对影成三人"之于李白的《月下独酌》；"感时花溅泪，恨别鸟惊心"之于杜甫的《春望》；"野旷天低树，江清月近人"之于孟浩然的《宿建德江》；"庄生晓梦迷蝴蝶，望帝春心托杜鹃"之于李商隐的《锦瑟》；"可怜无定河边骨，犹是春闺梦里人"之于陈陶的《陇西行》等等。在宋诗宋词中，"疏影横斜水清浅，暗香浮动月黄昏"之于林逋的《山园小梅》；"云破月来花弄影"

之于张先的《天仙子·水调数声持酒听》；"红杏枝头春意闹"之于宋祁的《玉楼春·春景》等等。

据我个人的阅读经验，对中国当代有关诗人的敬重，也往往是缘于在其作品中读到了一二句好诗。举两个例子，一是文怀沙的七律《闻余妇戍陕西长安县，晨兴大雾，拥彗却步口占律句》中的结句："手提落日照长安"；二是刘章《散步归来》中的"衣上轻尘不顾扫，一身花影带回家"。对于以诗名自负的文怀沙，人们有不同看法，但我想，只那句"手提落日照长安"，作为诗人的文老先生就很了不起了。由诗题可知，那首七律，是作者在困厄处境中，因思念时在陕西的夫人而作。为了找到夫人，他要"手提落日"，将整个"长安"照亮，这是何等独特而大胆的想象，所体现的雄奇与壮阔的气势，可称得上惊天动地。刘章的《散步归来》，写的是再寻常不过的日常生活经历，但"一身花影带回家"，则是前人不曾有过的诗性体悟，是真正具有独创性的诗性想象与诗性创造。见之于文怀沙与刘章笔下的这类诗句，不仅是诗，且亦正乃宗白华先生所推崇的，是"不可画"的"诗中之诗"。

正是仅由语言角度着眼，历史上的许多好诗会启示我们，一位有追求的诗人，一定要在"诗语"方面下功夫。要自觉意识到，只有写出能够让人过目难忘，真正属于诗的诗语，哪怕只一句两句，才能对得起诗人的名分。遗憾的是，世上不知有多少诗人，写了一辈子诗，出版了若干部诗集，却没有一句能够让人感动，能够让人记住的好诗，那才真可谓一位诗人应感到的悲哀，那恐才是作为一位诗人应感到的悲哀。

作者简介：杨守森，山东师范大学文学院教授，山东诗词学会副会长。

积极建构彰显当代中国特色的诗歌美学

——中华诗词传承与发展专题研讨会在京召开

2024年3月16日，由中华诗词研究院主办的"推动建构当代诗歌美学——中华诗词传承与发展专题研讨会"在京召开。中华诗词研究院院长杨志新在研讨会致辞中认为，诗词界学术界积极推动建构当代诗歌美学，一是要发动更多的力量特别是学术界、大文学界关注当代诗歌文化，更多优秀的专家学者研究当代诗词创作，支持优秀的专家学者、诗歌创作者撰写理论文章和专著；二是要继续推动做好现当代诗歌文献史料的整理工作；三是继续推动当代诗词入史、入奖和经典化、应用化；四是要积极进行诗歌文化交流互鉴，学习其他民族优秀的诗歌艺术形式。周文彰指出，当下诗歌美学建构要解决的一个突出问题，是要集中探讨和回答评价当下好诗词的标准与尺度；最重要的任务，是从强化诗词审美图式的时代性入手，建构当代诗歌美学。王兆鹏就如何建立当代诗词评价指标体系，在"鉴古"和"用今"的基础上建立诗词分级和评价标准，并从必要性、可行性和操作性等方面提出具体建议。陈友康认为，人类正走向人工智能诗学时代，更需要从"诗道""诗论""诗评"等方面做好诗词理论建设这项"重要文化工程"。罗辉立足于"当代"和"中国"两个关键词，提倡从诗体互涉、审美主体、当代作品等角度加强研究，构建"彰显当代中国特色的诗歌美学"。查洪德主张用古代诗学精华沾润当代诗词作者的心灵，提升其诗学修养，而元代发生了"指点初学的阶梯性与体系性"诗学转向，为建构当代诗歌美学提供了重要借鉴。巩本栋以沈祖棻为例，提出通过传承和发展古典诗词的优良传统来建构当代诗歌美学。菖峰建议多做诸如编辑《中华当代诗词研究》、编写《中国当代诗词史》等基础性工作，培养学术骨干，不断提升当代诗词研究的学术水平。林峰倡议当代诗人要贴近时代、社会、生活，"为时而作，为事而作"，把新时代的绚丽色彩和传统诗词的经典记忆熔铸成灿烂的文化回响。刘庆霖认为，提倡诗词美学的同时，要发展诗词力学。诗词不能只有美而没有力，只有美而没有力是武术走上了舞台，美是美了，但失去了力量。因此，既要讲诗词美学，也要讲诗词力学。毛泽东的诗词就是美与力的统一。中华诗词研究院副院长张公者作会议总结，中华诗词研究院诗词研究部副主任莫真宝主持会议。

稿　约

《中华当代诗词研究》，是由山东诗词学会与山东师范大学文学院联合创办的关于中华当代诗词研究的学术丛刊，由山东人民出版社出版。其宗旨是弘扬传统诗词文化，促进当代诗词创作，推动社会文明进步，服务民族振兴大业。

该刊拟开设的主要栏目有：

诗词美学研究：侧重从美学与诗学角度，探讨中华当代诗词创作与发展的相关问题。

诗词创作研究：由诗人素质、修养、艺术技巧、艺术形式等方面探讨中华当代诗词的创作问题。

诗史新探：对古代学者的诗学理论、古代诗人的创作成就、得失及某一时代的创作思潮、创作现象进行研究，提出新的见解。

诗人诗作评论：对有成就的诗人的创作成就，予以评论，以扩大其在诗词界的影响，促进当代诗词创作水平的提高。

当代诗人创作谈（访谈）：约请有成就的诗人，结合自己的创作，谈其创作经历与体会，为广大诗词创作者提供参考与借鉴。

当代诗词学者研究：对当代诗词领域中相关学者的学术成就予以评述，为中华当代诗词创作与发展提供理论资源。

新诗话：继承与发扬中国古代的诗话词话传统，发表以生动活泼的文笔析评作品、感悟诗艺的文章。

来稿要求：

1. 观点新颖，材料翔实，富有学术性与启发性；篇幅不限，长短均可；注释一律用页下注。

2.《诗词美学研究》《当代诗词学者研究》《诗词创作研究》栏目及长篇评论文章，正文前附300—500字内容摘要及3—5个关键词。

3. 来稿一律采用电子稿，可通过E-mail发送至我刊电子邮箱：shiciyanjiu2021@163.com，请勿一稿多投；编辑部有权对来稿作技术性和文字性修改。

4. 来稿请附作者简历，包括真实姓名、性别、民族、出生年月、所在单位、职称（或学位）、职务、详细地址、电话号码、邮政编码及电子邮箱。

稿件一经刊用，即付稿酬。

《中华当代诗词研究》编辑部

2024年5月15日